UM CÂNTICO PARA LEIBOWITZ

WALTER M. MILLER JR.

TRADUÇÃO:
MARIA SILVIA
MOURÃO NETTO

ALEPH

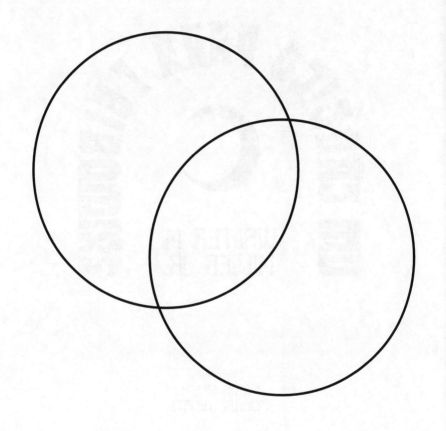

A dedicatória é somente
            roçar onde coça...

para Anne, então
em cujo colo Rachel se aninha
como uma musa
guiando meu cântico desengonçado
com risadinhas nas entrelinhas

            ... abençoada seja, Querida
                — W.

Agradecimentos

A todos arqueles cuja assistência, de diversas maneiras, contribuiu para tornar este livro possível, o autor expressa sua admiração e gratidão, parcial e explicitamente aos seguintes: senhor e senhora W. M. Miller, senhores Don Congdon, Anthony Boucher e Alan Williams; doutor Marshal Taxay; reverendo Alvin Burggraff, csp; Francis e Clare; e a Mary, por motivos que cada um deles sabe quais são.

SUMÁRIO

Nota à edição brasileira   13

Um cântico para Leibowitz
    Fiat Homo   15
    Fiat Lux   161
    Fiat Voluntas Tua   311

Glossário   429

Lista de termos e expressões em latim não traduzidos pelo autor   443

Fontes   457

NOTA À EDIÇÃO BRASILEIRA

Obra máxima de Walter M. Miller Jr. – e único romance seu publicado em vida –, *Um Cântico para Leibowitz* é um dos clássicos mais poderosos da ficção científica. Considerado por muitos um marco literário da era pós-nuclear, o brilhantismo de seu texto e seu poder visionário são comparados aos de livros como *1984* e *Admirável Mundo Novo*. Vencedor do prêmio Hugo de 1961 como melhor romance, o livro conquistou a crítica e continua arrebatando leitores desde o seu lançamento, em 1959. Em todos esses anos, jamais deixou de ser reimpresso, tornando-se uma das ficções científicas mais traduzidas no mundo inteiro.

Para esta edição, foram acrescidos ao texto original um glossário cultural e uma lista de termos e expressões em latim não traduzidos pelo autor. Um material extra especialmente elaborado não como mero suporte didático, mas para permitir uma experiência completa ao leitor, ajudando-o a mergulhar no maravilhoso universo desta obra.

Notável em todos os sentidos, o livro de Miller Jr. é fruto e espelho de seu próprio tempo, de um mundo tomado pelas angústias e incertezas do pós-guerra e da Guerra Fria. Mas também de esperanças renovadas. Por isso mesmo, e por sua qualidade intrínseca, nunca perdeu seu frescor e sua capacidade de encantar, emocionar e surpreender.

FIAT
●
HOMO

1

Irmão Francis Gerard de Utah poderia nunca ter descoberto os abençoados documentos se não fosse pelo peregrino, com uma faixa cingindo os quadris, que apareceu durante o jejum da Quaresma daquele jovem noviço, no deserto. Na realidade, Irmão Francis nunca vira na vida um peregrino com uma faixa nos quadris, mas logo ficou convencido de que aquele era do tipo legítimo assim que se recuperou do frio na espinha provocado pelo surgimento do homem na linha do horizonte, um pontinho escuro balançando em meio à névoa bruxuleante que o calor fazia subir do chão. Sem pernas, mas com uma cabecinha mínima, o pontinho se materializara do brilho vítreo sobre o pavimento detonado da estrada e parecia mais se esgueirar e contorcer do que avançar a passos regulares, o que levou Irmão Francis a agarrar com força o crucifixo de seu rosário e rapidamente entoar uma ou duas ave-marias. Aquele pontinho o fazia pensar numa minúscula aparição parida pelos demônios do calor que assolavam a terra no meio do dia, quando qualquer criatura capaz de se movimentar no deserto (exceto os abutres e alguns poucos eremitas monásticos como Francis) permanecia imóvel em sua toca ou escondida debaixo das pedras, a salvo da ferocidade do sol. Somente alguma coisa monstruosa, sobrenatural ou com o juízo seriamente deteriorado caminharia de propósito por ali, naquele horário.

Irmão Francis acrescentou mais uma rápida prece a São Raul, o Ciclope, padroeiro dos malnascidos, pedindo proteção contra os infelizes favoritos desse santo. (Ora, quem não sabia então que havia monstros na terra, naqueles tempos? Aquele que nascesse vivo, diante das leis da Igreja e da Natureza, era destinado a viver em sofrimento e, se possível, ajudado por aqueles que o houvessem parido até atingir a idade adulta. Nem sempre a lei era obedecida, mas era acatada com frequência suficiente para sustentar uma população esparsa de monstros adultos que, em geral, escolhiam os trechos mais remotos das terras desertificadas para perambular. Por ali eles rondavam, espreitando as fogueiras dos que viajavam através dos campos.) Porém, o pontinho que vinha se contorcendo enfim se desvencilhou das emanações do calor e se esboçou no ar mais limpo onde, afinal, se tornou claramente um peregrino distante. Irmão Francis soltou o crucifixo com um discreto *Amém*.

Aquele peregrino era um sujeito alto e delgado, velho, com um cajado, um chapéu de palha, barba basta e um odre pendurado num dos ombros. Mascava e cuspia com um prazer evidente demais para ser uma aparição, e dava a impressão de ser muito frágil e capenga para ser um adepto bem-sucedido do ogrismo ou um hábil larápio de estrada. Não obstante, Francis saiu furtivamente do alcance de visão do peregrino e ficou acocorado atrás de uma pilha formada pelo entulho de pedras britadas de onde era capaz de ver sem ser visto. Encontros entre desconhecidos no deserto, apesar de raros, eram ocasiões para suspeitas de lado a lado, marcadas por preparativos iniciais de ambas as partes para um incidente que tanto poderia se mostrar cordial como belicoso.

Não mais do que escassas três vezes por ano algum leigo ou forasteiro atravessaria o antigo caminho que passava pela abadia, apesar do oásis que permitia a existência dela e que teria tornado o monastério um albergue natural para viajantes, não fosse o fato de aquela ser uma estrada que vinha de nenhum lugar e ia para lugar nenhum, considerando os modos de viagem daqueles tempos. Em eras anteriores, talvez aquela estrada tivesse feito parte da rota mais curta entre a Grande Salt Lake e o Antigo El Paso. Ao sul da abadia, a via cruzava uma faixa parecida de cascalho que se estendia a leste e a oeste. Ultimamente, aquele cruzamento ia sendo desgastado pelo tempo, não pelo Homem.

O peregrino se acercou a uma distância suficiente para que sua saudação fosse ouvida, mas o noviço seguiu abaixado atrás do monte de entulho. Os quadris do sujeito de fato estavam cingidos por um pedaço imundo de tecido de aniagem, sua única peça de vestimenta, exceto pelo chapéu e um par de sandálias. Obstinado, ele vinha vindo com esforço ao balanço de uma claudicação mecânica, ajudando a perna deformada com o apoio de um cajado pesado. Suas passadas ritmadas denunciavam alguém com muita estrada debaixo dos pés e um longo caminho pela frente. Mas, assim que entrou na área das antigas ruínas, ele estancou a marcha e se posicionou para reconhecer o terreno.

Francis se abaixou mais um pouco.

Não havia sombra em meio ao grupo de montículos onde, em outros tempos, se haviam erguido construções centenárias, mas algumas das rochas maiores poderiam, sem dúvida, oferecer um alívio refrescante a algumas partes bem escolhidas da anatomia dos viajantes, tão familiarizados com as peculiaridades do deserto quanto aquele peregrino dava mostras de ser. Rapidamente ele procurou uma pedra com as proporções adequadas. Com aprovação, Irmão Francis reparou que ele não agarrou a pedra e a tirou do lugar com força, mas que, em vez disso, permaneceu a uma distância segura dela e, usando o cajado como alavanca e uma pedra menor como fulcro, pôde erguer a rocha mais pesada até que o zunido da inevitável serpente indicasse sua saída dali debaixo. Sem nenhuma emoção, o viajante matou a cobra com o cajado e arremessou para longe a carcaça que ainda se contorcia. Depois de ter desalojado a ocupante da fresca greta sob a pedra, o peregrino se serviu da fria abóbada da greta pelo método tão usual de virar a pedra para cima. Em seguida, puxou a parte de trás de sua faixa, sentou-se com as nádegas murchas contra a porção inferior relativamente gélida da pedra, chutou de lado as sandálias e afundou a sola dos pés no que tinha sido o solo arenoso da greta fria. Refrescando-se desse modo, mexeu os dedos dos pés por algum tempo, abriu o rosto num sorriso sem dentes e começou a cantarolar uma canção. Daí a pouco estava entoando algum tipo de cantiga repetitiva num dialeto que o noviço desconhecia. Cansado da posição em que se encontrava, Irmão Francis se inquietou.

Enquanto cantava, o peregrino desembrulhou um biscoito e um pedaço de queijo. Então interrompeu seu canto e, por um instante, ficou em pé, parado, para pronunciar com suavidade a bênção, na língua daquela região: "Abençoado seja, *Adonai Elohim*, Rei de Todos, que fez o pão brotar da terra", palavras que saíam num som anasalado. Assim que a oração se encerrou, ele tornou a se sentar e começou a comer.

O andarilho deve mesmo ter vindo de muito longe, pensou Irmão Francis, pois não era de seu conhecimento nenhum reino vizinho que fosse governado por um monarca de nome tão incomum e pretensões tão inusitadas. Aquele velho estava fazendo uma peregrinação para se penitenciar, conjecturou – talvez até o "santuário" na abadia, embora o "santuário" ainda não o fosse oficialmente, nem seu "santo" já fosse oficialmente um santo. Irmão Francis não conseguia pensar em qualquer outra explicação para a presença de um velho andarilho que percorria aquela estrada indo para lugar nenhum.

O peregrino comia sem pressa o pão e o queijo, e o noviço foi ficando cada vez mais inquieto à medida que sua ansiedade diminuía. A regra de observar silêncio durante os dias de jejum da Quaresma não lhe permitia conversar voluntariamente com o velho, mas, se saísse de seu esconderijo atrás da pilha de entulho antes que o andarilho partisse, tinha certeza de que seria visto ou ouvido por ele, já que estava proibido de deixar as imediações de seu eremitério antes do final da Quaresma.

Ainda um pouco hesitante, Irmão Francis pigarreou alto e, então, se ergueu e apareceu.

– Hum! O pão e o queijo do peregrino voaram para longe. O velho agarrou o cajado e se pôs em pé de um salto.

– Chegando de mansinho, é?

Ele brandiu o cajado com gestos ameaçadores na direção da pessoa encapuzada que tinha surgido de trás da pilha de pedras britadas. Irmão Francis reparou que a ponta larga do cajado estava armada com um espeto. O noviço se curvou para a frente com cortesia, três vezes, mas o peregrino não registrou o gesto de gentileza.

– Pode ficar aí mesmo, agora! – disse ele, resmungando.
– Mantenha distância, moleque. Não tenho nada que você possa querer, a menos que seja queijo, e isso você pode levar. Se é uma refeição que procura, não passo de carne dura, mas vou lutar para conservá-la. Para trás, vamos, *para trás!*

– Espere... – o noviço parou. A caridade, ou mesmo a educação básica, poderia ter prioridade em relação à regra do silêncio da Quaresma quando as circunstâncias exigissem que se falasse, mas romper o silêncio por decisão própria sempre o deixava ligeiramente apreensivo.

– Não sou um moleque, meu bom homem – ele continuou, usando a forma educada de se dirigir ao velho. Levou o capuz para trás e assim exibiu seu corte de cabelo monástico, enquanto suspendia o rosário com a outra mão. – Você entende isto?

Por vários segundos, o velho permaneceu pronto como um felino para entrar em combate enquanto estudava a face do adolescente, empolada pelo sol. O erro do peregrino tinha sido inevitável. Criaturas grotescas que perambulavam pelas bordas do deserto costumavam usar capuzes, máscaras ou mantos volumosos para esconder suas deformidades. Entre essas criaturas havia algumas cuja deformidade não se limitava ao corpo, e essas consideravam os viajantes uma fonte confiável de carne comestível.

Depois de uma rápida avaliação, o peregrino se endireitou.

– Ah, um *deles*. – Ele se apoiou sobre o cajado e perguntou com desdém: – Aquela lá adiante é a abadia de Leibowitz? – apontando para um grupo distante de construções, mais ao sul.

Irmão Francis curvou educadamente sua cabeça para o chão, concordando.

– O que você está fazendo por aqui, entre as ruínas?

O noviço recolheu do chão um fragmento de pedra parecido com giz. Era uma improbabilidade estatística que o viajante fosse letrado, mas ele resolveu tentar. Como o dialeto vulgar do povo não tinha nem alfabeto, nem ortografia, Irmão Francis rabiscou as palavras latinas para "Penitência, Solidão e Silêncio" numa pedra larga e lisa, e tornou a escrevê-las em inglês antigo. Apesar de um inconfessado anseio de conversar com alguém, ele esperava que o velho compreendesse e o deixasse em paz, para cumprir sua solitária vigília da Quaresma.

O peregrino sorriu de maneira oblíqua ao ver as inscrições. Seu riso não parecia tanto um riso, e sim um lamento fatalista.

– Hmm, hmm! Ainda escrevendo as coisas de trás para frente – disse. Mas se tinha entendido a inscrição, não deixou transparecer. Deitou o cajado no chão ao seu lado, sentou-se de novo sobre a pedra, pegou o pão e o queijo que estavam na areia e começou a raspar os grãos ainda grudados. Faminto, Francis umedeceu os lábios, mas desviou os olhos. Não tinha comido nada além de frutos de cacto e um punhado de grãos de milho ressecados desde a Quarta-Feira de Cinzas. As regras do jejum e da abstinência eram muito severas nas vigílias vocacionais.

Reparando no desconforto do rapaz, o peregrino partiu o pão e o queijo e ofereceu uma porção a Irmão Francis. Apesar de desidratado diante de uma limitada ração de água, a boca do noviço se encheu de saliva. Seus olhos se recusavam a largar a mão estendida que lhe oferecia comida. O universo se contraiu. Em seu centro geométrico exato flutuavam aqueles pedacinhos de pão preto cheio de areia e de queijo descorado. Um demônio ordenou que os músculos de sua perna esquerda mexessem seu pé esquerdo meio metro para a frente. O demônio então se apossou de sua perna direita e obrigou-a a levar o pé direito adiante do esquerdo e, de algum modo, forçou seus peitorais e seu bíceps do lado direito a movimentar o braço com um balanço que fez sua mão tocar a mão do peregrino. Seus dedos encostaram na comida. Pareciam até sentir-lhe o gosto. Um tremor involuntário percorreu seu corpo quase morto de fome. Ele fechou os olhos e viu o Abade Geral mirando--o com severidade e levantando o relho. Toda vez que o noviço tentava visualizar a Santíssima Trindade, a fisionomia de Deus Pai sempre se confundia com o rosto do abade, que normalmente – assim parecia a Francis – estava zangado. Atrás do abade rugiam as labaredas de uma fogueira e, entre as chamas, os olhos do Abençoado Mártir Leibowitz, tomados pela agonia da morte, fitavam seu acólito fazendo jejum e o flagravam estendendo a mão para pegar um pedaço de queijo.

O noviço estremeceu de novo. "*Apage, Satanas!*", Francis sibilou, saltando para trás e deixando cair o alimento. Sem aviso, salpicou a mão do velho com água benta de um pequenino frasco, dissimulado na manga de seu manto. Por um momento, o peregrino se tornou indistinguível do Arqui-inimigo na mente daquele noviço atordoada pelo sol.

Esse ataque de surpresa contra os Poderes das Trevas e da Tentação não produziu nenhum resultado sobrenatural imediato, mas os resultados naturais pareceram surgir *ex opere operato*. O peregrino-Belzebu não explodiu em rolos de fumaça sulfurosa, mas soltou uma rajada de sons gorgolejantes, coloriu-se de um tom vermelho vivo e desferiu contra Francis um brado de gelar o sangue nas veias. Enquanto fugia dali, esquivando-se das arremetidas do espigão na ponta do cajado do velho, o noviço tropeçou repetidas vezes em sua túnica e só escapou ileso porque o peregrino tinha esquecido as sandálias. O ataque claudicante do velho tornou-se uma série de saltitos entrecortados. De repente ele parecia ter sentido o calor escaldante das pedras debaixo dos pés descalços. Então parou e ficou preocupado. Quando Irmão Francis girou a cabeça para olhar por sobre o ombro, teve a nítida impressão de que o peregrino recuava de volta para seu lugar mais fresco à custa de saltitar notavelmente na ponta dos pés.

Envergonhado do cheiro de queijo que ainda exalava da ponta de seus dedos, arrependido de seu exorcismo irracional, o noviço tornou a se entreter com as tarefas que se havia imposto em meio às ruínas, enquanto o peregrino refrescava os pés e satisfazia sua cólera atirando de vez em quando uma pedra contra o jovem toda vez que ele se tornava visível em meio aos montes de entulho. Depois, quando seu braço finalmente ficou cansado, ele mais fintou do que atirou pedras de verdade, e enfim apenas se dedicou a roer o pão e o queijo quando Francis deixou de se esquivar.

O noviço ia e vinha entre as ruínas, caminhando e, algumas vezes, cambaleando até um ponto determinado em seu trabalho, carregando uma pedra contra o peito, apertando-a num doloroso abraço. O peregrino observava-o escolher uma pedra, avaliar sua dimensão em palmos, descartá-la, então escolher outra cuidadosamente a ser extraída da pilha de pedras entulhadas num canto e ser erguida por Francis, que a transportava com dificuldade até outra parte. Ele a deixava cair alguns passos depois. Então, sentava-se de repente, colocava a cabeça entre os joelhos num visível esforço para não se deixar desmaiar. Depois de permanecer arfando por algum tempo, ele se punha novamente em pé e terminava de rolar a pedra até seu destino. Enquanto o noviço prosseguia com essa atividade, o peregrino – que não mais o olhava fixamente – começou a bocejar.

O sol disparava suas flamejantes maldições do meio-dia sobre a terra ressequida, lançando seu anátema sobre todas as coisas úmidas. Apesar do calor abrasador, Francis trabalhava.

Depois que o viajante devorou as últimas migalhas de seu pão e o queijo, ajudando a engolir aquilo com alguns pequenos esguichos de seu odre, enfiou os pés nas sandálias, levantou-se com um resmungo e foi manquitolando por entre as ruínas até o local em que se esfalfava o noviço. Percebendo a aproximação do velho, Irmão Francis saiu correndo para se colocar a uma distância segura. Com movimentos farsescos, o peregrino balançou o bastão no ar na direção do noviço, mas parecia muito mais curioso a respeito do serviço de pedreiro do rapaz do que ansioso por se vingar de alguma maneira. Então parou para inspecionar a cova de Francis.

Ali, perto do limite leste das ruínas, o irmão tinha cavado uma trincheira rasa usando um graveto como enxada e as mãos como pá. No primeiro dia da Quaresma, ele havia recoberto o buraco com uma pilha de galhos e à noite usava a trincheira para se refugiar dos lobos do deserto. Mas, como seus dias de jejum iam se acumulando, sua presença tinha aumentado a quantidade de rastros que deixava pelas redondezas, até que os predadores lupinos noturnos parecessem indevidamente atraídos para a área das ruínas e, inclusive, esgaravatassem o chão em torno da pilha de galhos depois de a fogueira estar apagada.

No começo, Francis tinha tentado desestimular a busca noturna daqueles animais aumentando a espessura da pilha de galhos sobre a trincheira e cercando-a com um círculo de pedras bem ajustadas umas às outras num sulco. Entretanto, na noite anterior, algo tinha saltado sobre o topo de seu teto de galhos e uivara, enquanto Francis permanecia deitado, tremendo, ali debaixo. Isso levara-o a se decidir por fortificar a cova e, usando o primeiro anel de pedras como alicerce, começara a erguer uma parede. Conforme subia, a parede se inclinava para dentro, mas, como a construção tinha um formato aproximadamente oval, as pedras de cada camada se escoravam nas adjacentes para impedir que despencassem por dentro. Agora, o noviço esperava que, com uma escolha cuidadosa das pedras e uma dose razoável de equilibrismo, tamponamento com terra e fechamento de orifícios com pedriscos, ele fosse capaz de concluir o domo. Assim, um arco único e sem viga de sustentação que, de algum modo, desafiava a gravidade ergueu-se sobre a cova como um símbolo de suas pretensões. Irmão Francis saltitou e ganiu como um filhotinho de cachorro quando o peregrino, vencido pela curiosidade, cutucou a construção com seu cajado.

Zeloso de sua habitação, o noviço tinha se acercado durante a inspeção do peregrino, que reagira às demonstrações guturais de Francis com um floreio da ponteira do bastão e um uivo apavorante. Prontamente, o rapaz tropeçou na barra de sua túnica e se sentou. O velho deu uma risadinha.

– Hmm, hmmm! Você vai precisar de uma rocha de formato incomum para fechar *aquela* brecha – ele disse, chacoalhando o cajado para a frente e para trás diante de uma falha na fileira mais alta de pedras.

O jovem concordou com um movimento de cabeça e desviou o olhar. Continuava sentado na areia e, em silêncio e com os olhos postos no chão, esperava dizer ao velho que não tinha licença nem para conversar nem para aceitar voluntariamente a presença de outra pessoa em seu lugar de solidão quaresmal. O noviço começou a rabiscar com um graveto seco na areia: *Et ne nos inducas in...*

– Não me ofereci para transformar essas pedras em pão para você, certo? – disse o velho viajante com irritação.

Irmão Francis ergueu os olhos rapidamente. Ora! Então aquele peregrino *era* capaz de ler, e de ler as Escrituras, quem diria! Além disso, seu comentário sugeria que ele havia compreendido tanto o uso impulsivo da água benta pelo noviço como também o motivo de ele estar ali. Tendo percebido que o peregrino o estava provocando, Irmão Francis baixou de novo os olhos e esperou.

– Hmm, hmm! Então você deve ficar sozinho, não é? Bom, então é melhor que eu pegue o meu rumo. Diga-me, vocês da abadia deixariam um velho descansar um pouco naquela sua sombra?

Francis concordou com um aceno de cabeça.

– Eles também lhe darão comida e água – acrescentou suavemente, por caridade.

O peregrino deu uma leve risadinha.

– Só por isso, antes de ir, vou encontrar para você uma pedra que caiba naquela fenda. Deus contigo.

Mas não é preciso... e o protesto secou na garganta de Francis antes de ser pronunciado. O noviço observou o velho se afastar devagar, com seu andar balouçante, e então claudicar entre os montes de entulho. De vez em quando ele parava para inspecionar uma pedra ou cutucar outra com seu cajado. O noviço pensava que essa busca seguramente se mostraria inútil, já que era uma repetição da que ele mesmo estivera realizando desde o princípio da manhã. Enfim, tinha resolvido que seria mais fácil retirar aquela parte da construção do nível mais alto do abrigo e refazê-la, em vez de encontrar a pedra angular que se assemelhasse a uma ampulheta para então poder ser bem encaixada na lacuna. Sem dúvida, o peregrino logo perderia a paciência e iria embora.

Enquanto isso, Irmão Francis descansava. Rezava por recuperar aquela privacidade interior que o propósito de sua vigília exigia que buscasse: o esvaziamento total do espírito até que se tornasse um pergaminho em branco no qual as palavras do chamado pudessem ser escritas em sua hora de solidão – se aquela outra Imensurável Solidão, que era Deus, lhe estendesse a mão para tocar a sua própria ínfima solidão humana e, desse modo, assinalasse sua vocação. O *Pequeno Livro* que o Prior Cheroki tinha deixado com ele no domingo anterior servia como guia para sua meditação. Tinha séculos de existência e era chamado *Libellus Leibowitz*, embora somente uma tradição incerta atribuísse sua autoria ao próprio Beato.

"*Parum equidem te diligebum, Domine, juventute mea; quare doleo nimis...* Pouquíssimo, ó Senhor, eu te amei no tempo da minha juventude. Por isso, padeço intensamente no momento da minha maturidade. Em vão fugi de Ti naqueles tempos..."

– *Ei!* Aqui! – ouviu-se um chamado vindo de alguma parte depois dos montes de entulho.

Irmão Francis girou os olhos por ali rapidamente, mas o peregrino não estava à vista. De novo seu olhar desceu sobre a página.

"*Repugnans tibi, ausus sum quaerere quidquid doctius mihi fide, certius spe, aut dulcius caritate visum esset. Quis itaque stultior me...*"

– Ei, *menino!* – vinha o chamado, novamente. – Achei uma pedra, é capaz que sirva.

Dessa vez, Irmão Francis olhou para o alto e percebeu rapidamente um movimento do cajado do peregrino sinalizando para chamar sua atenção, lá atrás de um monte alto de entulho. Suspirando, o noviço retomou a leitura.

"*O inscrutabilis Scrutator animarum, cui patet omne cor, si me vocaveras, olim a te fugeram. Si autem nunc velis vocare me indignum...*"

A voz irritada veio mais uma vez de trás do monte de entulho:

– Pois muito bem. Faça como quiser. Vou deixar a pedra marcada com uma estaca. Experimente ou não, como achar melhor.

– Obrigado – o noviço suspirou, mas duvidou que o velho o tivesse ouvido. E voltou a se concentrar no texto.

"*Libera me, Domine, ab vitiis meis, ut solius tuae voluntatis mihi cupidus sim, et vocationis...*"
– Bom, pronto! – o peregrino bradou. – Está marcada com uma estaca. E que logo você possa encontrar a sua voz, rapaz. *Olla allay!*
Pouco depois que o último grito tinha esmaecido e cessado, Irmão Francis viu de relance o peregrino retomando a trilha que levava diretamente até a abadia. O noviço murmurou uma benção ligeira endereçada ao velho e uma prece para que sua jornada transcorresse a salvo.

Depois de recuperar a privacidade, Francis recolocou o livro em sua cova e retomou a atividade de pedreiro improvisado, mas sem se dar ao trabalho de examinar o achado do peregrino. Enquanto seu organismo morto de fome arfava, se esfalfava e cambaleava sob o peso das pedras, sua mente, como uma máquina, continuava repetindo a prece pela certeza de sua vocação.

"*Libera me, Domine, ab vitiis meis...* Livra-me, ó Senhor, de meus vícios, para que em meu coração eu consiga desejar apenas a Tua vontade, tomando ciência do Teu chamado se ele vier... *ut solius tuae voluntatis mihi cupidus sim, et vocationis tuae conscius si digneris me vocare. Amen.*

"Livra-me, ó Senhor, de meus vícios, para que em meu coração..."

O céu forrado de cúmulos, agrupados e a caminho de conceder suas úmidas bênçãos às montanhas depois de haverem cruelmente decepcionado o deserto ressequido, começou a ocultar o sol e a criar faixas escuras com sombras em perfil, quadriculando a terra torrada, o que proporcionava um alívio intermitente mas bem-vindo dos dilacerantes raios de sol. Quando uma célere sombra oferecida por alguma nuvem lambia em seu trânsito trechos das ruínas, o noviço apressava o ritmo do trabalho até que a sombra tivesse passado. Então descansava e esperava pelo próximo feixe de flocos esbranquiçados que pudesse tapar um pouco o sol.

Foi muito por acaso que Irmão Francis finalmente descobriu a pedra do peregrino. Enquanto perambulava a esmo por ali, tropeçou na estaca que o velho tinha fincado no chão para assinalar a pedra. E em seguida percebeu-se de joelhos, apoiado nas mãos, aproximando os olhos para examinar um par de marcas recém-riscadas a giz numa pedra muito antiga: לצ.

Eram marcas traçadas com tanto cuidado que Irmão Francis imediatamente imaginou que fossem símbolos, mas após alguns minutos conjecturando ele ainda continuava desconcertado. Seriam talvez signos de bruxaria? Não. O velho tinha pronunciado *"Deus contigo"*, o que um bruxo nunca faria. O noviço desencavou a pedra do meio do entulho e rolou-a de lado. Com isso, o monte de pedras desmoronou pelo meio, com um rumor discreto, enquanto uma pedra menor foi ricocheteando até o pé da encosta. Francis se afastou ligeiro, temendo uma eventual avalanche, mas a perturbação foi somente momentânea. No lugar em que a pedra do peregrino tinha estado encravada, porém, agora se mostrava um pequeno buraco escuro.

Buracos costumavam ser habitados.

Mas esse parecia ter sido tão exatamente tampado pela pedra do peregrino que nem uma pulga conseguiria ter entrado ali antes que Francis a tivesse removido do encaixe. Apesar disso, ele encontrou um graveto e o enfiou pela abertura, com certa hesitação. O graveto não encontrou nenhuma resistência. Quando ele o largou, então, o graveto deslizou pelo buraco e desapareceu, como se ali houvesse uma cavidade subterrânea maior. Francis esperou ansiosamente. Mas nada saiu rastejando lá de dentro.

Novamente de joelhos, farejou com cuidado o interior do buraco. Como não sentia nenhum odor de animal nem vestígio de enxofre, deixou um pouco de cascalho cair lá dentro e chegou mais perto para ouvir. As pedrinhas bateram uma vez, a alguns centímetros da boca, e depois continuaram ricocheteando enquanto desciam, atingiram de passagem alguma coisa de metal e finalmente assentaram no fundo a uma boa distância lá embaixo. Pelo eco era possível imaginar uma abertura subterrânea do tamanho de um cômodo.

Irmão Francis voltou a ficar em pé com movimentos meio desajeitados e olhou em torno. Parecia estar sozinho, exceto pelo abutre que, planando muito alto, estivera observando com tanto interesse sua movimentação que acabara atraindo outros abutres, vindos de territórios lá na linha do horizonte e agora reunidos em círculos para investigar os acontecimentos.

O noviço rodeou a pilha de entulho, mas não encontrou nenhum sinal de outro buraco. Subiu num monte ao lado e vasculhou com o olhar as condições da trilha. O peregrino já tinha desaparecido havia um bom tempo. Nada se movimentava ao longo da antiga estrada, mas ele viu de relance Irmão Alfred atravessar uma colina baixa, a menos de dois quilômetros a leste, buscando lenha, perto de seu próprio local de penitência para a Quaresma. Irmão Alfred era surdo como uma porta. Não se via mais ninguém. Francis não conseguia imaginar um motivo só que fosse para gritar por socorro, mas avaliar preventivamente o provável resultado desse esforço, caso um grito se tornasse necessário, pareceu somente um exercício de prudência. Após examinar cuidadosamente o terreno, ele desceu do monte. O fôlego necessário para gritar seria mais bem usado para correr...

Ele pensou em recolocar a pedra do peregrino para tapar o buraco tal como estava antes, mas as pedras adjacentes tinham se deslocado um pouco, de modo que aquela não tinha mais o mesmo lugar no quebra-cabeça. Além disso, a falha na camada mais alta de seu abrigo continuava aberta e o peregrino tinha razão: o tamanho e o formato daquela pedra davam a impressão de que caberia perfeitamente. Após somente pequenas dificuldades ele conseguiu suspender a pedra, e então desceu de novo até a sua cova.

A pedra entrou e coube com exatidão. Francis testou o novo encaixe com um chute. A camada suportou o golpe apesar de, a alguns centímetros dali, acontecer um pequeno desmoronamento com a trepidação da pancada. As marcas do peregrino, embora borradas depois de a pedra ter sido carregada com as mãos, continuavam nítidas o suficiente para serem copiadas. Então, o noviço as desenhou com cuidado em outra pedra, usando um graveto enegrecido como estilete. Quando o Prior Cheroki realizasse sua ronda semanal pelos eremitérios, talvez fosse capaz de dizer se aquela inscrição tinha significado, se os signos eram uma bênção ou uma maldição. Temer a cabala pagã era proibido, mas o noviço tinha curiosidade de saber que espécie de sinais eram aqueles que ficariam sobre seu local de dormir, dado o peso da alvenaria na qual estavam inscritos.

Ele continuou trabalhando sob o calor da tarde. No fundo de sua cabeça, algo mantinha viva a ideia do buraco – aquele buraco cativante, mas assustador – e a lembrança de como o cascalho havia produzido ecos distantes até alcançar o fundo. Ele sabia que aquelas ruínas à sua volta eram todas muito antigas. Com base na tradição, sabia também que as ruínas tinham sofrido uma gradual erosão até se tornarem aquelas pilhas anômalas de pedra construídas por sucessivas gerações de monges e por alguns forasteiros, homens em busca de pedras ou de pedaços de aço enferrujado que pudessem ser encontrados derrubando porções maiores de colunas e placas a fim de extrair faixas antigas desse metal, misteriosamente implantadas nas rochas por homens de uma era quase esquecida pelo mundo. Essa erosão humana tinha praticamente apagado toda semelhança com construções, o que a tradição atribuía às ruínas de um período anterior, embora o atual mestre de obras da abadia ainda se orgulhasse de sua capacidade de detectar e indicar os vestígios de uma planta baixa aqui e ali. E ainda havia metal a ser encontrado, se alguém se desse ao trabalho de quebrar pedras suficientes até achá-lo.

A própria abadia tinha sido erguida com essas pedras. Para Francis, não passava de uma fantasia improvável que, após tantos séculos de construções com pedras, ainda restasse alguma coisa interessante a ser descoberta em meios às ruínas. Ainda assim, ele nunca tinha ouvido alguém mencionar edifícios com porões ou com salas subterrâneas. Mas enfim ele se lembrou de o mestre de obras ter sido muito específico uma ocasião, quando disse que as edificações daquele local denunciavam aspectos de uma construção apressada, faltando-lhes alicerces mais fundos, e que, em sua maioria, repousavam sobre placas lisas superficiais.

Tendo praticamente completado a construção de seu abrigo, Irmão Francis se aventurou a voltar às imediações do buraco e a espiar lá dentro. Era incapaz de deixar de lado sua convicção de habitante do deserto: onde quer que houvesse um lugar para se esconder do sol, alguma criatura já estaria escondida ali. Mesmo que agora aquele buraco não estivesse habitado, alguma coisa se esgueiraria para ali antes que nascesse o dia seguinte. Por outro lado, se alguma coisa já estivesse vivendo naquele buraco, Francis pensava que seria mais seguro conhecer a criatura de dia do que de noite. Não pareciam existir vestígios nas imediações além dos seus, dos do peregrino e do rastro de lobos.

Tomando rapidamente uma decisão, ele começou a afastar o lixo e a tirar a areia em torno do buraco. Depois de uma meia hora fazendo isso, o buraco não tinha aumentado, mas sua convicção de que ele dava acesso a um fosso subterrâneo tornou-se uma certeza. Dois pequenos rochedos, semienterrados e ao lado da abertura, estavam evidentemente pressionados um contra o outro sob o impacto de um excesso de matéria que entupia a boca de um poço; eles pareciam presos num gargalo. Quando Francis empurrou uma das pedras pra a direita com uma alavanca, a outra rolou para a esquerda até que fosse impossível que seguissem se mexendo. O efeito inverso ocorreu quando o noviço empurrou na direção oposta, mas ele insistiu em se engalfinhar com o congestionamento de pedras.

Por si só sua alavanca saltou-lhe da mão e desferiu um golpe repentino no lado de sua cabeça, e então desapareceu para dentro de um súbito afundamento do terreno. Aquele golpe incisivo fez Francis rodopiar. Uma pedra que vinha cruzando o ar desde que o deslizamento começara o pegou nas costas e ele caiu sem fôlego, inseguro, sem saber se estava ou não caindo no poço até que sua barriga deu de cheio no chão duro, e ele a abraçou. O troar de rochas caindo foi ensurdecedor, mas breve.

Cego pela poeira, Francis ficou deitado, tentando recuperar o ar e pensando se teria coragem de se mexer, tão intensa era a dor que sentia nas costas. Depois de ter começado a respirar um pouco melhor, conseguiu enfiar uma das mãos dentro do hábito e tatear até o ponto entre os ombros onde poderiam estar alguns ossos quebrados. Aquela região estava áspera e ardia. Seus dedos ficaram úmidos e vermelhos. Ele se movimentou um pouco, mas gemeu e novamente ficou imóvel e calado.

Houve um macio bater de asas. Irmão Francis olhou para cima bem a tempo de enxergar o abutre se preparando para pousar sobre um monte de lixo a poucos metros dali. No mesmo instante, a ave alçou voo novamente, mas Francis imaginou que ela o havia olhado com uma espécie de preocupação maternal, como uma galinha aflita com sua ninhada. Rapidamente ele rolou para o lado. Um bando inteiro daquelas hordas celestiais tinha se juntado e rodopiava em círculos baixos, todas evidentemente muito curiosas. Quase roçando as pilhas de entulho e cascalho. Quando ele se mexeu elas subiram no ar. Subitamente ignorando a possibilidade de vértebras fraturadas ou costelas esmagadas, o noviço se colocou em pé, apesar de tremer. Desapontadas, as rapinantes retomaram a altitude mais elevada subindo como se em elevadores invisíveis de ar quente, então debandaram e se dispersaram rumo a suas áreas mais remotas de vigília aérea. Substitutos escuros ao Paracleto cuja vinda ele aguardava, os pássaros às vezes pareciam ávidos por descer no lugar da Pomba. Seu esporádico interesse tinha-o deixado nervoso nos últimos tempos, e ele, sem mais delongas, depois de experimentar movimentos com os ombros, decidiu que a pedra pontuda não havia provocado mais do que algumas pancadas e arranhões.

A coluna de poeira que se enovelara no ar desde o ponto do afundamento ia sendo dissipada pela brisa. Ele esperava que alguém estivesse observando os acontecimentos do alto das torres de vigia da abadia e viesse investigar o que se passara. A seus pés, uma abertura quadrada se escancarava na terra, onde uma das paredes do monte tinha despencado para dentro do buraco. Havia uma escada para descer, mas somente os degraus superiores estavam expostos. Os demais continuavam enterrados pela avalanche que, detida em seu percurso por seis séculos, aguardara a ajuda de Irmão Francis para concluir sua descida atroadora.

Numa parede da escada mantinha-se legível um sinal semienterrado. Reativando seu modesto domínio do inglês pré-diluviano, ele foi repetindo em voz baixa as palavras com alguma hesitação:

ABRIGO DE SOBREVIVÊNCIA ANTINUCLEAR

OCUPAÇÃO MÁXIMA: 15

Limitação de provisões; ocupante único: 180 dias; dividir pelo número real de ocupantes. Após entrar no abrigo, conferir que a Primeira Escotilha esteja firmemente trancada e selada, que os escudos contra invasores estejam eletrificados para repelir pessoas contaminadas tentando entrar, que as luzes de alerta estejam LIGADAS do lado de fora do recinto...

O restante da inscrição estava soterrado, mas a quarta palavra já havia bastado para Francis. Ele nunca vira uma Precipitação Radiativa e esperava nunca ver nenhuma. Uma descrição consistente desse monstro não tinha sobrevivido, mas Francis conhecia as lendas. Ele se persignou e recuou do buraco. A tradição dizia que o próprio Beato Leibowitz enfrentara uma Precipitação Radiativa e ficara possuído por ela por muitos meses antes que o exorcismo que acompanhara seu Batismo tivesse expulsado o inimigo.

Irmão Francis visualizava a Precipitação Radiativa em parte como salamandra, porque, segundo a tradição, a coisa tinha sido parida no Dilúvio de Chamas; e também como íncubo que desonrava as virgens adormecidas, pois não eram os monstros do mundo ainda chamados "filhos da Precipitação Radiativa"? Que o demônio foi capaz de infligir todos os horrores que tinham se abatido sobre Jó era um fato registrado, não um artigo de fé.

O noviço contemplou o aviso com desânimo. Seu sentido era perfeitamente claro. Sem querer, ele havia invadido o recinto (desocupado, queira Deus) de não somente um, mas de quinze daqueles seres medonhos! No mesmo instante, enfiou a mão no manto em busca de seu frasco de água benta.

2

A spiritu fornicationis
Domine, libera nos.
Dos relâmpagos e da tempestade,
Ó Senhor, nos livrai.
Do flagelo do terremoto,
Ó Senhor, nos livrai.
Da peste, da fome e da guerra,
Ó Senhor, nos livrai.

Do local do ponto zero,
Ó Senhor, nos livrai.
Da chuva de cobalto,
Ó Senhor, nos livrai.
Da chuva de estrôncio,
Ó Senhor, nos livrai.
Do vazamento de césio,
Ó Senhor, nos livrai.

Da maldição da Precipitação Radiativa,
Ó Senhor, nos livrai.
De gerarmos monstros,
Ó Senhor, nos livrai.
Da maldição do Malnascido,
Ó Senhor, nos livrai.
Da morte perpétua
Ó Senhor, nos livrai.

Peccatores,
Te rogamus, audi nos.
Que tu nos poupe e resguarde,
Nós te imploramos, ouve a nossa súplica.
Que tu nos possa perdoar,
Nós te imploramos, ouve a nossa súplica.
Que tu nos permita a verdadeira penitência,
Te rogamus, audi nos.

Fragmentos desses versículos da litania dos santos retornavam a cada golfada de ar que Irmão Francis inspirava e exalava enquanto descia aos trancos os degraus da escada de acesso àquele antigo Abrigo de Sobrevivência, armado tão somente com sua água benta e uma tocha improvisada com as brasas remanescentes da fogueira da noite anterior. Ele tinha esperado por mais de uma hora que alguém da abadia viesse ver o que significava aquele rolo de fumaça. Ninguém tinha aparecido.

Abandonar sua vigília vocacional ainda que brevemente, a menos que estivesse gravemente doente ou que lhe fosse ordenado que retornasse à abadia, seria considerado uma renúncia *in ipso facto* de sua afirmação de que a vida monástica era sua verdadeira vocação dentro da Ordem Albertina de Leibowitz. Irmão Francis teria preferido morrer. Portanto, tinha de fazer uma escolha: investigar o temível buraco antes do pôr do sol ou passar a noite em sua cova, ignorando o que quer que estivesse à espreita no abrigo e pudesse despertar para sair à caça após o escurecer. Na qualidade de perigos notívagos, os lobos já davam trabalho suficiente, e não passavam de meras criaturas de carne e sangue. Criaturas de substâncias menos sólidas ele achava melhor enfrentar à luz do dia. Embora certamente a escassa a luz solar alcançasse o interior do poço até o fundo, o sol já estava baixo no horizonte ocidental.

O entulho que despencara dentro do abrigo havia formado um monte cujo topo chegava perto do alto da escada, e só restava uma passagem bem estreita entre as pedras e o teto. Primeiro ele colocou os pés e logo percebeu que seria obrigado a continuar entrando dessa maneira, porque a descida se mostrava muito íngreme. Para assim enfrentar o Desconhecido, esgueirando-se de lado, ele procurou pontos de apoio para os pés na superfície do monte frouxo de brita, e assim, aos poucos, foi conseguindo descer. De vez em quando, com a tocha acesa bruxuleando até quase se extinguir, ele parava para inclinar a labareda para baixo a fim de deixar que o fogo se alastrasse melhor pela madeira. Durante essas paradas, também tentava avaliar o perigo que poderia existir à sua volta e lá embaixo. Era pouco o que havia para ser visto. Ele estava no aposento subterrâneo, mas pelo menos um terço de sua área estava ocupado pelo monte de entulho que rolara pelos degraus. A cascata de pedras tinha recoberto o piso, esmagando várias peças de mobília que ele podia ver e possivelmente enterrando outras por completo. Enxergou armários metálicos retorcidos, inclinados de um jeito estranho, afundados até o meio em entulho. Na outra extremidade do aposento havia uma porta de metal cujas dobradiças estavam posicionadas para abri-la na direção dele, mas ela tinha sido firmemente travada pela avalanche. Continuavam legíveis na porta, mesmo com a tinta descascada, letras pintadas com estêncil:

ESCOTILHA INTERNA
AMBIENTE LACRADO

Evidentemente, aquele recinto, até onde tinha descido, era apenas uma antecâmara. Entretanto, o que quer que houvesse além da ESCOTILHA INTERNA estava lacrado por toneladas de rochas empilhadas contra a porta. Seu ambiente de fato estava LACRADO, a menos que tivesse outra saída.

Tendo alcançado a base da descida e se certificado de que a antecâmara não guardava nenhuma ameaça óbvia, o noviço cautelosamente passou a inspecionar a porta metálica mais de perto, servindo-se de sua tocha. Impresso abaixo das letras maiores da Escotilha Interna, havia um aviso menor e todo rajado de ferrugem:

> Advertência: Esta escotilha *não deve ser lacrad*a antes que todo o pessoal tenha entrado ou antes de terem sido realizados todos os procedimentos de segurança prescritos no Manual Técnico CD-Bu-83A. Depois que a Escotilha tiver sido lacrada, o ar no interior do abrigo será pressurizado a 2.0 p.s.i. acima do nível barométrico ambiente para minimizar a difusão interior. Depois de lacrada, a escotilha será automaticamente destravada pelo sistema servomonitor quando, mas não antes, ocorrer alguma das seguintes situações: (1) a contagem da radiação externa ficar abaixo do nível de perigo; (2) o sistema de repurificação do ar e da água falhar; (3) o suprimento de comida terminar; (4) o fornecimento interno de energia falhar. Ver o CD-Bu-83A para mais informações.

Irmão Francis se sentiu ligeiramente confuso com essa Advertência, mas tinha intenção de obedecer não tocando a porta de modo nenhum. Os milagrosos dispositivos dos antigos não deviam ser manipulados descuidadamente, como muitos escavadores do passado tinham comprovado em seu último suspiro.

O noviço reparou que o entulho depositado naquela antecâmara há tantos séculos era de uma cor mais escura e de uma textura mais áspera do que aquele que se decompusera na superfície, sofrendo a ação do sol do deserto e da areia batida pelo vento, antes do afundamento de hoje. Podia-se dizer, com uma rápida olhada nas pedras, que a Escotilha Interna tinha sido bloqueada não pelo deslizamento de hoje, mas por outro muito mais antigo do que a própria abadia. Se o Compartimento Lacrado do Abrigo de Sobrevivência continha uma Precipitação Radiativa, obviamente o dito demônio não abrira a Escotilha Interna desde os tempos do Dilúvio de Chamas, antes da Simplificação. E, se a coisa tinha ficado lacrada atrás da porta metálica durante tantos séculos, Francis disse a si mesmo que havia poucos motivos para temer que a criatura pudesse irromper pela escotilha antes do Sábado de Aleluia.

Sua tocha estava com a chama baixa. Tendo encontrado uma perna de cadeira entre os escombros, ateou-lhe fogo com o que restava da labareda antiga e então começou a recolher pedaços de mobília quebrada no intuito de montar uma fogueira confiável, o tempo todo ponderando sobre o sentido daquele aviso ancestral: ABRIGO DE SOBREVIVÊNCIA ANTINUCLEAR. Como Irmão Francis prontamente reconheceu, seu domínio do inglês pré-diluviano estava longe de ser eficiente. A maneira como os substantivos podiam às vezes modificar outros substantivos naquela língua sempre tinha sido um de seus pontos fracos. Em latim, como nos dialetos mais simples daquela região, uma construção como *servus puer* significa a mesma coisa que *puer servus*, e até mesmo em inglês "menino escravo" queria dizer "escravo menino". Mas a semelhança parava por aí. Ele finalmente tinha aprendido que "gato da casa" não significava "casa do gato", e que um dativo de finalidade ou posse, como em *mihi amicus*, estava de algum modo subentendido em "papel moeda", mesmo sem inflexão. Mas o que pensar de uma construção tripla como "abrigo de sobrevivência antinuclear"? Irmão Francis balançou a cabeça. A Advertência na Escotilha Interna mencionava comida, água e ar, e seguramente essas não eram necessidades dos inimigos do Inferno. Às vezes, o noviço pensava que o inglês de antes do Dilúvio era mais desconcertante do que a Angelologia Intermediária e até mesmo do que o cálculo teológico de São Leslie.

Ele armou sua fogueira na face inclinada da pilha dos escombros, onde as labaredas poderiam iluminar os recantos mais escuros daquela antecâmara. Então se pôs a explorar o que poderia estar soterrado pelo entulho. As ruínas na superfície tinham sido reduzidas a ambiguidades arqueológicas por gerações sucessivas de fuçadores, mas essa ruína subterrânea não havia sido tocada por outra mão além da do desastre impessoal. O lugar parecia assombrado por presenças de outra era. Um crânio, entre as pedras de um canto mais afastado, ainda conservava em seu sorriso ósseo um dente de ouro – uma indiscutível evidência de que aquele abrigo nunca tinha sido alcançado pelos viajantes. O incisivo de ouro relampejou quando as chamas se ergueram mais.

Mais de uma vez, no deserto, Irmão Francis tinha encontrado, perto do leito rachado de um antigo riacho, uma pequena pilha de ossos humanos, bicados até ficarem totalmente limpos, esbranquiçando-se mais e mais ao sol. Não era algo que o repugnasse especialmente; esse tipo de coisa era de se esperar. Portanto, não se assustou quando reparou na existência daquele crânio no canto da antecâmara, mas o faiscar do ouro na arcada conseguia atrair de volta sua atenção enquanto ele examinava as portas (trancadas ou emperradas) dos armários enferrujados e puxava as gavetas (também emperradas) de uma muito avariada escrivaninha metálica. Essa escrivaninha poderia se revelar um achado inestimável se contivesse documentos ou um pequeno livro, ou dois, sobreviventes das fogueiras furiosas da Era da Simplificação. Enquanto ele se empenhava em abrir as gavetas, as chamas da fogueira foram baixando. Francis imaginou que o crânio começava a emitir uma débil luminosidade. Esse fenômeno não era particularmente incomum, mas naquela cripta sombria o noviço achou que era muito perturbador. Recolheu mais madeira para avivar o fogo, voltou aos arrancos e puxões que aplicava à escrivaninha e tentou ignorar o sorriso faiscante do crânio. Embora ainda estivesse um pouco apreensivo com a possibilidade de alguma Precipitação Radiativa à espreita, Francis tinha se recobrado o suficiente do temor inicial para se dar conta de que aquele abrigo, principalmente a escrivaninha e os armários, poderia estar repleto de relíquias de uma era que, em sua quase totalidade, o mundo tinha deliberadamente resolvido esquecer.

A Providência concedera uma bênção aqui. Encontrar uma parte do passado que havia escapado tanto das fogueiras como dos saqueadores era um raro golpe de sorte, naqueles tempos. Entretanto, havia um risco. Atentos à possibilidade de tesouros seculares, sabia-se que escavadores monásticos tinham subido à superfície, vindos de buracos do chão, carregando em triunfo um estranho artefato cilíndrico, e então – durante uma limpeza ou na tentativa de descobrir sua finalidade – tinham apertado o botão errado ou girado o dial indevido e, dessa maneira, acabaram com tudo sem o menor benefício para o clero. Somente oitenta anos antes, o Venerável Boedullus havia escrito para o seu Abade Geral dizendo, com evidente regozijo, que sua pequena expedição descobrira os restos – em suas próprias palavras – "do sítio de uma plataforma intercontinental de lançamento, inclusive com vários e fascinantes tanques subterrâneos de armazenamento". Ninguém na abadia tinha noção do que o Venerável Boedullus queria dizer com "plataforma intercontinental de lançamento", mas o Abade Geral que governava naquela época decretou severamente que os especialistas monásticos em antiguidades, sob o risco de serem excomungados, evitassem dali em diante as ditas "plataformas". Essa carta para o abade tinha sido a última notícia que alguém tivera a respeito do Venerável Boedullus, de sua expedição, de seu sítio com a "plataforma de lançamento" e da pequena comunidade que se havia formado e crescido naquele local. Um lago curioso agora adornava o panorama onde essa cidade estivera, graças a alguns pastores que haviam desviado o curso de um arroio e feito com que ele inundasse a cratera a fim de armazenar água para seus rebanhos, na época da seca. Um viajante vindo daquelas paragens havia mais ou menos uma década tinha mencionado que o lago oferecia uma pesca excelente, mas os pescadores da região consideravam os peixes as almas dos finados habitantes e escavadores, e se recusavam a pescar ali por causa de Bo'dollos, o bagre gigante que habitava o fundo daquelas águas.

"... *assim como nenhuma outra escavação será iniciada que não tenha como sua máxima finalidade aumentar a Memorabilia*", tinha aduzido o decreto do Abade Geral, o que significava que Irmão Francis não deveria vasculhar o abrigo senão em busca de livros e papéis, evitando procurar outros objetos mais interessantes.

O dente recoberto de ouro continuava piscando e cintilando no canto de seu olho enquanto o noviço se engalfinhava com as gavetas da escrivaninha. Elas se recusavam a ceder. Depois de um último chute naquele móvel, ele se virou com impaciência para olhar de frente o crânio sorridente: *Por que você não ri de qualquer outra coisa, só para variar?*

O sorriso se mantinha. Aquele resíduo dourado de um dente repousava com a cabeça aninhada entre uma pedra e uma caixa metálica enferrujada. Desistindo da escrivaninha, o noviço finalmente foi escolhendo onde pisar entre os escombros, a fim de inspecionar aqueles restos mortais. Estava claro que a pessoa tinha morrido num instante, atingida pela torrente de pedras, ficando semienterrada pelo desmoronamento. Somente o crânio e os ossos de uma perna não tinham sido cobertos. O fêmur estava partido e a parte de trás do crânio, esmagada.

Irmão Francis murmurou uma prece pelo falecido e então, com grande delicadeza, ergueu o crânio de sua última morada e o girou, de modo que o sorriso enfim se dirigiu à parede. Foi quando seus olhos deram na caixa enferrujada.

Era um objeto com o formato de uma mala escolar e, evidentemente, era uma maleta para carregar alguma coisa. Poderia ter tido diversas finalidades, mas fora muito avariada sob o impacto de várias pedras que deviam ter voado para cima dela. Com algum esforço, Francis conseguiu soltá-la da pilha que quase a soterrava e a levou para mais perto da fogueira. O fecho parecia quebrado, mas a tampa enferrujada tinha travado no lugar. Quando ele a balançou, a caixa fez barulho de algo chacoalhando lá dentro. Aquele não era um lugar óbvio para se buscar livros e papéis, mas – o que também era óbvio – tinha sido feito para ser aberto e fechado, e poderia guardar um fragmento ou outro de informação que enriquecesse a Memorabilia. Apesar disso, lembrando-se do destino do Irmão Boedullus e dos outros, salpicou a caixa com água benta antes de tentar abri-la e segurou nas mãos aquele remanescente ancestral com toda reverência possível, enquanto forçava suas dobradiças enferrujadas batendo nelas com uma pedra.

Por fim ele quebrou as dobradiças e a tampa caiu ao chão. Pequenos pedacinhos metálicos saltaram das bandejas, espalharam-se sobre as pedras e alguns se perderam para sempre rolando entre as mínimas fendas do entulho amontoado. Mas, no fundo da caixa, no espaço entre as bandejas, ele viu: papéis! Após uma breve oração de graças, ele tornou a recolher tantos pedacinhos espalhados de metal quantos encontrou e, após ter mais ou menos encaixado a tampa de volta, começou a escalar a pilha de escombros que chegava na escada e de onde podia ver um trecho apertado de céu, segurando com firmeza a caixa debaixo de um dos braços.

Depois da intensa penumbra do abrigo, a luz estava de cegar. Ele mal se deu ao trabalho de notar que o sol estava perigosamente baixo em seu movimento de descida a oeste, e começou imediatamente a procurar uma superfície lisa sobre a qual pudesse espalhar o conteúdo da caixa sem correr o risco de perder nada na areia.

Alguns minutos depois, sentado numa superfície rachada que fora a base de alguma construção, ele começou a retirar os pedacinhos de metal e de vidro que enchiam as bandejas. A maioria dos pequenos objetos tinha formato tubular, e cada um deles apresentava filamento de arame em ambas as extremidades. Francis já tinha visto aquilo antes. O pequeno museu da abadia dispunha de alguns exemplares, de vários tamanhos, formatos e cores. Certa vez ele vira o xamã de um povo pagão das montanhas usando um colar cerimonial feito daqueles objetos. O povo pensava que eram "partes do corpo de uma divindade" – a mítica *Machina analytica*, reverenciada como a mais sábia de suas deidades. Diziam que, quando engolia um daqueles tubos, o xamã adquiria "Infalibilidade". Sem dúvida, desse modo ele alcançava a Inquestionabilidade perante seu próprio povo – a menos que engolisse um que fosse venenoso. Os pedacinhos similares expostos no museu também estavam reunidos num conjunto só, não formando um colar, mas compondo um labirinto bastante desordenado no fundo de uma pequena caixa de metal à mostra com uma inscrição que dizia: "Chassi de rádio: utilidade incerta".

No reverso da tampa do estojo de transporte, tinha sido colado um bilhete. A cola esfarelara, a tinta desbotara e o papel estava tão escuro com as manchas da ferrugem que até mesmo uma boa caligrafia teria sido difícil de ser lida, mas aquele bilhete fora rabiscado às pressas. O noviço estudou-o intermitentemente, enquanto esvaziava as bandejas. Parecia estar em inglês, em algum tipo de inglês, mas ele precisou de meia hora para decifrar a maior parte do texto:

Carl...
Tenho que pegar o avião para [indecifrável] em vinte minutos. Pelo amor de Deus, segure Em aí até sabermos se estamos em guerra. Por favor! Tente colocá-la na lista de espera para o abrigo. Não consigo arranjar lugar para ela no meu avião. Não conte para ela por que foi que a mandei até aí com essa caixa de

porcarias, mas tente mantê-la aí até sabermos [indecifrável] no pior dos casos, um suplente não aparecer.

I.E.L.

PS: Pus o lacre na fechadura e coloquei altamente sigiloso na tampa só para que Em não visse o que tem lá dentro. A primeira caixa de ferramentas que consegui arranjar. Enfie no meu armário ou coisa assim.

Aquele bilhete parecia uma baboseira afobada para Irmão Francis, que, naquele momento, estava empolgado demais para se concentrar em alguma coisa específica e deixar o resto esperando. Depois de um último olhar depreciativo sobre os rabiscos apressados do autor do bilhete, ele iniciou a tarefa de remover as bandejas de seus trilhos para chegar aos papéis que estavam no fundo da caixa. As bandejas estavam ligadas com articulações que, evidentemente, eram destinadas a tirá-las de dentro da caixa em forma de escadinha, mas os rebites estavam totalmente enferrujados; Francis percebeu que seria preciso forçar sua movimentação usando um pequeno instrumento de aço que estava em um compartimento.

Quando Irmão Francis retirou a última bandeja, tocou os papéis com um sentimento de reverência. Era apenas um punhado de documentos dobrados, mas, ainda assim, um tesouro, pois tinham escapado às chamas enfurecidas da Simplificação, responsáveis pela destruição de escritos sagrados que se haviam retorcido, enegrecido e desmanchado, tornando-se fumaça diante de turbas ignorantes que uivavam e festejavam em ruidoso triunfo. Ele segurou os papéis com o mesmo cuidado com que alguém seguraria coisas sagradas, protegendo-os do vento com seu hábito, pois estavam todos frágeis, quebradiços e vincados pelo tempo. Havia um maço de rascunhos e diagramas, além de notas manuscritas, dois papéis grandes dobrados algumas vezes e um livro pequeno intitulado *Memo*.

Primeiro, ele examinou os rascunhos manuscritos. Tinham sido feitos pela mesma mão que rabiscara o bilhete colado na tampa, e a caligrafia continuava igualmente abominável. *Meio quilo de pastrami*, dizia uma anotação, *repolho em lata, seis pães – levar para casa e entregar para Emma.* Outra anotação era um lembrete: *Lembrar – pegar o Formulário 1040, Imposto de Renda do tio.* Havia uma lista de números em outro papel, com um total circulado do qual outra quantia era subtraída e, finalmente, uma porcentagem tinha sido extraída, seguida da palavra *droga!* Irmão Francis analisou os números; não conseguiu achar erro algum na aritmética do abominável autor daquelas contas, embora não conseguisse deduzir nada a respeito do que pudessem representar aqueles valores.

Ele tomou *Memo* nas mãos com reverência especial, porque esse título tinha uma ligação com *Memorabilia*. Antes de abri-lo, persignou-se e murmurou a Bênção dos Textos. Mas o livrinho se revelou uma decepção. Ele tinha esperado encontrar informações impressas, mas achou somente uma lista manuscrita de nomes, lugares, números e datas. As datas variavam entre os últimos anos da quinta década e os primeiros da sexta, do século 20. Novamente se afirmava: o conteúdo do abrigo procedia do crepúsculo da Era do Esclarecimento! Uma grande descoberta, sem dúvida.

Dos grandes papéis dobrados, um estava firmemente preso num rolo apertado e começou a se desmanchar em pedaços assim que Francis tentou desfazer o rolo. Ele conseguiu ler as palavras FORMULÁRIO DE CORRIDA, e nada mais. Depois de devolvê-lo à caixa para um posterior trabalho de restauro, o noviço tomou o segundo documento dobrado. Os vincos estavam tão quebradiços que ele só ousou examinar uma pequena fração do papel, afastando ligeiramente as partes pela dobra e tentando ver o que estava escrito.

Parecia ser um diagrama – mas um diagrama de linhas brancas num papel escuro!

Mais uma vez, sentiu o arrepio da descoberta. Evidentemente, tratava-se de um esquema em cianotipia! E, na abadia, não havia um único esquema original, somente fac-símiles a tinta de várias impressões como aquela. Os originais tinham desbotado há muito tempo pelo excesso de exposição à luz.

Nunca em sua vida Francis tinha visto um original, embora existisse um número suficiente de reproduções pintadas à mão para reconhecer aquele esquema que, embora manchado e desbotado também, permanecia legível tantos séculos depois, devido à total escuridão e à baixa umidade do abrigo. Ele virou o documento do outro lado e, por um instante, ficou furioso. Que idiota teria profanado um papel tão inestimável? Alguém tinha desenhado a esmo figuras geométricas e caricaturas infantis de personagens de quadrinhos sobre todo o verso do documento. Mas que vândalo sem noção...

A raiva passou depois de um minuto de reflexão. Na época em que fora feito, provavelmente, esquemas em cianotipia eram tão comuns quanto mato, e o dono da caixa era o provável autor dos desenhos. Ele protegeu o documento do sol fazendo sombra com o próprio corpo, enquanto tentava desdobrá-lo mais um pouco. No canto inferior direito havia um retângulo impresso, contendo em letras de forma simples vários títulos, datas, "números de patente", números de referência e nomes. Os olhos de Francis foram descendo pela lista até encontrar "DESENHO DO CIRCUITO POR *Leibowitz, I. E.*".

Ele fechou os olhos com força e sacudiu a cabeça até que ela pareceu emitir o som de um chocalho. Então, leu de novo. Estava bem ali, muito claro:

DESENHO DO CIRCUITO POR *Leibowitz, I. E.*

Ele desdobrou o papel de novo. Entre as figuras geométricas e os esboços pueris, nitidamente carimbado em tinta vermelha, estava o selo:

> ESTA CÓPIA DO ARQUIVO PARA:
> ☐ Supv
> ☐ Plnt
> ☑ Dsgn *L.E.Leibowitz*
> ☐ Engr
> ☐ Exrct

O nome fora escrito por uma indiscutível mão feminina, diferente dos rabiscos apressados dos outros bilhetes. Ele novamente olhou para a assinatura em iniciais da nota na tampa da caixa – I. E. L. –, e novamente para "CIRCUITO DESENHADO POR...". As mesmas iniciais apareciam em vários lugares das notas.

Tinha havido debates, todos altamente hipotéticos, sobre se o beatificado fundador da Ordem, se fosse um dia canonizado, deveria ser chamado de Santo Isaac ou Santo Eduardo. Houve quem preferisse São Leibowitz como a designação mais apropriada, uma vez que o Beato, até o presente, fora chamado por seu sobrenome.

"*Beate Leibowitz, ora pro me!*", sussurrou o noviço. Suas mãos tremiam com tal violência que quase ameaçaram destruir o frágil documento.

Ele tinha descoberto relíquias do Santo.

Obviamente, Nova Roma ainda não havia proclamado Leibowitz um santo, mas o noviço estava tão convicto disso que ousou acrescentar: "*Sancte Leibowitz, ora pro me!*".

Irmão Francis não perdeu tempo com lógicas ociosas antes de saltar para a conclusão imediata: ele acabara de ser agraciado com um símbolo de sua vocação pelo próprio Céu. Tinha, a seu ver, descoberto a finalidade para a qual havia sido enviado para o deserto: estava sendo chamado para ser um monge confesso da Ordem.

Esquecendo-se da grave advertência do abade quanto a esperar que sua vocação se manifestasse de alguma maneira espetacular ou milagrosa, Francis se ajoelhou na areia para rezar em gratidão e para oferecer algumas décadas do rosário pelas intenções do velho peregrino que havia indicado a rocha que o levara ao abrigo. *Que logo você possa encontrar a sua Voz, rapaz*, o andarilho dissera. E foi somente nesse instante que o noviço desconfiou que o peregrino tinha se referido a *Voz* com letra maiúscula.

"*Ut solius tuae voluntatis mihi cupidus sim, et vocationis tuae conscius, si digneris me vocare...*"

Caberia ao discernimento do abade pensar que a "voz" estava falando a língua das circunstâncias e não a língua da causa e efeito. Restaria ao *Promotor Fidei* pensar que "Leibowitz" talvez não fosse um nome incomum antes do Dilúvio de Chamas, e que *I. E.* poderia facilmente representar tanto "Ichabod Ebenezer" como "Isaac Edward". Para Francis não havia outra opção.

Na abadia distante soaram três notas de sino que atravessaram o deserto; fez-se uma pausa e, então, as primeiras três foram seguidas de mais nove.

"*Angelus Domini nuntiavit Mariae*", respondeu o cioso noviço, levantando com surpresa os olhos para verificar que o sol tinha, de fato, se tornado uma fina elipse escarlate tocando a linha do horizonte. A barreira de rochas em torno de sua cova ainda não estava concluída.

Assim que o *Angelus* foi cantado, ele apressadamente recolocou os papéis no interior da velha caixa enferrujada. Um chamado dos Céus não necessariamente implica o carisma de subjugar animais selvagens nem acolher lobos famintos.

No momento em que o lusco-fusco dera lugar ao brilho das estrelas, seu abrigo improvisado já estava tão fortificado quanto lhe era possível. Restava saber se, de fato, era à prova de lobos, teste que não demoraria a acontecer. Ele já tinha ouvido alguns uivos vindos do oeste. Sua fogueira recebeu mais lenha, mas não havia luz fora do círculo das labaredas que lhe permitisse recolher sua coleta diária de frutos do cacto vermelho – sua única fonte de alimento, exceto aos domingos, quando alguns punhados de milho ressecado eram enviados da abadia depois que um sacerdote tivesse feito suas rondas com o Sagrado Sacramento. O sentido textual da lei para uma vigília vocacional durante a Quaresma não era tão rígido quanto sua aplicação prática. Aplicada, essa regra significava literalmente passar fome.

Nessa noite, entretanto, a agonia da fome era menos incômoda para Francis do que sua ânsia impaciente de correr de volta para a abadia, anunciando a boa nova de sua descoberta. Se fizesse isso, estaria renunciando à sua vocação com a mesma rapidez com que ela lhe havia sido revelada. Ele devia ficar ali durante a Quaresma inteira, com ou sem vocação, prosseguindo com sua vigília como se não tivesse acontecido nada de extraordinário.

Perto do fogo, ele contemplou com olhos sonhadores as trevas que envolviam o Abrigo de Sobrevivência Antinuclear, tentando visualizar uma imponente basílica a se erguer naquele local. Era uma fantasia muito agradável, mas ficava difícil imaginar alguém escolhendo aquele trecho remoto do deserto como a sede de uma futura diocese. Se não fosse possível uma basílica, então uma igreja menor – a Igreja de São Leibowitz do Deserto – rodeada por um jardim e um muro, com um relicário do Santo atraindo rios de peregrinos com os quadris cingidos por um pano, vindos do norte. O "Padre" Francis de Utah conduziria os peregrinos numa excursão até as ruínas, explorando a "Escotilha Dois" e, em seguida, o "Ambiente Lacrado"; mais adiante, as catacumbas do Dilúvio de Chamas em que... em que... Bem, depois, ele celebraria a missa no altar de pedra que continha uma relíquia do santo padroeiro da igreja – um fragmento de aniagem? Fibras do laço de corda do cadafalso? Lascas de unha retiradas do fundo da caixa enferrujada? – ou, quem sabe, o FORMULÁRIO DE CORRIDA. Então a fantasia se dissolveu. As chances de Irmão Francis se tornar padre eram mínimas. Não sendo uma ordem missionária, a Fraternidade de Leibowitz só necessitava de padres suficientes para a própria abadia e para mais umas poucas comunidades monásticas menores em outras localidades. Além disso, o "Santo" ainda era oficialmente apenas um Beato, e nunca seria formalmente declarado santo a menos que obrasse mais alguns milagres incontestes que endossassem sua própria beatificação – que não era uma proclamação infalível, como seria a canonização, embora permitisse aos monges da Ordem de Leibowitz formalmente venerar seu fundador e patrono, não só durante a missa e o ofício. As proporções da igreja imaginada foram encolhendo até se tornarem um santuário de beira de estrada, e o rio de peregrinos se reduziu a um gotejamento de interessados. Nova Roma estava ocupada com outras questões, como, por exemplo, a petição de uma definição formal sobre a controvérsia dos Dons Sobrenaturais da Virgem Santa, com os dominicanos afirmando que a Concepção Imaculada implicava não somente a graça inata, mas *também* que a Mãe Abençoada tinha tido poderes sobrenaturais que eram os mesmos de Eva antes da Queda. Alguns teólogos de outras ordens, embora reconhecessem que essa era uma pia conjectura, negavam que fosse necessariamente o caso e defendiam que uma "criatura" pudesse ser "originalmente inocente" embora não agraciada com dons sobrenaturais. Os dominicanos concordavam com isso, mas insistiam que a crença sempre fora implícita em outros dogmas, como a Assunção (imortalidade sobrenatural) e a Preservação diante do Pecado Atual (implicando uma integridade sobrenatural), entre outros exemplos mais. Enquanto tentava resolver essa discórdia, Nova Roma tinha aparentemente deixado o caso da canonização de Leibowitz esquecido em algum canto.

Contentando-se com o pequeno santuário para o Beato e um escasso contingente de peregrinos, Irmão Francis acabou cochilando. Quando despertou, o fogo estava reduzido a algumas brasas ainda incandescentes. Algo parecia diferente. Será que estava de fato sozinho? Piscando, olhou e olhou em volta, através da escuridão que o rodeava.

Do outro lado do leito de carvões avermelhados o lobo de pelo escuro piscou de volta.

O noviço ganiu e mergulhou no chão tentando se proteger.

O ganido tinha sido apenas uma quebra involuntária de seu voto de silêncio, ele pensou enquanto se estendia trêmulo no chão, no fundo de sua cova de pedras e ramagens. Ele ficou imóvel, abraçado à caixa metálica, rezando para que passassem depressa os dias da Quaresma, enquanto patas macias percorriam o terreno em torno de seu abrigo.

3

– ... e então, padre, eu quase peguei o pão e o queijo.
– Mas você não pegou?
– Não.
– Então não houve pecado por ação.
– Mas eu quis muito, tanto que até senti o gosto.
– De propósito? Você deliberadamente apreciou essa fantasia?
– Não.
– Você tentou se livrar dela.
– Sim.
– Então também não houve a culpa da gula em pensamento. Por que você está confessando isso?
– Porque perdi o controle e lancei água benta nele.
– Você o quê? *Por quê?*

Padre Cheroki, usando a estola, olhava fixamente para o penitente ajoelhado à sua frente sob a luz inclemente do sol do deserto. O padre não parava de se perguntar como era possível que um jovem daqueles (nem tão inteligente assim, até onde era capaz de perceber) conseguisse achar maneiras ou quase maneiras de pecar mesmo estando completamente isolado num deserto estéril, longe de toda distração ou qualquer fonte aparente de tentação. Deveria ser muito pequena a margem de confusões em que poderia se meter um rapaz num local tão remoto, munido como estava somente de um rosário, uma pedra de pederneira, um canivete e um missal. Assim pensava o Padre Cheroki. Mas essa confissão estava tomando tempo demais. Ele queria que o jovem acabasse logo com aquilo. Sua artrite o estava perturbando de novo, mas, devido à presença do Santo Sacramento numa mesa portátil que ele levava sempre que fazia suas rondas, o sacerdote preferia ficar em pé, ou de joelhos, assim como o penitente. Ele tinha acendido uma vela diante do pequeno estojo dourado que continha as hóstias, mas a chama era invisível sob o clarão do sol e a brisa constante poderia tê-la apagado.

— Mas atualmente o exorcismo é permitido, sem nenhuma autorização específica de um superior. O que você está confessando? Ter-se zangado?

— Isso também.

— De quem você sentiu raiva? Do velho ou de você, por quase ter pegado a comida?

— Eu... não tenho certeza.

— Bom, decida-se — disse o Padre Cheroki, com impaciência. — Ou você se acusa, ou não.

— Eu me acuso.

— Do quê? — e Cheroki suspirou.

— De abusar de um sacramento num acesso de descontrole.

— Abusar? Você não tinha nenhum motivo racional para suspeitar de uma influência diabólica? Você apenas ficou com raiva e jogou água benta nele? Como se lhe espirrasse tinta no olho?

O noviço se remexeu e hesitou, percebendo o sarcasmo do padre. A confissão sempre era uma dificuldade para Irmão Francis. Ele nunca conseguia achar as palavras certas para descrever suas faltas e, quando tentava se lembrar dos motivos que o haviam levado a agir, acabava se tornando irremediavelmente confuso. Tampouco o sacerdote o estava ajudando com aquela atitude de "ou você fez ou não fez" — ainda que, evidentemente, Francis *ou* tinha *ou* não tinha feito.

— Acho que perdi o controle por um instante — ele disse, finalmente.

Cheroki abriu a boca, aparentemente insinuando que insistiria no assunto.

– Entendo. O que aconteceu depois?

– Pensamentos gulosos – Francis disse, após alguns segundos.

O padre suspirou.

– Achei que já tínhamos acabado com esse assunto. Ou você se refere a alguma outra vez?

– Ontem. Vi um lagarto, padre. Tinha listas amarelas e azuis, e coxas magníficas, grossas como o seu polegar e roliças, e eu não parava de pensar que seu gosto seria como o de um frango, assado, dourado, e crocante por fora e...

– Muito bem – o sacerdote interrompeu. Somente um mínimo indício de repugnância atravessou-lhe o rosto idoso. Afinal de contas, o rapaz estava passando uma grande parte do tempo ao sol.

– Você se deleitou com esses pensamentos? Não tentou se livrar da tentação?

Francis corou.

– Eu... eu tentei capturá-lo. Ele fugiu.

– Então, não somente em pensamento, mas em ato também. Só essa vez?

– Bom... é, só essa vez.

– Muito bem, em pensamento e em ação, deliberadamente pretendendo comer carne durante a Quaresma. Por favor, seja tão específico quanto possível depois disso. Achei que você teria examinado a própria consciência adequadamente. Há mais alguma coisa?

– Muitas.

O sacerdote sentiu um calafrio. Ele tinha muitos eremitérios para visitar. Seria uma viagem longa e tórrida, e seus joelhos doíam.

– Por favor, seja o mais rápido que puder – ele suspirou.

– Impureza, uma vez.

– Pensamento, palavra ou ação?
– Bom, houve um súcubo e ela...
– Súcubo? Ah, noturno... Você estava dormindo?
– Sim, mas...
– Então, por que confessa?
– Por causa de depois.
– Depois o quê? Quando você acordou?
– Sim. Eu continuava pensando nela. Ficava imaginando tudo de novo.
– Muito bem, pensamento concupiscente, deliberadamente alimentado. Você se arrepende? Bom, que mais?

Todas aquelas eram as coisas comuns que se ouvia sem parar, repetidas até a exaustão por todos os postulantes e noviços, e parecia ao Padre Cheroki que o mínimo que Irmão Francis poderia fazer seria vomitar de uma vez suas autoacusações, *um, dois, três,* de maneira clara e ordenada, sem todas essas hesitações e derivações. Francis parecia ter dificuldade para formular o que queria dizer. O sacerdote esperava.

– Acho que minha vocação veio a mim, padre, mas... – Francis umedeceu os lábios rachados e fincou os olhos num besouro sobre uma pedra.

– Ora, veio? – disse Cheroki com voz inexpressiva.

– Sim, penso que sim. Mas seria um pecado, padre, se, da primeira vez que a vi, considerei a caligrafia com um pouco de desprezo? Quer dizer...

Cheroki piscou algumas vezes. Caligrafia? Vocação? Mas que tipo de pergunta era aquela... Ele estudou a expressão séria do noviço durante alguns segundos, então franziu o cenho.

– Você e Irmão Alfred ficaram trocando bilhetes um com o outro? – indagou com voz portentosamente ameaçadora.

– Oh, não, padre!

– Então, de que caligrafia você está falando?

– Da do Abençoado Leibowitz.

Cheroki parou para pensar. Existia ou não existia na coleção de documentos antigos da abadia algum manuscrito de autoria pessoal do fundador da Ordem? Um exemplar original? Após alguns minutos de reflexão, ele decidiu que sim, que havia. De fato, existiam alguns fragmentos remanescentes, cuidadosamente guardados a sete chaves.

— Você está falando de alguma coisa que se passou ainda na abadia? Antes de você vir para cá?

— Não, padre. Foi uma coisa que aconteceu aqui mesmo...

— ele sinalizou o oeste com a cabeça. — Três montes para lá, perto do cacto alto.

— E tem a ver com sua vocação, é isso?

— S-sim, mas...

— *Naturalmente* — Cheroki disse em tom incisivo — você não poderia DE JEITO NENHUM estar tentando dizer que... recebeu... do Abençoado Leibowitz, falecido agora, ó lástima, por seiscentos anos... um convite escrito a mão para professar seus votos solenes, certo? E você, ahn, criticou a caligrafia dele? Desculpe-me, mas é essa a impressão que eu tive.

— Bem, é *mais ou menos* isso, padre.

Cheroki se engasgou e cuspiu. Alarmado, Irmão Francis puxou um pedacinho de papel de dentro de sua manga e entregou-o ao padre. Estava vincado pelo tempo e muito manchado. A tinta, desbotada.

— *Meio quilo de pastrami* — pronunciou Padre Cheroki, demorando-se na enunciação de algumas palavras desconhecidas —, *repolho em lata, seis pães; levar para casa e entregar para Emma.* — Ele olhou fixamente para Irmão Francis, durante vários segundos. — Por quem isso foi escrito?

Francis lhe disse.

Cheroki ponderou alguns instantes sobre essa informação.

— Não é possível que você faça uma boa confissão enquanto se encontrar em *tal* estado. E não seria apropriado que eu o absolvesse se você não está em seu juízo perfeito.

Vendo que Francis estremecia, o padre tocou-lhe o ombro na tentativa de tranquilizá-lo.

– Não se preocupe, filho. Voltamos a falar disso assim que você estiver melhor. Então ouvirei sua confissão. Por ora... – e Cheroki olhou com apreensão para o receptáculo contendo a eucaristia. – ... quero que você recolha seus pertences e volte imediatamente para a abadia.

– Mas, padre, eu...

– Eu ordeno que você volte imediatamente para a abadia – Cheroki repetiu, sem emoção.

– S-sim, padre.

– Bem, eu *não* vou absolvê-lo, mas você pode fazer um bom ato de contrição e oferecer duas décadas de rosário como penitência, de todo modo. Gostaria de receber a minha bênção?

O noviço indicou que "sim" com a cabeça, lutando contra as lágrimas. O padre o abençoou, se levantou, ajoelhou-se brevemente perante o Sacramento, pegou de novo o recipiente dourado e voltou a prendê-lo na corrente que trazia ao pescoço. Depois de ter enfiado a vela no bolso, desmontou a mesa dobrável e amarrou-a com correias na parte de trás da sela. Então destinou um último e solene aceno de cabeça a Francis, montou em sua égua e seguiu adiante, a fim de completar a ronda pelos eremitérios da Quaresma. Francis desabou na areia quente e chorou.

Teria sido simples se ele pudesse ter levado o padre até a cripta para lhe mostrar o aposento ancestral, se pudesse ter mostrado a caixa e tudo que havia lá dentro, assim como a marca feita pelo peregrino na pedra. Mas o padre estava transportando a Eucaristia e não poderia ser induzido a descer por uma pilha de pedras até um porão forrado de escombros, usando apenas as mãos e os joelhos, nem a escarafunchar o conteúdo da velha caixa e dar início a um debate arqueológico. Francis sabia que era impossível sequer pedir. A visita de Cheroki era necessariamente solene enquanto o medalhão que ele usava contivesse uma única Hóstia. No entanto, depois que o recipiente estivesse vazio, ele poderia se dispor a ouvir algo mais ameno. O noviço não poderia culpar Padre Cheroki por se precipitar em concluir que ele havia perdido o juízo. Ele *realmente* estava um pouco grogue por causa do sol e tinha gaguejado um tanto. Mais de um noviço regressara à abadia com o juízo comprometido depois de sua vigília vocacional.

Não havia mais o que fazer senão obedecer à ordem dada e retornar à abadia.

Ele voltou ao abrigo e olhou lá dentro de novo para se reassegurar de que estava de fato lá. Então foi em busca da caixa. No momento em que tinha acabado de se reorganizar e estava prestes a partir, a nuvem de poeira se formou a sudeste, anunciando a chegada do carregamento de víveres com água e milho enviados pela abadia. Irmão Francis decidiu esperar a sua cota antes de começar a caminhada de volta para casa.

Três jumentos e um monge se materializaram numa visão que vinha à frente do rastro de poeira. O jumento-guia se esfalfava sob o peso do Irmão Fingo. Apesar do capuz, Francis reconheceu o ajudante de cozinha pela silhueta recurvada dos ombros e pelas longas pernas cabeludas que balançavam de um lado e outro do dorso do animal, de tal modo que as sandálias do Irmão Fingo quase arrastavam no chão. Os animais que o seguiam vinham carregados com pequenas sacolas de milho e bolsas de água.

– *Suuuuuuuii* porco-porco-porco – Fingo chamou, formando uma concha com as mãos em volta da boca para propagar o chamado através das ruínas, como se não tivesse visto Francis esperando por ele ao lado do caminho. – *Porco, porco, porco!* Ora, você está *aí*, Francisco! Confundi você com uma pilha de ossos. Bom, vamos ter de engordá-lo um pouco para dar aos lobos. Pegue isto aqui, sirva-se dos manjares de domingo. Como vai o ofício de ermitão? Acha que vai seguir carreira? E é um odre só, veja bem, e um saquinho só de milho.

E cuidado com as patas de trás de Malicia. Ela está no cio e muito inquieta. Deu um chute em Alfred lá atrás e *crunch!*, acertou bem no joelho. Cuidado com isso!

Irmão Fingo empurrou o capuz para trás e deu uma risadinha enquanto o noviço e Malicia se colocavam em posição de espadachins prontos para um embate. Fingo era, sem a menor sombra de dúvida, o homem vivo mais feio da Terra, e, quando ria, a exorbitante exibição de gengivas rosadas e dentes enormes de cores variadas pouco ajudava a melhorar seus encantos. Era um bom camarada, mas um bom camarada dificilmente poderia ser chamado monstruoso. Tratava-se de um padrão hereditário bastante comum no interior de Minnesota, sua terra natal, marcado por calvície e uma distribuição intensamente irregular de melanina, de modo que a pele daquele monge desengonçado era uma miscelânea de manchas verdes lívidas entre outras cor de chocolate contra um fundo albino irregular. Não obstante, seu perpétuo bom humor compensava a tal ponto sua aparência que a pessoa deixava de reparar nisso em poucos minutos; e, depois de conhecê-lo melhor, as características do Irmão Fingo transpareciam tão naturais quanto as de um pônei pintado. O que talvez pudesse parecer repugnante, caso ele fosse um homem rabugento, praticamente se tornava um elemento tão decorativo quanto os trajes de um palhaço, quando acompanhado de uma exuberante demonstração de bom humor. A designação de Fingo para a cozinha era uma punição, e provavelmente temporária. Seu ofício mesmo era entalhador de madeira, e normalmente trabalhava na carpintaria. Mas algum episódio de autoafirmação, ligado a uma imagem do Abençoado Leibowitz que ele havia recebido permissão para entalhar, tinha levado o abade a ordenar sua transferência para a cozinha até ele demonstrar sinais de que estava agindo com humildade. Enquanto isso, a imagem do Beato aguardava na carpintaria, esculpida pela metade.

O sorriso escancarado de Fingo começou a se encolher quando ele olhou com mais atenção para a fisionomia de Francis, enquanto o noviço descarregava sua cota de grãos e água do lombo daquela fêmea arisca.

– Você está com cara de carneiro doente, menino – disse Fingo para o penitente. – Qual é o problema? É o Padre Cheroki outra vez em um daqueles acessos lentos de raiva?

Irmão Francis balançou a cabeça.

– Não que eu tenha notado.

– Então, é o quê? Você está realmente doente?

– Ele me mandou voltar para a abadia.

– O-o-o quê? – Fingo passou uma perna magra e cabeluda pelo dorso da jumenta e desceu os poucos centímetros que o afastavam do chão. Aproximou-se do noviço aprumando-se em toda a sua altura, tomou-lhe um ombro com a mão gorducha e quase encostou o nariz no rosto do rapaz.

– O que ele acha que você tem? Icterícia?

– Não. Ele acha que eu... – e Francis deu umas pancadinhas na testa e encolheu os ombros.

Fingo riu.

– Bom, isso é verdade. Mas *todos nós* já sabíamos disso. E por que ele está mandando você de volta?

Francis olhou de relance para a caixa perto de seus pés.

– Encontrei algumas coisas que pertenceram ao Abençoado Leibowitz. Comecei a contar para ele, mas ele não acreditou em mim. Não me deixou explicar nada. Ele...

– Você achou *o quê*? – Fingo sorria sem acreditar no que estava ouvindo, então despencou ajoelhado e abriu a caixa enquanto o noviço, nervoso, o observava. Usando um dedo, o monge remexeu nos cilindros com filamentos que se encontravam nas bandejas, e então assobiou de mansinho.

– São amuletos dos pagãos da montanha, certo? Isto aqui é velho, Francisco, muito velho *mesmo*. – Fingo reparou no bilhete na tampa. – E o que significa essa baboseira? –

ele perguntou com os olhos apertados como fendas, mirando o noviço infeliz.

– Inglês pré-diluviano.

– Nunca estudei essa língua, exceto quando cantamos no coro.

– Foi escrito pelo próprio Beato.

– *Isto?!* – Irmão Fingo olhou do bilhete para Francis e de volta para o bilhete. De repente, sacudiu a cabeça, fechou com uma batida seca a tampa da caixa e se levantou do chão. Seu sorriso tinha adquirido um caráter artificial.

– Talvez o padre tenha razão. É *melhor* mesmo você voltar para a abadia e ver se o Irmão Farmacêutico prepara um dos especiais de cocô de sapo que ele conhece tão bem. Você está com febre, irmão.

Francis deu de ombros. – Pode ser.

– Onde você encontrou essas coisas?

O noviço apontou. – É por ali, passando alguns montes. Tirei umas pedras do lugar. Aí houve um pequeno desabamento que acabou me levando a um porão. Vá até lá para ver com seus próprios olhos.

Fingo sacudiu a cabeça. – Ainda tenho um longo caminho pela frente.

Francis recolheu a caixa do chão e começou a caminhar no rumo da abadia, enquanto Fingo voltava à sua montaria. Mas, depois de uns passos, o noviço parou e chamou por ele.

– Irmão Malhado! Você teria dois minutos?

– Talvez – Fingo respondeu. – Para quê?

– Apenas vá até o buraco e dê uma olhada lá dentro.

– E por quê?

– Assim você pode dizer ao Padre Cheroki que ele realmente existe.

Fingo parou, com uma perna quase passada sobre o dorso do animal. – Ah! – e ele puxou a perna de volta. – Muito bem. Se não estiver lá, eu digo a *você*.

Francis observou por um momento enquanto o desajeitado

Fingo saía de vista, dando largas passadas entre os montes. Então o noviço se voltou na direção da abadia e retomou o longo e poeirento trajeto até lá, mastigando os grãos de milho e dando goles pequenos no odre. De vez em quando, girava a cabeça para olhar para trás. Fingo já havia sumido fazia muito mais do que dois minutos. Irmão Francis tinha desistido de esperar que ele reaparecesse, mas então ouviu um grito distante, vindo das ruínas que haviam ficado para trás. Ele se voltou e pôde discernir a silhueta distante do entalhador, em pé no alto de um dos montes. Fingo estava abanando os braços e movimentando a cabeça vigorosamente, confirmando a existência do buraco. Francis acenou de volta e então retomou a desgastante caminhada.

Duas semanas de uma fome quase radical tinham cobrado um preço. Depois de percorrer quase quatro quilômetros ele começou a cambalear. Quando ainda faltava um quilômetro e meio para chegar à abadia, ele desmaiou à beira da estrada. Já caía a tarde quando enfim Cheroki, tendo concluído suas rondas, reparou nele esticado no chão e então, desmontando afobadamente, molhou o rosto do rapaz até conseguir que ele aos poucos recuperasse os sentidos. Cheroki tinha encontrado com os jumentos das provisões em seu regresso e parara para ouvir o relato de Fingo, confirmando o achado do Irmão Francis. Embora não estivesse preparado para acreditar que Francis havia encontrado algo verdadeiramente importante, o padre lamentou sua impaciência anterior com o rapaz. Reparando que a caixa estava caída ali perto, com o conteúdo um pouco espalhado pela estrada, e tendo visto rapidamente o bilhete na tampa enquanto Francis se sentava ainda meio zonzo e confuso à beira da trilha, Cheroki se percebeu disposto a considerar as sandices que o rapaz dissera antes mais como resultado de uma imaginação ardente e romântica do que como indícios de loucura ou delírio. Ele não tinha entrado na cripta nem examinado mais de perto o conteúdo da caixa, mas pelo menos era óbvio que o jovem tinha interpretado de modo errôneo alguns acontecimentos reais, não havendo confessado nenhuma alucinação.

– Você vai poder terminar sua confissão assim que retornarmos – ele disse para o noviço com suavidade, ajudando-o a se pôr em pé e a se instalar na garupa da montaria. – Acho que posso absolvê-lo se você não insistir mais em mensagens pessoais enviadas por santos, combinado?

Naquele momento, Irmão Francis estava fraco demais para insistir no que fosse.

4

— Você fez a coisa certa – o abade por fim resmungou. Ele ficara andando de lá para cá em seu gabinete, durante uns cinco minutos talvez, seu largo rosto de camponês exibindo uma expressão carrancuda com um sulco bem fundo na testa. Padre Cheroki estava nervoso, sentado na beirada de uma cadeira. Nenhum dos padres tinha falado desde que Cheroki entrara na sala, atendendo à convocação de seu superior. Cheroki teve um pequeno sobressalto quando o Abade Arkos enfim rosnou sua decisão.

— Você fez a coisa certa – ele repetiu, parando no meio da sala, espremendo os olhos para encarar o prior que, finalmente, começou a relaxar. Era quase meia-noite e Arkos estivera se preparando para se retirar para uma ou duas horas de sono antes das Matinas e das Laudes. Ainda molhado e desgrenhado após o recente mergulho na tina de banho, ele parecia a Cheroki quase um lobisomem que ainda não se transformara totalmente em homem. Usava um robe feito de pele de coiote e o único sinal de seu ofício era a cruz peitoral aninhada entre os pelos abundantes que lhe cobriam o tronco, a qual reluzia à chama das velas sempre que ele se virava de frente para a escrivaninha. Seu cabelo úmido lhe cobria a testa e, com sua barba curta e saliente e suas peles de coiote recobrindo os ombros, naquele momento ele parecia muito pouco um sacerdote e bem mais um caudilho tomado pela fúria de um combate recém-travado. Padre Cheroki, oriundo de uma família nobre de Denver, tendia a reagir com formalidade perante os cargos oficiais dos homens, e tendia a se dirigir com cortesia ao portador de uma insígnia de distinção, ao mesmo tempo que não se permitia considerar o homem que a portava, assim demonstrando sua anuência aos costumes ancestrais observados na corte. Com isso, Padre Cheroki sempre mantivera um relacionamento formalmente cordial com o anel e a cruz peitoral, com a posição de seu abade, mas se permitia enxergar o mínimo possível Arkos, o homem. Nas atuais circunstâncias, isso se tornava especialmente difícil, vendo como o Reverendo Padre Abade havia se refrescado com seu banho e palmilhava seu gabinete de pés descalços. Ele dava a impressão de ter acabado de cortar um calo e afundara muito a incisão. Um dos dedos grandes sangrava. Cheroki tentou evitar reparar nisso, mas ficou muito perturbado com a imagem.

— Você sabe do que estou falando? — Arkos grunhiu com impaciência.

Cheroki hesitou. — O senhor, Padre Arkos, se importaria de ser mais específico, caso tenha ligação com algo que eu possa ter ouvido falar somente em confissão?

— Han? Ah! Pois bem. Estou desnorteado! Você de fato ouviu a confissão dele, tinha me esquecido completamente. Bom, faça com que ele lhe diga tudo de novo para que você possa comentar, embora, só Deus saiba como, a abadia inteira esteja a par. Não, não vá atrás dele agora. *Eu* vou dizer a *você*, e não responda sobre o que está jurado pelo segredo. Você viu aquilo? — E o Abade Arkos acenou na direção de sua escrivaninha onde haviam sido depositados os objetos que estavam dentro da caixa do Irmão Francis, a fim de ser examinados.

Cheroki concordou com a cabeça.

— Ele deixou a caixa cair na estrada quando desmaiou. Eu ajudei a reunir as coisas, mas não olhei para elas com muita atenção.

— Bom, você sabe o que ele está afirmando que é?

Padre Cheroki olhou de lado. Ele parecia não ter ouvido a pergunta.

– Está bem, está bem – rosnou o abade –, não importa o que ele *afirma* que é. Apenas examine tudo com cuidado você mesmo e decida o que *você* acha que é.

Cheroki foi e se curvou sobre a escrivaninha para avaliar os papéis com todo cuidado, um de cada vez, enquanto o abade ia de cá para lá, aparentemente falando com o padre, mas mais com seus próprios botões.

– É impossível! Você fez a coisa certa mandando que ele voltasse para cá antes que descobrisse mais coisas. Mas claro que essa *não* é a pior parte. O pior é o velho de quem ele fica falando o tempo todo. Isso está ficando inconveniente. Não sei de nada que pudesse prejudicar mais o caso do que uma verdadeira inundação de "milagres" improváveis. Alguns incidentes reais, sem dúvida! Precisamos confirmar que a intercessão do Beato ocasionou o milagroso... antes que a canonização possa ocorrer. Mas pode haver coisas demais! Veja o Abençoado Chang, beatificado há dois séculos, mas nunca canonizado, até agora pelo menos. E *por quê?* A ordem à qual ele pertencia se mostrou muito ambiciosa, foi isso. Toda vez que alguém sarava de uma tosse, era uma cura milagrosa operada pelo Beato. Visões no subsolo, evocações no campanário. Dava mais a impressão de ser uma coletânea de histórias de fantasmas do que um rol de incidentes milagrosos. Talvez dois ou três incidentes fossem de fato válidos, mas quando tem coisa demais... Bem??

Padre Cheroki ergueu os olhos. Os nós de seus dedos tinham ficado brancos na borda da escrivaninha e seu rosto parecia tenso. Ele dava a impressão de que não tinha ouvido uma só palavra.

– Desculpe-me, Padre Abade. Como disse?

– Bem, a mesma coisa poderia acontecer aqui, é isso – disse o abade, retomando suas idas e vindas. – No ano passado, foi a história do Irmão Noyon e seu laço de forca milagroso. Ah! E, no ano anterior, aquele Irmão Smirnov fica misteriosamente curado de sua gota. *Como?* Tocando uma provável relíquia de nosso Abençoado Leibowitz, como diz o jovem ignorante. E agora esse Francis conhece um peregrino que veste *o quê?* Um pano ao redor do quadril, o *próprio* tecido de aniagem com o qual cobriram a cabeça do Abençoado Leibowitz antes de o enforcarem. E usava o que como cinto? Uma corda. Que corda? Ahh, a mesmíssima – e ele parou, olhando direto para Cheroki. – Posso adivinhar pela sua expressão que você ainda não tinha ouvido isso? Não? Ah, tudo bem, então você não pode saber. Não, não, Francis não disse *isso*. Ele só disse... – e o Abade Arkos tentou fazer de sua voz um leve falsete, abrandando o tom normalmente grave e rouco – A única coisa que Irmão Francis disse foi: "Encontrei um velho pequenino e achei que fosse um peregrino a caminho da abadia porque ele estava indo naquela direção. E estava usando um saco velho de aniagem atado em torno dos quadris com um pedaço de corda. E ele fez um sinal numa pedra e esse sinal se parecia com *isto*".

Arkos tirou um pedaço de pergaminho do bolso de seu robe de pele e estendeu-o bem diante do rosto de Cheroki à luz das velas. Ainda tentando imitar – embora com pouco sucesso – a fala do Irmão Francis, disse: – E eu não consegui entender o que queria dizer. *O senhor* saberia?

Cheroki examinou os símbolos צל e sacudiu a cabeça.

– Eu não estava perguntando a *você* – Arkos bufou com sua voz gutural de sempre. – Isso foi o que Francis disse. Eu também não sabia.

– E agora sabe?

– Agora sei. Alguém pesquisou. Este é um *lamedh*, e aquele é um *sadhe*. Letras hebraicas.

– *Sadhe lamedh?*

– Não. Da direita para a esquerda. *Lamedh sadhe*. Um ele e um som de ts. Se tivesse alguma vogal, poderia ser "latas", "lotus",

"lutas", "leites"... alguma coisa dessas. E se houvesse algumas letras entre aquelas duas poderia ter parecido *Lllll*... Adivinha?
— Leibo... oh, não!
— Oh, sim! Irmão *Francis* não pensou nisso. Outra pessoa pensou. Irmão *Francis* não pensou no capuz de aniagem nem na corda do algoz. Um dos camaradas dele, sim. Então, aconteceu o quê? Hoje à noite, o noviciado inteiro está fervilhando com a historinha de que Francis encontrou o próprio Beato lá fora, e que o Beato conduziu o nosso rapaz até onde *aquelas* coisas estavam e lhe disse que ele tinha encontrado sua vocação.
Uma sensação de perplexidade levou Cheroki a franzir o cenho.
— Irmão Francis lhe disse isso?
— *NÃÃÃO!!* — Arkos trovejou. — Mas você não escutou nada do que eu disse? Francis não disse nada disso. Juro como queria que ele tivesse dito. Então eu teria flagrado o espertinho! Mas ele fica só contando do jeito mais inocente e singelo possível, aliás, de maneira até simplória, e deixa que os outros deduzam os significados. Eu ainda não falei pessoalmente com ele. Mandei o Reitor da Memorabilia arrancar a história dele.
— Acho que é melhor eu ir conversar com o Irmão Francis — Cheroki murmurou.
— *Faça isso*! Assim que você entrou, eu ainda não sabia se era ou não o caso de assar você vivo. Por tê-lo mandado de volta, entende? Se você tivesse deixado que ele ficasse mais tempo no deserto, não teríamos de lidar com essa história fantástica que agora está circulando. Mas, por outro lado, se ele tivesse ficado lá fora, não há como saber o que *mais* ele poderia ter escavado daquele porão. Acho que você fez o certo mandando que ele retornasse.
Cheroki, que não tinha tomado sua decisão baseando-se nessas considerações, entendeu que manter silêncio era, por ora, sua política mais adequada.

– Vá vê-lo – grunhiu o abade –, e então diga a ele que venha falar comigo.

Era perto das nove horas de uma luminosa manhã de segunda-feira quando Irmão Francis bateu tímida e ritmadamente à porta do gabinete do abade. Uma boa noite de sono no catre de palha dura em sua velha e conhecida cela, mais uma pequena porção do desjejum inusual, talvez não tenham exatamente operado maravilhas em seu organismo exausto pela fome nem eliminado completamente de seu cérebro os efeitos entorpecedores do sol, mas a relativa opulência lhe havia ao menos devolvido clareza mental suficiente para perceber que tinha motivos para temer. De fato, ele estava a tal ponto aterrorizado que sua primeira batida na porta do abade nem foi ouvida. Nem Francis conseguiu ouvi-la. Após vários minutos, ele reuniu coragem para bater de novo.

– *Benedicamus Domino.*
– *Deo? Gratias?* – perguntou Francis.
– Entre, meu rapaz, *entre!* – clamou uma voz afável, que, após alguns segundos de surpresa, ele reconheceu deslumbrado que tinha sido de seu abade superior.

– Gire a *maçaneta* pequena, meu filho – disse a mesma voz amistosa depois que Irmão Francis continuou paralisado no mesmo lugar por segundos, com os nós dos dedos ainda em posição de bater.

– S-s-ssim... – Francis mal roçou a maçaneta, mas parecia que a malfadada porta se abriu mesmo assim. Ele tinha desejado que ela continuasse firmemente fechada.

– O Senhor Abade m-m-mandou *me* chamar? – ganiu o noviço.

O Abade Arkos juntou os lábios para cima e moveu lentamente a cabeça, concordando.

– Sssssim, o Senhor Abade mandou que *você* viesse. *Entre* e feche a porta.

Irmão Francis enfim conseguiu fechar a porta e chegou tremendo ao centro do aposento. O abade manejava a esmo algumas das coisinhas com filamentos que eram da velha caixa de ferramentas.

— Ou talvez seja mais apropriado — disse o Abade Arkos — que o Reverendo Padre Abade tenha sido chamado *por você*, agora que você foi tão favorecido pela Providência e se tornou tão famoso, não é mesmo? — e ele sorriu de modo tranquilizador.

— Han? — Irmão Francis deu uma risada desconcertada. — Ah, n-n-não, meu senhor.

— Você refuta que conquistou fama da noite para o dia? Que a Providência o escolheu para descobrir ISTO — e ele gesticulou de forma ampla sobre as relíquias espalhadas na escrivaninha —, esta caixa de PORCARIAS, como o antigo dono sem dúvida a chamava com toda razão?

O noviço gaguejou totalmente perdido, mas de algum modo conseguiu extrair um sorriso e estampá-lo na cara.

— Você tem dezessete anos e é um completo idiota, não é não?

— Isso é absolutamente verdadeiro, meu senhor Abade.

— Que justificativa você propõe para crer que foi chamado para a Religião?

— Nenhuma justificativa, *Magister meus*.

— Ah?! É mesmo? Então você acha que não tem vocação para a Ordem?

— Oh, tenho, sim! — o noviço disse, engasgando nas palavras.

— Mas não tem nenhuma justificativa a dar?

— Nenhuma.

— Seu cretininho, estou lhe pedindo que me apresente seus motivos. Uma vez que você não me deu nenhum, entendo que esteja preparado para negar que tenha conhecido alguém no deserto outro dia, que topou com esta... esta caixa de PORCARIAS sem a ajuda de ninguém, e que tudo que tenho ouvido dos outros não passa de delírios de febre?

– Oh, não, Dom Arkos!
– Oh, não, o quê??
– Não posso negar o que vi com meus próprios olhos, Reverendo Padre.
– Então, você de fato encontrou um anjo? Ou foi um santo? Ou talvez um que ainda não seja santo, e ele lhe indicou onde procurar?
– Eu nunca disse que ele era...
– E *essa* é a sua justificativa para crer que tem uma verdadeira vocação, não é? Que esse, esse... Vamos chamá-lo "criatura"?, falou-lhe sobre encontrar uma voz, marcou uma pedra com as iniciais dele e lhe disse que era o que você estava buscando, e quando você olhou embaixo da pedra encontrou ISTO. Não é?
– Sim, Dom Arkos.
– Qual é sua opinião sobre sua própria execrável vaidade?
– Minha execrável vaidade é imperdoável, meu senhor e mestre.
– Imaginar-se importante o suficiente para ser *imperdoável* é uma vaidade ainda maior – trovejou o soberano da abadia.
– Meu senhor, na verdade não passo de um verme.
– Muito bem. A única coisa que você precisa é negar a parte sobre o peregrino. *Ninguém* mais viu tal pessoa, percebe? Devo supor que ele poderia estar vindo nesta direção? Que ele até disse que poderia parar por aqui? Que ele indagou sobre a abadia? Sim? E por onde ele poderia ter desaparecido, se é que existiu mesmo? Ninguém assim passou por aqui. O irmão que estava em vigília na torre não o viu. E então? Você agora está pronto para admitir que imaginou essa pessoa?
– Se realmente não existem as duas marcas naquela pedra em que ele... Então talvez eu possa...
O abade fechou os olhos e soltou um suspiro pesado, duro.

— As marcas estão lá, meio apagadas — ele admitiu. — Você mesmo pode tê-las feito.
— Não, meu senhor.
— Você vai admitir que imaginou o velho?
— Não, meu senhor.
— Pois muito bem. Sabe o que vai acontecer com você, agora?
— Sim, Reverendo Padre.
— Então, prepare-se para o que vai receber.

Tremendo, o noviço puxou seu hábito até a cintura e se curvou sobre a escrivaninha. O abade tirou de dentro de uma gaveta uma pesada e rígida régua de nogueira que testou contra a palma da própria mão, então desferiu um potente golpe contra as nádegas de Francis.

— *Deo gratias* — respondeu o noviço, como devia, arfando um pouco.
— Pronto para mudar de ideia, rapaz?
— Reverendo Padre, não posso negar...
UUAAC!!
— *Deo gratias!*
UUAAC!!
— *Deo gratias!!*

O procedimento singelo e doloroso foi repetido mais dez vezes, sempre com Irmão Francis proferindo seus agradecimentos aos Céus pela lição causticante da virtude da humildade, como era esperado que fizesse. O abade parou após a décima lambada. Irmão Francis estava na ponta dos pés e balançava de leve. Lágrimas escorriam pelos cantos de suas pálpebras fechadas com força.

— Meu caro Irmão Francis — disse o Abade Arkos —, você está *plenamente* seguro de que viu o tal velho?
— Seguro — ele baliu, prevenindo-se para ser ainda mais torturado.

O Abade Arkos olhou para o jovem com destreza clínica, então deu a volta em sua escrivaninha e se sentou, bufando.

Por algum tempo, mirou a tira de pergaminho em que havia as letras לב.

– Você imagina quem ele poderia ser? – e o Abade Arkos enunciou essas palavras como se estivesse pensando em voz alta.

Irmão Francis abriu os olhos, o que causou uma pequena inundação sobre suas faces.

– Ora, você me convenceu, menino, e o azar é *seu*.

Francis não disse palavra, mas orou em silêncio para que a necessidade de convencer o superior da veracidade de suas declarações não fosse frequente. Em resposta a um gesto irritado do abade, ele abaixou a túnica.

– Você pode se sentar – disse o abade, adotando um tom informal, ainda que não convidativo.

Francis se dirigiu para a cadeira indicada, abaixou-se até a metade do caminho, então sentiu as fisgadas da dor e se ergueu de novo.

– Se o Reverendo Padre Abade não se importar...

– Está bem, então fique em pé. Não vou segurá-lo aqui muito mais, de todo modo. Você vai sair e terminar sua vigília. – Então, parou quando percebeu o rosto do noviço se iluminar um pouco. – Ah, não! Não vai, não! – emendou imediatamente. – Você não vai voltar para o mesmo lugar. Vai trocar de eremitério com o Irmão Alfred e não chegará nem perto daquelas ruínas novamente. Além disso, ordeno que não converse sobre esse assunto com mais ninguém, exceto seu confessor ou eu, embora, que Deus nos proteja, o dano já esteja feito. Você tem ideia do que começou?

Irmão Francis balançou a cabeça de lado a lado.

– Como ontem era domingo, Reverendo Padre, não tínhamos a obrigação de manter silêncio, e no intervalo eu apenas respondi a algumas perguntas dos demais irmãos. Achei...

– Bom, seus *colegas* criaram uma explicação muito bonitinha para tudo isso, meu caro rapaz. Sabia que foi o Abençoado Leibowitz que você encontrou lá?

Por alguns instantes, Francis pareceu não ter entendido as palavras.
– Oh, não, meu senhor Abade, estou seguro de que não pode ter sido isso. O Abençoado Mártir não faria uma coisa dessas.
– Não faria uma coisa dessas *qual?*
– Não perseguiria uma pessoa. Nem tentaria espetá-la com um bastão que tinha um prego na ponta.
O abade cobriu a boca para ocultar um sorriso involuntário. Então, deu um jeito de parecer refletir.
– Bom, quanto a isso, agora não sei. Era *você* que ele estava perseguindo, certo? Sim, achei mesmo que fosse. Você contou aos seus colegas noviços essa parte também? Sim, é? Bem, então... eles não acharam que isso excluía a possibilidade de que tenha sido o Beato. Ora, duvido que existam assim *tantas* pessoas que o Beato perseguiria com um bastão, mas... – e então caiu na gargalhada, incapaz de segurar o riso diante da expressão na fisionomia do noviço. – Muito bem, meu filho... Mas quem você acha que ele era?
– Pensei que talvez fosse um peregrino a caminho de visitar nosso santuário, Reverendo Padre.
– Ainda não é um santuário, e você não deve se referir a ele dessa maneira. E, afinal de contas, ele não era um visitante; pelo menos, não veio. E não passou por nossos portões, a menos que o vigia tivesse dormido. E o noviço de vigia nega que tivesse dormido, embora tenha reconhecido que se sentia sonolento naquele dia. Então, o que *você* sugere?
– Se o Reverendo Padre Abade me perdoar, eu mesmo já fiz a vigia algumas vezes.
– E?
– Bom, num dia claro, quando não há mais nada se mexendo além dos abutres, depois de algumas horas você começa a simplesmente olhar para cima e seguir o voo deles.
– Ah, é assim então? Quando era para estar vigiando a estrada!

— E se você fica olhando muito tempo para o céu, você mais ou menos sai do ar, não é que adormeça exatamente, mas fica, como direi, absorto.

— Então é isso que você faz quando está de vigia, é?

— Não necessariamente. Quer dizer, não, Reverendo Padre, eu diria que não sei se isso me aconteceu ou não, mas acho que não. O Irmão Je... quer dizer, um Irmão que uma vez eu rendi fazia isso. Ele não sabia nem que tinha chegado a hora de trocar de vigia. Ele só estava sentado lá no alto da torre, mirando o céu, de boca aberta. Hipnotizado.

— Sim, e na primeira vez que você ficar estupidificado desse mesmo jeito, chegará pelo caminho um destacamento de guerra pagão, vindo dos confins de Utah, os soldados matarão alguns jardineiros, destruirão o sistema de irrigação, arrasarão nossas plantações e atirarão pedras no poço muito antes que nós possamos começar a nos defender. Por que você parece tão... Ah, me esqueci, você nasceu em Utah antes de fugir, não foi? Mas não se preocupe, é muito possível que você possa estar certo a respeito do vigia. Quer dizer, como é que ele poderia não ter visto o velho, não é? Você tem certeza de que era apenas um velho *comum*, nada mais? Não um anjo? Ou um beato?

O noviço desviou os olhos na direção do teto, perdido em pensamentos, e então mirou rapidamente o rosto do diretor.

— Anjos ou santos produzem sombra?

— Sim... Quer dizer, não. Quer dizer... Como é que eu vou saber? Ele projetava uma sombra, certo?

— Bom... era uma sombra tão pequena que mal dava para ver.

— *O quê?*

— Porque era quase meio-dia.

— Imbecil! Não estou pedindo a você que diga a mim *o que* ele era. Eu sei muito bem o que ele era, se você realmente o viu. — E o Abade Arkos bateu diversas vezes um dedo no tampo para marcar suas palavras. — O que quero saber é se você, *você*, está *cem por cento seguro* de que ele era somente um velho comum!

    Essa linha de interrogatório estava atordoando Irmão Francis. A seu ver, não existia uma linha perfeitamente nítida separando o Natural do Sobrenatural, mas, sim, uma zona intermediária de lusco-fusco. Havia coisas que eram *claramente* naturais, e havia Coisas que eram *claramente* sobrenaturais, mas entre esses dois extremos existia uma região de confusão (a sua confusão) – o preternatural –, em que as coisas feitas somente de terra, ar, fogo ou água tendiam a se comportar muito perturbadoramente como *Coisas*. Para Irmão Francis, essa região abrangia tudo que ele era capaz de ver, mas não de entender. E Irmão Francis nunca estava "cem por cento seguro", como o abade lhe pedia que estivesse, de que entendia bem qualquer coisa que fosse. Por isso, apenas por ter feito a pergunta, o Abade Arkos sem querer estava colocando o peregrino do noviço no cenário dessa região de lusco-fusco, na mesma perspectiva que ele tivera do velho avançando como um ponto preto sem pernas na linha do horizonte, cambaleando em meio a uma poça de emanações térmicas ilusórias, o mesmo ponto de vista que ele tinha construído momentaneamente quando seu mundo se contraíra até não conter nada além de uma mão oferecendo-lhe comida. Se alguma criatura mais do que humana resolvesse se disfarçar de humana, como é que *ele* poderia desvendar esse disfarce ou sequer desconfiar que fosse um disfarce? Se essa criatura não quisesse levantar suspeitas, não teria ela se lembrado de produzir sombra, deixar pegadas, comer pão e queijo? Será que não mastigaria um talo de mato, cuspiria como um lagarto e se lembraria de imitar a reação de um mortal que se esqueceu de pôr as sandálias antes de pisar em chão fervendo? Francis não estava preparado para avaliar a inteligência nem a engenhosidade de seres celestiais ou infernais, nem de adivinhar em que extensão dominavam capacidades histriônicas, embora imaginasse que essas criaturas tivessem mesmo uma astúcia celestial ou infernal. Pelo mero fato de ter feito a pergunta, o abade formulara a natureza da resposta de Irmão Francis, que era cogitar aquela questão, embora não o tivesse feito anteriormente.

– E então, meu jovem?

– Meu senhor Abade, o senhor não imagina que ele *possa* ter sido...

– Estou lhe pedindo que *não* imagine. Estou lhe pedindo que tenha certeza absoluta. Ele *era* ou *não* era uma pessoa comum de carne e osso?

Essa era uma pergunta alarmante. O fato de seu abade superior se dignar a fazer tal pergunta tornava-a ainda mais apavorante, embora ele pudesse perceber nitidamente que o diretor a formulava somente porque queria uma resposta *específica*. E ele queria muito essa resposta. Se ele a queria tanto, essa pergunta deveria ser importante. E se a pergunta era suficientemente importante para um abade, então era muitíssimo mais importante para Irmão Francis *nem pensar* em estar enganado.

– Eu... acho que ele era de carne e osso, Reverendo Padre, mas não exatamente "comum". De algum modo, ele era muito *extra*ordinário.

– *De que* modo? – Arkos insistiu, contundente.

– Por exemplo... Como conseguia cuspir em linha retíssima. E ele era capaz de *ler*, me parece.

O abade cerrou os olhos e esfregou as têmporas, aparentemente exasperado. Como teria sido fácil dizer nua e cruamente para o menino que o peregrino dele não passava de um velho vagabundo de estrada, e então ter-lhe ordenado que não alimentasse nenhuma outra ideia a respeito. Mas, ao permitir que o rapaz notasse ser possível formular uma pergunta, ele tinha acabado de tornar ineficaz esse tipo de ordem antes mesmo que a pronunciasse. Se qualquer medida de controle sobre o o ato de pensar fosse de fato possível, o pensamento só poderia ser ordenado a seguir aquilo que a razão afirmava de alguma maneira; tente comandá-lo em qualquer outro sentido, e o pensamento não obedeceria. Como todo governante com bom senso, o Abade Arkos não dava ordens em vão – quando era possível serem desobedecidas e quando não era possível as impor. Era melhor desviar os olhos do que exercer um comando ineficaz. Ele tinha feito a pergunta que nem ele mesmo poderia responder pela razão, pelo fato de nunca ter visto dito sujeito, e com isso tinha perdido o direito de extrair uma resposta compulsória.

– Saia! – ele disse afinal, sem nem abrir os olhos.

5

Até certo ponto desconcertado com toda a agitação na abadia, Irmão Francis voltou para o deserto naquele mesmo dia a fim de completar sua vigília da Quaresma, num ambiente de desolada solidão. Ele tinha esperado que as relíquias despertassem alguma excitação, mas o interesse excessivo que todos tinham manifestado pelo velho peregrino havia sido surpreendente para ele. Francis tinha falado do velho simplesmente por causa do papel que desempenhara – por acaso ou desígnio da Providência – na descoberta da cripta e de suas relíquias pelo monge. No que dizia respeito a Francis, o peregrino havia sido somente um ingrediente menor numa mandala em cujo centro jazia uma relíquia de santo. Mas os demais noviços, seus colegas, tinham parecido mais interessados no peregrino do que nos objetos, e até mesmo o abade o havia convocado não para indagar sobre a caixa, mas para lhe perguntar sobre o velho. Tinham feito a Francis uma centena de perguntas sobre o peregrino e as únicas coisas que ele podia responder eram: "Não reparei", ou "Não estava olhando nesse exato momento", e "Se ele disse, não me lembro". Algumas perguntas eram inclusive um pouco estranhas. De modo que ele começou a se questionar. *Será que eu devia ter reparado? Fui um tonto de não ter observado o que ele fez? Não prestei a devida atenção ao que ele disse? Será que perdi alguma coisa importante porque estava fascinado?*

Francis ficava remoendo esses pensamentos no escuro da noite, enquanto os lobos rondavam seu novo acampamento e enchiam as trevas de uivos. Ele também se flagrou voltando a essas indagações ao longo do dia, durante momentos que eram tidos como adequados para a oração e para os exercícios espirituais da vigília vocacional. Na ronda seguinte do Padre Cheroki, no domingo, ele confessou tudo isso. "Você não deveria deixar que essa imaginação romântica dos *outros* irmãos o perturbasse, Francis. Você já tem bastante trabalho com a *sua*", foi o que o padre lhe dissera depois de repreendê-lo por não cumprir apropriadamente o programa de exercícios e preces. "Eles não pensam nesses assuntos em termos do que *poderia ser verdade*. Eles inventam essas questões com base no *poderia ser sensacional* se apenas tivesse acontecido de ser verdade. É ridículo! Posso lhe dizer que o Reverendo Padre Abade ordenou que o noviciado inteiro pare de falar no assunto." Depois de alguns instantes, infelizmente ele acrescentara: "Realmente *não havia* nada no velho que sugerisse algo sobrenatural, *havia?*", e demonstrara um muito tênue vestígio de esperança deslumbrada em sua voz.

Irmão Francis também se interrogou. Se tivesse havido algum indício do sobrenatural, ele não teria notado. Mas também, a julgar pelo número de perguntas que não fora capaz de responder, ele não tinha percebido muita coisa. Toda essa profusão de questões levara-o a sentir que seu fracasso em observar tinha sido, em alguma medida, recriminável. Francis se sentira grato pelo fato de o peregrino ter descoberto o abrigo. Mas ele não havia interpretado os acontecimentos inteiramente de acordo com seus próprios interesses, em sintonia com seu profundo anseio por algum vestígio de evidência de que sua devoção ao monastério não nascera apenas de sua própria vontade, mas sobretudo da graça, e que a graça orientava a sua vontade, não a impelindo, mas permitindo que ela escolhesse corretamente. Talvez os acontecimentos tivessem um significado mais amplo que ele não havia compreendido enquanto estava totalmente absorto em si mesmo.

Qual era a sua opinião sobre a própria execrável vaidade?
Minha execrável vaidade é como a daquele gato da fábula, que estudou ornitologia, meu senhor.

Seu desejo de professar os votos finais e perpétuos não era parecido com o motivo que levou o gato a se tornar um ornitólogo? (Para que pudesse exaltar a própria ornitofagia devorando esotericamente um *Penthestes atricapillus*, mas nunca comendo um canário-da-terra?) Pois assim como o gato era chamado pela Natureza a ser um ornitófago, também Francis era chamado por sua própria natureza a devorar todo o conhecimento que pudesse assimilar naqueles tempos, e como não havia escolas além dos monastérios, ele tomara primeiramente o hábito de postulante e depois o de noviço. Mas daí a suspeitar que Deus, tanto quanto a Natureza, tinham lhe acenado para que se tornasse um monge confesso da Ordem?

O que mais ele poderia fazer? Não havia como regressar para Utah, sua terra natal. Ainda bem pequeno, tinha sido vendido para um xamã que o treinara para ser seu servo e acólito. Como fugira, não era possível voltar, exceto para enfrentar a medonha "justiça" tribal. Ele havia roubado uma propriedade do xamã (o próprio Francis, em pessoa) e, embora o roubo fosse uma profissão honrada em Utah, ser capturado era um crime capital se a vítima do ladrão fosse o bruxo da tribo. Ele tampouco se sentia atraído por retornar à vida relativamente primitiva que levavam os pastores analfabetos, depois de ter sido instruído na abadia.

E o que mais? O continente era pouco povoado. Ele se lembrou do mapa na parede da biblioteca da abadia, e da esparsa distribuição de áreas hachuradas, as regiões – senão civilizadas – em que prevalecia uma ordem civil, em que predominava alguma espécie de soberania legalizada, transcendendo a soberania tribal. O restante do continente era povoado – bastante escassamente – pelos povos da floresta e das planícies que, em sua maior parte, não era selvagem, e sim meros clãs organizados de maneira incerta em pequenas comunidades aqui e ali, vivendo da caça, da coleta e da agricultura primitivas e cujo índice de natalidade era o mínimo suficiente (descontando os monstros e as aberrações) para dar continuidade à população. Os principais ramos de atividade do continente, excetuando alguns poucos trechos litorâneos, eram a caça, a lavoura, os combates e a bruxaria – esta última sendo a mais promissora "atividade" para qualquer jovem que pudesse escolher uma carreira e tivesse em mente obter, antes de mais nada, toda a riqueza e prestígio possíveis.

A instrução que Francis tinha recebido na abadia havia-o preparado para nada que tivesse valor prático nesse mundo sombrio, ignorante e pragmático, em que cultura era algo inexistente e um jovem culto, portanto, parecia sem valor para a comunidade a menos que também pudesse lavrar a terra, combater, caçar ou demonstrar algum talento especial para os roubos intertribais ou para localizar magicamente fontes de água e de metal reutilizável. Inclusive nos remotos territórios em que existia alguma forma de ordem civil, o fato de Francis ser instruído não iria ajudá-lo em nada, se tivesse de levar uma vida fora do âmbito da Igreja. Era verdade que os barões ambiciosos às vezes contratavam um ou dois escribas, mas esses casos eram raros o suficiente para nem ser considerados, e costumavam empregar tanto monges como leigos que houvessem estudado em algum monastério.

A única demanda por escribas e secretários era criada pela própria Igreja, cuja tênue rede hierárquica se estendia através do continente – e, ocasionalmente, até locais muito mais distantes, embora os bispos diocesanos no exterior fossem praticamente regentes autônomos, submetidos à Santa Sé em tese, mas raramente na prática, afastados de Nova Roma menos por cismas e mais por oceanos pouco atravessados – e somente podia ser mantida unida por uma rede de comunicação. Por muita coincidência e sem pretender tê-lo sido, a Igreja se havia tornado o único meio pelo qual as notícias eram transmitidas de um lugar a outro, através do continente. Se uma praga atingisse o nordeste, o sudoeste logo seria informado, como efeito coincidente de narrativas feitas e refeitas por mensageiros da Igreja que iam e vinham de Nova Roma.

Se uma infiltração de nômades no extremo noroeste ameaçava uma diocese cristã, uma epístola episcopal logo estaria sendo lida em púlpitos remotos no sul e no leste, advertindo sobre a ameaça e estendendo a bênção apostólica aos "homens de qualquer condição social, desde que hábeis no manejo de armas, que, tendo condições de efetuar a viagem, pudessem piamente se colocar à disposição de assim proceder a fim de jurar lealdade ao Nosso amado filho, N., governante legal daquela localidade, pelo período de tempo que fosse necessário à manutenção de exércitos em posição de combate para a defesa dos cristãos contra a horda de pagãos reunida, cuja cruel selvageria é conhecida de muitos e que, para o nosso mais profundo pesar, torturam, assassinam e devoram os padres de Deus que Nós Mesmos enviamos até eles anunciando a Palavra, para que possam entrar como cordeiros no redil do Cordeiro, de cujo rebanho na Terra Nós somos os Pastores; pois, embora nunca tenhamos nos desesperado nem cessado de orar para que esses filhos nômades das trevas possam ser conduzidos à Luz e entrem em Nosso reino em paz – pois não se deve pensar que forasteiros pacíficos devam ser repelidos de uma terra tão vasta e vazia; não, pelo contrário, devem ser acolhidos e bem-vindos aqueles que vierem em paz, mesmo que sejam desconhecidos para a Igreja visível e seu Divino Fundador, desde que atendam à Lei Natural inscrita no coração de todos os homens, unindo-os a Cristo em espírito, embora possam ignorar o Nome Dele –, não deixa de ser adequado e conveniente e prudente que a Cristandade, mesmo orando pela paz e pela conversão dos pagãos, prepare-se para se defender no Noroeste, onde as hordas estão reunidas e ultimamente aumentaram os incidentes de selvageria pagã, e que cada um de vocês, amados filhos, que pode portar armas, siga viagem até o Noroeste para integrar as forças daqueles que legitimamente se preparam para defender suas terras, seus lares, suas igrejas. Assim Nós estendemos e, por meio desta, concedemos em sinal de especial estima a Nossa Bênção Apostólica".

Francis tinha refletido rapidamente sobre a ideia de ir para o noroeste se não conseguisse sentir a vocação da Ordem. Mas, embora forte e suficientemente hábil com a espada e o arco, era de estatura baixa e não muito corpulento, enquanto – conforme os boatos – os pagãos tinham dois metros e setenta de altura. Ele não era capaz de averiguar o teor de verdade desses rumores, mas não via motivos para achar que fossem falsos.

Além de morrer em batalha, pensava que havia bem pouco a fazer de sua vida – pouco que parecesse valer a pena – se não pudesse dedicá-la à Ordem.

A certeza de que havia encontrado sua vocação não tinha sido abalada, somente um pouco torcida pela dura punição que lhe aplicara o abade e pela ideia do gato que se tornou ornitólogo quando a Natureza só o havia chamado para ser ornitófago. Esse pensamento deixou-o infeliz o suficiente para levá-lo a ser vencido pela tentação, de tal sorte que, no Domingo de Ramos, a apenas seis dias de encerrar o período de jejum no final da Quaresma, Padre Cheroki ouviu de Francis (ou daquele ser definhado e ressequido que se tornara Francis, no qual ainda se aninhava uma alma) alguns sons crocitantes que constituíam a confissão provavelmente mais concisa que o noviço já fizera ou que o confessor já ouvira:

– Perdoe-me, padre. Comi um lagarto.

Prior Cheroki, há tantos anos confessor de penitentes em regime de jejum, descobriu que o costume tinha, com ele, tal qual o coveiro da fábula, imprimido a tudo um "quê de facilidade", de modo que ele respondeu com perfeita equanimidade, sem sequer piscar:

– Foi num dia de abstinência, foi preparado artificialmente?

A Semana Santa teria sido menos solitária do que as primeiras semanas da Quaresma, uma vez que parte da liturgia da Paixão era celebrada fora dos muros da abadia para alcançar os penitentes em seus locais de vigília – embora, a essa altura, eles já não se importassem mais. Em duas oportunidades a Eucaristia era levada até eles, e na Quinta-Feira do Lava-Pés o abade em pessoa fizera as rondas com Cheroki e mais treze monges, a fim de celebrar o Mandato em cada eremitério. As vestimentas do Abade Arkos estavam encobertas por capuz, e o leão quase conseguiu parecer humilde como um gatinho quando se ajoelhava, lavava e beijava os pés de seus súditos jejuantes, com máxima economia de movimentos e mínimo dispêndio de floreios e ostentações, enquanto os demais entoavam a antífona "*Mandatum novum do vobis: ut diligatis invicem...*". Na Sexta-Feira Santa, uma Procissão da Cruz trazia o crucifixo velado e parava em cada eremitério para descerrá-lo devagar diante do penitente, suspendendo o tecido centímetro a centímetro para a devida Adoração, enquanto os monges entoavam os Impropérios:

"*Meu povo, o que fiz a ti? Em que te contristei? Responde-me... Eu te exaltei com o poder da virtude, e tu me penduraste na cruz...*"

Depois, o Sábado de Aleluia.

Os monges transportaram os eremitas um por vez, famintos e delirantes. Francis estava quinze quilos mais magro e vários níveis mais debilitado do que se apresentara na Quarta-Feira de Cinzas. Quando o depuseram em pé, no interior de sua cela, cambaleou e, antes de chegar ao catre, despencou no chão. Os irmãos o suspenderam e o deitaram na palha, lavaram-no, fizeram sua barba e ungiram sua pele empolada, enquanto Francis balbuciava em delírio sobre alguma coisa numa faixa de aniagem em torno do quadril, às vezes dizendo que era um anjo, ou um santo, mencionando várias vezes o nome de Leibowitz e tentando se desculpar.

Seus irmãos, proibidos pelo abade de falar naquele assunto, apenas trocavam olhares significativos ou faziam breves e misteriosos movimentos de cabeça entre si.

Alguns relatos chegaram aos ouvidos do abade.

– Tragam-no aqui – ele grunhiu para um dos arquivistas assim que soube que Francis já era capaz de andar. O tom de voz do abade despachou o arquivista às pressas.

– Você nega ter dito tais coisas? – Arkos rosnou.

– Não me lembro de ter dito nada disso, meu senhor Abade – disse o noviço, de olho na régua do diretor. – Acho que delirei.

– Supondo que *tenha* delirado, você diria isso de novo?

– Que o peregrino é o Beato? Oh, não, *Magister meus!*

– Então afirme o contrário.

– Não *acho* que o peregrino era o Beato.

– Por que não a forma direta: *ele não era?*

– Bom, como nunca vi o Abençoado Leibowitz em pessoa, eu não...

– *Basta!* – ordenou o abade. – É *demais!* Isso é *tudo* que quero ver e ouvir de você durante muito, muito tempo. *Fora daqui!* Só mais uma coisa: NÃO espere professar seus votos com os demais ainda este ano. Você não terá permissão.

Aquilo para Francis foi como um golpe na boca do estômago desferido com uma tora de madeira.

6

Como tópico de conversas, o peregrino continuava assunto proibido na abadia, mas quanto às relíquias e ao abrigo de sobrevivência a proibição foi – como era de se esperar – gradualmente relaxada, exceto para seu descobridor, que permanecia sob ordem de não falar a respeito e, de preferência, de pensar naquilo o mínimo possível. Ainda assim, ele não podia evitar ouvir uma coisa aqui, outra ali, e soube que em uma das oficinas da abadia havia monges trabalhando nos documentos, não só os seus, mas outros que tinham sido achados na antiga escrivaninha antes que o abade ordenasse o fechamento do abrigo.

Fechamento! Essa notícia foi um choque para Irmão Francis. O abrigo mal tinha sido tocado. Além de sua própria aventura, não tinha havido outra tentativa de penetrar mais fundo nos segredos do abrigo, exceto para abrir a escrivaninha que ele tentara abrir sem conseguir, antes de ter reparado na caixa. *Fechado!* Sem qualquer tentativa de descobrir o que se poderia encontrar por trás da porta interna marcada com "Escotilha Dois", nem de investigar o "Ambiente Lacrado". Sem sequer remover as pedras ou os ossos. *Fechado!* Sufocando assim a investigação de uma hora para outra, sem causa aparente.

Então teve início um boato.

"*Emily tinha um dente de ouro. Emily tinha um dente de ouro. Emily tinha um dente de ouro.*" Isso era de fato verdade. Uma dessas trivialidades históricas que de algum jeito conseguem sobreviver a fatos importantes que deveriam ser lembrados por alguém, mas que ficavam sem registro até que algum historiador monástico se visse forçado a escrever: "Nem o conteúdo da Memorabilia nem qualquer fonte arqueológica até aqui descoberta revelou o nome do governante que ocupava o Palácio Branco em meados dos anos 1960, embora Frei Barcus tenha afirmado, com o apoio de algumas evidências, que seu nome era...".

Mesmo assim, ficou claramente documentado na Memorabilia que Emily tinha um dente de ouro.

Não foi nenhuma surpresa que o Senhor Abade ordenasse o fechamento imediato da cripta. Lembrando-se de como tinha erguido no ar o crânio antigo e o havia colocado de frente para a parede, Irmão Francis subitamente receou a ira dos Céus. Emily Leibowitz tinha desaparecido da face da Terra no início do Dilúvio de Chamas, e foi somente após muitos anos que seu viúvo admitiu que ela estava morta.

Disseram que foi Deus, a fim de testar a humanidade que tinha se tornado cheia de orgulho na época de Noé, quem ordenou aos sábios daqueles tempos, entre os quais o Abençoado Leibowitz, que inventassem grandes máquinas de guerra como nunca teriam sido vistas antes, armas de tal potência que continham os fogos do Inferno, e que Deus tinha inspirado esses reis magos a colocar as armas nas mãos de príncipes, dizendo a cada um deles: "Somente porque os inimigos dispõem de tal coisa é que fizemos uma para ti, de modo que eles possam saber que também tens a tua e receiem atacá-lo. Cuidai agora, meu senhor, para ter deles o mesmo medo que eles têm de ti, para que nenhum ataque seja desferido com essa coisa monstruosa que engendramos".

Mas os príncipes, desprezando totalmente as palavras dos sábios, pensaram cada um com os próprios botões: "Se eu for o único a atacar com rapidez suficiente, e em segredo, destruirei os outros todos enquanto dormem, e ninguém restará para contra-atacar. Então, a Terra será só minha".

Essa foi a insanidade dos príncipes, e então se seguiu o Dilúvio de Chamas.

No intervalo de algumas semanas – dias, dizem alguns – estava acabado, após o lançamento inicial dos fogos do inferno. As cidades tinham se transformado em massas amorfas de vidro, rodeadas por vastas extensões de pedras partidas. Ao mesmo tempo que as nações eram varridas da face da Terra, o chão ficava entulhado de cadáveres, de homens e de rebanhos e de toda espécie de animal, junto com as aves do céu e tudo que voasse, tudo que nadasse nos rios, rastejasse pela grama ou se escondesse em buracos; depois que tudo tinha adoecido e perecido, seus despojos cobriam o solo e, ainda assim, nas terras do interior alcançadas pelos demônios da Precipitação Radiativa, os corpos não se decompunham por algum tempo, exceto quando em contato com solo fértil. As grandes nuvens da ira engolfaram as matas e os campos, ressecando as árvores e levando à extinção das plantações. Onde antes houvera vida agora viam-se só grandes desertos, e naqueles locais da Terra em que os homens ainda viviam todos estavam doentes por causa do ar envenenado, de tal sorte que, embora alguns houvessem escapado à morte, ninguém ficara imune e muitos tinham morrido, inclusive naquelas regiões que não tinham sido atingidas pelas armas, porque ali o ar também estava contaminado.

Em todas as partes do mundo os homens fugiam de um lugar para outro e imperava uma confusão de línguas. Muita ira fora dirigida aos príncipes e aos servos dos príncipes e aos reis magos que tinham inventado as armas. Anos e anos haviam transcorrido, mas ainda assim a Terra não se purificara. Tudo isso estava explicitamente documentado na Memorabilia.

Da confusão de línguas, da mescla e do entrelaçamento dos remanescentes de muitas nações, do medo – de tudo isso brotou o ódio. E o ódio disse: *Vamos apedrejar e estripar e queimar aqueles que fizeram isso. Vamos provocar um holocausto contra os que perpetraram esse crime, junto com seus descendentes e seus sábios. Ardendo, que pereçam e que pereçam todas as suas obras, seus nomes e até mesmo a lembrança deles.* Destruamos todos eles, e ensinemos nossos filhos que o mundo é novo, que eles nada podem saber dos acontecimentos que se deram antes. Vamos realizar uma enorme simplificação, e então o mundo deverá começar de novo.

Foi assim que, após o Dilúvio, a Precipitação Radiativa, as pragas, a loucura, a confusão de línguas, a ira, começou a carnificina da Simplificação, quando os remanescentes da humanidade esquartejaram outros remanescentes, membro a membro, matando governantes, cientistas, líderes, técnicos, professores e todas e quaisquer pessoas que os líderes das turbas ensandecidas dissessem que mereciam morrer por terem ajudado a tornar a Terra aquilo que ela havia se tornado. Nada tinha sido mais odioso aos integrantes das turbas do que os homens instruídos; no princípio, porque haviam servido aos príncipes, mas depois porque se recusavam a participar das carnificinas e tentavam se opor às turbas, chamando aquela multidão de "corja de simplórios com sede de sangue".

A turba efervescente aceitou o apelido e assumiu o brado. *Simplórios! Sim, sim! Sou simplório! Você é simplório? Vamos construir uma cidade e chamar de Cidade dos Simplórios porque até lá todos vocês, seus sofisticados desgraçados que provocaram tudo isso, vocês estarão mortos! Simplórios! Em frente! Isso vai mostrar a eles! Alguém aqui não é simplório? Atrás do maldito, se não for!*

A fim de escapar da sanha assassina das matilhas de simplórios, os poucos instruídos que ainda sobreviviam fugiram atrás de qualquer santuário que assim se parecesse. Quando a Santa Igreja os acolheu, cobriu-os com os mantos dos monges e tentou escondê-los nos monastérios e conventos que tinham resistido e poderiam voltar a ser ocupados, pois os religiosos eram menos desprezados pelas turbas, exceto quando as desafiavam abertamente e aceitavam o martírio. Às vezes esses santuários eram eficientes, mas na maioria das vezes não eram. Os monastérios eram invadidos, os registros e livros sagrados eram queimados, os refugiados eram capturados e sumariamente enforcados ou incinerados nas fogueiras. A Simplificação tinha cessado de ter um plano ou um propósito logo depois de ter começado, e se tornou uma insanidade frenética de assassinatos e destruições em massa, como pode ocorrer somente quando os últimos vestígios de ordem social forem abolidos. A loucura foi transmitida aos filhos dessa primeira geração, que aprenderam não somente a esquecer mas também a odiar, e ondas de fúria popular tornavam a se formar esporadicamente, ainda na quarta geração após o Dilúvio. Nessa altura, a fúria não era mais direcionada contra os instruídos, já que não havia restado nenhum, mas contra os simplesmente alfabetizados.

Isaac Edward Leibowitz, após uma busca infrutífera pela esposa, fugira para o mosteiro dos cistercienses onde permaneceu escondido nos primeiros anos após o Dilúvio. Depois de seis anos, ele partiu mais uma vez para tentar achar Emily ou seu túmulo, nos mais distantes locais a sudoeste. Lá ele finalmente ficou convencido de que ela havia morrido, pois a morte era incondicionalmente triunfante naquele lugar. Ali no deserto, no silêncio de seu íntimo, ele fez um juramento. Então, voltou aos cistercienses, envergou o hábito da ordem e, depois de mais alguns anos, tornou-se sacerdote. Reuniu um grupo fiel de companheiros e apresentou-lhes algumas modestas propostas. Depois de mais alguns anos, essas propostas chegaram a "Roma" – que não era mais Roma (pois não havia mais a cidade) e tinha se deslocado para outra parte, depois outra e mais outra ainda; isso em menos de duas décadas, após ter ficado no mesmo lugar durante dois mil anos. Doze anos depois de as propostas terem sido feitas, o Padre Isaac Edward Leibowitz obtivera da Santa Sé permissão para fundar uma nova comunidade de religiosos a ser nomeada em homenagem a Alberto Magno, mestre de Santo Tomás e patrono dos homens de ciência. Sigilosamente, sua tarefa – a princípio definida apenas em termos vagos – era preservar a história humana para os bisnetos dos tataranetos dos simplórios que tinham querido destruí-la. A primeira vestimenta que usariam seriam trapos de aniagem e uma trouxa para carregar seus poucos pertences – o uniforme da corja de simplórios. Seus membros eram ou "copiadores de livros" ou "memorizadores", de acordo com a tarefa que lhes fosse atribuída. Os copiadores contrabandeavam livros para o deserto a sudoeste e os enterravam por lá em pequenos barris. Os memorizadores se comprometiam a decorar volumes inteiros de história, textos sagrados, literatura e ciência no caso de algum desafortunado contrabandista de livros ser capturado, torturado e forçado a revelar a localização dos barris. Enquanto isso, outros membros da nova ordem localizaram uma fonte de água a cerca de três dias de jornada do esconderijo dos livros e começaram a construir um monastério. Teve início, assim, o projeto destinado a salvar o pequeno resíduo de cultura humana referente aos remanescentes da humanidade que queriam destruí-la.

Enquanto cumpria um de seus turnos como copiador de livros, Leibowitz foi capturado por uma turba de simplórios: um técnico vira-casaca, que o sacerdote prontamente perdoou, identificou-o não apenas como um homem instruído, mas também como especialista em armamentos. Com a cabeça coberta por um capuz de aniagem, ele foi martirizado no mesmo instante, estrangulado com um nó de forca não preparado para quebrar o pescoço e, ao mesmo tempo, assado vivo – com o que ficou solucionada uma polêmica entre os integrantes daquele grupo quanto ao método certo para sua execução.

Os memorizadores eram poucos e suas lembranças, limitadas.

Alguns barris de livros foram encontrados e queimados, assim como vários outros copiadores de livros. O próprio mosteiro foi atacado três vezes antes que a loucura amainasse.

De todo o vasto acervo de conhecimentos humanos, somente poucos barris de livros originais e uma melancolicamente mínima coleção de textos copiados à mão, ou reescritos de memória, tinham sobrevivido sob a custódia da Ordem na época em que a loucura teve fim.

Agora, após seiscentos anos de trevas, os monges ainda preservavam essa Memorabilia, estudavam-na, copiavam-na e tornavam a copiá-la, esperando com toda a paciência. No início, na época de Leibowitz, tinham esperado – e até aguardado como algo provável – que a quarta ou quinta geração começasse a querer recuperar seu legado histórico. Mas os monges dos primeiros tempos não contavam com a capacidade humana de produzir uma nova herança cultural em algumas gerações se uma antiga estivesse inteiramente destruída, gerando-a pelo esforço de legisladores e de profetas, de gênios ou de maníacos. Por meio de um Moisés, de um Hitler, de um avô ignorante e tirânico, um legado cultural pode ser adquirido entre o ocaso e a aurora, e muitos foram assim adquiridos. Mas a nova "cultura" era uma herança das trevas, e nela "simplório" era o mesmo que "cidadão", que era o mesmo que "escravo". Os monges esperaram. Para eles não tinha a menor importância que o conhecimento que haviam salvado fosse inútil, que boa parte dele não fosse agora um conhecimento, que fosse tão impenetrável aos monges, em alguns casos, quanto aos guris iletrados e selváticos que viviam nas montanhas. Esse conhecimento era desprovido de conteúdo; seu significado tinha se perdido havia muito tempo. Ainda assim, era um conhecimento dotado de uma estrutura simbólica, peculiar em si mesma, e pelo menos poderia permitir o estudo da interação de seus símbolos. Observar como um sistema de conhecimento é construído de modo coeso é adquirir pelo menos um mínimo de conhecimento do conhecimento, até que algum dia – algum dia ou século – apareceria um Integrador e então as coisas novamente se encaixariam umas nas outras. Com isso, o tempo não fazia a menor diferença. A Memorabilia estava ali e a eles cabia o dever de preservá-la, e isso eles fariam ainda que as trevas no mundo durassem mais dez séculos, ou mesmo dez mil anos, pois eles, ainda que houvessem nascido na mais negra das eras, ainda eram os mesmos copiadores de livros e memorizadores do Beato Leibowitz. E quando saíam em peregrinação além dos limites da abadia, os que já eram professos da Ordem – desde os cavalariços até o Senhor Abade – levavam no hábito um livro que, naquele tempo, costumava ser um Breviário, amarrado numa trouxa de aniagem.

Depois que o abrigo foi lacrado, os documentos e as relíquias que tinham sido retirados de lá foram discretamente guardados, um a um, da maneira mais sutil possível, pelo próprio abade. Tornou-se impossível inspecioná-los, presumivelmente por terem sido trancados no gabinete de Arkos. Para todas as finalidades práticas, sumiram. Qualquer coisa que desaparecesse na esfera do gabinete do abade não era um tópico seguro para conversas em público. Era algo que só podia ser sussurrado às pressas no escuro dos corredores. Irmão Francis raramente ouvia esses sussurros. Depois de um tempo, eles acabaram se extinguindo, mas foram reavivados quando, certa noite, um mensageiro de Nova Roma conferenciou em voz baixíssima com o abade, no refeitório. Trechos inadvertidos dessa conversa foram captados nas mesas próximas. Os sussurros duraram mais algumas semanas depois da partida do mensageiro e então novamente cessaram.

Irmão Francis Gerard de Utah retornou ao deserto no ano seguinte e mais uma vez jejuou em solidão. Mais uma vez regressou à abadia, fraco e emaciado, e logo foi convocado a uma audiência com o Abade Arkos, que exigiu dele um relatório sobre novas possíveis tentativas de contato com membros das Hostes Celestiais.

– Oh, não, meu senhor Abade, nada além dos abutres, durante o dia.

– E durante a noite? – indagou Arkos, desconfiado.

– Somente os lobos – disse Francis. E acrescentou com cautela: – Eu acho.

Arkos preferiu não esmiuçar melhor esse adendo cauteloso, e simplesmente seguiu em frente. O cenho franzido do abade, como Irmão Francis acabara reparando, era a fonte causadora da energia radiante que atravessava o espaço com velocidade finita e que ainda não era muito bem compreendida, exceto em termos de seu efeito devastador sobre qualquer coisa que a absorvesse, sendo tal coisa, em geral, um postulante ou um noviço. Francis já se expusera a uma emissão de cinco segundos daquilo antes que a pergunta seguinte lhe tivesse sido dirigida.

– E quanto ao ano passado?

O noviço parou rapidamente para engolir.

– O... velho?

– O velho.

– Sim, Dom Arkos.

Tentando eliminar todo vestígio de um ponto de interrogação em seu tom de voz, Arkos trovejou:

– Só um velho. Nada mais. Temos certeza disso, agora.

– Também *acho* que era só um velho.

O Padre Arkos estendeu a mão e pegou a régua de nogueira.
UUAAC!!!

– *Deo gratias!!*
UUAACC!!

– *Deo...*

Quando Francis se voltou para regressar à sua cela, o abade o chamou no corredor: – A propósito, tinha pensado em mencionar...

– Sim, Reverendo Padre?
– Sem votos este ano – ele disse, distraído, e desapareceu gabinete adentro.

7

Irmão Francis passou sete anos no noviciado, sete vigílias quaresmais no deserto e se tornou altamente eficiente em imitar os uivos dos lobos. Para o entretenimento de seus colegas de mosteiro, ele atraía a matilha até as imediações da abadia uivando de dentro dos muros, quando escurecia. Durante o dia, trabalhava na cozinha, esfregava o piso de pedras e continuava seus estudos acadêmicos sobre a antiguidade.

Então, um dia, montado no lombo de um burro, chegou um mensageiro vindo de um seminário em Nova Roma. Após longa entrevista com o abade, o mensageiro procurou pelo Irmão Francis. Pareceu surpreso com o fato de o jovem, agora homem feito, ainda usar o hábito dos noviços e esfregar o chão da cozinha.

– Já faz alguns anos, agora, que estamos estudando os documentos que você encontrou – ele disse ao noviço. – Há um grupo razoável convencido de que são autênticos.

Francis abaixou a cabeça. – Não tenho permissão para falar no assunto, padre.

– Ah, sei. – O mensageiro sorriu e lhe entregou uma tira de papel com o selo do abade, escrito de próprio punho: *Ecce Inquisitor Curiae. Ausculta et obsequere. Arkos, AOL, Abbas.*

– Está tudo bem – ele se apressou a acrescentar, notando como o noviço subitamente ficou tenso. – Não estou falando oficialmente com você. Outra pessoa do tribunal tomará o seu depoimento mais tarde. Você sabe, não é, que seus papéis foram para Nova Roma e que lá estão há algum tempo? Acabo de trazê-los de volta.

Irmão Francis sacudiu a cabeça de um lado a outro. Talvez soubesse menos do que qualquer outro, quanto às reações do alto escalão à sua descoberta daquelas relíquias. Ele notou que o mensageiro usava o hábito branco dos dominicanos e, com uma leve inquietação, conjecturou sobre a natureza do "tribunal" a que o Frade Negro se tinha referido. Havia uma inquisição contra os cátaros na costa do Pacífico, mas ele não conseguia pensar como *essa* corte poderia estar interessada nas relíquias do Beato. *Ecce Inquisitor Curiae*, dizia o bilhete. Provavelmente, o abade queria dizer "investigador". Aquele dominicano parecia um sujeito de temperamento muito afável, e não vinha com nenhum instrumento visível de tortura.

– Esperamos para breve que o caso da canonização de seu fundador seja reaberto – o mensageiro explicou. – Seu Abade Arkos é um homem muito sábio e prudente – ele deu uma risadinha de leve – por entregar as relíquias a outra Ordem para serem examinadas, e por ter lacrado o abrigo antes que fosse inteiramente investigado... Bom, você compreende, não é?

– Não, padre. Eu tinha imaginado que a história toda era trivial demais para que se perdesse tempo com ela.

O Frade Negro riu. – Trivial? Acho que não. Mas, se a *sua* Ordem expõe evidências, relíquias, milagres e coisas assim, o tribunal tem de levar a fonte em consideração. *Toda* comunidade religiosa quer muito que seu fundador seja canonizado. Então, o seu abade lhe disse, com muita perspicácia: "Mantenha distância do abrigo". Tenho certeza de que deve ter deixado todos vocês muito frustrados, mas é muito melhor para a causa de seu fundador que o abrigo seja explorado somente na presença de outras testemunhas.

– O senhor irá abri-lo de novo? – Francis indagou com intenso interesse.

– Não, eu não. Mas quando o tribunal estiver pronto, mandará observadores. Então, qualquer coisa que seja encontrada

no abrigo que possa afetar o caso estará a salvo, na hipótese de a oposição questionar sua autenticidade. Claro que a única razão para se suspeitar que o conteúdo do abrigo *possa* afetar a causa é... Bem, as coisas que você encontrou.
— Posso perguntar como, padre?
— Bem, um dos constrangimentos da época da beatificação foi a vida pregressa do Abençoado Leibowitz, antes que ele se tornasse monge e sacerdote. O advogado da outra parte fica tentando lançar dúvidas sobre o período anterior ao Dilúvio. Ele estava tentando deixar claro que Leibowitz nunca empreendeu uma busca cuidadosa, que a esposa dele poderia, inclusive, estar viva na época em que foi ordenado. Bem, não seria o primeiro caso, claro. Às vezes foram concedidas dispensas... Mas esse não é o ponto. O *advocatus diaboli* estava apenas tentando lançar dúvidas sobre o caráter de seu fundador, tentando sugerir que ele havia aceitado as Ordens Sagradas e feito seus votos antes de estar seguro de que suas responsabilidades familiares estavam encerradas. A promotoria fracassou, mas pode tentar de novo. E se os restos humanos que você achou realmente *são*... — ele encolheu os ombros e sorriu.

Francis concordou com a cabeça. — Poderia esclarecer a data da morte dela.

— Ainda bem no começo da guerra que quase acabou com tudo. E, na minha opinião, bom, aquela caligrafia na caixa ou é a do Beato ou uma falsificação extremamente bem feita.

Francis enrubesceu.

— Não estou sugerindo que *você* tenha se envolvido em alguma fraude — acrescentou prontamente o dominicano, quando notou o embaraço.

O noviço, porém, só se havia lembrado de sua própria opinião particular a respeito dos rabiscos.

— Diga-me como foi que aconteceu. Como você localizou o lugar, quero dizer. Preciso da história toda.

– Bom, tudo começou por causa dos lobos.

O dominicano passou a tomar notas.

Alguns dias depois que o mensageiro tinha deixado a abadia, o Abade Arkos chamou Irmão Francis.

– Você ainda sente que sua vocação é conosco? – Arkos indagou com amabilidade.

– Se o meu senhor Abade perdoar minha execrável vaidade...

– Ora, vamos esquecer sua execrável vaidade por um instante. Sente ou não sente?

– Sim, *Magister meus*.

O abade se iluminou. – Bem, bem, meu filho. Acho que estamos convencidos disso também. Se você está pronto para se comprometer para sempre, acho que chegou o momento certo para professar seus votos solenes.

Ele parou por um momento e, observando o rosto do noviço, pareceu decepcionado quando não notou nenhuma mudança em sua fisionomia.

– Mas o que se passa? Não ficou feliz ao ouvir isso? Você não?... Ah! Qual o problema?

Embora o rosto de Francis tivesse educadamente mantido a máscara imperturbável, essa máscara aos poucos fora perdendo a cor. De repente seus joelhos fraquejaram. Francis tinha desmaiado.

Duas semanas depois, o noviço Francis, provável detentor do recorde de resistência em termos do tempo de sobrevivência em vigílias no deserto, deixou as fileiras do noviciado e, jurando pobreza, castidade e obediência perpétuas, juntamente com as demais promessas especiais, específicas daquela comunidade, recebeu a benção e uma trouxa de aniagem da abadia, e se tornou para sempre um monge confesso na Ordem Albertina de Leibowitz, atado por elos que ele mesmo forjou aos pés da Cruz e às regras da Ordem. Por três vezes ele foi indagado durante o ritual: "Se Deus convocá-lo para ser Seu Copiador de Livros, você se dispõe a enfrentar a morte antes de trair seus irmãos?" E por três vezes Francis respondeu: "Sim, Senhor".

– Levantem-se então, Irmãos Copiadores e Irmãos Memorizadores, e recebam o beijo da fraternidade. *Ecce quam bonum et quam jucundum...*

Irmão Francis foi transferido da cozinha e incumbido de tarefas menos humildes. Tornou-se aprendiz de um monge copista idoso chamado Horner, e, se as coisas corressem bem com ele, era razoável esperar que passasse sua existência inteira na sala dos copistas, onde dedicaria o resto de seus dias a tarefas como copiar à mão textos de álgebra e adornar suas páginas com iluminuras de folhas de oliveira e joviais querubins em torno de tabelas de logaritmos.

Irmão Horner era um velho amável, e Irmão Francis gostou dele imediatamente.

– A maioria de nós faz um trabalho melhor com as cópias que nos são atribuídas – Horner disse a ele – quando também nos dedicamos a projetos pessoais. A maioria dos copistas se interessa por algum trabalho específico da Memorabilia e gosta de passar um pouco de tempo fazendo isso, em paralelo. Por exemplo, o Irmão Sarl, que está ali... O trabalho dele estava atrasado e ele estava cometendo erros. Então deixamos que passasse uma hora por dia num projeto que ele mesmo escolheu. Quando o trabalho oficial se mostra tão tedioso que o irmão começa a cometer erros de cópia, ele pode deixá-lo de lado por algum tempo e se dedicar ao seu projeto pessoal. Eu deixo que todos façam o mesmo. Se você terminar a tarefa designada antes que o dia termine, e não tiver um projeto próprio, terá de passar o tempo extra em nossos perenais.

– Perenais?

– Sim, e não me refiro a plantas. Há uma demanda perene de todo o clero por vários livros: missais, breviários, as Escrituras, a *Summa*, enciclopédias e por aí vai. Vendemos muitos exemplares desses. Assim, quando não tiver um projeto particular, colocaremos você no setor dos perenais, quando tiver terminado mais cedo. Você terá muito tempo para decidir.

– Que projeto o Irmão Sarl escolheu?

O idoso supervisor parou por um momento.

– Bom, duvido que você sequer possa entender. Eu não entendo. Ele parece ter encontrado um método para recuperar palavras e frases perdidas em alguns dos velhos fragmentos do texto original da Memorabilia. Talvez o lado esquerdo de um livro semiqueimado esteja legível, mas o lado direito das páginas está queimado e faltam algumas palavras no final de cada linha. Ele tem trabalhado com um método matemático para descobrir as palavras faltantes. Não é cem por cento seguro, mas funciona relativamente bem. Ele já conseguiu recuperar quatro páginas inteiras desde que começou seu projeto.

Francis olhou rapidamente para Irmão Sarl, um octogenário quase cego. – Quanto tempo ele levou para isso? – perguntou o aprendiz.

– Mais ou menos quarenta anos – disse Irmão Horner. – Claro que ele só passa cinco horas por semana no projeto, e que *de fato* necessita muita aritmética.

Pensativo, Francis concordou com um movimento da cabeça. – Se uma página por década pudesse ser resgatada, talvez em alguns séculos...

– Ou até menos – disse Irmão Sarl com sua voz rouca, sem tirar os olhos do que estava fazendo. – Quanto mais você preencher, mais depressa o restante fica pronto. Conseguirei concluir a próxima página em mais uns dois anos. Depois disso, se Deus quiser, talvez... – e a voz dele foi sumindo num resmungo. Francis reparou que muitas vezes Irmão Sarl falava baixinho consigo mesmo enquanto trabalhava.

– Fique à vontade – disse Irmão Horner. – Sempre precisamos

de mais ajuda nos perenais, mas você pode ter um projeto próprio se assim quiser.

A ideia ocorreu repentinamente a Irmão Francis.

– Posso usar o tempo – ele disse atropelando as palavras – para fazer uma cópia do esquema de Leibowitz que encontrei?

Irmão Horner pareceu aturdido por um instante.

– Bom... não sei, filho. Nosso Senhor Abade, bem... Ele se mostra um tanto *sensível* a esse respeito. E isso pode não pertencer à Memorabilia. Está no arquivo provisório, agora.

– Mas o senhor *sabe* que documentos se apagam, irmão. E esse já foi exposto à luz muitas vezes. Os dominicanos ficaram com ele em Nova Roma por muito tempo...

– Bem... Suponho que esse seja um projeto *bastante* breve. Se o Padre Arkos não fizer objeção, mas... – e ele oscilou a cabeça, duvidando.

– Talvez eu possa incluí-lo como item de um conjunto – Francis rapidamente sugeriu. – Os poucos esquemas em cianotipia que temos estão todos muito quebradiços. Se eu fizer várias duplicatas, de alguns dos outros...

Horner sorriu de viés. – O que você está sugerindo é que, incluindo o esquema de Leibowitz num conjunto, você consiga escapar de um flagra.

Francis ficou vermelho.

– O Padre Arkos poderia nem perceber, é isso? Se por acaso ele entrasse aqui...

Francis se contorceu.

– Muito bem – disse Horner, e seus olhos faiscavam de leve. – Você pode usar o tempo livre para fazer duplicatas de qualquer impresso recopiado que esteja em má condição. Se alguma outra coisa ficar misturada no lote, tentarei não perceber.

Irmão Francis passou vários meses de seu tempo livre com tarefas de copista, redesenhando alguns dos impressos mais antigos dos arquivos da Memorabilia antes de ousar tocar no de Leibowitz. Se os velhos desenhos valiam a pena ser salvos, deveriam ser recopiados a cada século ou dois, de todo modo. Não somente as cópias originais desbotavam, mas muitas vezes as versões refeitas se tornavam praticamente ilegíveis após algum tempo, dada a impermanência das tintas usadas. Ele não tinha a menor ideia de por que os antigos tinham usado linhas e letras brancas contra fundo escuro, em vez do contrário. Quando ele rascunhava um primeiro esboço de um desenho a carvão, invertendo o fundo, o rascunho parecia mais realista do que com o branco sobre preto, e os antigos eram imensamente mais argutos do que Francis. Se eles se deram ao trabalho de aplicar tinta onde o papel deveria normalmente ficar em branco, e deixar linhas de papel em branco onde uma linha traçada apareceria num desenho mais objetivo, então devem ter tido seus motivos para tanto. Francis recopiou os documentos para que parecessem o máximo possível com os originais, ainda que a tarefa de espalhar tinta azul em torno das minúsculas letras brancas fosse especialmente tediosa e um grande desperdício de tinta, fato que fazia Irmão Horner resmungar muito.

Ele copiou um antigo impresso arquitetônico, depois o desenho de parte de uma máquina cuja geometria era evidente, mas cuja aplicação era vaga. Redesenhou uma mandala abstrata intitulada "STATOR WNDG MOD 73-A 3-PH 6-P 1800-RPM 5-HP CL-A GAIOLA DE ESQUILO", que se mostrou inteiramente incompreensível e absolutamente incapaz de aprisionar um esquilo. Os antigos muitas vezes eram sutis. Talvez fosse preciso um conjunto especial de espelhos para se poder ver o esquilo. De todo modo, ele laboriosamente desenhou o diagrama todo de novo.

Somente depois que o abade – que de vez em quando passava pela sala dos copistas – o havia visto trabalhando em algum esquema pelo menos três vezes (duas vezes Arkos parara brevemente ao lado de Francis para dar uma olhada em seu trabalho) foi que ele teve coragem suficiente para vasculhar os arquivos da Memorabilia até achar o esquema de Leibowitz, quase um ano depois de ter começado seu projeto pessoal.

O documento original já tinha sido submetido a uma considerável quantidade de trabalhos de restauração. Exceto por trazer o nome do Beato, era decepcionantemente parecido com a maioria dos outros que ele havia redesenhado.

O impresso de Leibowitz, outra abstração, não apelava a nada, muito menos à racionalidade. Ele o estudou até conseguir enxergar toda a sua notável complexidade de olhos fechados, mas não descobriu nada além daquilo que originalmente sabia. Parecia ser nada mais do que uma rede de linhas interligadas tal qual uma colcha de retalhos composta de rabiscos, tracejados e representações de coisas esquecidas ou sem nome. As linhas eram basicamente horizontais ou verticais, cruzando umas às outras com um pequeno sinal de salto ou com um ponto; faziam dobras em ângulos retos para contornar as representações e nunca paravam no meio do espaço, mas terminavam em rabiscos, tracejados ou coisas sem nome. Fazia tão pouco sentido que um longo período de contemplação desse conteúdo produzia um efeito hipnótico. Não obstante, ele começou a trabalhar na duplicação de cada detalhe, chegando ao cúmulo de copiar até a mancha castanha no centro do desenho, que ele achou que pudesse ser do sangue do Abençoado Mártir, mas que a Irmão Jeris parecia muito mais a mancha deixada pelo miolo de uma maçã putrefata.

Irmão Jeris, que tinha começado como aprendiz de copista junto com Irmão Francis, parecia gostar muito de provocá-lo por causa daquele projeto.

– Diga-me, por favor – ele perguntou, xeretando por cima do ombro de Francis –, o que significa "Sistema de Controle Transistorizado para a Unidade 6-B", meu culto irmão?

– Evidentemente, é o título do documento – respondeu Francis, sentindo-se levemente irritado.

— Sem dúvida, claro que sim. Mas o que quer dizer?

— É o *nome* do diagrama que está diante dos seus olhos, Irmão Simplório. O que "Jeris" quer dizer?

— Muito pouco, estou seguro — replicou Irmão Jeris com uma humildade caricata. — Perdoe minha estupidez, por favor. Você definiu com êxito total o nome apontando para a criatura nomeada, o que é realmente o significado do nome. Mas, agora, a criatura-diagrama em si representa algo, não é mesmo? O que o diagrama representa?

— O sistema de controle transistorizado para a unidade 6-B, é óbvio.

Jeris riu. — Que beleza! Que eloquência! Se a criatura é seu nome, então o nome é a criatura. "Iguais podem ser substituídos por iguais", ou "A ordem de uma igualdade é reversível", mas poderíamos passar para o axioma seguinte? Se "Quantidades iguais podem substituir uma à outra" é uma asserção verdadeira, então não existiria alguma "mesma quantidade" que tanto o nome como o diagrama representam? Ou é um sistema fechado?

Francis ficou roxo. Lentamente, foi dizendo:

— Imagino que o diagrama represente um conceito abstrato, e não uma *coisa* concreta. Talvez os antigos tivessem um método sistemático de desenhar o pensamento puro. Claramente, não se trata de uma imagem reconhecível de um objeto.

— Sim, sim, claramente *não* é reconhecível! — concordou Irmão Jeris com uma risadinha contida.

— Por outro lado, talvez *de fato* represente um objeto, mas somente de uma maneira estilística muito formal, de modo que a pessoa deveria ter algum tipo de treinamento especial ou...

— Uma visão especial?

— Na minha opinião, é uma alta abstração de valor talvez transcendental, expressando um pensamento do Beato Leibowitz.

— Bravo! E no que ele estaria pensando?

— Ora... no desenho de um circuito — disse Francis, escolhendo as palavras do bloco de legendas no canto inferior direito.

— Hmmm, e a que disciplina essa arte pertenceria, irmão? Quais são seu gênero, espécie, propriedade e distinção? Ou se trata apenas de um "acidente"?

Jeris estava se tornando insolente em seu sarcasmo, foi o que Francis pensou; então decidiu rebater com uma resposta suave.

— Bem, observe esta coluna de números e seu título: Números dos Componentes Eletrônicos. Já houve um dia uma ciência ou arte chamada Eletrônica, que tanto poderia ser das Artes ou das Ciências.

— Ah-ha! Isso resolve a questão do gênero e da espécie. E quanto à distinção, se posso seguir esse tipo de raciocínio? Qual era o tema sobre o qual se debruçava a Eletrônica?

— Isso também está escrito — disse Francis, que tinha vasculhado a Memorabilia de cima a baixo na tentativa de encontrar pistas que pudessem tornar aquele esquema ligeiramente mais compreensível, mas não obtivera sucesso. — O assunto de que trata a Eletrônica é o elétron — explicou ele.

— Está mesmo escrito, é verdade. Estou impressionado. Sei quase nada dessas coisas. E, por favor, me diga, o que é "elétron"?

— Bem, existe uma fonte fragmentária que alude a isso como uma "Versão Negativa do Nada".

— Como?! Como é que negavam o nada? Isso não o tornaria uma espécie de algo?

— Pode ser que a negação se aplique a "versão".

— Ah! Então teríamos também um Nada Não Vertido, é isso? Você já descobriu como não verter um nada?

— Ainda não — reconheceu Francis.

— Bem, então siga em frente, Irmão Francis! Como devem ter sido inteligentes esses antigos para saber como desverter o nada. Siga em frente e talvez você descubra. Então teríamos o "elétron" entre nós, não teríamos? E o que faríamos com isso? Colocaríamos no altar da capela?

– Muito bem – suspirou Francis –, eu não sei. Mas tenho fé em que o "elétron" existiu em algum momento, embora eu não saiba como foi construído, nem qual possa ter sido a sua utilidade.

– Comovente! – disse o iconoclasta com uma risadinha, voltando ao seu próprio trabalho.

As esporádicas provocações de Irmão Jeris entristeciam Francis, mas em nada diminuíam sua devoção ao projeto.

A exata duplicação de cada marca, borrão e mancha mostrou-se impossível, mas a exatidão de seu fac-símile provou ser suficiente para enganar os olhos a distância de dois passos e, portanto, adequado para fins de exibição, de tal modo que o original poderia ser embalado, lacrado e guardado. Tendo concluído o fac-símile, Irmão Francis percebeu-se desapontado. O desenho era árido demais. Nada havia nele que pudesse sugerir à primeira vista que se tratava de uma relíquia sagrada. O estilo era enxuto e despretensioso, muito adequado, talvez, para o próprio Beato, mas, por outro lado...

A cópia daquela relíquia não era suficiente. Os santos eram gente humilde que não se glorificavam, mas glorificavam a Deus, e cabia a outros representar a glória interior do santificado utilizando sinais visíveis e palpáveis. A cópia pura e simples não era o bastante: era fria e desprovida de imaginação, e não celebrava as qualidades santas do Beato de uma maneira visível.

Glorificemus, pensou Francis, enquanto prosseguia seu trabalho nos perenais. No momento, estava copiando páginas dos Salmos que seriam reencadernadas. Parou por um momento para retomar o texto e para observar o significado das palavras, pois, após horas copiando, ele tinha deixado completamente de ler e apenas deixava que sua mão fosse retraçando as letras que seus olhos identificavam. Reparou que estivera copiando a prece de Davi para o perdão, o quarto salmo penitencial: "*Miserere mei, Deus*... pois conheço minha iniquidade, e meu pecado sempre está diante de mim". Era uma prece humilde, mas a página diante de seus olhos não estava escrita num estilo humilde compatível com o texto. O "M" de *Miserere* era uma folha dourada em baixo-relevo. Um arabesco floreado de filamentos dourados e violeta preenchia as margens e crescia, tornando-se um ninho em torno das esplêndidas capitulares que iniciavam cada estrofe. Por mais que a prece em si fosse humilde, a página era magnífica. Irmão Francis estava copiando somente o corpo do texto num novo pergaminho, deixando para as esplêndidas capitulares e para as margens um espaço equivalente à largura das linhas de texto. Outros artífices preencheriam com muitas cores sua cópia simples e iriam elaborar as capitulares pictóricas. Ele estava aprendendo a arte de criar iluminuras, mas ainda não tinha perícia suficiente para ser incumbido de aplicar relevos a ouro nos perenais.

Glorificemus. Ele estava pensando no esquema mais uma vez.

Sem mencionar a nova ideia a ninguém, Irmão Francis começou a planejar. Encontrou um couro de carneiro finíssimo e passou várias semanas, em seu tempo livre, curando-o, estendendo-o e alisando-o com pedra até obter uma superfície perfeita que, depois, alvejou até obter uma brancura de neve, e então o guardou com cuidado. Durante vários meses depois disso, passou cada minuto livre de tempo examinando a Memorabilia em busca de pistas para o significado da impressão de Leibowitz. Não encontrou nada similar aos rabiscos no desenho, nem nada que o ajudasse a interpretar seu significado, mas depois de um longo tempo topou com um fragmento de livro contendo uma página parcialmente destruída sobre a impressão em cianotipia. Parecia fazer parte de uma enciclopédia. Era uma referência breve e parte do artigo estava faltando, mas depois de lê-lo várias vezes Francis começou a suspeitar de que ele – e muitos outros copistas anteriores – tinham perdido muito tempo e desperdiçado muita tinta. O efeito do branco sobre o escuro parecia não ter sido um traço especialmente desejável, mas somente o resultado das peculiaridades de um determinado processo barato de reprodução. O desenho original do qual o esquema fora produzido tinha sido feito com tinta preta sobre papel branco. Francis teve de resistir ao impulso repentino de dar com a cabeça contra o chão de pedras. Toda aquela tinta e todo o esforço para copiar um acidente! Bom, talvez Irmão Horner não precisasse ser informado. Seria uma obra de caridade não dizer nada a respeito por causa do problema de coração dele.

A informação de que a composição cromática do esquema era um aspecto acidental daqueles desenhos milenares deu mais ímpeto ao seu plano. Uma cópia honrosa da impressão de Leibowitz poderia ser feita sem incorporar o detalhe acidental. Com uma composição cromática invertida, ninguém iria reconhecer o desenho, a princípio. Alguns outros elementos poderiam ser modificados, evidentemente. Francis não ousava modificar nada que não entendesse, mas sem dúvida as tabelas de componentes e as informações em letra de forma poderiam ser distribuídas simetricamente em torno do diagrama em formato de volutas e escudos. Como o significado do diagrama em si era obscuro, ele não se atrevia a alterar seu formato nem seu plano um milímetro que fosse, mas, como sua composição de cor não tinha importância, poderia muito bem ser embelezado. Francis pensou em incrustações douradas para os tracejados e para as representações de coisas esquecidas, mas os outros itens sem nome eram intrincados demais para serem trabalhados em ouro ou dariam um ar de ostentação ao documento. Alguns tracejados tinham de ser em preto puro, mas isso não queria dizer que as linhas devessem ser quase pretas para salientá-los. Embora o desenho assimétrico precisasse ser mantido tal como era, ele não via motivos pelos quais seu sentido seria modificado usando-o como uma treliça para uma vinha trepadeira cujos galhos (cuidadosamente evitando os tracejados) poderiam contribuir com a impressão de simetria ou bem tornar natural a assimetria. Quando Irmão Horner adornara o *M* capitular, transformando-o numa poderosa ramagem intercalada com bagas, galhos e talvez uma serpente vil, nem por isso tornara-o menos legível como letra. Irmão Francis não via razão para supor que o mesmo não pudesse ser aplicado ao diagrama.

O formato geral, envolvendo o documento como um todo, com uma borda em voluta, poderia se tornar um escudo em vez do árido retângulo que circundava o desenho no impresso de Leibowitz. Ele realizou dezenas de estudos preliminares. No alto do pergaminho ficaria uma representação do Deus Triúno e, embaixo, o brasão da Ordem Albertina com a imagem do Beato logo acima.

Mas não havia nenhuma imagem exata da fisionomia do Beato, que Francis soubesse. Havia diversos retratos imaginativos, mas nenhum datado da época da Simplificação. Até esse momento, não havia sequer uma representação convencional, embora a tradição afirmasse que Leibowitz tinha sido um sujeito bem alto e um pouco curvado para a frente. Mas talvez, quando o abrigo fosse reaberto...

Os esboços preliminares de Irmão Francis foram interrompidos certa tarde quando subitamente ele tomou consciência de uma presença que, por cima de seu ombro, espreitava o que ele estava fazendo e lançava sombra sobre sua mesa de copista. Seria o... *Oh, não, por favor, não! Beate Leibowitz, audi me! Piedade, Senhor! Que seja qualquer um menos...*

– Ora, ora, o que temos aqui? – resmungou o abade, espiando os desenhos.

– Um desenho, meu senhor Abade.

– É o que parece. Mas do quê?

– O esquema de Leibowitz.
– Aquele que você achou? O quê? Não se parece muito com ele. Por que as mudanças?
– Vai ser...
– Fale mais alto!
– *UMA CÓPIA COM ILUMINURAS!* – gritou involuntariamente Irmão Francis.
– Ah!
E o Abade Arkos deu de ombros, enquanto se afastava.
Alguns segundos depois, Irmão Horner, ao passar perto da escrivaninha do aprendiz, ficou surpreso ao constatar que Francis tinha perdido os sentidos.

8

Para grande espanto de Irmão Francis, o Abade Arkos não fez mais objeções ao interesse do monge pelas relíquias. Desde que os dominicanos haviam concordado em examinar o assunto, o abade relaxara. E como a causa da canonização tinha sido retomada e feito alguns progressos em Nova Roma, ele às vezes parecia se esquecer de que algo especial havia acontecido durante a vigília vocacional de certo Francis Gerard, OAL, originário de Utah, atualmente no *scriptorium* e na sala de cópias. O incidente datava de onze anos antes. A absurda boataria que tomara o noviciado quanto à identidade do peregrino tinha desaparecido havia um bom tempo. Os noviços da época do Irmão Francis não eram os mesmos de hoje. O mais jovem da nova leva de iniciados nunca tinha ouvido falar do assunto.

Aquela questão custara a Irmão Francis sete vigílias quaresmais entre os lobos. Entretanto, ele nunca chegou a confiar totalmente que aquele fosse um assunto seguro. Sempre que o mencionava, sonhava com a noite dos lobos e com Arkos. No sonho, Arkos seguia atirando carne aos lobos, e a carne era Francis.

Todavia, o monge descobriu que poderia dar continuidade ao seu projeto sem ser molestado, exceto por Irmão Jeris, que continuava a provocar. Francis começou a criar as iluminuras na pele de carneiro. As minúcias da ornamentação do pergaminho e a excruciante delicadeza do trabalho de incrustação a ouro, dada a brevidade de tempo livre que poderia dedicar ao seu projeto, tornariam aquele um labor de muitos anos. Mas, em meio a um escuro mar de séculos durante os quais nada parecia fluir, uma existência não passava de uma breve maré, mesmo para quem a vivia. Havia a tediosa sequência de dias e estações repetidos. Também existiam dores e padecimentos, depois a Extrema-Unção e um momento de negrume no final – ou no começo, melhor dizendo. Daí em diante, a pequena e trêmula alma que tinha suportado o tédio, a duras penas ou não, encontrar-se-ia num lugar de luz, absorvida pelo olhar enternecedor de criaturas infinitamente compassivas, ao se apresentar perante o Justo. E então o Rei diria "Venha", ou o Rei diria "Vá", e o tédio de todos os anos teria existido somente para se chegar a esse momento. Seria difícil acreditar em outra coisa nos tempos que corriam para Francis, então.

Irmão Sarl concluiu a quinta página de seu restauro matemático, despencou sobre a escrivaninha e faleceu algumas horas mais tarde. Não importa. Suas anotações estavam intactas. Depois de um século ou dois, alguém apareceria e as consideraria interessantes, e então poderia talvez concluir seu trabalho. Enquanto isso, subiam aos Céus as preces encomendando a alma de Sarl.

Também havia o Irmão Fingo e seus entalhes em madeira. Retornara à oficina de carpintaria há um ano ou dois, e de vez em quando tinha permissão para cinzelar e raspar sua imagem semiconcluída do Mártir. Assim como Francis, Fingo tinha somente uma hora, de tempos em tempos, para trabalhar na tarefa de sua própria escolha. O entalhe progredia a um ritmo praticamente imperceptível, a menos que se examinasse a peça a intervalos de vários meses. Francis a via com demasiada frequência para notar o progresso do trabalho. Sentia-se encantado com a cordial exuberância de Fingo, ainda que percebesse que ele havia adotado maneiras tão afáveis como modo de compensar sua feiura, e gostava de passar alguns minutos ociosos observando Fingo trabalhar, sempre que possível.

A carpintaria era uma oficina rica em odores de pinho, cedro, lascas de abeto e suor humano. Não era fácil obter madeira na abadia. Exceto pelas figueiras e um par de choupos nas imediações do poço, a região não tinha árvores. Era uma jornada de três dias até o agrupamento vegetal mais próximo que fornecia lenha, e os coletores costumavam deixar a abadia por uma semana inteira antes de retornarem com cargas de ramagens empilhadas no lombo de algumas mulas para a fabricação de cavilhas, eixos para rodas e uma ou outra perna de cadeira. Às vezes, eles traziam arrastando um tronco ou outro para substituir uma viga podre de teto. Mas com um suprimento de madeira tão escasso, os carpinteiros também eram necessariamente entalhadores e escultores.

Às vezes, enquanto assistia a Fingo entalhando, Francis ficava sentado num banco no canto da oficina e rabiscava esboços no papel, tentando visualizar detalhes da peça que, por ora, ainda estavam apenas sugeridos nas reentrâncias e nas saliências da madeira. Os vagos contornos da face estavam ali, mas ainda encobertos pelas lascas e pelas marcas do cinzel. No esboço, Irmão Francis tentava antecipar os traços antes que emergissem da matéria-prima. Fingo olhou rapidamente para os rascunhos e riu, mas, conforme a obra evoluía, Francis não pôde impedir-se de sentir que o rosto da peça entalhada sorria de uma maneira vagamente familiar. Assim ele transportou a expressão para o seu desenho e, com isso, aumentou sua sensação de familiaridade. Apesar disso, ele não conseguia situar aquele rosto, nem se lembrar de quem tinha sorrido daquele jeito enviesado.

– Nada mal, nada mal mesmo – disse Fingo diante dos desenhos.

O copista deu de ombros.

– Não consigo deixar de sentir que já vi esse rosto antes.

– Não por aqui, irmão. Não no meu tempo.

Francis ficou doente durante o Advento, e se passaram vários meses antes que ele voltasse à oficina de carpintaria.
– O rosto está quase pronto, Francisco – disse o entalhador. – Você gosta de como está?
– Eu conheço essa face! – Francis se engasgou para dizer, contemplando os olhos enrugados, alegres mas tristonhos, a insinuação de um sorriso matreiro nos cantos da boca. Chegava a ser familiar demais.
– Conhece? Então quem é? – Fingo quis saber.
– É... bem, não estou certo. *Acho* que conheço. Mas...
Fingo riu.
– Você só está reconhecendo seus próprios esboços – disse à guisa de explicação.
Francis não tinha tanta certeza disso. Mesmo assim, ainda não conseguia identificar precisamente o rosto.
Hmm-hmm! o sorriso enviesado parecia dizer.
Já o abade achou o sorriso irritante. Embora consentisse em que o trabalho fosse concluído, decidiu nunca permitir que fosse usado para a finalidade a que originalmente fora destinado: a imagem a ser entronizada na igreja, caso a canonização do Beato chegasse um dia a ser declarada. Muitos anos depois, quando a figura inteira estava completa, Arkos determinou que fosse levada para o corredor da casa de hóspedes, mas depois transferiu-a para seu próprio gabinete, após ter chocado um visitante vindo de Nova Roma.

Lenta e laboriosamente, Irmão Francis estava tornando a pele de carneiro um esplendor. Rumores acerca desse trabalho se espalharam pela sala de cópias e os monges, muitas vezes, reuniam-se em torno da mesa para observar o andamento do projeto e murmurar de admiração. – Inspirado – disse alguém. – Há evidências suficientes. Poderia ter sido o

Beato que ele encontrou lá fora...

– Não entendo por que vocês não gastam o tempo fazendo algo útil – resmungou Irmão Jeris, cuja atitude sarcástica tinha sido esgotada por anos a fio de respostas resignadas de Irmão Francis. O cético vinha usando o seu próprio tempo livre para fazer e decorar cúpulas impermeáveis para as lâmpadas da igreja, com isso conquistando a atenção do abade que logo o incumbiu de coordenar o trabalho com os perenais. Como os livros contábeis logo passaram a documentar, a promoção de Irmão Jeris foi justificada.

Irmão Horner, o velho mestre copista, adoeceu. No intervalo de poucas semanas, tornou-se evidente que o amado monge estava em seu leito de morte. No início do Advento foi cantada uma Missa de Exéquias. Os restos mortais do piedoso mestre copista foram entregues à terra de onde ele tinha vindo. Enquanto a comunidade expressava seu luto com orações, Arkos discretamente nomeou Irmão Jeris o mestre da sala de cópias.

No dia de sua nomeação, Irmão Jeris informou Irmão Francis que considerava adequado, no caso dele, que deixasse de lado as criancices e começasse a cuidar de um trabalho de homem. Obedientemente, o monge embrulhou seu precioso projeto num pergaminho, protegeu-o com pesadas tábuas de madeira, colocou-o na estante e passou a produzir cúpulas impermeáveis em seu tempo livre. Não emitiu o menor protesto e se contentou em compreender que um dia a alma do prezado Irmão Jeris também seguiria pela mesma estrada que a do Irmão Horner, para iniciar aquela vida para a qual este mundo era apenas o palco de ensaios – vida que, inclusive, poderia começar até em idade precoce, dada a medida em que ele se afligia, se irritava e se exigia. Depois, se a Deus aprouvesse, Francis talvez readquirisse a permissão para completar seu adorado documento.

Entretanto, a Providência interferiu mais cedo nessa

questão, ainda que sem convocar a alma de Irmão Jeris para junto de seu Criador. No verão que se seguiu à sua nomeação como mestre-copista, um protonotário apostólico e seu séquito de clérigos vieram de Nova Roma para a abadia, no lombo de muitos jumentos. Ele se apresentou como Monsenhor Malfreddo Aguerra, postulador do Beato Leibowitz no processo de canonização. Com ele estavam diversos dominicanos. Ele tinha vindo para acompanhar a reabertura do abrigo e a exploração do "Compartimento Lacrado". Além disso, pretendia examinar todas as evidências de que a abadia dispusesse e fossem relativas ao caso, incluindo – para desânimo do abade – os relatos da suposta aparição do próprio Beato que, como diziam os viajantes, tinha se apresentado a um tal Francis Gerard de Utah, OAL.

O defensor do Santo, calorosamente recepcionado pelos monges, foi acomodado em aposentos reservados para os prelados visitantes. Seis jovens noviços haviam sido instruídos a atender a cada um de seus menores caprichos, o que o mimou extremamente, embora, como depois se verificou para a decepção dos ansiosos serviçais, Monsenhor Aguerra fosse um homem de poucos desejos. Foram abertos os melhores vinhos. Aguerra provou-os educadamente, mas preferia leite. O Irmão Caçador capturara gordas codornas e galos silvestres para a mesa do convidado, mas, depois de indagar dos hábitos alimentares dos galos silvestres ("Comem milho, irmão?"; "Não, Messér, comem cobras"), o convidado pareceu preferir o mingau dos monges no refeitório. Se ele tivesse se dado ao trabalho de indagar o que eram os pedaços anônimos de carne no ensopado, provavelmente teria preferido os galos verdadeiramente suculentos. Malfreddo Aguerra insistia que a vida seguisse como sempre, na abadia, mas, não obstante, todas as noites o advogado era entretido por violinistas e por uma trupe de palhaços, o que enfim acabou levando-o a pensar que "a vida de sempre" na abadia devia ser extremamente divertida, considerando-se a vida numa comunidade monástica.

No terceiro dia da visita de Aguerra, o abade mandou chamar Irmão Francis. O relacionamento entre o monge e seu superior, embora não fosse próximo, tinha sido formalmente amistoso desde que o abade permitira que o noviço professasse seus votos, e Irmão Francis não estava nem tremendo quando bateu com os nós dos dedos na porta do gabinete e perguntou se o Reverendo Padre tinha mandado chamá-lo.

– Sim, mandei – Arkos disse, e depois perguntou, amavelmente: – Diga-me, alguma vez você pensou na morte?

– Frequentemente, meu senhor Abade.

– Você reza para São José pedindo que sua morte não seja triste?

– Hmmm, muitas vezes, Reverendo Padre.

– Então, imagino que você não se incomodaria se sofresse um mal súbito? Se alguém usasse suas entranhas para fazer cordas de violino? Se fosse dado como ração aos porcos? Se seus ossos fossem enterrados em solo não consagrado, é isso?

– Nnn-nnnão, *Magister meus*.

– Achei que não; então seja muito cuidadoso com o que vai dizer ao Monsenhor Aguerra.

– Eu?

– Você. – Arkos coçou o queixo e pareceu absorto em pesarosas considerações. – Posso ver tudo claramente. A causa de Leibowitz sendo engavetada. O pobre irmão sendo atingido por um tijolo perdido. Lá jaz ele, suplicando por absolvição. Bem em nosso meio, veja você. E lá estamos nós, olhando com pena para baixo (os clérigos entre nós), vendo-o emitir seu último suspiro sem sequer receber a extrema-unção. Destinado ao Inferno. Sem bênçãos. Sem absolvição. Bem debaixo de nossos próprios narizes. Uma pena, não é mesmo?

– *Meu senhor!* – Francis quase gritou com voz estrangulada.

– Ah, a culpa não é minha. Estarei muito ocupado tentando

impedir que seus irmãos se deixem levar pelo impulso de matá-lo a chutes.

– Quando?

– Ora, nunca, espero. Porque você vai tomar *muito* cuidado, não vai? Quer dizer, no que falará com o monsenhor. Senão pode ser que eu *deixe* que eles o chutem até morrer.

– Sim, mas...

– O postulador quer vê-lo imediatamente. Por favor, controle sua imaginação, e tenha certeza do que irá dizer. Por favor, tente não pensar.

– Bom, acho que consigo.

– Vá, meu filho, vá.

Francis sentia medo quando deu a primeira batida na porta de Aguerra, mas prontamente percebeu que seus temores eram infundados. O protonotário era um ancião suave e diplomático que parecia profundamente interessado na vida daquele humilde monge.

Após vários minutos de amenidades preliminares, ele abordou o tortuoso assunto.

– Agora, quanto ao seu encontro com a pessoa que pode ter sido o Abençoado Fundador da...

– Ah, mas eu nunca disse que ele era nosso Abençoado Leibo...

– Claro que não disse, meu filho. Claro que não. Mas eu tenho aqui um relato do acontecido, naturalmente recolhido com base em puros rumores, que gostaria que você lesse e então o confirmasse ou corrigisse. – Fez uma pausa, tirou um pergaminho de seu invólucro e o entregou a Irmão Francis. – Esta é a versão baseada nos relatos dos viajantes – ele acrescentou. – Somente *você* pode descrever o que aconteceu, de primeira mão, por isso quero que revise essa narrativa da maneira *mais* escrupulosa possível.

– Certamente, Messér. Mas o que aconteceu foi, na realidade, muito simples...

— Leia, *leia*! Depois falaremos a respeito, entendeu?

A espessura do pergaminho deixava claro que o relato baseado em rumores não era "na realidade, muito simples". Irmão Francis leu com uma apreensão cada vez maior. Logo a apreensão adquiriu a proporção do horror.

— Você parece pálido, meu filho — disse o defensor. — Algo o perturba?

— Messér, *isto*... Não foi *nada* disso!

— Não? Mas, pelo menos indiretamente, você deve ter sido o autor desse relato. De que outro modo poderia ter sido? Não foi você a única testemunha?

Irmão Francis cerrou os olhos e esfregou a testa. Aos colegas noviços ele havia dito a simples verdade. Os colegas noviços tinham conversado entre si. Os noviços tinham contado a história para os viajantes. Os viajantes tinham-na repetido a outros viajantes. Até que finalmente havia sido produzido *isto*! Não era de espantar que o Abade Arkos tivesse proibido falar naquilo. Quisera nunca tivesse mencionado o peregrino!

— Ele só me disse umas poucas palavras. Eu o vi só uma vez. Ele me perseguiu com um cajado, perguntou qual era o caminho para a abadia e traçou uns sinais na pedra onde encontrei a cripta. Depois nunca mais o vi.

— Nenhum halo?

— Não, Messér.

— Nenhum coro celestial?

— *Não!*

— E quanto ao tapete de rosas que brotou por onde ele andou?

— Não! Não! Nada disso, Messér — o monge quase se engasgava.

— Ele não escreveu o próprio nome na pedra?

— Juro por Deus como testemunha que ele só traçou duas marcas. Eu não sabia o que queriam dizer.

– Muito bem – suspirou o postulador. – As histórias dos viajantes sempre são exageradas. Mas fico pensando como tudo isso teria começado. Agora suponho que você vá me contar o que realmente aconteceu.

Irmão Francis contou sua breve narrativa. Aguerra pareceu entristecido. Após um período de silêncio meditativo, ele tomou o volumoso pergaminho, deu-lhe um tapinha de adeus e jogou-o na cesta do lixo. – Lá se vai o milagre número sete – ele resmungou.

Francis apressou-se a se desculpar.

O advogado descartou as desculpas com um gesto. – Não perca nem mais um minuto pensando nisso. Realmente temos evidências suficientes. Há várias curas espontâneas, vários casos de recuperação espontânea de enfermidades, causados pela intercessão do Beato. São todos bem documentados, simples, objetivos. Sem dúvida não têm a poesia *desta* história, mas estou quase contente por ter-se mostrado infundada, contente por você. O advogado do diabo o teria crucificado, entende?

– Eu nunca disse nada...

– Entendo, entendo! Tudo começou por causa do abrigo. Nós o reabrimos hoje, por falar nisso.

Francis ficou excitado. – Acharam... acharam mais alguma coisa de São Leibowitz?

– Do *Abençoado* Leibowitz, por favor! – corrigiu o monsenhor. – E, não, ainda não. Abrimos a câmara interna. Foi um inferno dos diabos conseguir romper o lacre. Havia quinze esqueletos ali dentro e muitos artefatos fascinantes. Ao que parece, a mulher – *era* uma mulher, a propósito – cujos restos você encontrou pôde entrar na câmara externa, mas a interna já estava lotada. Teria, possivelmente, oferecido algum tipo de proteção se uma parede que caiu não tivesse provocado o desmoronamento. As pobres almas ali dentro ficaram presas pelas pedras que fecharam a entrada. Só Deus sabe por que a porta não foi projetada para abrir para dentro.

— A mulher na antecâmara *era* Emily Leibowitz?

Aguerra sorriu. — Podemos provar isso? Eu ainda não sei. Acredito que era ela, sim. Acredito. Mas talvez eu esteja deixando a esperança comprometer a razão. Veremos o que ainda podemos descobrir. Veremos. O *outro* lado tem a presença de uma testemunha. Não posso me permitir tirar conclusões precipitadas.

Apesar de sua decepção com o relato de Francis sobre o encontro com o peregrino, Aguerra continuou suficientemente amistoso. Passou dez dias no sítio arqueológico antes de regressar para Nova Roma, deixando dois de seus assistentes na abadia para supervisionar as demais escavações. No dia de sua partida, visitou Irmão Francis no *scriptorium*.

— Disseram-me que você estava trabalhando num documento para comemorar as relíquias que encontrou — disse o postulador. — A julgar pelas descrições que me fizeram, acho que me agradaria muito vê-lo.

O monge protestou dizendo que não era nada, na realidade, mas foi buscá-lo imediatamente, e com tanta empolgação que suas mãos tremiam quando desembrulhou a pele de carneiro. Com intensa alegria observou Irmão Jeris acompanhando sua movimentação e demonstrando nervosismo em sua fisionomia.

O monsenhor observou o trabalho por muitos segundos.

— *Lindo!* — ele finalmente disse num repente. — Que cores gloriosas! É extraordinário, extraordinário. Termine, irmão, termine!

Irmão Francis voltou-se então para Irmão Jeris com uma interrogação no olhar.

O mestre da sala de cópias virou-se rapidamente para sair. Sua nuca estava vermelha. No dia seguinte, Francis desembrulhou suas penas, tintas e folhas de ouro para voltar ao trabalho de aplicar iluminuras ao diagrama.

9

Alguns meses depois da partida do Monsenhor Aguerra chegou à abadia, vindo de Nova Roma, um segundo comboio de jumentos com um sortimento completo de clérigos e guardas armados para defender o grupo de salteadores, de maníacos mutantes e de possíveis dragões. Desta feita, a expedição era liderada por um monsenhor de chifres curtos e presas pontiagudas que anunciou estar incumbido do dever de se opor à canonização do Abençoado Leibowitz. Assim, tinha vindo investigar – e quiçá atribuir responsabilidade a quem de direito, como insinuou – certos rumores inacreditáveis e histéricos que haviam vazado da abadia e lamentavelmente alcançado os portões de Nova Roma. Ele deixou bem claro que não toleraria o menor absurdo romanceado como o visitante anterior talvez tivesse feito.

O abade recebeu-o educadamente e lhe ofereceu um catre de ferro numa cela voltada para o sul, depois de se desculpar pelo fato de a suíte de hóspedes ter sido exposta a um recente surto de varíola. O monsenhor foi atendido por seus próprios ajudantes e comeu cogumelos e ervas com os monges no refeitório, já que nessa estação as codornas e os galos tinham rareado estranhamente, como informavam os caçadores.

Dessa vez, o abade não achou necessário alertar Francis quanto a um exercício por demais liberal de sua imaginação. Que exercite à vontade, se tiver coragem. Havia pouca chance de o *advocatus diaboli* dar crédito imediato até mesmo à verdade sem antes fazer um doloroso e meticuloso exame de todas as alegações.

– Fui informado de que você é propenso a desmaios – disse Monsenhor Flaught quando ele e Irmão Francis se encontraram a sós, com um olhar que Francis entendeu ser estritamente maligno. – Diga-me, há algum parente com epilepsia em sua família? Ou louco? Padrões neurais mutantes?

– Nenhum caso, Excelência.

– Não sou Excelência – retorquiu prontamente o sacerdote. – Agora, vamos conseguir arrancar a *verdade* de você. – *Uma simples e objetiva cirurgia seria bem adequada*, era o que seu tom de voz dava a entender, *com apenas uma pequena dose de amputação*.

– Você está a par do fato de que é possível envelhecer documentos artificialmente?

Irmão Francis não estava a par.

– Você sabe que o nome "Emily" não apareceu nos documentos que você encontrou?

– Ah, mas... – ele parou, repentinamente incerto.

– O nome que apareceu foi Em, não foi? Isso talvez seja diminutivo de Emily...

– Eu... acho que está certo, Messér.

– Mas também poderia ser o diminutivo de *Emma*, não é? E o nome Emma de fato apareceu na caixa!

Francis permaneceu calado.

– *Bem?*

– Qual foi a pergunta, Messér?

– Não importa! Achei apenas que devia dizer-lhe que as evidências sugerem que "Em" era de Emma, e que "Emma" não é diminutivo de "Emily". O que você diz a esse respeito?

– Não tenho uma opinião a respeito, Messér, mas...

– Mas o quê?

– Não é costume marido e esposa serem um pouco informais quando se referem um ao outro?

– *VOCÊ ESTÁ SENDO INSOLENTE COMIGO?*

– Não, Messér.

– Bem, diga a verdade! Como foi que você acabou descobrindo aquele abrigo e o que é essa baboseira a respeito de uma aparição?

Irmão Francis tentou explicar. O *advocatus diaboli* interrompia de vez em quando com perguntas sarcásticas, bufando, e, quando Francis terminou, o advogado esquadrinhou o depoimento com tamanho empenho semântico que Francis chegou ao ponto de duvidar se teria mesmo visto o velho ou imaginado o incidente.

Aquela técnica de interrogatório era cruel, mas Francis achou a experiência menos assustadora do que fora sua entrevista com o abade. O advogado do diabo não podia fazer mais do que lhe arrancar um membro de cada vez, e o conhecimento de que aquela operação terminaria logo ajudava o esquartejado a suportar a dor. Quando se encontrara diante do abade, porém, Francis estivera ciente de que um equívoco poderia ser punido várias vezes repetidas, visto que Arkos era seu *Magister* vitalício e o perene inquisidor de sua alma.

E Monsenhor Flaught parecia achar a narrativa do monge incomodamente simplória demais para merecer um ataque de proporções épicas, assim que observou a reação de Irmão Francis ao assalto inicial.

– Bem, irmão, se essa é a sua versão e você se mantém fiel a ela, não acho que nos importaremos com você em absoluto. Mesmo que seja verdade (o que não admito), é tão trivial que chega a ser tola. Você compreende isso?

– Foi isso o que *eu* sempre achei, Mésser – suspirou Francis que, há anos e anos, vinha tentando desvincular a figura do peregrino da importância com que os outros o haviam revestido.

– Bem, estava mais do que na hora de você dizer isso! – Flaught retorquiu.

– Eu sempre disse que *achava* que *provavelmente* ele fosse só um velho.

Monsenhor Flaught cobriu os olhos com a mão e suspirou fundo. Sua experiência com testemunhas vacilantes levou-o a se calar.

Antes de deixar a abadia, o *advocatus diaboli*, tal como fizera o advogado do Santo antes dele, passou pelo *scriptorium* e pediu para ver a homenagem com iluminuras do esquema de Leibowitz ("aquela coisa terrivelmente incompreensível", no dizer de Flaught). Dessa vez, as mãos do monge tremiam não de empolgação, mas de receio pela possibilidade de mais uma vez ser obrigado a abandonar seu projeto. Monsenhor Flaught contemplou em silêncio o trabalho sobre a pele de carneiro. Engoliu três vezes. Por fim, forçou-se a assentir com a cabeça.

– Suas imagens são vívidas – admitiu ele. – Mas todos sabíamos disso, não é? – Aqui, ele fez uma pausa. – Há quanto tempo está trabalhando nisto?

– Há seis anos, Messér, intermitentemente.

– Sim, bem, parece que você tem pelo menos o mesmo tempo pela frente até concluí-lo.

Os chifres do Monsenhor Flaught imediatamente se encolheram quase três centímetros e suas presas sumiram por completo. Naquela mesma noite ele partiu para Nova Roma.

Os anos se passaram suavemente, vincando o rosto do jovem e acrescentando fios grisalhos a suas têmporas. O perpétuo labor do monastério seguia adiante, todos os dias invadindo os céus com o sempre repetido hino do Divino Ofício, todos os dias oferecendo ao mundo um lento gotejar de manuscritos copiados e recopiados, de vez em quando cedendo clérigos e copistas para o episcopado e para os tribunais eclesiásticos, além de para os poucos poderes seculares que podiam contratá-los. Irmão Jeris desenvolveu a ambiciosa ideia de construir uma impressora, mas Arkos liquidou seus planos assim que ouviu falar. Não havia nem papel suficiente, nem tinta adequada em quantidade suficiente, tampouco demanda para livros dispendiosos em um mundo afundado no analfabetismo. A sala de cópias seguia com suas penas e seus tinteiros.

Na Festa dos Cinco Tolos Inocentes, chegou um mensageiro do Vaticano com exultantes notícias para a Ordem. Monsenhor Flaught tinha retirado todas as objeções e estava cumprindo penitência perante um ícone do Beato Leibowitz. A causa do Monsenhor Aguerra tinha sido provada. O papa havia ordenado que se emitisse um decreto recomendando a canonização. A data da proclamação formal foi estipulada para o Ano Santo vindouro, devendo coincidir com a convocação de um Concílio Geral da Igreja com o propósito de elaborar uma cuidadosa revisão da doutrina acerca da limitação do *magisterium* a assuntos de fé e moral. Essa questão já tinha sido objeto de muitas deliberações ao longo da história, mas parecia sempre ressurgir sob novas formas a cada novo século, especialmente nos períodos tenebrosos em que o "conhecimento" humano do vento, das estrelas e da chuva era realmente apenas uma crença. Na ocasião do concílio, o fundador da Ordem Albertina seria incluído no Calendário dos Santos.

O anúncio foi seguido de um período de festejos na abadia. Dom Arkos, agora enfraquecido pela idade e perto da senilidade, convocou Irmão Francis à sua presença para lhe dizer, entre chiados:

– Sua Santidade nos convida a ir a Nova Roma para a canonização. Prepare-se para partir.

– *Eu*, meu senhor?

– Apenas você. O Irmão Farmacêutico me proibiu de viajar e não ficaria bem que o Padre Prior viajasse enquanto estou doente. E não me venha com desmaios de novo – Dom Arkos acrescentou, queixoso. – Você provavelmente está levando mais crédito do que merece pelo fato de a corte ter aceitado a data da morte de Emily Leibowitz como algo provado de modo conclusivo. Mas Sua Santidade o convida, de todo jeito. Sugiro que você agradeça a Deus e não reivindique crédito nenhum.

Irmão Francis repetiu, atordoado:

– Sua Santidade?...

– Sim. E agora, estamos mandando o esquema original de Leibowitz para o Vaticano. O que você acha de mandar junto sua homenagem com iluminuras como presente pessoal para o Santo Padre?

– Ah... – disse Francis.

O abade o encorajou, abençoou-o, chamou-o de seu "bom simplório" e o despachou para que ele fosse arrumar sua trouxa de aniagem.

10

A viagem até Nova Roma levaria pelo menos três meses, talvez mais, dependendo de quanto do percurso Francis já teria vencido antes que o inevitável bando de salteadores o privasse de sua montaria. Ele iria viajar sozinho e sem armas, levando apenas sua trouxa, uma tigela de esmolas e a relíquia, além de sua réplica adornada com as iluminuras. Ele orava para que os ladrões ignorantes não achassem serventia para essa última peça, pois, inclusive, entre os bandidos de beira de estrada havia, de vez em quando, assaltantes bondosos que só pegavam o que tinha valor para eles, permitindo que as vítimas seguissem em frente com o corpo e a vida intactos, além de seus parcos objetos de uso pessoal. E havia outros com menos consideração.

A título de precaução, Irmão Francis usava uma venda negra sobre o olho direito. Os camponeses eram um bando de supersticiosos e muitas vezes podiam ser dispersados com uma mera insinuação de mau-olhado. Assim armado e equipado, pôs-se a caminho para obedecer à convocação do *Sacerdos Magnus*, o Mais Santo Senhor e Regente, o Papa Leão XXI.

Praticamente dois meses depois de ter saído da abadia, o monge topou com seu ladrão numa trilha que cruzava um trecho montanhoso de mata fechada, distante de qualquer povoado humano exceto o Vale dos Malnascidos, situado a poucos quilômetros além do pico a oeste onde, como a dos leprosos, uma colônia de monstros genéticos vivia reclusa.

Havia algumas dessas colônias supervisionadas por hospitalários da Santa Igreja, mas o Vale dos Malnascidos não era assim. As criaturas deformadas que haviam escapado à morte nas mãos de tribos da floresta tinham se reunido ali há vários séculos. Suas fileiras eram continuamente reabastecidas por seres tortuosos e rastejantes que buscavam se refugiar do mundo, mas alguns desses seres eram férteis e pariam. Em geral, as crianças herdavam a monstruosidade dos pais. Frequentemente nasciam mortas ou não chegavam à maturidade, mas, de vez em quando, o traço monstruoso era recessivo e uma criança aparentemente normal resultava da união dos deformados. Às vezes, contudo, o descendente superficialmente "normal" era afetado por alguma deformidade invisível que lhe atacava a mente ou o coração, privando-o então da essência da humanidade e dotando-o somente dessa aparência humana. Até mesmo no âmbito da Igreja tinha havido alguns defensores da ideia de que essas criaturas haviam sido verdadeiramente privadas da *Dei imago* desde a concepção, de que suas almas eram apenas almas animais e que, pela Lei Natural, poderiam ser impunemente destruídas como animais e não como Homem, e que Deus impusera a animalidade à espécie como punição pelos pecados que quase tinham destruído a humanidade. Poucos teólogos convictos da existência do Inferno teriam privado seu Deus da faculdade de recorrer a *qualquer* forma de punição temporal, mas os homens se julgarem capazes de decretar que alguma criatura nascida de mulher não tivesse a imagem divina era usurpar o privilégio do Céu. Mesmo um idiota que pareça menos dotado do que um cão, um porco ou um bode, se nascer de mulher deve ser considerado portador de uma alma imortal, pregava o *magisterium*, incansavelmente. Após Nova Roma ter emitido diversos pronunciamentos desse teor, voltados a abolir o infanticídio, os desafortunados malnascidos acabaram sendo chamados "sobrinhos do papa" ou "filhos do papa" por alguns.

"Que aquele que nasceu de pais humanos possa sofrer sua vida", tinha dito o Leão anterior, "de acordo com a Lei Natural e também com a Lei Divina do Amor; que seja acalentado como uma Criança e cuidado, seja qual forem sua forma e conduta, pois é um fato atribuível apenas à razão natural, sem o concurso da Revelação Divina, que, entre os Direitos Naturais do Homem, o direito ao atendimento dos pais na tentativa de sobreviver tem precedência em relação a todos os demais direitos, e não pode ser legitimamente modificado pela Sociedade, nem pelo Estado, exceção feita aos Príncipes, na medida em que são investidos do poder de exercer esse direito. Nem mesmo os animais da Terra agem de outro modo".

O ladrão que encurralou Irmão Francis não era em nenhum sentido óbvio um dos malformados, mas ficou evidente que vinha do Vale dos Malnascidos quando duas figuras de capuz apareceram vindas de trás de uns arbustos na encosta que ladeava a trilha e piaram como corujas, zombando do monge emboscado, apontando para ele arcos armados retesados com a flecha pronta. A essa distância, Francis não estava seguro da primeira impressão que tivera, de que um deles empunhava o arco com seis dedos ou um polegar a mais, mas não havia dúvida de que uma das figuras usava o manto com dois capuzes, embora não pudesse enxergar os rostos nem saber com certeza se o capuz extra guardava uma cabeça a mais ou não.

O ladrão estava postado no meio da trilha, diretamente à frente. Era um homem baixo, mas pesado como um touro, com uma careca reluzente e um queixo que parecia um bloco de granito. Estava em pé de pernas afastadas e seus braços musculosos estavam cruzados sobre o peito, enquanto observava a aproximação da frágil figura no lombo do jumento. Até onde era possível a Irmão Francis ver, o assaltante só estava armado com os próprios músculos e uma faca que ele não se deu ao trabalho de retirar da cinta. Ele acenou para que Francis avançasse. Quando o monge parou a mais ou menos cinquenta metros, um dos filhos do papa atirou uma flecha, que zuniu pela trilha e se espetou no chão logo atrás do jumento, fazendo o animal sair trotando adiante.

– Desça – ordenou o assaltante.

O animal parou. Irmão Francis puxou seu capuz para trás a fim de exibir o olho vendado e levantou um dedo trêmulo para tocar na venda, e devagar começou a suspender o pano.

O ladrão jogou a cabeça para trás e soltou uma gargalhada que, para Francis, poderia ter vindo da goela do próprio Satã. O monge murmurou um exorcismo, mas o assaltante não pareceu impressionado.

– Vocês, seus espantalhos de quintal, já gastaram essa há muito tempo – ele disse. – Agora, desça.

Irmão Francis sorriu, deu de ombros e desmontou sem protestar. O ladrão inspecionou o animal, deu-lhe tapinhas no lombo, examinou-lhe os dentes e os cascos.

– Comer? Comer? – gritou uma das criaturas de manto, ainda na encosta.

– Desta vez, não – bradou o ladrão. – Esquelético demais.

Irmão Francis não estava totalmente convencido de que falavam do jumento.

– Bom dia para o senhor – o monge disse, com simpatia. – Pode ficar com o jumento. Caminhar é melhor para a minha saúde, penso eu. – Ele sorriu de novo e começou a andar.

Uma flecha fendeu o ar e se fincou no chão rente aos seus pés.

– Parem com isso – ordenou o assaltante. Depois, dirigindo-se a Francis: – Agora, tire a roupa. Vamos ver o que há nesse embrulho e nessa trouxa.

Irmão Francis tocou em sua tigela de esmolas e fez um gesto de impotência, o que provocou outro riso de zombaria no ladrão.

– Também já vi esse truque do pote de esmolas antes –

ele disse. – O último homem com uma tigela tinha meio heklo de ouro escondido na botina. Agora, tire tudo.

Irmão Francis, que não usava botinas, expôs esperançosamente suas sandálias, mas o ladrão gesticulou com impaciência. O monge desatou a trouxa, espalhou seu conteúdo à vista e então começou a se despir. O ladrão revirou suas vestimentas, não achou nada, e as jogou de volta para o monge, que bafejou sua gratidão. Tinha achado que acabaria ficando nu o resto do caminho.

– Agora, vamos ver o que tem o *outro* pacote.
– Só contém documentos, senhor – protestou o monge.
– De nenhum valor exceto para seu dono.
– Abra.

Em silêncio, Irmão Francis desamarrou o pacote e desenrolou o esquema original e a homenagem com iluminuras. Os detalhes em folha de ouro e os desenhos coloridos cintilaram à luz do sol filtrada em raios que atravessavam a copa das árvores. O queixo monumental do ladrão caiu quase três centímetros. Ele assobiou de leve.

– Que beleza! Acho que a mulher iria gostar muito de pendurar isso na parede da cabana!

Francis sentiu um intenso mal-estar.

– *Ouro!* – o ladrão gritou para os cúmplices encapuzados, na encosta.

– *Comer? Comer?* – ouviu-se a resposta gorgolejante numa risadinha desdenhosa.

– Vamos comer, não tenham medo! – garantiu o ladrão que, então, explicou para Francis, como quem conversa: – Eles ficam com fome depois de uns dois dias só sentados ali. Os negócios vão mal. Pouco trânsito estes dias.

Francis assentiu. O ladrão voltou a admirar a réplica ilustrada.

Senhor, se Vós o enviastes a mim para me testar, então ajudai-me a morrer como homem para que ele possa se servir somente do cadáver deste vosso servidor. Santo Leibowitz, vede o que se passa e orai por mim...

– O que é isto? – o ladrão indagou. – Um talismã?

Ele ficou estudando os dois documentos juntos por algum tempo. – Ah, um é o fantasma do outro. Que mágica é essa? – Ele encarou Irmão Francis com desconfiança em seus olhos cinzentos. – Como se chama?

– Ahn... Sistema de Controle Transistorizado para a Unidade 6-B – explicou o monge, gaguejando.

O ladrão, que virara e revirara os documentos, era, apesar de tudo, capaz de enxergar que um diagrama representava o negativo do outro, um efeito que parecia deixá-lo tão intrigado quanto a folha de ouro. Ele acompanhou as semelhanças nos desenhos com um indicador curto e imundo, causando uma leve nódoa na pele de carneiro decorada com iluminuras. Francis conteve as lágrimas.

– *Por favor* – ele implorou com voz estrangulada. – Esse ouro é tão fino que nem vale a pena se falar nisso. Pese com a sua mão. Tudo não pesa mais do que o próprio papel. Para você não tem nenhuma serventia. Por favor, senhor, fique com a minha roupa no lugar disso. Fique com o jumento, com a trouxa toda. Pegue tudo o que quiser, só me deixe esse desenho. Ele não representa nada para o senhor.

O olhar cinzento do ladrão estava pensativo. Ele acompanhou a agitação do monge e coçou o queixo. – Vou deixar que você fique com as roupas e o jumento e tudo o mais, *exceto* isto – foi sua oferta. – Só vou ficar com os talismãs, então.

– Pelo amor de Deus, senhor, então me mate também! – suplicou Francis.

O ladrão zombou: – Veremos. Diga-me para que eles servem.

– Para nada. Um é um memento de um homem morto há muito tempo. Um ancestral. O outro é apenas uma cópia.

– E por que são importantes para você?

Francis fechou os olhos por um instante e tentou pensar num jeito de explicar. – O senhor conhece as tribos da floresta? Como elas veneram seus antepassados?

Os olhos cinzentos do ladrão faiscaram de raiva por um momento. – *Nós desprezamos* nossos antepassados – bradou. – Malditos sejam os que nos pariram!

– *Malditos, malditos!* – repetiu um dos arqueiros encapuzados na encosta.

– Você sabe quem somos? De onde viemos?

Francis assentiu. – Não quis ofender. O ancestral a quem se refere esta relíquia é... Ele não é nosso antepassado. Era um antigo professor. Nós veneramos a memória dele. Isto é só uma recordação, nada mais.

– E a cópia?

– Fui eu mesmo que fiz. Por favor, senhor, levei quinze anos fazendo. Para o senhor não quer dizer nada. Por favor... O senhor roubaria quinze anos da vida de um homem por nada?

– Quinze *anos?* – O ladrão jogou a cabeça para trás e quase caiu de tanto rir. – Você gastou quinze anos fazendo *isso?*

– É, mas... – Francis de repente se calou. Seus olhos saltaram para o dedo gorducho do assaltante. O dedo estava cutucando o esquema original.

– *Isto* lhe custou quinze anos? E é quase feio, perto do outro. – Deu um tapinha na pança e entre golfadas de riso continuava apontando para a relíquia. – Ah, quinze anos! Então é isso que vocês ficam fazendo lá! *Por quê?* Para que serve essa imagem escura e fantasmagórica? Quinze anos fazendo isso! Hahaha! Que trabalho de mulherzinha!

Irmão Francis olhava para ele num silêncio atordoado. O fato de o ladrão confundir a sagrada relíquia em si com a cópia era algo que o deixara chocado demais para responder.

Ainda rindo, o ladrão tomou os dois documentos e se preparou para rasgá-los ao meio.

– *Jesus, Maria, José!* – gritou o monge e caiu de joelhos no chão. – Pelo amor de Deus, meu senhor!

O ladrão atirou os dois papéis na terra. – Posso lutar com você para ver quem fica com eles – ofereceu o homem, esportivamente. – Eles contra a minha lâmina.

– Combinado – disse Francis num impulso, pensando que uma disputa, talvez, pelo menos desse ao Céu uma chance de intervir de alguma maneira discreta. *Meu Deus, vós que fortalecestes Jacó para que ele vencesse o anjo sobre a rocha...*

Puseram-se os dois em guarda. Irmão Francis se persignou. O ladrão tirou a faca de sua cinta e atirou-a perto dos papéis. Os dois começaram a circular um diante do outro.

Três segundos depois, o monge jazia no chão gemendo, estirado de costas, debaixo de uma compacta montanha de músculos. Uma pedra pontuda parecia estar penetrando na sua coluna.

– Hehehe – disse o assaltante, levantando-se para pegar sua faca e enrolar os documentos.

Com as mãos cruzadas como se estivesse em prece, Irmão Francis se arrastou atrás dele de joelhos, suplicando com toda a força de seus pulmões: – Por favor, então, pegue somente um, *os dois não!* Por favor!

– Você vai ter de *comprar* de volta, então – o ladrão disse, sarcástico. – Ganhei-os de forma justa.

– Não tenho nada! Sou *pobre*!

– Pois muito bem, se você quer os papéis tanto assim, vai precisar de ouro. Dois heklos de ouro, esse é o valor do resgate. Pode trazer aqui quando quiser. Vou guardar suas coisas em minha choça. Se os quiser de volta, é só me trazer o ouro.

– Ouça, esses papéis são importantes para outras pessoas; para mim, não. Eu os estava levando para o papa. Talvez eles paguem você pelo documento que é realmente importante. Mas me deixe ficar com o outro só para mostrar para eles. Esse não tem nenhuma importância.

O ladrão riu por cima do ombro. – Acredito que você até beijaria uma botina para recuperar esta coisa.

Irmão Francis o alcançou e beijou-lhe fervorosamente a botina.

Isso acabou sendo demais até mesmo para um sujeito como aquele ladrão. Ele empurrou o monge com o pé, separou um papel do outro e atirou um deles na cara de Francis, junto com uma imprecação. Montado então no jumento, ele começou sua subida pela encosta, na direção dos cúmplices emboscados.

Irmão Francis rapidamente pegou de volta o precioso documento e galgou o paredão de terra ao lado do salteador, agradecendo-lhe profusamente e abençoando-o repetidas vezes, enquanto aquele conduzia o animal para perto dos arqueiros de capuz.

– *Quinze anos!* – zombou o ladrão e novamente enxotou Francis com o pé. – Suma! – e acenou com o esplendoroso exemplar com iluminuras no alto, à luz do sol. – Lembre-se: com dois heklos de ouro você paga o resgate deste mimo. E diga ao papa que eu o ganhei de modo justo.

Francis parou de escalar. Enviou uma luminosa cruz abençoando o bandido que se afastava e silenciosamente agradeceu a Deus a existência de assaltantes tão desprendidos que eram capazes de cometer um erro de tal nível de ignorância. Afagando o esquema original com carinho, começou a descer a encosta para retomar a trilha. O ladrão, enquanto isso, exibia com orgulho o lindo exemplar de homenagem para seus companheiros mutantes.

– *Comer! Comer!* – disse um deles, alisando o jumento.

– Montar, montar – corrigiu o ladrão. – Comer depois.

Mas quando Irmão Francis já os havia deixado bem para trás, uma grande tristeza foi gradualmente se apoderando dele. Aquela voz provocadora ainda soava em seus ouvidos.

Quinze anos! Então é isso que vocês ficam fazendo lá! Quinze anos! Que trabalho de mulherzinha! Hahaha!

O bandido tinha cometido um erro, mas agora os quinze anos tinham ido por água abaixo, e com eles todo o amor e todo o sofrimento que haviam gestado aquele tributo.

Enclausurado como vivera aquele tempo todo, Francis tinha se desacostumado de como eram as coisas no mundo externo, de seus hábitos rudes e grosserias. Percebeu que ficara profundamente perturbado pela zombaria do ladrão. Lembrou-se do sarcasmo mais delicado de Irmão Jeris, tantos anos antes. Talvez ele tivesse tido razão.

Sua cabeça estava pesada e pendia sob o capuz, enquanto lentamente ele seguia em frente.

Pelo menos continuava levando a relíquia original. Pelo menos.

11

Tinha chegado o momento. Em seu hábito monástico simples, Irmão Francis nunca se sentira menos importante do que naquele momento, ajoelhado na majestosa basílica antes do início da cerimônia. Os movimentos grandiosos, os vívidos rodopios de cores, os sons que acompanhavam os cerimoniosos preparativos para o evento, tudo já parecia litúrgico em essência, tornando difícil lembrar que ainda não acontecera nada de importante. Bispos, monsenhores, cardeais, sacerdotes e vários funcionários leigos em trajes elegantes e antiquados iam e vinham por todos os lados da grande igreja, mas suas andanças pareciam um mecanismo muito bem ajustado e gracioso que nunca cessava de funcionar, nunca engasgava, nem mudava de ideia quanto a disparar em alguma outra direção. Um *sampetrius* entrou na basílica. Estava vestido com tanta pompa que Francis, a princípio, confundiu o funcionário da catedral com um prelado. O *sampetrius* carregava uma banqueta para pés. Segurava-a com uma pompa tão casual que o monge, se já não estivesse ajoelhado, poderia tê-lo feito conforme o objeto era transportado. O *sampetrius* caiu sobre um de seus joelhos perante o altar-mor, então cruzou o espaço até o trono papal onde trocou a banqueta nova pela anterior, que parecia ter perdido um pé. Em seguida, partiu repetindo o mesmo trajeto que fizera para ir até lá. Irmão Francis se maravilhou com a estudada elegância de movimentos que acompanhava até mesmo o que era trivial. Ninguém tinha pressa. Ninguém agia com afetação nem parecia atrapalhado. Não acontecia nenhum movimento que não contribuísse silenciosamente para a dignidade e a avassaladora beleza desse lugar milenar, ainda mais imponente pelas estátuas e pelas pinturas imóveis que o adornavam. Até mesmo o suave sussurro da respiração das pessoas parecia ecoar fracamente de distantes absides.

Terribilis est locus iste: hic domus Dei est, et porta caeli; Que terrível é este lugar: aqui é a casa de Deus, e a porta do Céu!

Como ele observou depois de algum tempo, algumas estátuas estavam vivas. Um cavaleiro em armadura estava perfilado contra a parede, poucos metros à sua esquerda. Seu punho coberto com uma cota de malha segurava o cabo de um machado bélico faiscante. Nem mesmo a pluma de seu elmo tinha tremulado em todo o tempo que Irmão Francis se mantivera ajoelhado. Uma dúzia de armaduras semelhantes estava disposta a intervalos regulares ao longo das paredes. Somente depois de ter visto um moscão se esgueirar para dentro do visor da "estátua" à sua esquerda foi que ele suspeitou que o invólucro bélico continha um ocupante. Seus olhos não conseguiram detectar o menor movimento, mas a armadura emitiu estalidos metálicos enquanto o moscão passeou lá por dentro. Esses, então, devem ser a guarda do papa, tão famosos nas batalhas de cavaleiros: a pequena guarda privada do Primeiro Vigário de Deus.

Um capitão da guarda estava majestosamente passando seus homens em revista. Pela primeira vez, a estátua se mexeu, erguendo seu visor para uma saudação. Antes de prosseguir em seu exame, o capitão generosamente parou e usou seu lenço para afugentar o moscão da testa daquele rosto inexpressivo que estava dentro do elmo. A estátua abaixou de novo o visor e recuperou sua imobilidade.

A imponente decoração da basílica foi brevemente maculada pela entrada de grandes grupos de peregrinos. Os grupos eram bem organizados e conduzidos de modo eficiente ao redor do recinto, mas eram claramente estranhos àquele lugar. A maioria dava a impressão de estar caminhando na ponta dos pés até os lugares designados, atentos para não emitir nenhum som e só realizar os menores e mais essenciais movimentos, diferentemente dos *sampetrii* e do clero de Nova Roma, que imprimiam eloquência em cada som que emitissem, em cada movimento que fizessem. Um ou outro dentre os peregrinos, de vez em quando, abafava um curto acesso de tosse ou tropeçava.

De repente, a basílica se tornou um campo de batalha com o fortalecimento da guarda. Uma nova tropa de estátuas em cotas de malha adentrou o santuário; todos dobraram um dos joelhos para se prosternar e inclinaram suas lanças saudando o altar, antes de assumir as devidas posições. Dois deles flanqueavam o trono do papa. Um terceiro caiu de joelhos à direita do trono e ali ficou, ajoelhado com a espada de Pedro estendida em suas palmas viradas para cima, erguidas bem alto. O quadro voltou a adquirir imobilidade, exceto pela dança ocasional das chamas nas velas do altar.

Rasgando o profundo silêncio, irrompeu um toque repentino de clarins.

A intensidade do som foi aumentando até que a vibração do latejante *ta-ra ta-ra-raa* podia ser sentida no rosto e doía nos ouvidos. Os clarins não tocavam nada musical, mas anunciavam algo. As primeiras notas, no meio da escala, foram lentamente subindo de tom, aumentando a intensidade e a urgência e finalmente fizeram o escalpo do monge se arrepiar. Parecia não haver na basílica nada além daquela explosão de cilindros metálicos.

Então, um silêncio sepulcral, seguido pelo brado de um tenor:

PRIMEIRO CHANTRE: *"Appropinquat agnis pastor et ovibus pascendis."*
SEGUNDO CHANTRE: *"Genua nunc flectantur omnia."*
PRIMEIRO CHANTRE: *"Jussit olim Jesus Petrum pascere grege Domini."*
SEGUNDO CHANTRE: *"Ecce Petrus Pontifex Maximus."*
PRIMEIRO CHANTRE: *"Gaudeat igitur populus Christi, et gratias agat Domino."*
SEGUNDO CHANTRE: *"Nam docebimur a Spiritu sancto."*
CORO: *"Alleluia, alleluia..."*

A multidão se levantou e então se ajoelhou numa onda lenta que acompanhava o deslocamento da liteira contendo o frágil ancião de manto branco que gesticulava sua benção para o povo enquanto a procissão em ouro, preto, púrpura e vermelho seguia em frente, levando-o devagar na direção do trono. A respiração era continuamente entrecortada na garganta do modesto monge vindo daquela distante abadia nos confins do deserto. Era impossível ver tudo que estava acontecendo, tão avassaladora era a maré de músicas e movimentos, aturdindo os sentidos, entorpecendo a mente e mesmerizando-a para testemunhar o que logo iria acontecer.

A cerimônia foi breve. Sua intensidade teria sido insuportável se fosse mais demorada. Um monsenhor – Malfreddo Aguerra, o próprio advogado de defesa do santo, como observou Irmão Francis – aproximou-se do trono e se ajoelhou. Após um breve silêncio, entoou com singeleza sua petição.

"Sancte pater, ad Sapientia summa petimus ut ille Beatus Leibowitz cujus miracula sunt multi..."

A solicitação requisitava de Leão que iluminasse seu povo com a solene definição a respeito da pia crença de que o Beato Leibowitz era, de fato, um santo, legítimo merecedor da *dulia* da Igreja e também da veneração de seus fiéis.

"Gratissima Nobis causa fili", cantou em resposta a voz do ancião de branco, explicando que o desejo de seu próprio coração era anunciar, por uma proclamação solene, que o abençoado Mártir estava entre os santos, mas também que apenas sob a orientação divina, *sub ducatu sancti Spiritus*, é que ele podia consentir com a solicitação de Aguerra. Pediu então que todos orassem por essa orientação.

Mais uma vez o ribombar do coro preencheu a basílica com a litania dos santos: "Pai-do-Céu, Deus, tende piedade de nós. Filho, Redentor-do-Mundo, Deus, tende piedade de nós. Espírito Santo, Deus, tende piedade de nós. Ó Santíssima Trindade, Deus Uno e Único, *miserere nobis!* Santa Maria, rogai por nós. *Sancta Dei Genitrix, ora pro nobis. Sancta Virgo virginum, ora pro nobis...*". Seguia em frente o trovejar da litania. Francis ergueu os olhos até uma pintura do Abençoado Leibowitz, recentemente desvelada. Era um afresco de proporções heroicas e retratava o julgamento do Beato perante a turba, mas o rosto não estava exibindo o sorriso enviesado como aparecia no trabalho de Fingo. Era majestoso, no entanto, e compatível com o ambiente geral da basílica, pensou Francis.

"*Omnes sancti Martyres, orate pro nobis...*"

Quando a litania terminou, novamente o Monsenhor Malfreddo Aguerra apresentou sua petição ao papa, solicitando que o nome de Isaac Edward Leibowitz fosse formalmente incluído no Calendário dos Santos. Novamente foi invocado o Espírito condutor, quando o papa cantou *Veni, Creator Spiritus*.

E uma terceira vez, Malfreddo Aguerra rogou pela proclamação.

"*Surgat ergo Petrus ipse...*"

Finalmente, ela foi concedida. O vigésimo primeiro Leão entoou a decisão da Igreja, obtida pela intercessão orientadora do Espírito Santo, proclamando o fato existente de que um antigo e bastante obscuro técnico, chamado Leibowitz, era verdadeiramente um santo no Céu e cuja poderosa intercessão poderia, e legitimamente deveria, ser invocada com reverência. Um dia festivo foi consagrado à missa a ser rezada em seu nome.

"São Leibowitz, interceda por nós", repetiu Irmão Francis em coro com a congregação.

Após a breve oração, o coro cantou vigorosamente o *Te Deum*. Celebrada a missa em honra do novo santo, estava encerrada a cerimônia.

Ladeado por dois *sedarii* do palácio externo, em trajes escarlate, o pequeno cortejo de peregrinos atravessou uma sequência aparentemente interminável de corredores e antecâmaras, detendo-se de vez em quando diante da mesa ornamentada de alguma nova autoridade que examinava as credenciais e assinava sua autorização com pena de ganso num *licet adire* para um *sedarius* entregar à autoridade seguinte, cujo título aumentava progressivamente e se tornava cada vez menos pronunciável à medida que o grupo seguia em frente. Irmão Francis estava tremendo da cabeça aos pés. Entre os peregrinos que o acompanhavam havia dois bispos, um homem vestindo arminho e ouro, um chefe de clã do povo da floresta, convertido mas ainda envergando a túnica de pele de pantera e o adereço de cabeça de pantera de seu totem tribal, um simplório com vestimenta de couro carregando um falcão-peregrino encapuzado no punho – como presente destinado ao Santo Padre, evidentemente – e diversas mulheres, todas elas parecendo esposas ou concubinas do chefe de clã "convertido", segundo a melhor estimativa que Francis pôde fazer. Talvez também fossem ex-concubinas rejeitadas pelo cânone, mas não pelo costume tribal.

Após subirem a *scala caelestis*, os peregrinos foram recebidos pelo *cameralis gestor*, sobriamente trajado, e levados em seguida até a pequena antessala do vasto saguão consistorial.

– O Santo Padre os receberá ali – o lacaio de alto posto informou educadamente ao *sedarius* que levava as credenciais. Lançou um breve olhar de desaprovação para os peregrinos, na avaliação de Francis. Com o *sedarius*, ele trocou poucas palavras em voz muito baixa. O *sedarius* ficou ruborizado e sussurrou com o chefe de clã. O chefe de clã enrubesceu e tirou seu adereço com as presas pontiagudas e o sorriso bestial da fera, deixando que a cabeça da pantera ficasse dependurada sobre um dos ombros. Houve uma breve conferência a respeito das posições, enquanto o Bajulador Supremo, o lacaio principal, em tons tão suaves que pareciam reprovadores, ia posicionando cada uma das peças de xadrez que eram os visitantes pela sala, de acordo com algum antiquíssimo protocolo que somente os *sedarii* pareciam compreender.

O papa não demoraria a chegar. O homem pequeno de sotaina branca, rodeado por seu séquito, caminhou em passos elásticos para a sala de audiências. Irmão Francis sentiu um breve acesso de tontura. Lembrou-se de que Dom Arkos tinha ameaçado esfolá-lo vivo se ele desmaiasse durante a audiência, então se controlou.

A fila de peregrinos se ajoelhou. O ancião de branco gentilmente pediu-lhes que ficassem em pé. Irmão Francis finalmente reuniu coragem para focalizar-lhe os olhos. Na basílica, o papa tinha sido somente um ponto branco radioso em meio a um mar de cores. Aqui na sala de audiências, a uma distância menor, Francis foi percebendo aos poucos que o papa *não* tinha dois metros e setenta, contrariamente aos fabulosos relatos dos nômades. Para a surpresa do monge, o frágil ancião, Pai dos Príncipes e dos Reis, o Construtor das Pontes do Mundo e Vigário de Cristo na Terra, parecia bem menos feroz do que Dom Arkos, o abade.

O papa foi passando lentamente pela fila de peregrinos, cumprimentando cada um, abraçando um dos bispos, conversando com cada pessoa em seu próprio dialeto ou com a ajuda de um intérprete, rindo da expressão do monsenhor a quem transferiu a incumbência de transportar a ave do falcoeiro, e se dirigindo ao líder do clã do povo da floresta com um gesto peculiar de mão e uma palavra resmungada do dialeto da floresta, o que levou o chefe vestido com pele de pantera a se iluminar com um repentino sorriso de satisfação. O papa reparou na cabeça de pantera pendurada sobre o ombro do sujeito e parou a fim de ajustá-la na cabeça dele. O peito do líder de clã se encheu de orgulho. Ele relanceou os olhos pela sala, aparentemente a fim de comprovar que o Bajulador Supremo estava olhando aquilo, mas esse oficial parecia ter se desmanchado em meio aos painéis de madeira que revestiam o aposento.

O papa se acercou de Irmão Francis.

Ecce Petrus Pontifex... Eis Pedro, sumo pontífice, Leão XXI, o próprio, "a quem somente Deus nomeou Príncipe de todos os países e reinos, para desenraizar, abater, dissipar, destruir, plantar e construir, a fim de preservar um povo fiel...". E, todavia, no rosto de Leão, o monge viu uma amável candura que indicava como ele era digno de tal título, mais elevado do que qualquer outro conferido a príncipes e reis, por meio do qual ele era chamado "o escravo dos escravos de Deus".

Francis se ajoelhou rapidamente para beijar o anel do Pescador. Ao se erguer, percebeu-se segurando firmemente a relíquia do Santo às costas, como se sentisse vergonha de exibi-la. Os olhos cor de âmbar do pontífice constrangeram-no com doçura. Leão falou suavemente, à maneira da cúria, com aquela afetação que ele parecia não apreciar, como se fosse algo incômodo, mas que, não obstante, praticava pelo bem do costume, quando se tratava de falar com visitantes menos selvagens do que o chefe-pantera.

– Nosso coração ficou intensamente aflito quando soubemos de sua desventura, caro filho. Um relato de sua jornada chegou aos nossos ouvidos. E, por nosso pedido, você veio até aqui, mas, ao longo do caminho, foi abordado por ladrões. Não é verdade?

– Sim, Santo Padre, mas isso realmente não tem importância. Quer dizer... Era importante, exceto... – e Francis gaguejou.

O ancião de branco sorriu docemente.

– Nós sabemos que você nos trazia um presente e que ele lhe foi roubado durante a viagem. Não se preocupe com isso. Sua presença já é um presente suficiente para nós. Por muito alimentamos a esperança de cumprimentar pessoalmente o descobridor dos restos mortais de Emily Leibowitz. Também estamos a par de seu trabalho na abadia. Sempre sentimos a mais fervorosa afeição pelos Irmãos de São Leibowitz. Sem o seu trabalho, a amnésia do mundo poderia talvez ser total. Como a Igreja, *Mysticum Christi Corpus*, é um Corpo, assim a sua Ordem serviu como um órgão da memória nesse Corpo. Somos profundos devedores de seu santo Patrono e Fundador. As eras futuras poderão dever-lhe ainda mais. Poderia nos contar um pouco mais sobre sua viagem, caro filho?

Irmão Francis estendeu o esquema.

– O salteador teve a bondade de deixar isto comigo, Santo Padre. Ele... o confundiu com a cópia com iluminuras que eu estava trazendo de presente.

– Você não corrigiu o engano dele?

Irmão Francis corou.

– Estou envergonhado de admitir, Santo Padre...

– Esta então é a relíquia original que você achou na cripta?

– Sim...

O sorriso do papa se enviesou.

– Quer dizer que o bandido achou que o seu trabalho fosse o tesouro propriamente dito? Ah... até mesmo um ladrão pode ter olho para perceber uma peça de arte, não é? Monsenhor Aguerra nos disse da beleza de sua homenagem. Que pena que foi roubada.

– Não era nada, Santo Padre. Só lamento ter desperdiçado quinze anos.

– *"Desperdiçado"?* Como, "desperdiçado"? Se o ladrão não houvesse sido enganado pela beleza de seu trabalho ele poderia ter tomado *isto*, não é mesmo?

Irmão Francis admitiu a possibilidade.

O vigésimo primeiro Leão tomou o velho esquema nas mãos idosas e cuidadosamente o desenrolou. Estudou o desenho por algum tempo, em silêncio, e então disse:

– Diga-nos, você compreende os símbolos usados por Leibowitz? O significado do que isto representa?

– Não, Santo Padre. Minha ignorância é total.

O papa inclinou-se na direção dele e sussurrou:

– A nossa também. – Rindo de leve, ele pressionou os lábios na relíquia, como se estivesse beijando a pedra do altar, tornou a enrolar o documento e entregou-o para um atendente. – Nós lhe agradecemos do fundo do coração por esses quinze anos, amado filho – acrescentou, então, para Irmão Francis. – Esses anos foram gastos a fim de preservar o original. Jamais pense neles como um desperdício de tempo. Ofereça-os a Deus. Algum dia, o significado do original poderá ser descoberto e então mostrará sua importância. – O ancião pestanejou; ou teria sido uma piscadela deliberada? Francis estava quase convencido de que o papa tinha piscado para ele. – Teremos de lhe ser gratos por isso.

Para o monge, aquela possível piscadela pareceu deixar a sala toda mais nitidamente focada. Pela primeira vez, ele reparou que havia um furinho de traça na sotaina do papa. A própria sotaina já estava quase se esfiapando. O tapete da sala de audiências estava gasto até o fundo em alguns pontos. O gesso do teto tinha caído em vários lugares. Mas a dignidade se sobrepunha à pobreza. Somente por um instante, após ter sido agraciado com uma piscada do papa, foi que Irmão Francis reparou nos sinais de pobreza. Foi uma distração transitória.

– Por seu intermédio, desejamos enviar nossas mais afetuosas lembranças a todos os membros de sua comunidade e ao seu abade – Leão continuava dizendo. – A todos, assim como a você, desejamos estender nossa benção apostólica. Iremos entregar-lhe uma carta destinada a eles, anunciando a benção. – Ele parou, então pestanejou, ou, de novo, deu uma piscadinha para Francis. – A propósito, a carta será enviada com salvaguarda. Nela afixaremos o *Noli molestare*, excomungando qualquer um que assaltar o portador.

Irmão Francis murmurou seus agradecimentos por essa garantia contra assaltos na estrada. Ele não considerou adequado esclarecer que, provavelmente, o assaltante seria incapaz de ler o sinal de advertência, muito menos de compreender o castigo. – Farei o meu melhor para entregá-la, Santo Padre.

Mais uma vez, Leão se aproximou para sussurrar:

– E, para você, temos uma lembrança especial que representa nosso afeto. Antes de partir, vá ver Monsenhor Aguerra. Preferíamos tê-la dado a você com nossas próprias mãos, mas este não é o momento adequado. O monsenhor o presenteará em nosso nome. Use-a como quiser.

– Muitíssimo obrigado, Santo Padre.

– E agora adeus, amado filho.

O pontífice seguiu em frente, falando com cada um dos demais peregrinos da fila e, depois que tudo terminou, deu sua benção solene. Estava encerrada a audiência.

Monsenhor Aguerra tocou no braço de Francis quando o grupo de peregrinos passou pelas portas, saindo da câmara de audiências, e deu um caloroso abraço no monge. O postulador da causa do santo tinha envelhecido tanto que Francis só a custo o reconheceu, depois de se aproximar mais. Mas Francis também estava com têmporas grisalhas e tinha acumulado diversas rugas em torno dos olhos, de tanto forçar a vista na mesa de cópias. O monsenhor lhe entregou um pacote e uma carta, enquanto desciam a *scala caelestis*.

Francis lançou os olhos no destinatário da carta e assentiu. Seu nome estava escrito no pacotinho, que vinha com um lacre diplomático. – Para mim, Messér?

– Sim, um gesto pessoal do Santo Padre. Melhor não abrir aqui. Bem, posso fazer mais alguma coisa por você antes que parta de Nova Roma? Ficaria satisfeito se pudesse mostrar-lhe alguma coisa que ainda não tenha visto.

Irmão Francis pensou por poucos instantes. Já tinham feito uma longa turnê passando por muitos pontos.

– Gostaria de ver a basílica só mais uma vez, Messér – disse ele, enfim.

– Ora, naturalmente. Mas só *isso*?

Irmão Francis parou de novo. Tinham ficado um pouco atrás dos demais peregrinos.

– Gostaria de me confessar – ele acrescentou suavemente.

– Nada mais fácil do que isso – disse Aguerra, complementando com uma risadinha divertida: – Você está no lugar certo, não é mesmo? Aqui, você pode obter a absolvição por qualquer coisa que o esteja incomodando. Seria algo tão mortal que exigiria a atenção do papa?

Francis ficou vermelho e balançou a cabeça.

– Que tal a Grande Penitência? Ele não só o absolverá se você se arrepender como, ainda por cima, lhe dará uma pancadinha na cabeça com um bastão.

– Eu quis dizer... Eu estou pedindo ao senhor, Messér – o monge enfim soltou, gaguejando.

– *Eu*? Por que eu? Não sou ninguém notável. Você está numa cidade repleta de chapéus vermelhos e quer se confessar com Malfreddo Aguerra.

– Porque... porque o senhor foi o advogado de defesa de nosso patrono – o monge explicou.

– Ah, estou entendendo. Ora, claro que vou ouvir sua confissão. Mas não posso absolvê-lo em nome do seu patrono, você sabe. Terá de ser pela Santíssima Trindade, como de praxe. Tudo bem?

Francis não tinha muito a confessar, mas seu coração já estava aflito havia tempos – por instigação de Dom Arkos – com o receio de que sua descoberta do abrigo pudesse ter atrapalhado a causa do Santo. O postulador de Leibowitz ouviu-o, aconselhou-o e absolveu-o na basílica, e então conduziu-o por um passeio pela igreja milenar. Durante a cerimônia de canonização e a missa que se seguiu, Irmão Francis havia reparado somente no esplendor majestoso da construção. Agora, o idoso monsenhor apontava partes de parede desmoronando, lugares que precisavam de reparos, a vergonhosa condição de alguns dos afrescos mais antigos. Novamente, ele teve o vislumbre de uma pobreza velada pela dignidade. A Igreja não era rica nessa época.

Finalmente, Francis estava livre para abrir o pacote: continha uma bolsa. Dentro dela, dois heklos de ouro. Ele olhou para Malfreddo Aguerra. O monsenhor sorriu.

– Você *disse* que o ladrão ganhou-lhe a homenagem numa luta justa, não disse? – Aguerra perguntou.

– Sim, Messér.

– Bom, então, mesmo que tenha sido forçado a isso, você tomou por si mesmo a decisão de lutar com ele, certo? Você aceitou o desafio?

O monge assentiu.

– Então, não acho que você estaria incorrendo em erro se a comprasse de volta. – Então, o monsenhor agarrou o ombro do monge e o abençoou. Era hora de partir.

O pequeno guardião da chama do conhecimento retomou a pé a estrada de volta para a abadia. Havia uma série de dias e semanas a enfrentar na trilha, mas seu coração estava em júbilo quando chegou perto do local em que o ladrão costumava se instalar para as emboscadas. *Use-o como quiser*, dissera o Papa Leão a respeito do ouro. Afora isso, agora o monge tinha – além da bolsa – uma resposta para a sarcástica indagação do bandido. Ele pensou nos livros da sala de audiência, esperando lá para serem novamente despertados.

Todavia, o ladrão não estava à espreita no seu local habitual, como Francis tinha esperado. Havia pegadas recentes naquele trecho da estrada, mas conduziam a uma trilha transversal e não havia sinal do assaltante. O sol era filtrado pelas árvores, cobrindo o chão com sombras folheadas. Aquela não era uma mata fechada, mas oferecia sombreamento. Ele se sentou à margem do caminho para aguardar.

Uma coruja piou ao meio-dia desde a relativa escuridão nas profundezas de algum riacho distante. Abutres circulavam em um recorte azul para além das copas das árvores. A mata parecia pacífica nesse dia. Francis sentia-se sonolento. Enquanto escutava os pardais voejando entre os galhos próximos, percebeu que não estava muito apreensivo por não saber se o ladrão viria hoje ou amanhã. Sua viagem de volta era tão longa que não ficaria infeliz por desfrutar de um dia ou dois de descanso para esperar por ele. Sentado, acompanhava o rodopio dos abutres. De vez em quando lançava o olhar para a estrada que seguia até seu lar ainda distante no deserto. O ladrão tinha escolhido um lugar excelente para seu covil. Desse ponto, era possível observar quase dois quilômetros de trilhas nas duas direções, permanecendo sem ser notado enquanto estivesse abrigado neste trecho da mata.

Alguma coisa pareceu se mover na estrada, ao longe.

Irmão Francis protegeu os olhos para estudar melhor o movimento. Havia um trecho ensolarado na estrada, onde um incêndio florestal abrira vários acres de terra em torno da trilha que seguia para sudoeste. A via brilhava trêmula sob o efeito do espelho de calor que se espalhava pela região inundada de sol. Ele não conseguia enxergar nitidamente por causa da cintilação dos reflexos, mas havia movimento por entre as emanações de calor. Era um pontinho preto que surgia entre contorções. Às vezes, parecia ter uma cabeça. Às vezes, ficava totalmente obscurecido pela laminação do calor, mas ainda assim Francis conseguiu perceber claramente que a imagem estava se aproximando aos poucos. Uma vez, quando a borda de uma nuvem passou raspando sobre o sol, o fulgor diminuiu por alguns segundos. Os olhos cansados e míopes do monge então formaram realmente a imagem de um homem a partir do ponto serpenteante, mas ainda estava longe demais para que o reconhecesse. Havia algo de muito familiar naquele ponto.

Não, não era possível que fosse o mesmo.

O monge se benzeu e começou a desfiar o rosário enquanto seus olhos continuavam pregados naquela criatura distante envolta nas ondas de calor que subiam da poeira da estrada.

Enquanto ele esperava ali embaixo pelo assaltante, uma discussão estava em andamento no alto de um lado da encosta. A discussão estava sendo travada em monossílabos sussurrados e já durava quase uma hora. Agora, tinha se encerrado. O Dois-Capuzes tinha cedido à vontade do Um-Capuz. Juntos, os filhos do papa saíram sorrateiramente de trás de seu esconderijo nas folhagens e foram descendo silenciosamente pelo barranco.

Avançaram até chegar à distância de quase dez metros de onde estava Francis antes que uma pedra pequena ricocheteasse. O monge estava murmurando a terceira Ave-Maria do Quarto Mistério Glorioso do rosário quando, por acaso, voltou-se para olhar em volta.

A flecha o atingiu exatamente entre os olhos.

– *Comer! Comer! Comer!* – gritou o filho do papa.

No trecho da estrada para sudoeste, o velho caminhante se sentou num tronco e fechou os olhos para descansar um pouco a vista, por causa do sol. Abanou-se com um chapéu de palha quase destruído e mastigou seu pedaço de tabaco ardido. Já estava caminhando fazia muito tempo. A busca parecia interminável, mas sempre havia a promessa de encontrar o que buscava depois da próxima elevação ou após a curva seguinte do caminho. Quando terminou de se abanar e refrescar, enterrou o chapéu preto de volta na cabeça e coçou a barba espessa, enquanto piscava e esquadrinhava os arredores. Havia um trecho de mata não queimada na encosta do morro logo ali adiante. Prometia uma sombra refrescante, mas o caminhante continuou sentado onde estava, à luz do sol, observando os abutres curiosos. Eles tinham se reunido e estavam sobrevoando a uma altura realmente bem pequena aquele trecho da mata mais densa. Uma das aves tomou a audaciosa decisão de descer em meio às árvores, mas rapidamente voltou para o alto batendo as asas com vigor, esforçava-se e enfim encontrou uma coluna de ar quente ascendente que lhe permitiu ganhar altura com mais facilidade. A escura horda de comedores de carniça parecia despender mais do que a quantidade normal de energia para bater as asas. Normalmente aquelas aves apenas planavam, poupando as forças. Agora rasgavam o ar acima da colina, como se estivessem impacientes para descer.

Enquanto os abutres se mostravam interessados mas relutantes, o peregrino continuou no mesmo ponto. Havia pumas naqueles morros. Para além do pico existiam coisas ainda piores do que os pumas, e às vezes esses animais saíam caçando longe de suas tocas.

O caminhante esperou. Finalmente, os abutres desceram em meio às árvores. O caminhante esperou mais cinco minutos. Por fim levantou-se e foi manquitolando na direção da mata, dividindo o peso do corpo entre a perna boa e o cajado.

Depois de algum tempo alcançou a área da floresta. Os abutres estavam muito ocupados com os restos de um homem. O caminhante afugentou as aves com o cajado e inspecionou o cadáver. Faltavam porções significativas. Havia uma flecha enterrada no crânio – ela saía pela nuca. Aflito, o velho olhou em torno, esquadrinhando o mato. Não tinha ninguém à vista, mas havia muitas pegadas nas imediações da estrada. Não era seguro permanecer ali.

Seguro ou não, o serviço tinha de ser feito. O velho peregrino encontrou um lugar onde a terra era fofa o suficiente para ser cavada com mãos nuas e um bastão. Enquanto cavava, os abutres zangados voavam rente à copa das árvores. Às vezes, desciam em velocidade na direção da trilha, mas depois batiam as asas para se elevar ao céu mais uma vez. Durante uma hora, duas talvez, acompanharam ansiosamente os acontecimentos volteando no ar perto da encosta verdejante.

Finalmente uma das aves pousou. Indignada, se postou empertigada sobre um monte de terra recém-erguido, encimado por uma pedra que assinalava a cabeceira do local. Desapontada, bateu as asas e ganhou o ar novamente. O bando de comedores de carniça abandonou o local e foi voar lá no alto, pairando ao sabor das colunas de ar quente ascendente, ao mesmo tempo que observava faminto o que se passava no chão.

Havia um porco morto além do Vale dos Malnascidos. Os abutres o observaram com alegria e desceram para se banquetear. Mais tarde, num desfiladeiro remoto daquela serra, um puma lambeu o próprio focinho e enfim deixou o que restava da caça. Os abutres pareciam gratos pela chance de melhorar a refeição.

Os abutres puseram seus ovos na época certa e amorosamente alimentaram os filhotes: uma cobra morta e pedacinhos de um cão selvagem.

A geração mais jovem cresceu forte e voou muito alto e muito longe com suas potentes asas negras, esperando que a fertilidade da Terra lhes fornecesse alimento em abundância. Às vezes, o jantar era somente um sapo. Certa vez foi um mensageiro de Nova Roma.

O voo levou os jovens abutres a sobrevoar a planície do meio-oeste. Ficaram deliciados com a fartura de coisas boas que os nômades tinham deixado para trás, no chão, em sua travessia rumo ao sul.

Os abutres puseram seus ovos na época certa e amorosamente alimentaram os filhotes. A Terra os nutria com abundância há séculos. E continuaria fazendo isso por muitos séculos mais...

Por algum tempo, a coleta de víveres foi boa na região do Rio Vermelho, mas, então, uma cidade-estado brotou de toda aquela carnificina. Os abutres não tinham nenhum apreço por cidades-estado que surgissem, embora aprovassem sua queda após algum tempo. Fugiram de Texarkana e foram se refugiar nos céus das planícies a oeste. Conforme o proceder de todas as coisas vivas, muitas vezes reabasteceram a Terra com gerações e gerações de descendentes.

Até que chegou o ano de Nosso Senhor de 3174.

Havia rumores de guerra.

FIAT

LUX

12

Marcus Apollo ficou certo da iminência da guerra no momento em que ouviu, sem querer, a terceira esposa de Hannegan dizer a uma aia que seu admirador favorito tinha regressado ileso de uma missão no acampamento do clã do Urso Louco. O fato de ele ter voltado com vida do acantonamento nômade significava que uma guerra estava se cozinhando em fogo lento. O álibi para a missão do emissário tinha sido comunicar às tribos das Planícies que os estados civilizados haviam aderido ao Acordo do Sagrado Flagelo referente às terras em disputa e que, daí em diante, imporiam drásticas medidas de vingança contra os povos nômades e os grupos de bandidos que continuassem invadindo os territórios em questão. Mas ninguém levava uma notícia desse teor ao Urso Louco e voltava vivo. Portanto, como concluiu Apollo, o ultimato não fora transmitido e o emissário de Hannegan tinha se dirigido às Planícies com algum outro propósito. Que não estava exatamente claro.

Apollo foi educadamente traçando um caminho por entre a pequena comitiva de convidados, com os olhos afiados buscando Irmão Claret e tentando atrair o olhar dele. Apollo era um homem alto, numa severa sotaina preta com um pequeno detalhe colorido na cintura denotando seu posto, e com isso formava um acentuado contraste com o rodamoinho caleidoscópico de cores usadas pelos outros convivas no salão de banquete. Não demorou muito para conseguir que o clérigo, seu subordinado, olhasse para ele e com um movimento de cabeça indicasse o balcão de bebidas e comidas, agora reduzidas a restos nas travessas, copos engordurados e as últimas porções de pombo assado que pareciam ter sido tostadas além do ponto. Apollo empurrou de lado os resíduos decantados na vasilha de ponche usando a concha, constatou uma barata falecida flutuando em meio às especiarias e polidamente ofereceu a primeira taça a Irmão Claret, quando o clérigo se aproximou.

– Obrigado, Messér – disse Claret, sem perceber a barata. – O senhor queria falar comigo?

– Assim que a recepção acabar. Nos meus aposentos. Sarkal voltou vivo.

– Oh!

– Nunca ouvi um "oh!" mais agourento do que esse. Deduzo que você percebe as interessantes implicações desse fato.

– Sem dúvida, Messér. Isso quer dizer que o Acordo foi uma fraude da parte de Hannegan e que ele pretende usá-lo contra...

– Shhh. Mais tarde. – Os olhos de Apollo mostraram a aproximação de outras pessoas, e o clérigo encheu sua taça de novo, servindo-se de ponche. Seu interesse de repente se voltou todo para a vasilha e ele não percebeu a entrada de uma pessoa esguia, em trajes de seda, que veio caminhando na direção deles desde a entrada. Apollo sorriu formalmente e se curvou diante do homem. O aperto de mãos que trocaram foi breve e perceptivelmente frio.

– Bem, Thon Taddeo – disse o sacerdote –, sua presença me surpreende. Achei que o senhor fugisse de reuniões festivas. O que haveria de tão especial nesta que pudesse atrair um estudioso tão notável? – Ele arqueou as sobrancelhas numa sarcástica máscara de perplexidade.

– Naturalmente a atração é o senhor – disse o recém-chegado, igualmente sarcástico –, a única razão para que eu tenha vindo.

– Eu? – ele fingiu surpresa, mas a afirmação provavelmente era verdadeira. A recepção de casamento de uma meia-irmã não era a espécie de evento que levaria Thon Taddeo a se apresentar em seus melhores trajes e deixar as paredes atulhadas de livros do *collegium*.

– A bem da verdade, estive procurando pelo senhor o dia todo. Disseram-me que o encontraria aqui. Se não fosse por isso... – e ele relanceou o olhar pelo salão de recepção e bufou, irritado.

Aquela bufada abortou qualquer vestígio de fascinação que estivesse prendendo a mirada de Irmão Claret à vasilha de ponche, e ele se voltou para cumprimentar o thon com uma reverência. – Gostaria de um pouco de ponche, Thon Taddeo? – ele perguntou, oferecendo uma taça cheia.

O estudioso aceitou e a esvaziou de um gole. – Queria perguntar-lhe mais a respeito dos documentos leibowitzianos sobre os quais conversamos – ele disse a Marcus Apollo. – Eu tinha uma carta de um sujeito chamado Kornhoer, na abadia, que me garantiu que eles têm textos datados dos últimos anos da civilização europeia-americana.

Se o fato de ele mesmo ter assegurado ao acadêmico exatamente aquilo há vários meses era irritante para Apollo, sua expressão não deixou transparecer o menor indício. – Sim – ele disse –, são autênticos de fato, foi o que me disseram.

– Nesse caso, me parece deveras misterioso que ninguém tenha ouvido... Mas não importa. Kornhoer listou alguns documentos e textos que dizem possuir e descreveu-os. Se é que existem, tenho de vê-los.

– Como?

– Sim. Se se tratar de um embuste, isso deverá ser descoberto, e se não for, esses serão dados inestimáveis.

O monsenhor franziu a testa. – Garanto que não se trata de embuste – ele disse, rigidamente.

– A carta continha um convite para visitar a abadia e estudar os documentos. Eles evidentemente ouviram falar de mim.

– Não necessariamente – Apollo disse, incapaz de resistir à oportunidade. – Eles não são muito exigentes quanto a quem lê os livros que têm em seu poder, desde que a pessoa lave as mãos e não desfigure as posses da abadia.

O acadêmico ficou roxo. A sugestão de que pudessem existir pessoas letradas que nunca tivessem ouvido falar dele era-lhe bem desagradável.

– Mas então – Apollo prosseguiu, em tom afável –, não há problema para o senhor. Aceite o convite, vá à abadia, estude as relíquias. Eles o receberão de braços abertos.

O acadêmico resfolegou com maior irritação ainda a essa ideia.

– E viajar através das Planícies numa época em que o clã do Urso Louco está... – e Thon Taddeo se calou abruptamente.

– Como o senhor estava dizendo... – Apollo insistiu para que ele prosseguisse, com o rosto impassível, sem o menor sinal de um interesse especial, embora a veia em sua testa começasse a latejar enquanto ele olhava para Thon Taddeo em expectativa.

– Apenas que é uma viagem perigosa e demorada, e não posso permanecer seis meses longe do *collegium*. Queria falar sobre a possibilidade de enviar um grupo fortemente armado com guardas da Prefeitura, para buscar os documentos e então estudá-los.

Apollo engasgou. Sentiu um impulso pueril de dar um belo chute na canela do estudioso. Educadamente, replicou:
– Acredito que isso não seria possível, senhor. Mas, de toda maneira, trata-se de uma questão além do meu alcance. Receio que não possa servir-lhe de ajuda neste caso.

– Por que não? – exigiu saber Thon Taddeo. – O senhor não é o núncio do Vaticano na corte de Hannegan?

– Precisamente. Represento Nova Roma, não as ordens monásticas. O governo de uma abadia está nas mãos do abade.

– Mas com uma pequena pressão de Nova Roma...

O impulso de chutar canelas renasceu de imediato. – Será melhor conversarmos a esse respeito depois – atalhou rispidamente Monsenhor Apollo. – Esta noite, no meu gabinete, se o senhor quiser. – Ele se virou um pouco e olhou de volta, com expressão indagadora, como se estivesse dizendo *Certo?*

– Estarei lá – o acadêmico respondeu seco, e saiu andando a passos duros.

– Por que o senhor não lhe disse "não" e pronto, de uma vez por todas? – soltou Claret, espumando de raiva, assim que se viram a sós na suíte da embaixada, uma hora depois. – Transportar relíquias de valor inestimável através de território ocupado por bandidos, nos tempos que correm? É impensável, Messér.

– Sem dúvida.

– Então, por quê...

– Por dois motivos. Em primeiro lugar, Thon Taddeo é parente de Hannegan e também exerce influência. Temos de ser corteses com César e sua corte, querendo ou não. Em segundo lugar, ele começou a dizer algo a respeito do clã do Urso Louco e então se calou. Acho que ele sabe o que está para acontecer. Não vou me dedicar a espionagem nenhuma, mas, se voluntariamente ele oferecer alguma informação, não há nada que nos impeça de incluí-la no relatório que você está prestes a entregar pessoalmente em Nova Roma.

– *Eu!* – o clérigo disse, sufocado. – Em Nova Roma? Mas o quê...

– Fale mais baixo – disse o núncio, olhando rapidamente na direção da porta. – Terei de mandar minha avaliação da situação para Sua Santidade, e sem perda de tempo. Isso, porém, é o tipo de coisa que não se ousa colocar por escrito. Se o pessoal de Hannegan interceptar um despacho desses, provavelmente você e eu seremos encontrados boiando de bruços no Rio Vermelho. Se os inimigos de Hannegan se apossarem do despacho, ele provavelmente terá todos os motivos para nos enforcar como espiões. O martírio é algo admirável, mas primeiro temos uma tarefa a cumprir.

– E deverei então apresentar um relato oral ao Vaticano? – murmurou Irmão Claret, aparentemente nada satisfeito com a perspectiva de cruzar território hostil.

– Tem de ser assim. Thon Taddeo talvez, apenas talvez, possa nos dar uma desculpa para uma viagem repentina até a abadia de São Leibowitz, até Nova Roma, ou para ambos os destinos. Se houver alguma suspeita na corte, tentarei contorná-la.

– E qual o teor do relato que deverei fazer, Messér?

– Que a ambição de Hannegan de unir o continente sob a égide de uma única dinastia não é um sonho tão maluco quanto pensávamos. Que o Acordo do Sagrado Flagelo é provavelmente uma fraude engendrada por Hannegan e que ele tem intenção de usá-lo para conseguir que tanto o império de Denver como a nação laredana entrem no combate com os nômades das Planícies. Se as forças laredanas estiverem envolvidas numa batalha contra Urso Louco, não seria preciso um grande encorajamento para que o Estado de Chihuahua atacasse Laredo pelo sul. Afinal de contas, existe ali uma antiga inimizade. Naturalmente, Hannegan então pode marchar vitorioso sobre Rio Laredo. Tendo Laredo sob seu comando, ele pode esperar dar conta tanto de Denver como da República do Mississippi sem se preocupar com alguma punhalada pelas costas vinda do sul.

– O senhor acha que Hannegan pode fazer isso, Messér?

Marcus Apollo começou a responder, mas então fechou a boca lentamente. Caminhou até a janela e olhou para fora, para a cidade à luz do sol, uma cidade que crescera desordenadamente e que fora construída, em sua maior parte, dos escombros de outra era. Uma cidade sem um padrão organizado de ruas. Tinha crescido devagar, sobre ruínas antigas, como talvez um dia outra cidade acabará se erguendo a partir das ruínas desta.

– Não sei – ele respondeu levemente. – Nos tempos que correm, é difícil condenar um homem por querer unir este continente esquartejado. Mesmo que por meios como... Mas, não. Não é isso que quis dizer. – Ele soltou um suspiro fundo. – De todo modo, nossos interesses não são políticos. Devemos alertar Nova Roma, com a antecedência possível, sobre o que pode vir a acontecer, porque a Igreja será afetada por esses acontecimentos, aconteça o que for. E, estando avisada, talvez consigamos nos manter fora das escaramuças.
– O senhor realmente acredita nisso?
– Claro que não! – disse o sacerdote, calmamente.

Thon Taddeo Pfardentrott chegou ao gabinete de Marcus Apollo num horário que poderia ser chamado de tardinha. Desde o banquete de recepção, seus modos haviam mudado visivelmente. Ele conseguiu produzir um sorriso cordial e havia uma urgência nervosa na maneira como falava. Marcus pensou que aquele sujeito estava atrás de algo que queria demais – a tal ponto que, para consegui-lo, estava inclusive disposto a ser educado. Talvez a lista de textos antigos fornecida pelos monges da abadia de Leibowitz houvesse impressionado o thon mais do que ele queria reconhecer. O núncio tinha se preparado para uma verdadeira disputa entre espadachins, mas a evidente excitação do acadêmico fazia dele uma vítima fácil demais, e Apollo relaxou sua prontidão para duelar verbalmente.
– Nesta tarde houve uma reunião do corpo docente do *collegium* – Thon Taddeo disse, assim que se acomodaram nas respectivas poltronas. – Conversamos sobre a carta do Irmão Kornhoer e sobre a lista de documentos. – Ele parou como se estivesse inseguro quanto à melhor abordagem. A penumbra cinzenta do anoitecer penetrava pelos arcos da janela à esquerda e com ela seu rosto parecia descorado e intenso, e seus grandes olhos cinzentos buscaram o sacerdote como se quisessem medi-lo e fazer estimativas.

– Entendo que teria havido ceticismo.

Os olhos cinzentos se abaixaram por um momento e depois se levantaram rapidamente. – Devo ser educado?

– Não se dê a esse incômodo, irmão – Apollo riu entredentes.

– Houve ceticismo. "Incredulidade" é uma palavra mais próxima para descrever a situação. Minha sensação particular é de que, se esses papéis existem mesmo, provavelmente são falsificações com vários séculos de idade. Duvido que os monges atuais da abadia estejam tentando manobrar algum engodo. Naturalmente, eles devem acreditar que os documentos são válidos.

– Bondade sua absolvê-los – Apollo disse, causticamente.

– Eu me ofereci para ser educado. Devo ser?

– Não. Continue.

O thon deslizou para fora do assento e foi se sentar no beiral da janela. Contemplou as manchas amareladas das nuvens que iam se dissolvendo na direção do poente e bateu o punho levemente no peitoril, algumas vezes, enquanto falava.

– Os papéis. Não importa o que pensemos a respeito deles. A hipótese de que esses documentos ainda possam existir intactos, de que há uma mínima possibilidade de eles existirem de fato, bem, isso *instiga* a ideia de que *devemos* investigá-los imediatamente.

– Muito bem – Apollo disse, um pouco divertido. – Eles convidaram o senhor. Então, diga-me: O que o senhor acha tão instigante a respeito dos documentos?

O acadêmico lançou-lhe um olhar rápido: – O senhor está a par do meu trabalho?

O monsenhor hesitou. Estava a par desse trabalho, mas reconhecer isso poderia forçá-lo a admitir o fato consagrado de que o nome de Thon Taddeo estava sendo citado no mesmo nível de relevância que filósofos da natureza mortos há mil anos ou mais, embora o thon mal tivesse completado trinta anos. O sacerdote não estava propenso a admitir que considerava o jovem cientista alguém promissor, capaz de se tornar um daqueles raros casos de genialidade humana que só aparecem uma ou duas vezes a cada século, e então revolucionam todo um campo do pensamento de um só golpe. Assim, ele deu uma tossida leve e se desculpou.

– Devo confessar que ainda não li muito a respeito...

– Não tem importância. – Pfardentrott descartou as desculpas com um aceno. – A maior parte é de escritos altamente abstratos, tediosos para leigos. Teorias sobre a essência elétrica. Movimentos planetários. Corpos que se atraem. Esse tipo de assunto. Agora, a lista de Kornhoer menciona Laplace, Maxwell e Einstein; *esses nomes* querem dizer alguma coisa para o senhor?

– Não muito. A história os menciona como filósofos da natureza, não é? De uma época anterior ao colapso da última civilização. E acho que são citados em uma das hagiologias pagãs, certo?

O estudioso concordou. – E isso é tudo que se sabe a respeito deles ou do que fizeram. Eram físicos, segundo nossos historiadores não muito confiáveis. Dizem que foram responsáveis pelo rápido crescimento da cultura europeia-americana. Os historiadores só colecionam trivialidades. Quase tinha me esquecido deles. Mas, segundo a descrição que Kornhoer fez dos documentos antigos, parece que eles contêm a descrição de papéis que podem inclusive ter sido extraídos de textos de ciência física de alguma espécie. É simplesmente impossível!

– Mas o senhor tem de se certificar?

– Nós temos de nos certificar. Agora que isso veio à tona, queria nunca ter sabido de nada a respeito.

– Por quê?

Thon Taddeo estava acompanhando a distância algo que se passava na rua lá embaixo. Então chamou o sacerdote. – Venha cá um momento. Vou mostrar por quê.

Apollo saiu de trás da sua escrivaninha e espiou lá embaixo, na rua lamacenta e esburacada que ficava além dos muros que cercavam o palácio, os alojamentos e os edifícios do *collegium*, separando o santuário municipal da fervilhante cidade de plebeus. O estudioso apontou para a figura sombria de um camponês que conduzia um jumento para casa, à luz do crepúsculo. Os pés do homem estavam embrulhados em tecido de saco de batatas e a lama tinha colado, secado e esfarelado sobre o tecido, de tal modo que ele dava a impressão de mal poder erguê-los. Todavia, mesmo com esforço, ele seguia em frente, um passo após o outro, descansando um meio segundo entre cada passada. Parecia esgotado demais para raspar a lama dos pés.

– Ele não está montado no jumento – disse Thon Taddeo – porque, nesta manhã, o animal estava carregado com milho. Não ocorre a esse homem que as sacas estão vazias agora. O que é considerado razoável pela manhã também é razoável à tarde.

– O senhor o conhece?

– Ele passa debaixo da minha janela também. Toda manhã e toda noite. O senhor nunca tinha reparado nele?

– Há milhares como ele.

– Veja. O senhor consegue acreditar que esse bruto é o descendente direto de homens que supostamente inventaram máquinas voadoras? De homens que chegaram à Lua, que dominaram as forças da Natureza, que construíram máquinas que podiam falar e pareciam pensar? Consegue acreditar que houve homens assim?

Apollo manteve silêncio.

– Olhe para ele! – o estudioso insistiu. – Não, agora já ficou escuro demais. O senhor não consegue enxergar os sinais da sífilis no pescoço dele, nem como a ponte nasal já foi toda corroída. Paresia. Mas ele sem dúvida foi um idiota, para início de conversa. Analfabeto, supersticioso, assassino. Transmite doenças para os filhos. Por poucas moedas poderia matar todos. De todo modo, irá vendê-los quando tiverem idade suficiente para ser úteis. Olhe bem para ele e me diga se enxerga nele o descendente de uma civilização antes poderosa? O que senhor *vê*?

– A imagem de Cristo – respondeu com brusquidão o monsenhor, surpreso com sua própria e repentina raiva. – O que esperava que eu visse?

O acadêmico bufou com impaciência. – A incongruência. Homens como o senhor podem observar esses outros através de qualquer janela, e homens como os historiadores nos querem fazer crer que houve tais homens um dia. Não consigo aceitar isso. Como uma grande e sábia civilização pode ter se destruído tão completamente?

– Talvez – disse Apollo – por ser materialmente grande e materialmente sábia, e nada mais. – Foi acender uma lamparina de sebo, pois a noite ia caindo e a escuridão aumentava. Ele riscou uma lasca de pederneira num pedaço de aço até a centelha firmar e então soprou de leve no pavio.

– Talvez – disse Thon Taddeo –, mas duvido.

– Então, o senhor rejeita toda a história como mito? – Uma chama se soltou da faísca.

– Não é que eu "rejeite". Mas isso deve ser questionado. Quem escreveu as histórias em que vocês creem?

– As ordens monásticas, naturalmente. Durante os séculos mais tenebrosos, não havia mais ninguém para fazer esse registro. – Ele transferiu a chama para a mecha.

– É isso! O senhor percebe. E, durante a época dos antipapas, quantas ordens cismáticas estiveram fabricando suas próprias versões das coisas e transmitindo essas versões como se fossem o trabalho de homens do passado? O senhor não pode saber, não tem como *realmente* saber. Que no passado existiu, neste continente, uma civilização mais adiantada do que a atual, é algo que não pode ser negado. É possível examinar os escombros e o metal corroído e saber disso. É possível escavar uma faixa de areia trazida pelo vento e descobrir as estradas danificadas. Mas onde estão as evidências do tipo de máquina que os historiadores nos dizem ter existido naqueles tempos? Onde estão os vestígios dos veículos que se movimentavam por si, ou das máquinas voadoras?

– Converteram-se em relhas de arado e enxadas.

– *Se* é que existiram.

– Se o senhor duvida, por que se dar ao trabalho de estudar os documentos leibowitzianos, irmão?

– Porque duvidar não é negar. Duvidar é um recurso poderoso, e deve ser aplicado à história.

O sorriso do núncio era tenso. – E o que o senhor quer que eu faça a respeito, sábio Thon?

O estudioso se inclinou para a frente, com intensidade.

– Escreva para o abade a respeito deste lugar. Garanta a ele que os documentos serão tratados com o máximo cuidado e que serão devolvidos após terem sido minuciosamente examinados para comprovar sua autenticidade, e depois que seu conteúdo houver sido estudado.

– As garantias de quem, o senhor deseja que eu transmita: as suas ou as minhas?

– As de Hannegan, as suas *e* as minhas.

– Posso dar apenas as suas e as de Hannegan. Não tenho tropas a meu dispor.

O erudito corou.

– Diga-me – o núncio acrescentou prontamente –, por qual motivo, além dos bandidos, o senhor insiste em examinar os documentos aqui em vez de ir pessoalmente à abadia?

– A melhor razão que posso dar ao abade é que, se os documentos forem autênticos, *se* tivermos de examiná-los na abadia, a confirmação de sua legitimidade não significaria muito para os outros estudiosos seculares.

– O senhor quer dizer que seus colegas poderiam achar que os monges o ludibriaram de algum modo?

— Hummm, isso poderia ser pensado. Mas também é importante, caso sejam trazidos para cá, que os documentos possam ser examinados por todos do *collegium* que estiverem qualificados para emitir uma opinião. E outros thons visitantes de outros principados podem verificá-los também. Mas não podemos deslocar o *collegium* inteiro para o deserto a sudoeste por um semestre todo.

— Entendo sua posição.

— O senhor vai enviar a solicitação à abadia?

— Sim.

Thon Taddeo pareceu surpreso.

— Mas será sua solicitação, não minha. E, para ser sincero com o senhor, quero dizer que não acho que Dom Paulo, o abade, vá concordar.

Entretanto, o thon pareceu satisfeito. Depois que ele saiu, o núncio convocou o clérigo à sua presença.

— Você parte para Nova Roma amanhã — ele informou.

— Passando pela abadia de Leibowitz?

— No caminho de volta. O relatório para Nova Roma é urgente.

— Sim, Messér.

— Quando estiver na abadia, diga a Dom Paulo que a rainha de Sabá espera que Salomão venha visitá-la. Com presentes. Então, é melhor você tapar os ouvidos. Quando a explosão de raiva dele tiver terminado, corra de volta para cá, para eu poder dizer "não" a Thon Taddeo.

13

O tempo escorre lentamente no deserto e são poucas as mudanças que assinalam sua passagem. Duas estações já tinham decorrido desde que Dom Paulo havia recusado o pedido vindo do lado de lá das Planícies, mas a questão só havia sido resolvida há poucas semanas. Mas teria mesmo sido resolvida? Texarkana estava evidentemente infeliz com os resultados.

O abade caminhava ao longo dos muros da abadia ao pôr do sol, seu maxilar projetado para a frente como um velho rochedo barbado contra o qual arrebentam as possíveis ondas do mar dos acontecimentos. Seus cabelos ralos esvoaçavam como flâmulas brancas ao vento do deserto, o mesmo vento que enrolava seu hábito colado como uma bandagem ao corpo curvado para a frente, dando-lhe a aparência de um Ezequiel emaciado e dotado de uma pança estranhamente arredondada. Suas mãos encarquilhadas estavam enfiadas dentro das mangas, e de vez em quando ele lançava um olhar carrancudo através do deserto, na direção do povoado de Sanly Bowitts, a certa distância. A luz avermelhada do sol desenhava sua sombra compassada no pátio, e os monges que a encontravam, quando atravessavam o terreno, erguiam o olhar para o ancião, tentando entender o que acontecia. Seu superior vinha parecendo mal-humorado ultimamente e dado a estranhas premonições. Sussurrava-se que logo chegaria o momento em que um novo abade seria nomeado superior da Ordem dos Irmãos de São Leibowitz. Sussurrava-se que o velho não estava bem, nada bem. Sussurrava-se que, se o abade ouvisse os sussurros, os sussurradores deveriam escalar rapidamente os muros da abadia. O abade os tinha ouvido, mas sentia-se satisfeito em, pelo menos dessa vez, não tomar conhecimento deles. Ele sabia muito bem que os sussurros tinham fundamento.

– Leia para mim mais uma vez – ele disse abruptamente para o monge que estava imóvel, parado à sua disposição.

– Qual deles, Domne? – disse o monge sacudindo a cabeça ligeiramente na direção do abade.

– Você sabe qual.

– Sim, meu senhor. – O monge remexeu em uma de suas mangas. Parecia pesada e desceu bastante com um meio maço de documentos e correspondência, mas após alguns instantes ele encontrou o papel certo. Afixada ao rolo de pergaminho havia uma legenda:

SUB IMMUNITATE APOSTOLICA HOC SUPPOSITUM EST.
QUISQUIS NUNTIUM MOLESTARE AUDEAT,
IPSO FACTO EXCOMMUNICETUR.

DET: R'dissimo Domno Paulo de Pecos, OAL, Abade
(Monastério dos Irmãos de Leibowitz,
Imediações do Povoado de Sanly Bowitts
Deserto de Sudoeste, Império de Denver)
CUI SALUTEM DICIT: *Marcus Apollo*
                Papatiae Apocrisarius Texarkanae

– Muito bem, é esse mesmo. Agora, leia – disse o abade, com impaciência.

– *Accedite ad eum....* – O monge se benzeu e murmurou a costumeira Bênção dos Textos, enunciada com tanta meticulosidade antes de se ler ou escrever quanto as bênçãos antes das refeições, pois preservar a alfabetização e o aprendizado através de um milênio de trevas tinha sido a tarefa dos Irmãos de Leibowitz, e esses pequenos rituais ajudavam a manter a incumbência em foco.

Tendo concluído a bênção, ele segurou o rolo no alto, contra a luz do poente, para que se tornasse uma transparência. – "*Iterum oportet apponere tibi crucem ferendam, amice...*".

Sua voz era levemente cantada enquanto seus olhos extraíam as palavras de uma floresta de floreios supérfluos da caligrafia. O abade se debruçou no parapeito para ouvir, enquanto observava os abutres circulando no ar, sobre o platô do Último Retiro.

– "Mais uma vez é preciso colocar sobre ti uma cruz para carregares, velho amigo e pastor de ratos de biblioteca míopes" – repetia a voz do leitor –, "mas talvez carregá-la venha a ter um sabor de triunfo. Parece que a rainha de Sabá está indo até Salomão afinal de contas, embora provavelmente para denunciá-lo como charlatão.

"'Serve a presente para notificá-lo de que Thon Taddeo Pfardentrott, D.N.SC., Sábio dos Sábios, Acadêmico dos Acadêmicos, Filho Loiro Bastardo de um certo Príncipe, e Dádiva de Deus a uma 'Geração Que Desperta', finalmente decidiu fazer-lhe uma visita, depois de haver esgotado todas as esperanças de transportar até este lindo reino a vossa Memorabilia. Ele deverá chegar por volta da Festa da Assunção, se conseguir se livrar dos 'bandos de salteadores' que infestam o caminho. Trará suas apreensões e um pequeno grupo de cavaleiros armados, cortesia de Hannegan II, cuja corpulenta pessoa está neste preciso momento debruçada sobre mim enquanto escrevo, rosnando e praguejando contra estas linhas que Sua Supremacia ordenou-me redigir e por meio das quais Sua Supremacia espera que eu aclame seu primo, o thon, na esperança de que o senhor o honre da maneira apropriada. Mas, como o secretário de Sua Supremacia está de cama com um ataque de gota, não serei senão cândido neste momento:

"'Primeiramente, portanto, devo acautelá-lo a respeito dessa pessoa, Thon Taddeo. Trate-o com a costumeira caridade, mas não confie nele. Ele é um estudioso brilhante, mas secular, além de cativo político do Estado. Aqui, Hannegan é o Estado. Além disso, me parece que o thon é um tanto anticlerical – ou talvez somente antimonástico. Após seu embaraçoso nascimento, ele foi prontamente despachado em segredo para um mosteiro beneditino, e... Mas não, pergunte ao mensageiro a respeito das...'."

O monge ergueu os olhos de sua leitura. O abade continuava olhando os abutres sobre o Último Retiro.
– Você ouviu falar sobre a infância dele, irmão? – perguntou Dom Paulo.
O monge confirmou.
– Continue lendo.
A leitura prosseguiu, mas o abade parou de ouvir. Ele sabia aquela carta quase de cor, mas ainda assim sentia que havia algo que Marcus Apollo estivera tentando dizer nas entrelinhas e que ele, Dom Paulo, ainda não conseguia compreender. Marcus tentara alertá-lo de algo, mas o que seria? O tom da carta era levemente irreverente, mas parecia repleta de ominosas incongruências que poderiam ter sido destinadas a se somar a alguma negra congruência, desde que ele conseguisse somá-las do jeito certo. Que perigo poderia existir em autorizar um acadêmico secular a estudar no recinto da abadia?
Segundo o mensageiro que trouxera a carta, o próprio Thon Taddeo fora educado no mosteiro beneditino para onde fora levado quando criança a fim de evitar constrangimentos para a esposa de seu pai. O pai do thon era tio de Hannegan, mas a mãe era uma criada. A duquesa, esposa legítima do duque, nunca se opusera aos namoros e às infidelidades do marido até que essa simples serva lhe dera o filho que ele

sempre quisera ter tido. Então, ela se sentiu injustiçada. Ela só parira meninas, e ser superada por uma plebeia despertou--lhe a ira. A duquesa despachou a criança, açoitou e despediu a criada e apertou muito bem suas rédeas em torno do duque. Ela mesma queria a todo custo gerar um filho homem para restabelecer sua honra. E então lhe deu mais três filhas. O duque esperou pacientemente durante quinze anos. Quando ela morreu de parto (de mais uma menina), ele prontamente mandou um emissário aos beneditinos para recuperar o menino e torná-lo seu herdeiro.

O jovem Taddeo de Hannegan-Pfardentrott, porém, tinha se tornado um garoto amargo. Da infância à adolescência havia crescido contemplando a cidade e o palácio em que seu primo-irmão estava sendo preparado para o trono. Se sua família o houvesse ignorado por completo, contudo, ele poderia ter amadurecido sem se ressentir de seu *status* de pária. Mas tanto seu pai como a serviçal de cujo útero ele tinha saído vinham visitá-lo com a frequência precisamente necessária para manter em sua memória que ele fora concebido de carne humana e não de pedras, e com isso vagamente consciente de que fora privado do amor ao qual tinha direito. E depois, inclusive, o Príncipe Hannegan tinha vindo para o mesmo monastério para um ano de estudos, havia dominado seu primo bastardo e tinha se saído melhor do que este em tudo, menos em inteligência. O jovem Taddeo tinha detestado o príncipe com uma ira silenciosa e se determinara a superá-lo o máximo possível, pelo menos no aprendizado. A competição se mostrara um embuste, porém. No ano seguinte o príncipe deixara a escola monástica tão pouco instruído quanto chegara, e não foi tomado nenhum outro cuidado com sua educação. Enquanto isso, seu primo exilado continuava a competir sozinho e a conquistar altas honrarias, mas suas vitórias eram vazias porque Hannegan não se importava. Thon Taddeo tinha chegado a desprezar toda a corte de Texarkana, mas, com a inconsistência da juventude, regressara para aquela mesma corte, e de bom grado, para finalmente ser legitimado como filho de seu pai, parecendo ter perdoado a todos exceto a falecida duquesa que o havia exilado, assim como os monges que haviam cuidado dele durante o exílio.

Talvez ele ache que nosso claustro é um lugar de vis provações, pensou o abade. Deveria suscitar lembranças amargas, meias lembranças, e talvez algumas recordações imaginadas.

– "... sementes da controvérsia no seio da Nova Alfabetização" – continuava o leitor. – "Assim, tome cuidado e observe os sintomas.

"'Mas, por outro lado, não apenas Sua Supremacia como também os ditames da caridade e da justiça insistem que eu o recomende ao senhor como um homem bem-intencionado ou, pelo menos, como uma criança sem maldade, como a maioria desses pagãos educados e cavalheirescos (e, apesar de tudo, eles ainda serão pagãos). Ele se comportará se o senhor mostrar firmeza, mas tome cuidado, meu amigo. A mente dele é como um mosquete carregado e pode disparar em qualquer direção. Entretanto, confio que lidar com ele por algum tempo não será um problema desgastante demais para sua engenhosidade e sua hospitalidade.

"'*Quidam mihi calix nuper expletur, Paule. Precamini ergo Deum facere me fortiorem. Metuo ut hic pereat. Spero te et fratres saepius oraturos esse pro tremescente Marco Apolline. Valete in Christo, amici.*

"'*Texarkanae datum est Octava Ss Petri et Pauli, Anno Domini termillesimo...*'."

– Vamos ver o selo de novo – disse o abade.

O monge entregou-lhe o rolo. Dom Paulo segurou-o perto do rosto para esquadrinhar as letras borradas impressas no canto inferior do pergaminho por um selo de madeira com pouca tinta.

AUTORIZADO POR HANNEGAN II, PELA GRAÇA DO DEUS MAIOR, REGENTE DE TEXARKANA, DEFENSOR DA FÉ E VAQUEIRO SUPREMO DAS PLANÍCIES. SUA MARCA: X

– Será que Sua Supremacia mandou alguém ler esta carta para ele depois? – indagou o abade, com alguma apreensão.
– Se isso tivesse acontecido, meu senhor, será que a carta teria sido enviada?
– Creio que não, mas frivolidade bem debaixo do nariz de Hannegan, apenas para zombar do analfabetismo do Prefeito, não é do feitio de Marcus Apollo, a menos que ele esteja tentando me dizer algo entrelinhas, sem conseguir achar um modo seguro de dizê-lo. A última parte, a respeito de certo cálice que ele teme que seja destruído. Está claro que ele se preocupa com alguma coisa, mas o que será? Isso não parece Marcus. Não parece coisa dele, de jeito nenhum.

Várias semanas haviam decorrido desde a chegada da carta, durante as quais Dom Paulo tinha dormido mal, sofrido uma nova crise de seus problemas gástricos, ruminado muitíssimo sobre o passado como se buscasse algo que poderia ter feito de outro modo a fim de evitar determinado futuro. Que futuro?, ele se perguntava. Não parecia haver motivos lógicos para esperar dificuldades. A controvérsia entre os monges e os aldeões já estava enterrada. Nenhum sinal de tumulto vinha dos pastores cujas tribos se espalhavam pelo norte e pelo leste. O império de Denver não estava forçando a arrecadação de tributos de congregações monásticas. Não havia tropas nos arredores. O oásis ainda estava fornecendo água. Não parecia haver nenhuma ameaça iminente de praga entre animais ou humanos. O milho este ano estava vicejando nos campos irrigados. Havia sinais de progresso no mundo, e o povoado de Sanly Bowitts tinha alcançado o fantástico índice de alfabetização de oito por cento, pelo qual os aldeões poderiam – embora não o tivessem feito – agradecer os monges da Ordem de Leibowitz.

Não obstante, ele continuava com pressentimentos. Alguma ameaça inominável aguardava secretamente no horizonte, esperando que o sol nascesse outra vez. Essa sensação vinha corroendo o abade por dentro, perturbadora como um enxame de insetos famintos que zune sobre o rosto de quem está sob sol do deserto. Era a sensação do iminente, do desapiedado, do despropositado. Enrodilhada como uma cascavel enlouquecida pelo calor, pronta para dar o bote até em arbustos ressecados rolando na poeira do deserto.

Esse era um demônio que tentava dominar ou com o qual estava pelo menos tentando se haver, entendeu o abade, mas que esquivo ele era. O demônio do abade era bem pequeno, como os demônios costumam ser, mal chegava à altura dos joelhos, mas pesava dez toneladas e tinha a força de quinhentos bois. Não era motivado pela malícia, como Dom Paulo tinha imaginado, mas muito mais por uma compulsão histérica, lembrando às vezes o comportamento de um cão raivoso. Sua mordida varava carne, ossos e unhas simplesmente porque tinha se danado e a danação causava um apetite diabolicamente insaciável. E era mau apenas porque tinha negado o Bem, e essa negação se havia tornado parte de sua essência, ou cavado um buraco dentro dela. Em algum lugar, ele está atravessando um mar de homens e deixando um rastro de mutilados, pensou Dom Paulo.

Mas que bobagem, homem!, ele mesmo se repreendeu. Quando você está cansado de viver a própria mudança parece diabólica, não é mesmo? Isso porque a menor mudança que seja já perturba a paz funesta dos que estão exaustos de viver. Ah, ali está o demônio, tudo bem, mas não precisamos dar-lhe mais crédito do que aquilo a que diabolicamente faz jus. Estás cansado da vida a tal ponto, velho fóssil?

Mas o mau presságio perdurava.

– O senhor acha que os abutres já comeram o velho Eleazar? – perguntou uma voz suave bem ao lado dele.

Na penumbra do lusco-fusco, Dom Paulo relanceou o olhar à sua volta, com um sobressalto. A voz pertencia ao Padre Gault, seu prior e provável sucessor. Estava ali de pé, dedilhando seu rosário e parecendo constrangido por ter perturbado a solidão do idoso diretor.

– Eleazar? Você quer dizer Benjamim? Por quê? Ficou sabendo de alguma coisa a respeito dele ultimamente?

– Bom, não, Padre Abade – ele riu, meio sem graça. – Mas como o senhor parecia estar olhando na direção do platô, pensei que estivesse ponderando sobre o fim do Velho Judeu. – Ele mirou a montanha em formato de bigorna, sua silhueta recortada contra o fundo cinzento do céu ocidental. – Vejo um pouco de fumaça lá, então imagino que ele ainda esteja vivo.

– Talvez não devêssemos *imaginar* – Dom Paulo atalhou abruptamente. – Vou pegar um jumento para ir até lá e fazer uma visita.

– Parece que o senhor está partindo esta noite – Gault disse com uma risadinha abafada.

– Daqui a um dia ou dois.

– É melhor tomar cuidado. Dizem que ele atira pedras em quem tenta escalar até lá.

– Faz cinco anos que não o vejo – o abade confessou. – E estou envergonhado de não ter ido vê-lo. Ele está solitário. Eu vou.

– Se ele está solitário, por que insiste em viver como ermitão?

– Para escapar à solidão... num mundo novo.

O jovem sacerdote riu. – Isso talvez faça muito sentido para *ele*, Domne, mas não acho que seja isso.

– Quando você chegar à minha idade, ou à dele, vai entender.

– Não espero ficar tão velho. Ele afirma ter muitos milhares de anos.

O abade sorriu, lembrando-se de alguma coisa. – E sabe, também não posso discordar dele. Quando o conheci, eu era apenas um noviço, mais de cinquenta anos atrás, e juro que ele parecia tão velho quanto agora. Deve ter muito mais de cem.

– Três mil, duzentos e nove, segundo ele. Às vezes, um pouco mais. Acho que, inclusive, ele acredita nisso. Uma forma interessante de loucura.

– Não estou certo de que ele seja louco, padre. Somente um pouco à margem de sua sanidade. Por que queria me ver?

– Três pequenos assuntos. Em primeiro lugar, como tirarmos o Poeta dos aposentos para convidados reais? Quer dizer, antes que Thon Taddeo chegue? Ele deve estar aqui nos próximos dias e o Poeta está fincado lá dentro.

– Eu cuido do Poetazinho. Que mais?

– As Vésperas. O senhor estará na igreja?

– Somente para as Completas. Você assume. Que mais?

– Uma controvérsia no subsolo, a respeito do experimento do Irmão Kornhoer.

– Quem e como?

– Bom, o ponto nevrálgico de toda essa tolice parece ser que o Irmão Armbruster tem a atitude do *vespero mundi expectando*, enquanto com o Irmão Kornhoer são as matinas do milênio. Kornhoer tira alguma coisa do lugar para dar espaço a algum equipamento e Armbruster berra *Perdição!* Então, o Irmão Kornhoer berra *Progresso!* e fica um berrando com o outro. Então os dois me procuram soltando fumaça pelas ventas para que eu resolva a pendência. Eu os repreendo por terem perdido a calma. Durante dez minutos se acalmam e se tratam com toda docilidade. Seis horas depois, o chão treme com o Irmão Armbruster trovejando *Perdição!* pelos corredores da biblioteca. Posso apaziguar as explosões, mas parece que há uma Questão Básica em jogo.

– Uma violação elementar de conduta, diria eu. O que você quer que eu faça a respeito disso? Que sejam excluídos da mesa?

– Ainda não, mas o senhor poderia adverti-los.
– Muito bem. Vou cuidar disso. Mais alguma coisa?
– É só isso, Domne. – Ele começou a se afastar, mas parou. – Ah, a propósito, o senhor acha que a engenhoca do Irmão Kornhoer vai funcionar?
– Espero que *não*! – resfolegou o abade.
O Padre Gault pareceu surpreso. – Mas, então, por que o senhor deixou?...
– Porque no início eu fiquei curioso. Mas esse trabalho tem causado tanta comoção até aqui que agora me arrependo de ter deixado que ele o começasse.
– Então, por que não o interrompe?
– Porque estou esperando que ele se reduza ao absurdo sem nenhuma ajuda da minha parte. Se aquilo falhar, falhará bem a tempo para a chegada de Thon Taddeo. Isso seria exatamente a espécie de mortificação que deteria o Irmão Kornhoer, para lembrá-lo de sua vocação antes que ele comece a pensar que foi chamado para a Religião principalmente com a finalidade de construir um gerador a partir de essências elétricas no subsolo do monastério.
– Mas, Padre Abade, o senhor tem de admitir que será um feito realmente notável, caso tenha êxito.
– *Não* tenho de admitir nada – Dom Paulo respondeu acidamente.
Quando Gault saiu, após um breve debate consigo mesmo, o abade resolveu lidar com o problema do Poetazinho antes de tratar do problema da perdição *versus* progresso. A solução mais simples para o problema do Poeta era que este saísse da suíte real e, de preferência, até da abadia, das imediações da abadia, que de fato sumisse de vista, do alcance da audição e mesmo da mente. Mas ninguém poderia esperar a "mais simples das soluções" para se livrar daquele Poetazinho!
O abade se afastou da mureta e atravessou o pátio na direção da casa de hóspedes. Caminhava usando os sentidos,

pois os edifícios eram monólitos de sombras sob a luz das estrelas e somente poucas janelas emitiam algum clarão, à luz de velas. As janelas da suíte real estavam escuras, mas o Poeta costumava fazer horários incomuns e poderia muito bem estar lá dentro.

No interior do edifício, ele achou, tateando, a porta certa, e então bateu. Não recebeu uma resposta imediata, mas somente um balido débil que poderia ou não ter vindo de dentro daquele aposento. Ele bateu de novo e tentou abrir a porta. Ela cedeu.

Uma fraca luminosidade vermelha saía de um queimador a carvão que ardia e com isso quebrava a escuridão. O aposento fedia a comida estragada.

– Poeta?

Novamente o balido débil, mas agora mais próximo. Ele se dirigiu ao queimador, remexeu os carvões para avivar as brasas e acendeu uma lasca de lenha. Olhando à volta, se arrepiou quando viu a imundície do lugar. Não havia ninguém. Transferiu a chama para uma lâmpada a óleo e procedeu à investigação do restante da suíte. Teria de ser escrupulosamente desinfetada e esfregada (até exorcizada, talvez) antes que Thon Taddeo se instalasse ali. Ele esperava que o Poetazinho limpasse aquilo tudo, mas sabia que essa era uma possibilidade remota.

No segundo cômodo, Dom Paulo de repente sentiu que alguém o seguia observando. Ele parou e olhou lentamente em torno.

Um único globo ocular espreitava-o de dentro de um recipiente com água na prateleira. O abade moveu a cabeça reconhecendo aquilo e foi adiante.

No terceiro aposento, encontrou o bode. Era a primeira vez que se viam.

O bode estava de pé em cima de um armário alto, ruminando folhas de nabo. Parecia de uma raça pequena de bodes da montanha, mas tinha uma cabeça careca que aparecia com uma tonalidade azul viva à luz da lamparina. Sem dúvida, uma aberração de nascença.

– Poeta? – ele indagou com brandura, olhando diretamente para o bode e tocando sua cruz peitoral.

– Estou *aqui* – disse uma voz sonolenta, de dentro do quarto aposento.

Dom Paulo suspirou de alívio. O bode continuou ruminando suas folhas. Agora, essa tinha *mesmo* sido uma ideia hedionda, não há dúvida.

O Poeta estava esparramado na cama com uma garrafa de vinho bem à mão. Piscava com irritação por causa da luz, com seu único olho bom. – Estava dormindo – ele reclamou, ajustando sua venda escura e estendendo a mão para pegar a garrafa.

– Então acorde. Você está saindo daqui imediatamente. Hoje à noite. Largue seus pertences no saguão, para que a suíte seja arejada. Durma na cela do garoto dos estábulos, no andar de baixo, se precisar. Então, volte amanhã de manhã e esfregue este lugar de cima a baixo.

O Poeta pareceu um lírio esmagado por um instante, então fez um movimento para pegar alguma coisa debaixo das cobertas. Mostrou um punho fechado e olhou para ele, pensativo. – Quem usou estes aposentos por último? – perguntou ele.

– O Monsenhor Longi. Por quê?

– Estava pensando quem teria trazido os percevejos. – O Poeta abriu o punho, pinçou com os dedos alguma coisa que estivera na palma da mão, esmagou entre as unhas e atirou longe. – Thon Taddeo pode ficar com eles. Eu não quero. Tenho sido comido vivo desde que me mudei para cá. Estava mesmo pensando em ir embora, mas agora que o senhor me ofereceu minha antiga cela de volta, fico feliz...

– Não foi isso...

— ... em aceitar sua generosa hospitalidade por mais algum tempo. Somente até que meu livro esteja concluído, naturalmente.

— *Qual* livro? Ah, não tem importância. Basta que tire suas coisas daqui.

— Agora?

— Agora.

— Ótimo. Não achava mesmo que conseguiria aguentar esses bichos mais uma noite que fosse. — O Poeta rolou e saiu da cama, mas parou para dar um gole.

— A garrafa de vinho — ordenou o abade com a mão estendida.

— Claro. Tome um gole. É uma boa safra.

— Obrigado, já que você a roubou de nossa adega. Acontece que é vinho sacramental. Tinha pensado nisso?

— Não tinha sido consagrado.

— Estou surpreso que você ache isso. — Dom Paulo pegou a garrafa.

— De todo modo, não roubei nada. Eu...

— Deixe o vinho de lado. De onde você roubou o bode?

— Eu não *roubei* o bode — queixou-se o Poeta.

— Ele simplesmente se materializou?

— Foi um presente, Reverendíssimo.

— De quem?

— De um amigo querido, Domníssimo.

— Amigo querido de *quem*?

— Meu, senhor.

— Bom, aqui temos um paradoxo. Mas, me diga, onde foi que você...

— Benjamim, senhor.

Um lampejo de surpresa riscou o rosto de Dom Paulo. — Você o roubou do velho Benjamim?

O Poeta se retorceu ao ouvir aquilo. — Por favor, não foi *roubo*.

— Então foi o quê?

— Benjamim insistiu para que eu o aceitasse de presente depois que compus um soneto em seu louvor.

— A *verdade*!

O Poeta engoliu, amedrontado. — Ganhei dele num jogo de facas.

— Sei.

— É verdade! O velho danado quase me raspou os bolsos e recusou-se a me dar algum crédito. Tive de apostar meu olho de vidro contra o bode. Mas ganhei tudo de volta.

— Tire esse bode da abadia.

— Mas é um espécime maravilhoso. O leite tem um cheiro divino e contém essências. Aliás, é o animal responsável pela longevidade do Velho Judeu.

— Por quantos anos ele é responsável?

— Por todos os 548.

— Achei que ele tivesse somente 320 e poucos... — e Dom Paulo se interrompeu, desdenhosamente. — O que você estava fazendo lá em cima, no Último Retiro?

— Jogando facas com o velho Benjamim.

— Quer dizer... — e então o abade se controlou. — Não importa. Simplesmente, saia daqui, com todas as suas coisas. E amanhã você vai levar o bode de volta a Benjamim.

— Mas eu ganhei o bicho honestamente.

— Não vamos discutir isso. Leve o bode para o estábulo, então. Eu mesmo o devolvo a Benjamim.

— Por quê?

— Não temos serventia para um bode. Nem você.

— Oh, oh — disse o Poeta, maliciosamente.

— Você poderia se explicar, por gentileza?

— Thon Taddeo está chegando. Haverá necessidade de um bode antes que tudo tenha terminado. Pode ter certeza disso. — E ele riu baixinho, para si mesmo, como se soubesse de algum segredo.

O abade se virou para sair, perfeitamente irritado. – Apenas vá embora – ele acrescentou de modo supérfluo, e então foi ponderar sobre a polêmica no subsolo, onde agora repousava a Memorabilia.

14

O subsolo abobadado tinha sido cavado ao longo dos séculos de infiltração nômade vinda do Norte, enquanto a horda Bayring ocupava e dominava as Planícies e o deserto, saqueando e vandalizando todos os povoamentos que estivessem no caminho. A Memorabilia, o pequeno patrimônio de conhecimento sobre o passado pertencente à abadia, tinha sido emparedada em câmaras subterrâneas a fim de proteger os inestimáveis escritos tanto da agressão dos nômades como dos assim chamados cruzados das ordens cismáticas, fundadas com o propósito de dar combate às hordas mas que acabaram se voltando para a pilhagem aleatória e para as disputas sectárias. Nem os nômades, nem a Ordem Militar de São Pancrácio teriam dado valor aos livros da abadia, mas os nômades tê-los-iam destruído pelo prazer da destruição em si, e os frades-cavaleiros militares tê-los-iam queimado por serem textos "hereges" de acordo com a teologia de Vissarion, o antipapa deles.

Agora, parecia que a Era das Trevas estava passando. Por doze séculos, uma pequena chama do conhecimento se mantivera viva, bruxuleante mas viva, nos monastérios. Somente agora a mente das pessoas parecia pronta para ser iluminada. Há muito tempo, durante a última era da razão, alguns pensadores orgulhosos tinham afirmado que o conhecimento válido era indestrutível, que as ideias eram eternas, que a verdade era imortal. Mas isso só era verdadeiro no mais sutil dos sentidos, pensava o abade, pois superficialmente não era mesmo. Sem dúvida, havia um significado objetivo no mundo: o *logos* ou o projeto não moral do Criador. Porém, esses significados eram de Deus e não do Homem, até que eles encontraram uma encarnação imperfeita, um reflexo escuro, nos recessos da mente, da fala e da cultura de uma dada sociedade humana, o que pôde atribuir valores a esses significados de modo a se tornarem válidos no sentido humano dentro da cultura. O Homem era tanto o portador da cultura como o portador de uma alma, mas as culturas humanas não eram imortais e podiam perecer com uma raça ou uma era. Então os reflexos humanos do significado e das representações humanas da verdade recuavam e a verdade e o significado passavam a residir, invisíveis, somente no *logos* objetivo da Natureza e no inefável *Logos* de Deus. A verdade podia ser crucificada, mas em breve, talvez, ressuscitaria.

    A Memorabilia estava repleta de antigos termos, fórmulas e reflexões sobre significados, apartados das mentes que haviam falecido muito antes, quando um tipo diferente de sociedade havia afundado no total esquecimento. Pouco daquilo ainda era capaz de ser compreendido. Alguns papéis pareciam tão sem sentido quanto um breviário pareceria para um xamã das tribos nômades. Outros conservavam uma relativa beleza ornamental, ou uma organização que insinuava a presença de significados, tal como um rosário poderia sugerir um colar ao nômade. Os mais antigos irmãos da Ordem de Leibowitz tinham tentado aplicar uma espécie de Véu de Verônica ao rosto de uma civilização crucificada. Esse "véu" tinha sido então marcado por uma imagem da face da antiga grandeza, imagem todavia impressa tenuemente, de modo incompleto, difícil de entender. Os monges haviam preservado a imagem e agora ela continuava sobrevivendo para que o mundo viesse inspecioná-la e tentasse interpretá-la, caso assim o desejasse. Em si, contudo, a Memorabilia não poderia produzir a retomada da antiga ciência, nem do auge da civilização, pois as culturas eram geradas pelas tribos do Homem, não por tomos mofados. No entanto, os livros poderiam ajudar, como Dom Paulo esperava. Os livros poderiam assinalar direções e oferecer indícios para uma ciência que estava em seus primeiros estágios de desenvolvimento. Isso já tinha acontecido antes, como o Venerável Boedullus afirmara em seu *De Vestigiis Antecessarum Civitatum*.

Desta vez, raciocinava Dom Paulo, vamos mantê-los cientes de *quem* cuidou de preservar viva a chama, enquanto o mundo dormia. O abade fez uma pausa para olhar para trás. Por um momento, imaginou ter ouvido o bode do Poeta emitir um balido assustado.

O clamor vindo do subsolo logo encobriu sua audição à medida que descia os degraus da escada de acesso ao piso subterrâneo, rumo à fonte do tumulto. Alguém martelava pregos de aço na pedra. O suor se mesclava ao odor dos livros antigos. Um burburinho febril de atividade nada acadêmica enchia o recinto da biblioteca. Noviços se apressavam de lá para cá com ferramentas. Noviços formavam grupos para estudar plantas arquitetônicas. Noviços mudavam de lugar mesas e escrivaninhas e deslocavam um maquinário improvisado, balançando-o até que ficasse onde devia. Confusão à luz das lâmpadas. Irmão Armbruster, bibliotecário e reitor da Memorabilia, em pé, observava tudo desde um nicho distante entre as prateleiras, com os braços firmemente cruzados e uma expressão sombria. Dom Paulo evitou aquele olhar acusador.

Irmão Kornhoer se aproximou de seu superior com um incansável sorriso de entusiasmo. – Bem, Padre Abade, logo teremos uma luz como nenhum homem vivo ainda viu.

– Isto não está isento de certa vaidade, Irmão – comentou Paulo.

– Vaidade, Domne? Dar um bom uso ao que aprendemos?

– Estava pensando em nossa *pressa* em colocar isso em uso a tempo de impressionar certo estudioso que vem nos visitar. Mas deixe para lá. Vejamos a feitiçaria deste engenheiro.

Andaram até a máquina improvisada. Ao abade não parecia nada que tivesse utilidade a menos que se considere úteis motores para torturar prisioneiros. Um eixo, que servia de haste, estava ligado por roldanas e correias a um torniquete, que chegava à altura da cintura. Quatro rodas de carroça estavam montadas sobre o eixo a poucos centímetros umas das outras. Seus grossos aros de ferro eram marcados por sulcos, e esses sulcos sustentavam incontáveis ninhos de fios de cobre, obtidos das forjas do ferreiro local em Sanly Bowitts. Aparentemente, as rodas tinham liberdade para girar em pleno ar, como Dom Paulo reparou, uma vez que os aros não encostavam em nenhuma superfície. No entanto, blocos imóveis de ferro estavam diante dos aros, como freios, sem exatamente tocar neles. Os blocos também tinham sido enrolados com incontáveis voltas de fios, ou "bobinas de campo", como as chamava Kornhoer. Dom Paulo balançou a cabeça, solenemente.

– Será a maior benfeitoria física para a abadia desde que conseguimos a prensa há cem anos – arriscou-se a dizer Kornhoer, muito orgulhoso.

– Vai funcionar? – duvidou Dom Paulo.

– Aposto um mês de tarefas extras, meu senhor.

Você está apostando mais do que isso, pensou o sacerdote, mas preferiu não dizer nada. – Por onde sai a luz? – ele indagou, olhando mais uma vez, com redobrada atenção, aquela estranha engenhoca.

O monge riu. – Ah, temos uma lâmpada especial para isso. O que o senhor está vendo aqui é somente o "dínamo", que produz a essência elétrica que a lâmpada irá queimar.

Pesaroso, Dom Paulo contemplou a quantidade de espaço que o dínamo estava ocupando. – Essa essência – ele murmurou – não poderia talvez ser extraída da gordura de carneiro?

– Não, não... A essência elétrica, bem, é... O senhor quer que eu explique?

– Melhor não. A ciência natural não é fácil para mim.

Deixo isso para as cabeças mais jovens. – E rapidamente deu um passo para trás a fim de evitar uma cabeçada contra uma tora de madeira que uma dupla de afobados carpinteiros vinha carregando. – Diga-me uma coisa – ele então continuou –, se foi pelo estudo dos textos da era de Leibowitz que você aprendeu a construir esta coisa, por que, em sua opinião, nenhum de nossos antecessores achou que valia a pena?

O monge ficou em silêncio por um momento.

– Não é fácil explicar – ele disse por fim. – Na realidade, nos textos que sobreviveram não há informações diretas sobre a construção de um dínamo. Em vez disso, pode-se dizer que essas informações estão implícitas numa coleção inteira de escritos fragmentados. *Parcialmente* implícitas. E têm de ser extraídas por dedução. Mas para isso a pessoa também precisa de algumas teorias com as quais principiar, de dados teóricos que nossos predecessores não tinham.

– Mas nós temos?

– Bem, sim... Agora que existem alguns homens como... – e seu tom de voz se tornou intensamente respeitoso e ele parou um instante antes de pronunciar esse nome – como Thon Taddeo...

– Isso é tudo o que tens a dizer? – interrompeu o abade acidamente.

– Bem, até muito pouco tempo atrás, alguns filósofos tinham se ocupado com as novas teorias da física. Na realidade, foi o trabalho de, de Thon Taddeo... – de novo, o mesmo tom respeitoso, como notou Dom Paulo – que nos forneceu os necessários axiomas operacionais. O trabalho dele com a Mobilidade das Essências Elétricas, por exemplo, e seu Teorema da Conservação...

– Então ele ficará satisfeito em ver esta aplicação do trabalho dele. Mas onde está a lâmpada propriamente dita, se não se importa que eu pergunte? Espero que não seja maior do que o dínamo.

— É isto aqui, Domne — disse o monge, pegando um pequeno objeto que estava sobre a mesa. Parecia ser somente um suporte para segurar um par de hastes negras e um parafuso de aperto manual para ajustar seu espaçamento.

— Estes são carbonos — explicou Kornhoer. — Os antigos teriam chamado "lâmpada de arco". Havia outro tipo, mas não temos materiais para fazê-lo.

— Espantoso. E de onde vem a luz?

— Daqui. — O monge apontou para o intervalo entre os carbonos.

— Deve ser uma chama muito pequena — disse o abade.

— Sim, mas brilhante! Mais brilhante do que cem velas, espero.

— Não!

— O senhor acha isso impressionante?

— Acho um absurdo... — e, reparando na repentina expressão magoada do Irmão Kornhoer, o abade logo acrescentou: — pensar que ficamos todo esse tempo capengando com cera de abelhas e gordura de carneiro.

— Fiquei imaginando se os antigos usavam estas lâmpadas no altar, em vez de velas — disse o monge, novamente confiante.

— Não — disse o abade. — Definitivamente *não*. Posso lhe afiançar isso. Por favor, elimine essa ideia tão depressa quanto possível e nem pense mais nisso.

— Sim, Padre Abade.

— Agora, onde é que você vai pendurar esta coisa?

— Bem... — o Irmão Kornhoer parou para esquadrinhar com olhar indagador o subsolo sombrio. — Ainda não tinha pensado nisso. Acho que poderia ficar em cima desta escrivaninha onde Thon Taddeo... — por que é que ele tem de fazer essa pausa toda vez que vai pronunciar esse nome, pensou Dom Paulo com irritação — ... irá trabalhar.

— Melhor perguntarmos ao Irmão Armbruster sobre isso

– decidiu o abade, e então reparou no súbito desconforto do monge. – Qual o problema? Você e o Irmão Armbruster estiveram...

O rosto de Kornhoer se contorceu numa expressão de desculpas.

– Honestamente, Padre Abade, não perdi minha calma com ele em nenhum momento. Oh, trocamos algumas palavras ásperas, mas... – e ele deu de ombros. – Ele não quer que as coisas saiam do lugar. Fica o tempo todo resmungando sobre bruxaria e coisas assim. Não é fácil argumentar com ele. Os olhos dele agora estão quase cegos de tanto ler com pouca luz. Mesmo assim, ele diz que é coisa do Demônio isso que estamos fazendo. Não sei o que dizer.

Dom Paulo franziu de leve a testa enquanto se encaminhavam através do aposento na direção do nicho em que Irmão Armbruster continuava olhando, com a pior carranca possível, tudo que se passava por ali.

– Bem, agora você conseguiu o que queria – disse o bibliotecário para Kornhoer quando os dois se aproximaram. – Quando é que estará instalando um bibliotecário mecânico, irmão?

Ao que o inventor replicou: – Encontramos indícios disso, irmão, nas descrições da *Machina analytica*. Ali você terá referências...

– Basta, basta – interpôs o abade. Então, dirigindo-se ao bibliotecário, disse:

– Thon Taddeo precisará de um lugar para trabalhar. O que você sugere?

Armbruster sacudiu um polegar na direção do nicho da Ciência Natural. – Que ele leia no pedestal de leitura, como todo mundo.

– E que tal montar um gabinete para ele aqui, no chão livre, Padre Abade? – sugeriu Kornhoer, imediatamente fazendo uma contraproposta.

— Além de uma escrivaninha, ele precisará de um ábaco, de uma lousa e de uma superfície onde desenhar. Poderíamos isolar temporariamente uma área usando divisórias móveis.

— Pensei que ele iria precisar de nossas referências leibowitzianas e dos escritos mais antigos... — comentou o bibliotecário com desconfiança.

— Ele precisará.

— Então ele terá de ir e vir muitas vezes se o senhor colocá-lo no meio do salão. Os volumes raros estão acorrentados e as correntes não são muito compridas.

— Isso não é problema — disse o inventor. — Tire as correntes. De todo modo, parecem ridículas. Os cultos cismáticos todos já pereceram ou se tornaram regionais. Ninguém ouve mais falar da Ordem Militar dos pancracianos nos últimos cem anos.

Armbruster ficou roxo de raiva. — Ah, não! Ninguém tira as correntes. Elas ficam — ele arrematou inabalável.

— Mas por quê?

— Agora não são os que queimam livros, são os aldeões que devem nos preocupar. As correntes ficam.

Kornhoer se voltou para o abade e abriu as mãos com as palmas para cima. — Está vendo, meu senhor?

— Ele tem razão — disse Dom Paulo. — A agitação está muito grande no povoado. O conselho da cidade expropriou a nossa escola, não se esqueça disso. Agora eles têm uma biblioteca pública e querem que nós preenchamos essas prateleiras. De preferência com volumes raros, é óbvio. Não somente isso, no ano passado tivemos problemas com os ladrões. O Irmão Armbruster está certo. Os volumes raros permanecem acorrentados.

— Muito bem — suspirou resignado Kornhoer. — Então ele terá de trabalhar na alcova.

— Bom, então onde é que penduramos sua lâmpada maravilhosa?

Os monges relancearam o olhar na direção do cubículo. Era uma das catorze seções idênticas, divididas por assunto, todas de frente para o recinto central. Cada nicho possuía sua arcada, e de um gancho de ferro fixado na pedra angular de cada arco pendia um pesado crucifixo.

– Bem, se ele irá trabalhar no nicho – disse Kornhoer – teremos de tirar o crucifixo e pendurá-lo ali, temporariamente. Não existe outro...

– Infiel! – silvou o bibliotecário. – Pagão! Profanador! – Armbruster ergueu suas mãos trêmulas na direção do céu. – Deus me ajude para que eu não o destroce com estas mãos! Onde é que ele vai parar? Leve-o embora, fora daqui! – E deu as costas aos outros dois, com as mãos no ar bem altas ainda tremendo muito.

Dom Paulo também tinha se arrepiado ao ouvir a sugestão do inventor, mas agora mantinha um cenho fortemente franzido na direção das costas do Irmão Armbruster. Ele nunca esperara que o velho bibliotecário fingisse uma candura que de certo era alheia à sua natureza, mas a belicosa disposição do monge ancião tinha sem dúvida piorado bastante com o passar da idade.

– Irmão Armbruster, queira fazer a gentileza de se virar para cá.

O bibliotecário se virou.

– Agora, abaixe as mãos e fale com mais calma quando...

– Mas, Padre Abade, o senhor ouviu o que ele...

– Irmão Armbruster, queira por gentileza pegar a escadinha da biblioteca e remover o crucifixo.

O rosto do bibliotecário ficou absolutamente lívido. Ele olhou para Dom Paulo sem palavras.

– Aqui *não* é uma igreja – disse o abade. – A colocação de imagens é opcional. Por ora, por favor, remova o crucifixo. Trata-se do único local adequado para a lâmpada, ao que parece. Mais tarde poderemos mudá-la de lugar. Agora percebo que toda essa questão perturbou sua biblioteca e talvez sua digestão também, mas esperemos que seja pelo bem do progresso. Se não for, então...

— O senhor prefere tirar Nosso Senhor para dar lugar ao progresso!

— Irmão Armbruster!

— Por que o senhor simplesmente não pendura essa luz de bruxaria no pescoço Dele?

O rosto do abade tornou-se frígido.

— Eu não *obrigo* a sua obediência, irmão. Venha me ver no meu gabinete depois das Completas.

O bibliotecário desabou.

— Vou buscar a escada, Padre Abade — ele murmurou e afastou-se, reticente.

Dom Paulo deu uma rápida olhada no Crucificado que pendia do arco. O Senhor se importa?, ele pensou com os próprios botões.

Sentia um nó no estômago. Ele sabia que esse nó cobraria seu preço mais tarde. Saiu do subsolo antes que alguém pudesse perceber seu desconforto. Não era bom deixar que a comunidade visse como coisas triviais e desagradáveis como essas eram capazes de perturbá-lo nestes últimos tempos.

A instalação foi concluída no dia seguinte, mas Dom Paulo permaneceu em seu gabinete durante o teste. Duas vezes ele fora obrigado a advertir Irmão Armbruster em particular e, depois, a repreendê-lo publicamente durante o Capítulo. Ainda assim, sentia mais simpatia pela posição do bibliotecário do que pela de Kornhoer. Curvado sobre sua escrivaninha, ele aguardava notícias do subsolo, sentindo pouco interesse no sucesso ou no fracasso do experimento. Uma das mãos ele mantinha enfiada dentro do hábito, na frente do estômago. Dava batidinhas de leve no abdome, como se estivesse tentando acalmar uma criança histérica.

Cólicas, de novo. Parecia que começavam sempre que alguma coisa desagradável ameaçava se apresentar, e por vezes sumiam de novo quando o descontentamento explodia abertamente, pois aí ele era capaz de enfrentá-lo. Agora, porém, essas dores não queriam saber de trégua.

Ele sabia que estava sendo alertado. Se esse alerta estava vindo de um anjo, de um demônio ou de sua própria consciência, a mensagem era que ele ficasse atento em relação a si mesmo e a alguma realidade que ainda não se havia mostrado.

O que seria? ele pensava, enquanto se permitia um arroto silencioso e um pedido calado de desculpas à estátua de São Leibowitz em seu nicho sagrado, no canto do gabinete.

Uma mosca caminhava placidamente pelo nariz do santo. Os olhos dele pareciam estar vesgos de olhar para o inseto, insistindo para que o abade a afugentasse. O abade acabara pegando gosto pelos trabalhos entalhados em madeira do século 26. O rosto daquela imagem tinha um sorriso curioso, que conferia um aspecto incomum àquela imagem sacramental. O sorriso estava contorcido para baixo no canto da boca; as sobrancelhas estavam abaixadas formando um franzido que insinuava alguma dúvida, embora nos cantos dos olhos as rugas de uma risada fossem evidentes. Devido à corda da forca que repousava sobre um dos ombros, essa expressão do santo costumava parecer desconcertante. Possivelmente, resultava de leves irregularidades no grão da madeira, e essas irregularidades ditavam os movimentos da mão do entalhador, de tal modo que essa mão buscava trazer à tona detalhes mais sutis do que era possível com aquela matéria-prima. Dom Paulo não estava certo de se a imagem tinha sido uma escultura viva, feita numa árvore ainda em crescimento, antes de ser esculpida ou não. Algumas vezes, os pacientes mestres entalhadores daquele período começavam uma peça numa muda de carvalho ou cedro e – depois de anos intermináveis desbastando, descascando, retorcendo e atando ramos e galhos vivos nas posições desejadas – atormentavam a madeira viva até que ela adquirisse o extraordinário contorno das dríades, com braços cruzados ou erguidos para o alto, antes de cortar a árvore madura para que fosse curada e entalhada. A estátua resultante era de uma resistência incomum a lascar ou quebrar, uma vez que a maioria das linhas do trabalho seguia o grão natural.

Dom Paulo muitas vezes se percebia maravilhado com o fato de o Leibowitz de madeira também ter-se mostrado resistente aos vários séculos de seus predecessores. Maravilhado, sim, por causa principalmente do sorriso peculiar do santo. Essa risadinha matreira acabará sendo sua ruína um dia, ele avisava a imagem... Sem dúvida, os santos deviam rir muito no Céu. O salmista afirma que até mesmo Deus deve rir com vontade, mas o Abade Malmeddy deve ter desaprovado – que Deus tenha a sua alma. Aquele asno solene. Como você sobreviveu a *ele*, como? Para alguns, você não é tão puro quanto deveria. Esse sorrisinho... Quem é que sorri desse mesmo jeito? Eu gosto, *mas*... Um dia haverá outro cão raivoso sentado nesta cadeira. *Cave canem*. Ele vai substituir você por um Leibowitz de gesso. Martirizado. Um que não pareça vesgo quando olha para uma mosca. Então você será devorado pelos cupins no depósito. Para sobreviver à lenta crivagem da Igreja em relação às artes, é preciso ter uma aparência que agrade ao simplório mais virtuoso. E ainda assim, é preciso que haja uma profundidade sob a aparência que possa satisfazer ao sábio mais perspicaz. A crivagem é lenta, mas o crivo pode mudar de vez em quando, como quando algum novo prelado inspeciona as câmaras episcopais e profere entredentes: "Uma parte desse lixo tem de ir embora". O crivo normalmente estava cheio de mingau doce. Quando o mingau velho era coado, mingau novo era acrescentado. Mas o que *não* era coado, era ouro, e durava. Se uma igreja resistia a cinco séculos de mau gosto sacerdotal, nessa altura um eventual caso de bom gosto já haveria descartado a maior parte da quinquilharia transitória e tornado aquele lugar um repositório majestoso capaz de deixar deveras assombrados os supostos embelezadores.

O abade se abanou com um leque de penas de abutre, mas esse ventinho não refrescava. O ar que entrava pelas janelas era como o bafo de um forno soprado pelo deserto esturricado, aumentando o desconforto que lhe era causado pelo demônio ou anjo impiedoso que brincava com sua barriga. Aquele era o tipo de calor que avisa do perigo à espreita nas cascavéis alucinadas pelo sol, nas tempestades enfurecidas que se formavam no topo das montanhas, nos cães raivosos e nos temperamentos mais maldosos, aflorados pela estiagem. As cólicas estavam piorando.

– Por favor? – ele murmurou audivelmente para o santo, como uma prece não verbal por um tempo mais fresco, por mais discernimento e por mais clareza para perceber o que era aquele vago senso de que alguma coisa estava errada. Talvez seja por causa do queijo, ele pensou. Aquela coisa borrachenta e verde produzida naquela temporada. Eu *poderia* me eximir e adotar uma dieta mais digerível.

Mas, não, lá vamos nós de novo. Encare, Paulo: não é o alimento para a barriga que faz isso. É o alimento para o cérebro. Alguma coisa lá em cima não está sendo digerida. *Mas o quê?*

O santo de madeira não lhe deu nenhuma resposta imediata. Mingau. Separando o joio. Às vezes a mente do abade funcionava em lampejos. Era melhor que funcionasse assim quando as cólicas vinham e o mundo pesava toneladas sobre ele. O que o mundo pesa? Ele pesa, mas não é pesado. Às vezes a balança do mundo está com defeito. Ela pesa vida e trabalho sopesando-os com medidas de prata e ouro. Isso *nunca* estará em equilíbrio. Mas, depressa e sem piedade, continua a pesar. Derrama um monte de vida desse jeito, e às vezes até

um pouco de ouro. E, de olhos vendados, um rei chega montado no lombo de um animal depois de cruzar o deserto, com um par de balanças desreguladas, um par de dados viciados. E sobre as flâmulas está estampada: *Vexilla Regis*...
— Não! — rosnou o abade, suprimindo essa visão.
Mas, claro! O sorriso de madeira do santo parecia insistir.
Dom Paulo desviou os olhos da imagem sentindo um pequeno calafrio. Às vezes, ele achava que o santo estava rindo *dele*. Será que eles riem de *nós* lá no Céu? — perguntou-se o abade. A própria Santa Maisie de York — lembre-se dela, velho — morreu de um acesso de riso. Isso é diferente. Ela morreu rindo de si mesma. Não, isso também não é muito diferente. *Ulp!* O arroto silencioso de novo. Claro que terça-feira é o dia consagrado a Santa Maisie. O coro ri com reverência no *Alleluia* da missa celebrada para ela. "*Alleluia* ha, ha! *Alleluia* ho ho!"
— *Sancta Maisie, interride pro me.*
E o rei estava vindo para pesar livros no subsolo com seu par de balanças desreguladas. "Desreguladas" como, Paulo? E o que faz você pensar que a Memorabilia está completamente isenta de mingau? Até mesmo o talentoso e venerável Boedullus certa vez comentou, sarcasticamente, que cerca de metade dela deveria ser chamada Inescrutabilia. Fragmentos guardados como tesouros de uma civilização morta sem dúvida havia, mas quantos deles não foram reduzidos a pura baboseira adornada com folhas de oliveira e querubins, por quarenta gerações de *Ignoramus* monásticos, filhos dos séculos das trevas, muitos, incumbidos por adultos de transmitir uma mensagem incompreensível, que devia ser memorizada e passada adiante a outros adultos.

Fiz que ele viajasse todo esse caminho, desde Texarkana, atravessando território perigoso, pensou Paulo. Agora estou me preocupando com a possibilidade de que o que temos se revele sem valor para ele, é isso.

Não, não é nada disso, com certeza. Mais uma vez, ele olhou rapidamente para o santo sorridente. E mais uma vez *Vexilla regis inferni prodeunt...* Os estandartes do Rei do Inferno avançam, sussurrando uma lembrança daquela frase pervertida de uma antiga *commedia*. Incomodava-o como um evento indesejado em seu pensamento.

O punho cerrado ficou ainda mais tenso. Ele deixou cair o leque e respirou entredentes. Evitou olhar de novo para o santo. O anjo impiedoso o emboscava com um jorro de calor em suas entranhas. Ele se dobrou sobre a escrivaninha. Aquela pontada tinha parecido um cabo de arame quente se partindo dentro do ventre. Seu hálito intenso formou uma mancha limpa na camada de poeira do deserto acumulada no tampo da escrivaninha. O cheiro da poeira era sufocante. O aposento ficou cor-de-rosa, cheio de mosquitinhos negros. Não ouso arrotar de novo, vai que alguma coisa se desprende, mas pelo Santo Pai e Patrono, não vou conseguir segurar. A dor é. *Ergo sum.* Senhor Deus em Cristo aceite esta dádiva.

Ele arrotou, tinha gosto de sal, sua cabeça descaiu sobre a escrivaninha.

Será que o cálice deve vir agora, neste exato minuto, Senhor, ou seria possível esperar um pouco? A crucificação sempre é agora, porém. Agora, até mesmo desde antes de Abraão, sempre é agora. Antes até de Pfardentrott, agora. No final das contas, sempre, para todo mundo, significa ser pregado na cruz e então ficar pendurado nela, e, se você despencar de lá, alguém o espancará até a morte com uma pá... Por isso, meu velho, faça tudo com dignidade. Se você puder vomitar com dignidade, talvez consiga ir para o Céu, desde que se arrependa por estar sujando o tapete... Ele sentia uma necessidade premente de se desculpar.

Esperou um longo tempo. Alguns mosquitos morreram e o aposento perdeu seu tom rosado, tornando-se enevoado e cinzento.

Bem, Paulo, vamos ter uma hemorragia agora ou vamos apenas ficar brincando mais um pouco disso?

Ele esquadrinhou a névoa e mais uma vez encontrou o rosto do santo. Era um sorrisinho tão pequeno, afinal; triste, compreensivo, e mais alguma coisa. Rindo de seu carrasco? Não, rindo *para* o carrasco. Rindo do *Stultus Maximus*, de Satã propriamente dito. Aquela era a primeira vez que ele via tudo com clareza. No *último* cálice, poderia haver uma risadinha de triunfo. *Haec commixtio...*

De repente ele sentiu uma imensa sonolência. O rosto do santo ganhou um tom cinéreo, mas o abade continuava debilmente a lhe retribuir o sorriso.

O prior Gault encontrou-o derrubado sobre a escrivaninha um pouco antes da Nona. Havia sangue entre os dentes do abade. O jovem sacerdote rapidamente procurou sentir-lhe o pulso. Dom Paulo acordou num relance, endireitou-se em sua cadeira e, como se ainda estivesse sonhando, pontificou com voz imperiosa:

— Digo-lhe isto: é tudo supremamente ridículo! Absolutamente idiota! Nada poderia ser mais *absurdo*.

— O que é absurdo, Domne?

O abade sacudiu a cabeça e piscou muitas vezes. — *O quê?*

— Vou chamar o Irmão Andrew imediatamente.

— Han? *Isso* é um absurdo. Volte aqui. O que você queria?

— Nada, Padre Abade. Voltarei assim que achar o Irmão...

— Ora, ir incomodar o médico! Você não veio até aqui por nada. Minha porta estava fechada. Feche-a de novo, sente-se, diga o que quer.

— O teste teve êxito. A lâmpada do Irmão Kornhoer, quer dizer.

— Muito bem, vamos saber mais a respeito. Sente-se, comece a falar e me diga *tuuuuudo* a respeito.

O abade endireitou o hábito e limpou os lábios com um

pedaço de linho. Ele continuava sentindo tontura, mas o punho sobre o ventre agora não estava mais cerrado. Ele não podia dar menos importância ao que o prior estava relatando sobre o teste, mas fez o melhor possível para dar a impressão de que estava atento. Preciso que ele fique aqui até eu me sentir acordado o suficiente para pensar. Não posso deixar que ele vá atrás do médico, ainda não. A novidade vai correr como rastilho de pólvora: *o velho está liquidado*. Preciso resolver se este é ou não é um momento seguro para eu estar liquidado.

15

Hongan Os era basicamente um sujeito bom e gentil. Quando viu um grupo de seus guerreiros fazendo maldades com os cativos laredanos, parou para observar, mas, quando eles ataram três laredanos pelos tornozelos entre os cavalos e chicotearam os animais para que saíssem apavorados em disparada, Hongan Os decidiu interferir. Ordenou que os guerreiros fossem açoitados no mesmo instante, pois Hongan Os – ou Urso Louco – era conhecido por ser um chefe misericordioso. Ele nunca havia maltratado um cavalo sequer.

– Matar prisioneiros é coisa de mulher – ele rosnou com desdém para os culpados castigados. – Purifiquem-se para não serem marcados como mulherzinhas e afastem-se do acampamento até a Lua Nova, pois estão banidos por doze dias.

E, respondendo aos gemidos de protesto dos condenados, completou:

– Suponham que os cavalos tivessem arrastado um deles pelo campo? Esses chefinhos comedores de grama são nossos convidados, e sabe-se que facilmente se assustam com sangue. Especialmente o sangue de sua própria espécie. Tomem cuidado.

– Mas *esses* são comedores de grama do Sul – objetou um dos guerreiros, gesticulando na direção dos cativos mutilados. – Nossos convidados são os comedores de grama do Leste. Não existe um pacto entre nós, povo de verdade, e os habitantes do Leste para combater os do Sul?

– Se você falar disso mais uma vez, sua língua será cortada e servirá de ração para os cães! – advertiu Urso Louco. – Esqueça que ouviu essa espécie de coisa.

– Os comedores de ervas ficarão entre nós por muitos dias ainda, ó Filho do Poderoso?

– Quem pode saber o que planejam essas criaturas fazendeiras? – indagou Urso Louco de má vontade. – Eles não pensam como nós. Eles dizem que alguns deles partirão daqui para atravessar as Terras Secas, até um lugar em que há padres comedores de grama, ali onde eles usam hábitos escuros. Os outros permanecerão aqui para falar... Mas *isso* não é para os ouvidos de vocês. Agora vão e se envergonhem por doze dias.

Então deu-lhes as costas para que pudessem se escafeder dali sem sentir o peso de sua mirada. Ultimamente a disciplina estava se tornando frouxa. Os clãs estavam inquietos. Tinha se difundido entre os povos das Planícies a notícia de que ele, Hongan Os, havia trocado um aperto de mãos com um mensageiro de Texarkana a propósito de um acordo de guerra, e que um xamã tinha cortado um pouco de cabelo e unhas dos dois para criar um boneco vodu da boa vontade como proteção contra traidores de ambos os lados. Era sabido que um acordo havia sido feito, e qualquer acordo entre o povo e os comedores de grama era considerado pelas tribos motivo de vergonha. Urso Louco tinha sentido o velado desprezo dos guerreiros mais jovens, mas não lhes devia nenhuma explicação até que chegasse o momento certo.

O próprio Urso Louco estava disposto a ouvir bons conselhos, mesmo que viessem de um cachorro. As ideias dos comedores de grama raramente eram boas, mas ele ficara impressionado com as mensagens do rei dos comedores de grama orientais, salientando o valor do sigilo e lamentando as demonstrações de orgulho e vaidade. Se os laredanos soubessem que as tribos estavam sendo armadas por Hannegan, o plano sem dúvida fracassaria. Urso Louco tinha meditado bastante sobre essa ideia. Ela o repugnava, pois certamente era mais satisfatório e mais viril dizer a um inimigo o que se pretendia fazer com ele antes de efetivamente fazê-lo. No entanto, quanto mais ele remoía esse pensamento, mais enxergava a sensatez que o animava. Ou o rei dos comedores de grama era um covarde sem remissão, ou era quase tão sábio quanto um homem. Urso Louco ainda não chegara exatamente a uma conclusão a respeito, mas decidiu que a ideia em si tinha fundamento. O sigilo era mesmo essencial, ainda que por ora parecesse coisa de mulher. Se seu próprio povo soubesse que as armas que tinham chegado a suas mãos haviam sido presenteadas por Hannegan, e não eram realmente despojos de ataques nas fronteiras, então haveria a possibilidade de Laredo obter a informação sobre o esquema por meio dos prisioneiros capturados em ataques. Portanto, era necessário deixar que as tribos resmungassem sobre os diálogos de paz com os fazendeiros do Leste.

Mas os diálogos não eram de paz. Eram bons, e prometiam saques.

Algumas semanas antes, o próprio Urso Louco tinha liderado um "destacamento de guerra" ao Leste e voltado com uma centena de cavalos, quatro dúzias de rifles de cano longo, vários barris de pólvora negra para tiros de longo alcance e um prisioneiro. Mas nem mesmo os guerreiros que o tinham acompanhado sabiam que a captura das armas havia sido prevista e arquitetada por ele com os homens de Hannegan, e nem que o prisioneiro era, de fato, um oficial da cavalaria de Texarkana que, no futuro, alertaria Urso Louco sobre as prováveis táticas laredanas durante os combates que seriam travados. Todo o pensamento comedor de grama não tinha o menor pudor, mas o pensamento do oficial poderia sondar o dos comedores de grama do sul. E não poderia sondar o de Hongan Os.

Urso Louco dispunha de motivos justificados para se orgulhar de seu lado negociador. Não tinha se comprometido a nada mais do que abster-se de declarar guerra contra Texarkana e parar de roubar gado nas fronteiras orientais, mas somente se Hannegan lhe fornecesse armas e suprimentos. O acordo de guerra contra Laredo era uma promessa implícita de fogo, mas atendia às propensões naturais de Urso Louco e não havia nenhuma necessidade de um pacto formal. A aliança com um de seus inimigos lhe permitiria lidar com um adversário por vez, e, com o tempo, ele terminaria recuperando as áreas de pastagem que haviam sido cercadas e habitadas pelos fazendeiros durante o século anterior.

Quando enfim o chefe dos clãs entrou cavalgando no acampamento, a noite já tinha caído e a friagem se espalhara pelas Planícies. Seus convidados do Leste estavam enrolados nas mantas ao redor da fogueira do conselho, na companhia de três anciãos da tribo, enquanto o círculo habitual de crianças curiosas assistia à cena protegidas pela escuridão que as cercava, e espiavam os forasteiros por debaixo das abas das tendas. No todo eram doze estrangeiros que, porém, estavam divididos em dois grupos distintos vindos juntos numa só viagem, mas aparentemente pouco se importando de terem a companhia uns dos outros. O líder de um grupo era francamente um lunático. Embora Urso Louco não objetasse à insanidade (que, aliás, era valorizada pelos xamãs de seu clã como o nível mais intenso de visitas sobrenaturais), ele não sabia que os fazendeiros também consideravam a loucura uma virtude num líder. Este, no entanto, passava metade do seu tempo cavando a terra perto do leito seco do rio e a outra metade fazendo misteriosas anotações num livro pequeno. Evidentemente, tratava-se de um bruxo e o mais provável era que não se podia confiar nele.

Urso Louco se deteve apenas pelo tempo suficiente para vestir seu manto cerimonial de pele de lobo e esperar o xamã pintar a marca do totem em sua testa antes de reunir o grupo à volta do fogo.

— *Temei!* — um velho guerreiro entoou melancolicamente quando o chefe dos clãs adentrou o círculo de luz do fogo. — Temei, pois O Poderoso caminha entre seus filhos. Rastejai, ó clãs, pois o nome dele é Urso Louco, nome legitimamente conquistado já que, quando jovem, ele derrotou sem armas uma ursa que tinha enlouquecido, e usando apenas as próprias mãos a estrangulou, em verdade, nas Terras do Norte...

Hongan Os ignorou o elogio cerimonial e aceitou uma caneca de sangue das mãos da anciã que atendia aos membros do fogo do conselho. Era sangue fresco de um novilho recém-abatido ali mesmo, ainda morno. Ele esgotou a caneca antes de se voltar e acenar com a cabeça, cumprimentando os orientais que assistiam ao curto brinde com evidente desassossego.

— *Aaaah!* — disse o chefe dos clãs.

— *Aaaah!* — responderam os três anciãos, junto com um dos comedores de grama que ousou unir sua voz às dos demais. Por um momento, as pessoas olharam com repulsa para aquele comedor de grama.

O insano tentou disfarçar a gafe de seu companheiro.

— Diga-me — pronunciou o lunático quando o chefe dos chefes estava se sentando —, por que seu povo não bebe água? Seus deuses não aprovam?

— Quem sabe o que os deuses bebem? — resmungou Urso Louco. — Dizem que água é para gado e fazendeiros, que leite é para crianças e sangue, para homens. Deveria ser diferente?

O insano não se sentiu insultado. Ele estudou o chefe por um momento com olhos cinzentos perscrutadores, então acenou com a cabeça para um de seus companheiros. Depois disse: — Essa "água para gado" explica tudo. A seca permanente que há por aqui. Qualquer povo que cria gado reservaria a pouca água existente para os animais. Estava só pensando se revestiriam esse hábito de um algum tabu religioso.

Seu companheiro contraiu o rosto numa careta e falou na língua texarkana:

— Água! Pelos deuses, por que *nós* não podemos beber água, Thon Taddeo? Que coisa esse excesso de conformismo! — e ele cuspiu seco. — Sangue! Blá! Gruda na garganta. Por que não podemos dar um golinho...

— Só depois de partirmos!

— Mas Thon...

— Não — atalhou rispidamente o estudioso. Depois, percebendo que as pessoas dos clãs, embora não entendendo a conversa, estavam atentas a eles, falou com Urso Louco novamente usando a língua das Planícies. — Este meu companheiro estava falando da virilidade e da saúde do seu povo. Talvez seja por causa de sua forma de alimentação.

— Ha! — bradou o chefe, mas então, quase com vivacidade, chamou a anciã de volta. — Dê a esse forasteiro uma caneca de vermelho.

O companheiro de Thon Taddeo estremeceu, mas não protestou.

Então disse o estudioso:

— Ó chefe, tenho um pedido a fazer à sua grandeza. Amanhã, seguiremos viagem para o Oeste. Se alguns de seus guerreiros puderem acompanhar nosso grupo, ficaremos muito honrados.

— Por quê?

Thon Taddeo parou um instante.

— Ora... como guias... — Ele então se interrompeu e de repente sorriu. — Não, vou ser totalmente franco. Há alguns entre seu povo que desaprovam nossa presença. Embora sua hospitalidade tenha sido...

Hongan Os jogou a cabeça para trás e soltou uma estrondosa gargalhada. — Eles estão com medo dos clãs menores — disse ele, voltando-se para um dos anciãos. — Eles temem ser emboscados assim que saírem de minhas tendas. Comem grama e têm medo de uma briga.

O estudioso corou levemente.

– Nada tema, forasteiro! – e o chefe dos clãs deu uma risadinha de desdém. – Homens *de verdade* irão acompanhar vocês.

Thon Taddeo inclinou a cabeça numa falsa demonstração de agradecimento.

– Diga-nos – prosseguiu Urso Louco –, o que é que você está procurando na Terra Seca a oeste? Novos lugares para plantações? Posso lhe dizer que não há nenhum. Exceto perto de alguns poços de água, não cresce nada por lá, nada que até o gado possa comer.

– Não estamos atrás de novas terras – respondeu o visitante. – Nem todos nós somos fazendeiros, sabe? Estamos indo em busca... – e ele fez uma pausa. Na fala nômade, não havia meios de explicar o propósito daquela viagem à abadia de São Leibowitz. – ... das técnicas de uma antiga feitiçaria.

Um dos anciãos, um xamã, pareceu ficar com as orelhas em pé. – Uma antiga feitiçaria no Oeste? Não conheço nenhum mago naquelas bandas. A menos que você esteja falando daqueles dos mantos escuros...

– Esses mesmos.

– *Ha!* E que mágica eles têm que valha a pena ir ver? Os mensageiros deles podem ser capturados tão facilmente que nem tem graça persegui-los, embora eles aguentem bem uma tortura. Que tipo de feitiçaria você poderia aprender com eles?

– Bom, por mim, concordo com você – disse Thon Taddeo. – Mas dizem que alguns escritos, han, algumas *fórmulas mágicas* de grande poder estão guardadas em um de seus mosteiros. Se for verdade, então é óbvio que os homens dos mantos escuros não sabem como usá-las, mas temos esperança de aprender para nosso próprio uso.

– E os dos mantos escuros vão deixar que vocês espiem os segredos deles?

Thon Taddeo sorriu. – Acho que sim. Eles não ousam esconder isso por mais tempo. E podemos tomar esse conhecimento deles, se for preciso.

– Muito corajoso dizer isso – zombou Urso Louco. – Evidentemente, os fazendeiros são mais valentes entre os seus, embora sejam bastante mansos perto de um povo *de verdade*.

O estudioso, que já tinha aturado o que podia dos insultos daquele nômade, resolveu se recolher cedo.

Os soldados continuaram em volta da fogueira do conselho para falar com Hongan Os sobre a guerra que certamente iria acontecer. Mas, no fundo, essa guerra não tinha nada a ver com Thon Taddeo. As aspirações políticas de seu primo ignorante estavam longe de seu interesse no renascimento da cultura num mundo de trevas, exceto quando a proteção do monarca se mostrava proveitosa, como já havia sido em inúmeras ocasiões.

16

O velho eremita colocou-se na borda do platô e observou a aproximação do anel de poeira atravessando o deserto. O eremita resmungou baixinho, murmurou algumas palavras e deu uma silenciosa risadinha para o vento. Sua pele grossa e vincada pelos anos tinha ficado com o tom do couro velho curtido pelo sol, e sua barba abundante e hirta mostrava-se manchada de amarelo em volta do queixo. Estava com um chapéu de palha e um trapo de um tecido grosseiro feito à mão em torno dos quadris, que parecia aniagem. Era sua única vestimenta afora o par de sandálias e um odre para água feito de pele de bode.

Ele observou a poeira até ela ter passado pelo povoado de Sanly Bowitts e ter partido de novo, seguindo pela estrada que tangenciava o platô.

— Ah! – bufou o eremita enquanto seus olhos começavam a arder. – O império *dele* será multiplicado e não há de haver fim para a paz *dele*. *Ele* reinará sobre *seus* domínios.

Subitamente, ele desceu pelo arroio como um gato de três pernas, usando o cajado, saltando de uma pedra a outra e deslizando quase o caminho todo. O pó levantado por sua rápida descida formou uma pluma leve e alta ao vento, e depois se dissipou.

No sopé do platô ele desapareceu por entre a algarobeira e se acomodou para aguardar. Logo ouviu o ruído do cavaleiro que se aproximava num trote preguiçoso, e começou a se esgueirar para mais perto da estrada a fim de espiar por entre as ramagens. O pônei apareceu fazendo a curva, envolto num manto de poeira. O eremita deu um salto e se postou no meio do caminho, com os braços para o alto.

– *Olla allay!* – ele gritou. E, quando o cavaleiro estacou, ele partiu como uma flecha para segurar as rédeas, franzindo a testa de pura ansiedade para olhar para o homem sobre a sela.

Seus olhos arderam por um instante. – Pois uma Criança nasceu entre nós, e um Filho nos é dado... – mas então a careta aflita se dissipou e se transformou em tristeza. – Não é *Ele!* – resmungou irritado o velho, dirigindo-se ao céu.

O cavaleiro tinha jogado o capuz para trás e estava rindo. O eremita piscou com raiva para ele, por alguns instantes. Então despontou o reconhecimento.

– Oh – ele resmungou –, é você! Achei que já estaria morto a esta altura. O que veio fazer aqui?

– Trouxe seu filho pródigo de volta, Benjamim – explicou Dom Paulo. Deu um puxão num arreio e o bode de cabeça azul surgiu trotando de trás do pônei. Balia e retesava a corda, à visão do eremita. – E pensei em lhe fazer uma visita.

– Esse é o animal do Poeta – resfolegou o velho. – Ele o ganhou *de modo justo* num jogo de azar. Embora tenha *roubado* descaradamente. Leve o bicho de volta para ele e aceite este meu conselho: pare de se meter em assuntos terrenos que não lhe dizem respeito. Bom dia. – E, com isso, voltou-se na direção do arroio.

– Benjamim, espere. Pegue seu bode ou eu vou dá-lo a algum camponês. Não quero o animal perambulando pela abadia e balindo dentro da igreja.

– Não é um bode – o eremita disse, com maus modos. – É o animal que seu profeta viu, e foi feito para ser montaria de uma mulher. Sugiro que você o amaldiçoe e o encaminhe para o deserto. Todavia, você deve ter notado que tem cascos fendidos e rumina. – E mais uma vez, começou a se afastar.

O sorriso do abade desapareceu. – Benjamim, você realmente está voltando para aquele morro sem nem dizer "alô" para um velho amigo?

– Alô – repetiu o Velho Judeu e seguiu marchando em frente, perfeitamente indignado. Após alguns passos ele parou e se virou um pouco para olhar por cima do ombro. – Você não precisa ficar tão magoado – ele disse. – Lá se vão cinco anos desde que você se deu ao trabalho de vir até aqui, "velho amigo". Ah!

– Então é assim! – resmungou o abade. Desmontou e em seguida se apressou em ir atrás do Velho Judeu. – Benjamim, Benjamim, eu teria vindo... mas não fiquei livre.

O eremita parou. – Bem, Paulo, já que você está aqui... De repente, os dois riram e se abraçaram.

– É bom, seu velho ranzinza – disse o eremita.

– *Eu*, ranzinza?

– É, acho que *eu* também estou ficando rabugento. O século passado foi muito difícil para mim.

– Ouvi dizer que você tem atirado pedras contra os noviços que vêm por aqui para cumprir o jejum de Quaresma no deserto. Seria mesmo verdade? – e ele olhou nos olhos do velho fingindo reprovação.

– Só umas pedrinhas de nada.

– Seu pretzel velho e miserável!

– Que nada, Paulo. Um deles até me confundiu com um parente meu distante, chamado Leibowitz. Ele achou que eu tinha sido enviado para entregar-lhe uma mensagem... Ou alguém mais daquele seu bando de velhacos achou isso. Não quero que aconteça de novo, então de vez em quando jogo umas pedrinhas. Ah! Não vão me confundir com *aquele* parente de novo, pois ele deixou de ter qualquer parentesco comigo.

O sacerdote pareceu perdido. – Confundiram você com quem? São Leibowitz? Ora, Benjamim! Você está indo longe demais.

Benjamim repetiu provocando, como se fosse uma cantiga: – Confundiram-me com um parente meu distante, chamado Leibowitz. Então joguei neles umas pedrinhas.

Dom Paulo pareceu completamente desnorteado. – São Leibowitz está morto há doze séculos. Como poderia... – e ele então se interrompeu, olhando com olhos cautelosos e penetrantes o rosto do velho eremita. – Ora, Benjamim, não vamos começar de novo com *aquela* história estapafúrdia. Você não está vivo há mil e duzen...

– Absurdo! – interrompeu o Velho Judeu. – Não disse que isso aconteceu há doze séculos. Foi há somente seis séculos. Muito tempo depois de nosso santo ter morrido. É por isso que é tão absurdo. Claro que seus noviços eram mais devotos naqueles tempos, e mais crédulos também. Acho que o nome dele era Francis. Pobre criatura. Depois eu o enterrei. Disse a eles em Nova Roma onde cavar para achar o corpo. Foi assim que você conseguiu recuperar a carcaça dele.

O abade olhou para o velho de boca aberta enquanto voltavam a cruzar a algarobeira na direção do poço, puxando o cavalinho e o bode pelas rédeas. *Francis?*, ele meditou. Francis. Seria talvez o Venerável Francis Gerard, de Utah? Aquele a quem um peregrino tinha um dia revelado o local do antigo abrigo no povoado, conforme rezava a lenda... Mas isso tinha sido antes de existir um povoado ali. E mais ou menos há seis séculos, sim, e... agora esse velho falastrão estava afirmando ter sido o tal peregrino? Ele às vezes se perguntava onde é que Benjamim tinha recolhido tantas informações sobre a história do mosteiro para inventar lorotas desse naipe. Do Poeta, quem sabe.

– Isso foi durante a primeira etapa de minha carreira, é claro – o Velho Judeu prosseguiu –, e talvez um erro desses fosse compreensível.

– Primeira etapa?

– Como peregrino.

– Como é que você espera que eu acredite em tal disparate?

– Hmmm, hmmm! O Poeta acredita em mim.

– Sem dúvida! O Poeta certamente nunca acreditaria que o Venerável Francis conheceu o santo. *Isso* seria superstição. O Poeta prefere acreditar que ele conheceu *você*, há seis séculos. Uma explicação perfeitamente natural, não é?

Benjamim riu com ironia. Paulo observou enquanto ele baixava uma caneca porosa, feita de casca de árvore, dentro do poço, depois a esvaziava em seu odre de pele de bode e tornava a repetir a operação. A água estava turva e infestada de coisas incertas e crepitantes, tal como o fio da memória do Velho Judeu. Ou a memória *dele* era incerta? E fazia joguinhos conosco?, pensou o sacerdote com seus botões. Afora seu delírio de ser mais velho do que Matusalém, o velho Benjamim Eleazar parecia muito são, ao seu próprio modo.

– Um gole? – ofereceu o eremita, estendendo a caneca.

O abade abafou um arrepio, mas aceitou a caneca para não o ofender. Esvaziou o recipiente de um gole só.

– Não muito cuidadoso, você... – disse Benjamim, olhando-o criticamente. – Eu mesmo não encostaria nela – disse, dando tapinhas no odre com água. – É para os animais.

O abade engasgou de leve.

– Você mudou – disse Benjamim, ainda observando-o de perto. – Ficou pálido como um queijo e bem acabado.

– Andei doente.

– Você *está* com cara de doente. Venha até minha cabana, se a subida não for deixá-lo esgotado.

– Vou dar conta. Tive um probleminha outro dia e nosso médico me disse para ficar de repouso. Ora! Se um convidado importante não estivesse para chegar em poucos dias, não daria a menor atenção a isso. Mas, como ele está vindo, estou descansando. É muito exaustivo.

Benjamim olhou de relance por cima dos ombros exibindo um sorriso enquanto eles subiam o arroio. Ele sacudiu a cabeça grisalha.

– Cavalgar quase vinte quilômetros através do deserto é descansar?
– Para mim, é. E, além disso, queria vê-lo faz tempo, Benjamim.
– E o que os aldeões vão dizer? – indagou em tom sarcástico o Velho Judeu. – Eles vão pensar que nos reconciliamos, e isso irá comprometer tanto a sua reputação como a minha.
– Nossa reputação nunca foi lá grande coisa em termos de valor de mercado, não é mesmo?
– É verdade – admitiu Benjamim, para logo acrescentar de modo enigmático: – Por enquanto.
– Ainda à espera, Velho Judeu?
– Sem dúvida! – replicou imediatamente o eremita.

O abade sentiu o cansaço da subida. Duas vezes pararam para descansar. Quando enfim chegaram ao altiplano, ele estava com tontura e se escorava no esguio eremita para se segurar em pé. Um fogo embotado ardia em seu peito, alertando-o para evitar outros esforços, mas não havia mais o aperto enraivecido que tinha ocorrido antes.

Um rebanho de bodes mutantes de cabeça azul se dispersou com a aproximação daquele desconhecido e fugiu para dentro da hirsuta algarobeira. De modo estranho, o platô parecia mais verdejante do que o deserto em torno, embora não houvesse nenhuma fonte visível de umidade.

– Por aqui, Paulo. Minha mansão.

A choça do Velho Judeu revelou-se um único aposento sem janelas e com paredes de pedras empilhadas com folga, como uma grade, criando grandes frestas por onde o vento podia soprar. O teto era um frágil emaranhado de paus, quase todos tortos, cobertos por uma pilha de ramagens, colmos e peles de bode. Numa rocha grande e chata, disposta sobre um curto pilar ao lado da porta, estava inscrito um aviso em hebraico:

פה מתקנין אוהלים

O tamanho do aviso e sua evidente intenção de alertar fizeram o abade Paulo sorrir e indagar:

– O que está escrito aí, Benjamim? É muito intensa a vinda dos comerciantes por aqui?

– Ah! O que deveria estar escrito? O aviso diz: "Conserto de Tendas".

O sacerdote bufou, sem acreditar em nada.

– Tudo bem, pode duvidar, mas, se não acredita no que está escrito ali, não se pode esperar que você acredite no que está escrito do *outro* lado do aviso.

– Virado para a parede?

– Obviamente de frente para a parede.

O pilar estava rente da soleira de modo que havia apenas poucos centímetros de área entre a pedra lisa e a parede da choupana. Paulo se abaixou e forçou os olhos para enxergar naquele espaço exíguo. Levou algum tempo para fazer isso, mas sem dúvida havia alguma coisa escrita na parte de trás da pedra, em letras menores:

שמץ ישראל ד' אלקינו ד' אהד

– Alguma vez você virou essa pedra para o outro lado?

– Virar para o *outro lado*? Você acha que sou *louco*? Nos tempos em que vivemos?

– E o que está escrito lá?

– Hmmm, *hmmm*! – o eremita cantarolou, recusando-se a responder. – Mas chegue mais perto, você que não consegue ler o lado de trás.

– Tem uma parede atrapalhando um pouco.

– Sempre teve, não é mesmo?

O padre suspirou. – Tudo bem, Benjamim. Eu sei o que você foi instruído a escrever "na entrada e na porta" de sua casa. Mas somente *você* poderia pensar em virar isso para baixo.

– Para *dentro* – corrigiu o eremita. – Enquanto existirem

tendas a ser consertadas em Israel... Mas não vamos começar a nos provocar agora; primeiro, você vai descansar. Vou buscar um pouco de leite e então você vai me falar desse visitante que o está deixando preocupado.

— Na minha sacola tem vinho, se você quiser — disse o abade, deixando-se cair com alívio sobre uma pilha de peles. — Mas eu preferiria não falar sobre Thon Taddeo.

— Ah! Esse *aí*!

— Você já ouviu falar de Thon Taddeo? Me diga uma coisa: como é que você sempre deu um jeito de saber de tudo e de todos, sem nunca tirar os pés deste morro?

— A gente ouve, a gente vê — respondeu o enigmático ermitão.

— Então me diga: o que você acha dele?

— Eu não o vi. Mas imagino que ele vá lhe dar trabalho. Um trabalho de parto, talvez, mas, ainda assim, um trabalho.

— Trabalho de parto? Você realmente acha que iremos viver uma nova Renascença, como alguns estão dizendo?

— Hmm, hmmm.

— Pare com esses trejeitos misteriosos, Velho Judeu, e me dê sua opinião. Você deve ter uma opinião. Sempre tem. Por que é tão difícil conquistar a sua confiança? Não somos amigos?

— A respeito de alguns assuntos, a respeito de alguns assuntos. Mas também temos nossas diferenças, você e eu.

— E o que nossas diferenças têm a ver com Thon Taddeo e a Renascença que nós dois gostaríamos de ver? Thon Taddeo é um acadêmico secular e bastante afastado de nossas diferenças.

Benjamim deu de ombros com um movimento eloquente.

— Diferença, acadêmicos seculares — ele repetiu, cuspindo as palavras como se fossem sementes de maçã. — *Eu* já fui chamado de "acadêmico secular" em diversos momentos por algumas pessoas, e por vezes me amarraram na estaca, me apedrejaram e me queimaram por causa disso.

– Ora, você nunca... – E o sacerdote parou, com a testa fortemente enrugada. A mesma loucura de novo. Benjamim estava olhando para ele com desconfiança e seu sorriso tinha se tornado frio. *Agora*, pensou o abade, ele está olhando para mim como se eu fosse um *Deles*, seja lá quem fosse esse "Eles" amorfo que o forçou a esta solidão. Amarrado na estaca, apedrejado, queimado? Ou será que o "eu", na fala dele, queria dizer "nós", com o sentido de "eu, meu povo"?

– Benjamim, sou eu, Paulo. Torquemada está morto. Nasci há mais de setenta anos e vou morrer em breve. Sabe, velho, eu amo você, e quando você olha para mim, gostaria que visse Paulo de Pecos, e mais ninguém.

Benjamim hesitou por um instante. Seus olhos ficaram úmidos. – Às vezes me esqueço...

– E às vezes você se esquece de que Benjamim é só Benjamim, não é toda a Israel.

– Nunca! – rebateu imediatamente o eremita, com os olhos em brasas. – Durante trinta e dois séculos, eu... – então se interrompeu e apertou muito os lábios.

– Por quê? – o abade sussurrou, quase reverente. – Por que você assume somente para si o fardo de um povo e todo o seu passado?

Os olhos do eremita dispararam um breve sinal de alerta, mas ele fez um som gutural ao engolir em seco e baixou o rosto na direção das mãos. – Você pesca em águas escuras.

– Me perdoe.

– O fardo... me foi imposto por outros. – Devagar, ele levantou os olhos. – Deveria ter-me recusado a assumi-lo?

O sacerdote inspirou. Por algum tempo, não houve mais nenhum ruído no interior da choupana além do vento. Naquela loucura havia um toque de divindade, Dom Paulo pensou. A comunidade judaica encontrava-se naqueles tempos muito espalhada. Provavelmente, Benjamim teria sobrevivido aos filhos, ou se tornado um pária de algum modo. Um israelita tão idoso como ele poderia perambular por anos e anos sem encontrar nenhum membro de seu povo. Talvez em sua solidão ele tivesse alcançado a silenciosa convicção de que era *o último*, o eleito, o único. E, sendo o último, deixava de ser Benjamim para se tornar Israel. Assim, em seu coração, instalara-se a história de cinco mil anos, não mais como uma narrativa remota, mas como algo que se tornara a história de sua própria existência. Ele dizia "eu" com a força do "nós" majestático.

Mas eu também sou membro de uma unidade, pensou Dom Paulo, parte de uma congregação e de uma continuidade. Também eu fui desprezado pelo mundo. Porém, para mim, a distinção entre a nação e mim mesmo está clara. Já para você, meu velho amigo, de alguma maneira ela se tornou obscura. Um fardo imposto a você por outros? E você o aceitou? Qual deve ser o peso disso? Qual seria o peso disso para mim? Ele acomodou os ombros debaixo do fardo e tentou erguê-lo, testando sua magnitude: sou um monge cristão e um sacerdote e, portanto, devo prestar contas perante Deus pelos atos e feitos de cada monge e de cada sacerdote que já respirou e caminhou pela face da terra desde Cristo, além dos meus próprios atos.

Estremeceu e começou a sacudir a cabeça.

Não, não. Esse fardo é esmagador. Era demais para qualquer homem suportar, exceto Cristo. Ser amaldiçoado por uma fé já era fardo suficiente. Suportar as maldições era possível, mas daí a aceitar a falta de lógica por trás das maldições, a falta de lógica que chamava alguém a cumprir uma tarefa não só por si mesmo, mas ainda por cada membro de sua raça ou de sua fé, pelos atos deles todos além dos seus próprios? Aceitar isso também? Como Benjamim estava tentando fazer?

Não, não.

No entanto, a fé do próprio Dom Paulo lhe dizia que o fardo estava ali, tinha estado ali desde os tempos de Adão – e o fardo imposto por um demônio que exclamava com sarcasmo "Homem!" a um homem. "Homem!", chamando cada qual a prestar contas dos feitos de todos, desde o início de tudo. Um fardo incutido em todas as gerações antes da abertura do útero, o fardo da culpa pelo pecado original. Que o tolo se oponha a isso. O mesmo tolo, com grande deleite, aceitou o *outro* legado, a herança da glória ancestral, da virtude, do triunfo e da dignidade que o tornaram "corajoso e nobre por direito de nascença", sem objetar ao fato de não ter feito nada pessoalmente para merecer esse legado além de ter nascido da raça do Homem. Essa objeção ficava reservada ao fardo herdado que o converteu em "culpado e banido por direito de nascença", e contra tal veredicto ele se esforçava em tapar os ouvidos. De fato, era um legado árduo. Sua própria fé também lhe disse que o fardo tinha sido tirado de seus ombros por Aquele cuja imagem pendia de uma cruz sobre os altares, embora a marca indelével do fardo ainda continuasse viva. A marca era um jugo mais fácil em comparação com o peso total da maldição original. Paulo não conseguia forçar-se a dizer isso tudo ao velho, uma vez que este já sabia em que ele acreditava. Benjamim estava em busca do Outro. E o último dos hebreus ficava sentado sozinho, no alto de uma montanha, em penitência por Israel, esperando por um messias, esperando, esperando, esperando...

– Deus o abençoe por ser um tolo de coragem. Inclusive um tolo sábio.

– Hmmm, *hmmm*. Tolo sábio! – imitou o eremita. – Mas você sempre foi um especialista em paradoxos e mistérios, não foi, Paulo? Se uma coisa não pode ser uma contradição em si mesma, então nem chega a interessá-lo, não é? Você tem de encontrar a Trindade na Unidade, a vida na morte, a sabedoria na insensatez. Do contrário, seria por demais apenas o senso comum.

– Perceber a responsabilidade é sabedoria, Benjamim. Pensar que você pode se incumbir dela sozinho é insensatez.

– Não é loucura?
– Um pouco, talvez. Mas uma loucura corajosa.
– Então, vou lhe contar um pequeno segredo. Sempre soube, desde o princípio, que não posso carregar esse fardo, desde quando Ele me convocou de novo. Mas será que estamos falando da mesma coisa?

O sacerdote deu de ombros. – Você diria que é o fardo de ser escolhido. Eu o chamaria de o fardo do Pecado Original. Em todo caso, a responsabilidade implícita é a mesma, embora possamos expor versões diferentes em relação a ela e discordar veementemente com palavras quanto ao que queremos dizer *com* palavras sobre algo que absolutamente não se traduz com palavras, uma vez que se trata de algo que reside no mais profundo silêncio do coração.

Benjamim deu uma leve risadinha. – Bom, fico feliz por finalmente ouvi-lo admitir isso, ainda que tudo o que diga seja apenas que você realmente nunca disse nada.

– Pare de tagarelar, criatura infame.

– Mas você sempre usou as palavras prolixamente para a ardilosa defesa de sua Trindade, embora Ele nunca tenha necessitado dessa espécie de defesa antes de você tê-Lo recebido de mim como uma Unidade, não é?

O sacerdote enrubesceu e não disse nada.

– *Aí está!* – Benjamim exclamou, saltitando. – Consegui finalmente despertar em você a vontade de argumentar! Ah! Mas não importa. Eu mesmo uso um monte de palavras, mas também nunca tenho plena certeza de que Ele e eu estamos querendo dizer a mesma coisa. Suponho que *você* não possa ser responsabilizado; deve ser mais confuso com Três do que com Um.

– Seu cacto velho e blasfemo! Eu realmente queria a sua opinião sobre Thon Taddeo e o que ele possa estar tramando.

– E por que pedir a opinião de um velho e pobre anacoreta?

— Porque, Benjamim Eleazar bar Joshua, se todos esses anos de espera por Aquele Que Não Está Vindo não serviram para lhe trazer nenhuma sabedoria, então pelo menos tornaram você um sujeito perspicaz.

O Velho Judeu cerrou os olhos, levantou o rosto na direção do teto e sorriu com ar matreiro. – Pode me insultar – ele disse em tom zombeteiro –, ralhar comigo, me atormentar, me perseguir, mas sabe o que direi?

— Você vai dizer "hmmm, *hmmm*".

— Não! Direi "Ele já está aqui". Uma vez O vi de relance.

— O quê? De quem você está falando? Thon Taddeo?

— *Não!* Além do mais, não me dou ao trabalho de profetizar, a menos que você me diga o que realmente o está perturbando, Paulo.

— Bom, tudo começou com a lâmpada do Irmão Kornhoer.

— Lâmpada? Ah, sei, o Poeta mencionou isso. *Ele* profetizou que ela não funcionaria.

— O Poeta estava enganado, como sempre. Foi o que me disseram. Não assisti ao teste.

— Então funcionou? Esplêndido. E isso começou o quê?

— Minhas conjecturas. Quão perto estamos do limiar de alguma coisa? Ou de uma margem? Essências elétricas no subsolo. Você entende quantas coisas mudaram nos últimos duzentos anos?

Logo o sacerdote estava falando extensamente sobre seus temores enquanto o eremita, remendador de tendas, ouvia com toda a paciência até o sol ter começado a vazar pelas frestas da parede a oeste, traçando riscas luminosas no ar poeirento.

— Desde a morte da última civilização, a Memorabilia tem sido o objeto de nossa atenção especial, Benjamim. E nós a preservamos. Mas, e agora? Pressinto as agruras do sapateiro que tenta vender sapatos numa aldeia só de sapateiros.

O eremita sorriu. – Isso poderia ser feito se ele fabricasse um tipo especial e superior de sapatos.
– Receio que os acadêmicos seculares já estejam começando a reivindicar tal método.
– Então saia do ramo da fabricação de sapatos, antes de conhecer a ruína.
– Essa é uma possibilidade – admitiu o abade. – Mas é desagradável pensar nisso. Durante doze séculos, fomos uma pequena ilha em meio a um enorme oceano de trevas. Preservar a Memorabilia tem sido uma tarefa ingrata, mas sagrada, é o que pensamos. Não passa de nosso trabalho *temporal*, mas sempre fomos copiadores de livros e memorizadores, e é difícil pensar que essa tarefa logo estará terminada, logo se tornará desnecessária. De algum jeito, não consigo acreditar nisso.
– Então você tenta superar os outros "sapateiros" construindo estranhas engenhocas no subsolo?
– Devo reconhecer que parece isso mesmo...
– E o que você vai fazer em seguida para ficar na frente dos seculares? Construir uma máquina que voa? Ou ressuscitar a *Machina analytica*? Talvez pisar na cabeça deles e recorrer à metafísica?
– Você me humilha, Velho Judeu. Você sabe que antes de tudo somos monges de Cristo e que essas coisas são para os outros fazerem.
– Não estava querendo humilhar você. Não vejo nenhuma inconsistência em monges de Cristo construindo uma máquina voadora, embora fosse mais próprio deles construir uma máquina rezadora.
– Desgraçado! Presto um desserviço à minha Ordem ao compartilhar essas confidências com você!
Benjamim segurou a gargalhada. – Não me compadeço de você. Os livros que você tem guardados podem estar até esmaecidos de tão velhos, mas foram escritos pelos filhos do mundo e serão tirados de você pelos filhos do mundo; e, para

início de conversa, você não tinha nada de se meter nesse assunto.

– Ah, *agora* você se dá ao trabalho de profetizar!

– De jeito nenhum. "O sol logo se porá". *Isso* é uma profecia? Não, é somente uma afirmação de fé na consistência dos acontecimentos. Os filhos do mundo também são consistentes. Então, digo que eles irão assimilar tudo que você puder oferecer e tirarão de você sua tarefa, então o denunciarão como um velho inútil e decrépito. Por fim, terminarão por ignorá-lo completamente. É sua própria culpa. O Livro que lhe dei deveria ter bastado. Agora você terá de arcar com as consequências de sua intromissão.

Ele tinha falado de maneira irreverente, mas suas predições pareciam incomodamente próximas dos receios de Dom Paulo. A fisionomia do padre mostrava tristeza.

– Não me dê ouvidos – acrescentou o eremita. – Não me aventurarei a fazer algum presságio antes de ter visto a engenhoca que você tem, ou de ter dado uma olhada em Thon Taddeo... Quem, aliás, começa a me interessar. Espere até eu ter examinado as entranhas da nova era com mais detalhes, se deseja que eu lhe dê algum conselho.

– Bem, você não poderá ver a lâmpada porque nunca vai até a abadia.

– Minha objeção é à sua cozinha abominável.

– E você não verá Thon Taddeo porque ele vem de outra direção. Se você esperar para examinar as entranhas de uma era somente depois que ela tiver nascido, já será tarde demais para profetizar seu nascimento.

– Bobagem. Sondar o útero do futuro é ruim para a criança. Vou esperar... E então profetizarei que *nasceu* e que *não era* o que estou esperando.

– Mas que perspectiva animadora! Então, o que é que você está esperando?

– Alguém que gritou comigo certa vez.

– Gritou?
– "Apareça!"
– Que besteira!
– Hmmm, *hmmm*! Para ser sincero, não espero muito que Ele venha, mas me disseram para esperar... – Encolhendo os ombros, ele acrescentou: – Então, eu espero.

Depois de alguns momentos, seus olhos faiscantes se estreitaram e ele se inclinou adiante com uma súbita intensidade. – Paulo, traga esse Thon Taddeo até a base do platô.

O abade recuou, fingindo estar horrorizado. – Perseguidor de peregrinos! Molestador de noviços! Enviarei contra você o Poetazinho e que ele se abata sobre você e descanse para sempre. Trazer o thon até perto do seu covil! Que afronta!

Benjamim novamente encolheu os ombros. – Muito bem. Esqueça que pedi isso. Mas vamos esperar que esse thon esteja do nosso lado, e não do lado dos outros desta vez.

– Dos *outros*, Benjamim?

– Manassés, Ciro, Nabucodonosor, o Faraó, César, Hannegan II... Preciso continuar? Samuel nos advertiu contra eles, e então nos deu um. Quando eles têm alguns eruditos aprisionados por perto para aconselhá-los, tornam-se muito mais perigosos do que em qualquer outro momento. Esse é o único conselho que lhe darei.

– Bom, Benjamim, já aturei de você o suficiente pelos próximos cinco anos, portanto...

– Pode me insultar, ralhar comigo, me atormentar, me perseguir...

– Basta! Estou indo embora, velho. Está tarde.

– É? E sua eclesiástica barriga estaria em condições de fazer a viagem?

– Meu estômago?... – Dom Paulo parou para explorar sua interioridade e se percebeu mais confortável do que em qualquer outro momento das últimas semanas. – Claro que está todo revirado – disse ele, se queixando. – Como é que

estaria afinal, depois de ter ficado ouvindo você todo esse tempo?
— É verdade... *El Shaddai* é misericordioso, e também é justo.
— Fique com Deus, meu velho. Depois que Irmão Kornhoer reinventar a máquina de voar, vou despachar alguns noviços para atirar pedras em você.

Trocaram um abraço afetuoso. O Velho Judeu acompanhou-o até a borda do platô. Benjamim ficou ali postado, embrulhado em um xale para orações cujo tecido fino contrastava estranhamente com a áspera aniagem do pano que recobria seu quadril, enquanto o abade descia pela trilha e tomava o rumo de volta para a abadia. Dom Paulo ainda pôde vê-lo ao pôr do sol, sua silhueta esguia recortada contra o lusco-fusco no horizonte enquanto ele se inclinava e murmurava uma oração para o deserto.

— *Memento, Domine, omnium famulorum tuorum* — sussurrou o abade em resposta, acrescentando depois: — E que ele possa finalmente ganhar o globo ocular do Poeta no jogo de facas. Amém.

17

— Isto eu posso afirmar categoricamente: haverá guerra — disse o mensageiro vindo de Nova Roma. — Todas as forças de Laredo estão comprometidas com as Planícies. Urso Louco desmontou o acampamento. Está em andamento uma batalha de cavalaria a galope, no estilo dos nômades, por toda as Planícies. Mas o Estado de Chihuahua está ameaçando Laredo pelo sul. Então Hannegan está se preparando para enviar reforços de Texarkana para o Rio Grande, a fim de ajudar a "defender" a fronteira. Com a total aprovação de Laredo, naturalmente.

— O rei Goraldi é um tolo decrépito! — exclamou Dom Paulo. — Ele não foi advertido da traição de Hannegan?

O mensageiro sorriu. — O serviço diplomático do Vaticano sempre respeita segredos de Estado quando nos inteiramos deles por acaso. Para não sermos acusados de espionagem, sempre tomamos cuidado com...

— Ele foi *avisado*? — o abade exigiu mais uma vez saber.

— Claro que foi. Goraldi disse que o legado papal estava mentindo para ele. Acusou a Igreja de fomentar a dissensão entre os aliados do Flagelo Sagrado na tentativa de promover o poder temporal do papa. O idiota chegou inclusive a dizer a Hannegan que o legado papal o havia alertado.

Dom Paulo estremeceu e assobiou. — E então o que fez Hannegan?

O mensageiro hesitou. — Acho que posso lhe dizer. Monsenhor Apollo está preso. Hannegan ordenou a apreensão de seus arquivos diplomáticos. Em Nova Roma, o que circula é uma conversa sobre colocar todo o território de Texarkana sob interdição. Claro que Hannegan já incorreu *ipso facto* em excomunhão, mas isso não parece afligir muitas pessoas em Texarkana. Como o senhor sem dúvida sabe, cerca de oitenta por cento da população agora é sectária e, de qualquer modo, o catolicismo da classe dominante sempre foi uma fina camada de verniz.

– Então, agora Marcus – murmurou com tristeza o abade. – Fale-me de Thon Taddeo.

– Não sei bem de que maneira ele espera conseguir atravessar as Planícies sem arranjar alguns buracos de bala de mosquetões, nesta altura dos acontecimentos. Parece claro por que antes ele não estava disposto a fazer essa viagem. Mas não sei nada a respeito de quanto ele já avançou, Padre Abade.

A testa franzida de Dom Paulo evidenciava sua agonia.
– Se nossa recusa a enviar o material até a universidade dele causar-lhe a morte...

– Não atormente sua consciência com isso, Padre Abade. Hannegan protege os seus. Não sei como, mas tenho certeza de que o thon chegará aqui.

– O que ouço é que o mundo sentiria demais a perda dele. Bem... Mas, diga-me, por que enviaram você para nos informar sobre os planos de Hannegan? Estamos no império de Denver e não vejo como esta região poderia ser atingida.

– Ah, mas eu só lhe contei o início da história. No devido tempo, Hannegan espera unir o continente. Depois que Laredo estiver firmemente presa pelas rédeas, ele terá rompido o cerco que até aqui o tem mantido sob controle. O próximo movimento dele será contra Denver.

– Mas isso não envolveria linhas de suprimentos atravessando o território nômade? Parece impossível.

– É extremamente difícil, e é isso que torna certo o passo

seguinte. As Planícies formam uma barreira geográfica natural. Se essa região for despovoada, Hannegan poderá considerar sua fronteira ocidental tão segura quanto possível. Mas a presença nômade obrigou todos os estados vizinhos às Planícies a manter uma força militar permanente em torno do território das tribos, a fim de refreá-las. O único modo de dominar as Planícies é controlar as duas faixas férteis a leste e a oeste.

– Mas, mesmo assim – ponderou o abade – os nômades...

– O plano de Hannegan para *eles* é diabólico. Os guerreiros de Urso Louco podem facilmente dar conta da cavalaria de Laredo, mas o que eles não podem enfrentar é uma epidemia no gado. As tribos das Planícies não sabem disso ainda, mas, quando Laredo começou a retaliar os nômades por seus ataques na fronteira, os laredanos levaram várias centenas de cabeças de gado doentes e fizeram-nas se misturar com os rebanhos dos nômades. Ideia de Hannegan. O resultado será a fome, e então será fácil atiçar uma tribo contra outra. Naturalmente, não estamos a par de todos os detalhes, mas o objetivo é reunir uma legião nômade comandada por um chefe testa de ferro, legião armada por Texarkana, leal a Hannegan, pronta a varrer todo o oeste até as montanhas. Se tudo isso acontecer, esta região receberá as primeiras incursões.

– Mas *por quê?* Certamente, Hannegan não espera que os bárbaros sejam soldados confiáveis ou sequer capazes de manter um império assim que terminarem de mutilá-lo!

– Não, meu senhor, mas as tribos nômades serão desmobilizadas e Denver será esmagada. Então Hannegan poderá recolher os cacos.

– E fazer o que com eles? Não poderia ser um império muito rico.

– Não, mas seguro por todos os flancos. Então, ele poderá se ver em melhor posição para atacar o leste ou o noroeste. Claro que, antes de tudo isso, os planos dele podem ir por água abaixo. Mas dando errado ou não, essa região pode perfeitamente correr o risco de ser subjugada num futuro não muito distante. Medidas devem ser tomadas para garantir a segurança da abadia ao longo dos próximos meses. Tenho instruções para discutir com o senhor a questão de manter a salvo a Memorabilia.

Dom Paulo sentia a escuridão começando a se adensar. Após doze séculos, uma pequena esperança tinha se acendido no mundo, e então aparecia um príncipe analfabeto que pisotearia tudo aquilo até não restar mais nada, acompanhado de sua horda de bárbaros e...

Seu punho desfechou um estrondoso murro na escrivaninha. – Nós os mantivemos do lado de fora de nossos muros durante mil anos – ele trovejou – e podemos mantê-los assim por outros mil. Esta abadia foi sitiada três vezes durante o influxo de Bayring, e mais uma vez durante o cisma vissarionista. Manteremos os livros a salvo. Já os mantemos assim há muito tempo.

– Mas agora existe um risco a mais, meu senhor.

– E qual seria esse risco?

– Um abundante suprimento de pólvora e metralha.

A Festa da Assunção tinha chegado e passado, mas continuava-se sem notícias do grupo procedente de Texarkana. Missas votivas privadas em intenção dos peregrinos e dos viajantes estavam começando a ser oferecidas pelos padres da abadia. Dom Paulo tinha parado de se alimentar pela manhã, ainda que frugalmente, e comentava-se com discrição que estava cumprindo penitência pelo mero fato de haver convidado o acadêmico, tendo em vista o perigo que atualmente representava cruzar as Planícies.

Os vigias eram constantemente trocados. O próprio abade subia frequentemente até o topo do muro a leste para esquadrinhar o horizonte.

Pouco antes das Vésperas no dia da Festa de São Bernardo, um noviço relatou ter visto um trilho fino e distante de poeira, mas o ocaso se aproximava e ninguém tinha sido capaz de discernir claramente do que se tratava. Logo estavam entoando as Completas e a *Salve Regina*, mas ainda ninguém tinha alcançado os portões da abadia.

– Podem ter sido as sentinelas avançadas – sugeriu o prior Gault.

– Pode ter sido a imaginação do Irmão Vigia – contrapôs Dom Paulo.

– Mas se eles acamparam a menos de vinte quilômetros, à margem da estrada...

– Teríamos enxergado suas fogueiras do alto da torre. A noite está clara.

– Ainda assim, Domne, depois que a Lua estiver alta, poderíamos enviar um batedor...

– Ah, não. Essa é uma boa maneira de levar um tiro por engano. Se realmente forem eles, provavelmente estão com o dedo no gatilho o tempo todo, sobretudo à noite. Isso pode esperar até o nascer do dia.

A manhã já ia adiantada no dia seguinte quando o aguardado grupo de cavaleiros apareceu a leste. Do topo do muro, Dom Paulo piscou e apertou os olhos para divisar o que vinha através daquele trecho quente e árido, tentando focar seus olhos míopes na imagem distante. A poeira levantada pelos cascos dos cavalos estava sendo soprada para o norte. O grupo tinha feito uma parada para conferenciar.

– Parece que estou vendo vinte ou trinta deles – queixou-se o abade, esfregando os olhos com um gesto de aborrecimento. – Seriam realmente tantos assim?

– Aproximadamente – disse Gault.

– Como é que iremos atender a todos eles, me diga?!

– Não creio que iremos cuidar dos que vestem as peles de lobo, meu senhor Abade – disse o sacerdote mais jovem, muito empertigado.

– Peles de *lobo*?

– Nômades, meu senhor.
– Atentos nas vigias! Fechem os portões! Baixem os escudos! Estourem as...
– Espere! Não são *todos* nômades, Domne.
– Ahn? – Dom Paulo se virou para espiar novamente. A conferência estava acabando. Homens acenavam. O grupo se dividiu em dois. O mais numeroso saiu a galope, voltando pela estrada rumo ao leste. Os cavaleiros restantes ficaram olhando um tempo os outros se afastarem e então tomaram das rédeas para seguir a trote na direção da abadia.
– Agora, são seis ou sete... Alguns de uniforme – murmurou o abade, conforme o grupo se aproximava.
– O thon e sua equipe, sem dúvida.
– Mas com os nômades? Foi uma boa coisa eu não ter deixado que você mandasse um cavaleiro verificar, ontem à noite. O que estariam fazendo com os nômades?
– Me pareceu que serviram de guias para eles – Padre Gault comentou em tom sombrio.
– Que cordialidade o leão deitar ao lado do cordeiro!
Os cavaleiros chegaram mais perto dos portões. Dom Paulo engoliu em seco. – Bom, melhor irmos recebê-los, padre – ele disse, com um suspiro.
Quando os padres tinham descido do muro, os viajantes já estavam reunidos do lado de fora do pátio. Um dos cavaleiros se destacou do grupo, trotou adiante, desmontou e apresentou os documentos.
– Dom Paulo de Pecos, Abade?
O abade se inclinou para a frente.
– *Tibi adsum*. Bem-vindos em nome de São Leibowitz, Thon Taddeo. Bem-vindos em nome da abadia, em nome das quarenta gerações que esperaram que vocês viessem. Sintam-se em casa. Estamos ao seu dispor. – Essas foram palavras ditas com sinceridade. Palavras que vinham sendo reservadas há muitos anos, à espera desse momento. Ao ouvir

um monossílabo murmurado como resposta, Dom Paulo ergueu lentamente os olhos.

Por um momento seus olhos se fixaram nos do acadêmico. Sentiu a recepção calorosa desvanecer. Aqueles olhos penetrantes eram gélidos e inquiridores. Céticos, famintos e orgulhosos. Olhos que o estudaram com o mesmo interesse dispensado a uma curiosidade inanimada.

Paulo rezara fervorosamente para que esse momento pudesse servir de ponte sobre um abismo de doze séculos. Assim como rezara para que, por meio dele, o último cientista martirizado daquela era anterior desse as mãos ao amanhã. De fato existia um abismo; quanto a isso não havia dúvida. De súbito o abade sentiu que ele definitivamente não pertencia à era atual, que de algum modo tinha ficado encalhado num banco de areia do rio do tempo, e que na realidade nunca haveria uma ponte.

– Entrem – ele disse, com gentileza. – Irmão Visclair cuidará dos cavalos.

Quando concluiu a tarefa de instalar os visitantes em seus alojamentos e já se havia retirado para a privacidade de seu gabinete, o sorriso esculpido no santo de madeira lembrou-o inexplicavelmente da careta zombeteira do velho Benjamim Eleazar, que dizia: "Os filhos deste mundo também são consistentes".

18

– Agora, como também nos tempos de Jó... – o Irmão Leitor começou, no pedestal de leitura do refeitório:

...Quando os filhos de Deus vieram se apresentar diante do Senhor, Satã também estava presente entre eles.
E o Senhor disse a ele: – De onde vens, Satã?
E, em resposta, Satã disse, como antigamente: – Andei em torno da terra e através dela.
E o Senhor disse a ele: – Atentaste para aquele príncipe simples e íntegro, meu servo *Nome*, que odeia o mal e ama a paz?
E Satã disse em resposta: – *Nome* teme a Deus em vão? Pois não abençoaste a mão dele com grande fortuna e o tornaste poderoso entre as nações? Mas estende Tua mão um pouco e diminui o que ele tem, e que o inimigo dele seja fortalecido. Então vê se ele não blasfema contra Ti diante de Tua face.
E o Senhor disse a Satã: – Contempla o que ele tem e diminui o que ele possui. Faze isso tu mesmo.
E Satã se retirou da presença de Deus e voltou ao mundo.
Agora o príncipe *Nome* não era como o santo Jó, pois, quando sua terra se viu afligida por problemas e seu povo se tornou menos rico do que antes, quando ele viu o inimigo se tornar mais poderoso, ele se fez temeroso e deixou de confiar em Deus, pensando consigo mesmo: Devo atacar antes que o inimigo me domine sem sequer empunhar a espada.

– Assim, naqueles tempos... – continuou o Irmão Leitor:

... os príncipes da Terra tinham fechado o coração contra a Lei do Senhor e não havia fim para seu orgulho. Cada um deles pensava consigo próprio que era melhor que todos fossem destruídos do que a vontade dos outros príncipes pudesse prevalecer sobre a sua. Pois os poderosos da Terra combatiam uns aos outros pela supremacia do poder absoluto; valendo-se de ardis, traições e logros eles se empenhavam em comandar, mesmo que fosse grande seu temor da guerra e ela os fizesse trepidar. Pois o Senhor Deus tinha permitido aos sábios daqueles tempos que conhecessem os meios pelos quais o próprio mundo poderia ser destruído, e tinha colocado em suas mãos a espada do Arcanjo com a qual Lúcifer fora expulso, para que homens e príncipes pudessem temer a Deus e se curvar diante do Mais Alto. Mas eles não se curvaram.

E Satã conversou com determinado príncipe, dizendo:
– Não tema usar a espada, pois os sábios o enganaram quando disseram que o mundo seria destruído por ela. Não dê ouvidos aos conselhos dos fracos, pois estes o temem extraordinariamente e servem aos seus inimigos detendo sua mão contra eles. Ataque e saiba que se tornará o rei de todos.

E o príncipe de fato deu ouvidos a Satã, e então convocou todos os sábios daquele reino e os exortou para que lhe dessem conselhos quanto aos modos com os quais o inimigo poderia ser destruído sem atrair a ira contra seus próprios domínios. Mas o maior dentre os sábios disse: – Senhor, isso não é possível, pois vossos inimigos também têm a espada que nós vos demos, e sua ardência é tal como as chamas do Inferno e como a fúria da estrela-sol da qual ela foi forjada.

– Então vocês farão outra espada para mim, uma que seja sete vezes mais quente do que o próprio Inferno – ordenou o príncipe, cuja arrogância tinha enfim ultrapassado a do faraó.

E muitos dos sábios disseram: – Não, Senhor, não nos peçais isso. Pois até mesmo a fumaça de tal forja, se fôssemos acendê-la para vós, traria a morte de muitos.

Então o príncipe ficou furioso ao ouvir a resposta dos sábios e suspeitou que eles o estivessem traindo. Por isso, enviou seus espiões para que se misturassem a eles e os tentassem e desafiassem. Com isso, os sábios ficaram com medo. Alguns dentre eles mudaram sua resposta, para que a ira do príncipe não fosse invocada contra si. Três vezes ele os interrogou e três vezes eles responderam: – Não, Senhor, até mesmo vosso próprio povo perecerá se fizerdes isso.

Mas um dos magos era como Judas Iscariotes e seu testemunho foi astucioso. Tendo traído seus irmãos, mentiu para o povo todo aconselhando que não temessem o demônio da Precipitação Radiativa. O príncipe deu ouvidos a esse falso sábio, cujo nome era Negrumoso, e ele forçou os espiões a acusar muitos dos magos perante o povo. Apavorados, os menos sábios dentre os magos aconselharam o príncipe conforme o que a ele agradava, dizendo-lhe: – As armas podem ser usadas, somente não ultrapasseis tal e tal limite, ou então é certo que todos perecerão.

E o príncipe arrasou completamente as cidades de seus inimigos com o novo fogo, e durante mais três dias e três noites construiu grandes catapultas e aves de metal despejaram a chuva da fúria sobre elas. Sobre cada cidade surgiu um sol que era mais brilhante do que o Sol do céu, e imediatamente aquela cidade secou e derreteu como cera exposta a um maçarico, e as pessoas que ali viviam pararam nas ruas, sua pele fumegou e elas se tornaram gravetos lançados numa fogueira. E quando a fúria do sol cedeu, a cidade estava em chamas. E uma grande trovoada rasgou os céus como o imenso aríete PIK-A-DON, para destruí-la por completo. Vapores venenosos desceram sobre toda a superfície da cidade, e a terra em chamas brilhava à noite com o pós-fogo, e a maldição do pós-fogo provocou lesões na pele e fez o cabelo cair e o sangue morrer nas veias.

E um grande fedor subiu da terra direto até o céu. Como em Sodoma e Gomorra, assim estavam a Terra e suas ruínas, inclusive as terras daquele determinado príncipe, pois seus inimigos não contiveram sua vingança e enviaram fogo sobre as cidades do príncipe como ele fizera com as suas próprias. O fedor da matança era extremamente repugnante ao Senhor, que falou com o príncipe, *Nome*, dizendo: QUE OFERENDA INCINERADA É ESSA QUE VOCÊ PREPAROU PARA MIM? QUE SABOR É ESSE QUE SOBE DO LUGAR DO HOLOCAUSTO? VOCÊ ME PREPAROU UM HOLOCAUSTO DE OVELHAS OU CABRAS, OU OFERECEU UMA NOVILHA A DEUS?

Mas o príncipe não lhe deu resposta, e então Deus disse: VOCÊ ME PREPAROU UM HOLOCAUSTO DOS MEUS FILHOS.

E o Senhor liquidou com ele, junto com Negrumoso, o traidor, e houve pestilência na Terra, e a loucura se apossou da humanidade, que apedrejou os sábios assim como os poderosos, os que restaram. Mas houve naquele tempo um homem cujo nome era Leibowitz, que, em sua juventude, assim como Santo Agostinho, tinha amado o saber do mundo mais do que o saber de Deus. Agora, porém, vendo que o grande conhecimento, embora bom, não havia salvado o mundo, voltou-se em penitência para o Senhor, chorando.

O abade tamborilou incisivamente seus dedos na mesa e o monge que tinha feito a leitura do antigo relato calou-se no mesmo instante.

– E esse é o único relato que vocês têm? – indagou Thon Taddeo, sorrindo duramente para o abade do outro lado do gabinete.

– Bem, há diversas versões, que divergem quanto a detalhes menores. Ninguém tem certeza de qual foi a primeira nação que desferiu o ataque inicial, não que isso tenha mais importância. O texto que o Irmão Leitor acabou de ler foi escrito algumas décadas após a morte de São Leibowitz, provavelmente um dos primeiros relatos, depois que se tornou seguro voltar a escrever. O autor foi um jovem monge que não tinha passado pessoalmente pela destruição. Ele soube dela pelos seguidores de São Leibowitz, os memorizadores e copiadores de livro originais, e ele tinha gosto pela adaptação das escrituras. Duvido que em algum lugar exista um só relato *completamente* preciso do Dilúvio de Chamas. Assim que o evento teve início, parece que foi imenso demais para uma pessoa conseguir vê-lo em sua inteireza.

– Em que terra estavam o príncipe chamado Nome e o tal Negrumoso?

O abade Paulo balançou a cabeça.

– Nem mesmo o autor desse relato sabia ao certo. Desde que isso foi escrito, reunimos dados suficientes para saber que inclusive alguns dos governantes *menores* daquela época tinham posto a mão nas tais armas antes que houvesse o holocausto. A situação que ele descreveu prevalecia em mais de uma nação. Nome e Negrumoso eram provavelmente a Legião.

— Naturalmente eu também ouvi lendas parecidas. É óbvio que algo bastante terrível aconteceu no passado — declarou o thon. Depois, abruptamente, ele acrescentou: — Mas quando é que posso começar a examinar... Como vocês chamam o material?
— A Memorabilia.
— Claro. — Ele suspirou e sorriu distraído, diante da imagem do santo no canto. — Amanhã seria cedo demais?
— O senhor pode começar agora mesmo se quiser — disse o abade. — Sinta-se à vontade para entrar e sair conforme sua conveniência.

As galerias abobadadas eram tenuemente iluminadas à luz de velas, e somente alguns monges estudiosos em mantos escuros se deslocavam entre os nichos. Irmão Armbruster se debruçava lugubremente sobre seus livros de registros sob um facho de luz centralizado no espaço de seu cubículo ao pé da escadaria de pedra, e uma única lâmpada ardia no nicho de Teologia Moral onde uma figura de hábito estava curvada sobre um antigo manuscrito. A hora Prima já havia passado, momento em que a maior parte da comunidade se dedicava a seus afazeres na abadia: na cozinha, nas salas de aula, no jardim, nos estábulos, no escritório, deixando a biblioteca praticamente vazia até o final da tarde e a hora da *lectio devina*. Nessa manhã, entretanto, as galerias estavam comparativamente cheias de gente.

Três monges descansavam nas sombras por trás da nova máquina. Guardavam as mãos enfiadas nas mangas e observavam um quarto monge que se mantinha em pé ao lado da base da escada. Este olhava pacientemente para cima, onde um quinto monge, postado no patamar intermediário, vigiava o acesso para a escada.

Irmão Kornhoer tinha velado seu aparato como um pai ansioso, mas, quando não conseguiu mais encontrar nenhum fio para retorcer, nem outros ajustes para fazer e refazer, retirou-se para o nicho de Teologia Natural a fim de ler e aguardar. Dar breves instruções de última hora à sua equipe seria permitido, mas ele preferiu manter silêncio; e se algum pensamento de que ali haveria um momento de clímax pessoal lhe passou pela cabeça enquanto esperava, a expressão do inventor monástico não dava nenhum indício disso. Como o próprio abade não se havia dado ao trabalho de assistir à demonstração da máquina, Irmão Kornhoer não evidenciava nenhum sintoma de que esperava aplausos de alguma parte, e tinha inclusive vencido sua tendência a olhar de lado para Dom Paulo com reprovação.

Um silvo discreto vindo dos lados da escada alertou o subsolo novamente, embora já tivessem sido dados vários alarmes falsos. Evidentemente, ninguém tinha informado o ilustre thon de que uma maravilhosa invenção esperava por sua inspeção no subsolo. Era claro que, se isso lhe tivesse sido mencionado, a importância do invento teria sido minimizada. Sem dúvida, o Padre Abade estava cuidando para que todos mantivessem a máxima calma possível. Esses eram os mudos significados que trocavam por meio de seus olhares enquanto esperavam.

Dessa vez o aviso não tinha sido vão. O monge que espreitava do alto da escada voltou-se solenemente e curvou-se na direção do quinto monge que estava no patamar abaixo.

– *In principio Deus* – ele disse mansamente.

O quinto monge voltou-se e curvou-se para o quarto monge: – *Caelum et terram creavit* – murmurou ele, por sua vez.

O quarto monge voltou-se para os três que descansavam atrás da máquina: – *Vacuus autem erat mundus* – ele anunciou.

– *Cum tenebris in superfície profundorum* – entoaram em coro os três.

– *Ortus est Dei Spiritus supra aquas* – proclamou Irmão Kornhoer, devolvendo um livro à estante com um chacoalhar de correntes.

— *Gratias Creatori Spiritui* — respondeu a um só tempo toda a sua equipe.

— *Dixitque Deus: FIAT LUX* — disse o inventor, em tom de comando.

Os vigias nas escadas desceram para assumir suas posições. Quatro monges se postaram para operar a esteira. O quinto posicionou-se sobre o dínamo. O sexto monge subiu a escada de prateleiras e se instalou no último degrau, com a cabeça batendo no topo da arcada; ele puxou uma máscara de pergaminho oleoso escurecida pela fumaça para cobrir-lhe o rosto e proteger os olhos, e então tateou o encaixe da lâmpada e seu parafuso, enquanto Irmão Kornhoer observava tudo nervosamente, lá debaixo.

— *Et lux ergo facta est* — ele disse, quando o parafuso foi encontrado.

— *Lucem esse bonam Deus vidit* — o inventor anunciou para o quinto monge.

Este se curvou sobre o dínamo com uma vela para dar uma última olhada nos contatos da escova do dispositivo. — *Et secrevit lucem a tenebris* — ele disse, finalmente, continuando a perícope.

— *Lucem appellavit "diem"* — disseram em coro os que estavam na esteira — *et tenebras "noctes"*. Com essas palavras, encostaram os ombros nas barras do torniquete.

Os eixos rangeram e gemeram. O dínamo de roda de carroça passou a girar. Seu ruído surdo e baixo começou a aumentar e então se tornou um silvo enquanto os monges se esforçavam e grunhiam no mecanismo de acionamento. O guardião do dínamo observava aflito, conforme os raios da roda se tornavam indistintos com a aceleração e então pareciam um filme. — *Vespere occaso* — ele começou, e então fez uma pausa para lamber dois dedos e encostá-los nos polos de contato. Uma faísca chispou.

— *Lucifer!* — ele exclamou, saltando para trás, e depois concluiu, desajeitadamente: — *ortus est et primo die.*

– CONTATO! – disse Irmão Kornhoer, enquanto Dom Paulo, Thon Taddeo e seu assistente desciam os degraus.

O monge na escada golpeou o arco. Um *spffft* agudo se ouviu e uma luz atordoante inundou as galerias com um brilho que não se havia visto nos últimos doze séculos.

O grupo estancou a meia escada. Thon Taddeo engasgou-se com as palavras de um juramento em sua língua nativa. Recuou um passo. O abade, que não tinha presenciado o teste do aparelho nem dado crédito às extravagantes afirmações, perdeu a cor e se calou no meio de uma frase. O assistente ficou momentaneamente paralisado pelo pânico e então fugiu de repente, berrando "Fogo!".

O abade fez o sinal da cruz. – Eu não sabia – ele murmurou.

Tendo sobrevivido ao choque inicial do lampejo, o acadêmico esquadrinhou o subsolo com o olhar, notando o mecanismo de acionamento e os monges que suavam para pô-lo em movimento pelas barras. Seus olhos percorreram os fios torcidos, divisou o monge na escada, mensurou o significado do dínamo de roda de carroça e o monge em pé esperando, com olhos baixos, ao pé da escada.

– Incrível! – disse, soltando o ar.

O monge ao pé da escada inclinou-se em reconhecimento e menosprezo. O clarão branco-azulado criava sombras cortantes no recinto, e as chamas das velas tornaram-se chispas indistintas na maré de luz.

– Claro como mil tochas acesas! – emendou o acadêmico. – Deve ser um antigo... Mas não! Impensável!

O thon desceu o restante da escada como se estivesse em transe. Parou ao lado do Irmão Kornhoer e olhou-o com interesse por um momento, então alcançou o piso do subsolo. Sem nada tocar ou perguntar, mas olhando tudo detidamente, ele andou em torno do maquinário examinando o dínamo, a fiação e a própria lâmpada.

– Simplesmente não parece possível, mas...

O abade, recuperando os sentidos, desceu os degraus. – Está dispensado do silêncio! – sussurrou para o Irmão Kornhoer. – Fale com ele. Estou um pouco zonzo.

O monge se iluminou. – O senhor gostou, meu senhor Abade?

– Horrendo! – silvou Dom Paulo.

A fisionomia do inventor ficou abatida.

– Que maneira mais chocante de tratar um convidado! Assustou tanto o assistente do thon que ele se descontrolou. Estou mortificado!

– Bom, *é* bastante claro.

– Diabólico! Vá falar com ele enquanto penso num modo de pedir desculpas.

Mas o acadêmico tinha aparentemente feito um julgamento com base em suas observações, pois se aproximou dos dois com passos lépidos. Seu rosto parecia crispado, e sua atitude era severa.

– Uma lâmpada de eletricidade – ele disse. – Como vocês conseguiram manter isso escondido durante todos esses séculos!?! Depois de todos esses anos tentando chegar à teoria da... – e ele se engasgou, dando a impressão de que se esforçava para manter o autocontrole, como se tivesse caído numa brincadeira de mau gosto. – *Por que* vocês ficaram escondendo isso? Haveria algum significado religioso... E o quê...

Uma confusão completa o interrompeu. Ele balançou a cabeça e olhou em torno como se buscasse como fugir dali.

– O senhor não está entendendo – o abade disse debilmente, agarrando o braço do Irmão Kornhoer. – Pelo amor de Deus, irmão, *explique!*

Mas não havia bálsamo que amenizasse uma afronta ao orgulho profissional, nem então, nem em nenhuma outra era.

19

Após o desafortunado incidente no subsolo, o abade buscou todos os meios concebíveis para neutralizar os efeitos daquele momento infeliz. Thon Taddeo não exibiu nenhum sinal visível de rancor e inclusive pediu desculpas ao anfitrião por seu julgamento espontâneo do acontecido, depois que o inventor do dispositivo deu ao acadêmico explicações detalhadas de seu projeto e da recente fabricação da peça. Essas desculpas, no entanto, somente serviram para aumentar a convicção do abade de que o erro tinha sido grave. Era como ter colocado o thon na mesma situação de um montanhista que tivesse escalado uma altura "nunca antes atingida" apenas para descobrir as iniciais de seu rival entalhadas no cume da montanha – sem que o rival lhe tivesse dito nada a respeito antes. Dom Paulo pensava que a experiência no subsolo deveria ter abalado profundamente seu convidado por causa da maneira como tudo transcorreu.

Se o thon não tivesse insistido (com uma firmeza que talvez tivesse brotado de um constrangimento) que aquela luz era de qualidade superior e clara o suficiente para permitir o minucioso exame de documentos frágeis e desgastados pelo tempo, documentos que em geral eram indecifráveis à luz de velas, Dom Paulo teria imediatamente retirado a lâmpada do subsolo. Thon Taddeo tinha insistido que gostava dela, mas então descobrira que era necessário ter pelo menos quatro noviços ou postulantes o tempo todo girando o sistema de polias e roldanas que acionava o dínamo e ajustando o espaço entre as hastes do arco. Quando isso lhe ficou claro, pediu que a lâmpada fosse removida, mas aí foi a vez de Paulo insistir para que ela continuasse onde estava.

Foi assim que o acadêmico deu início a suas pesquisas na abadia, continuamente ciente dos três noviços que se esfalfavam em fazer a máquina funcionar e do quarto noviço que corria o risco de ficar cego com o clarão que recebia no alto da escadinha para manter a lâmpada acesa e ajustada – uma situação que levou o Poeta a criar versos impiedosos a respeito do demônio do Constrangimento e das indignidades que perpetrava em nome da penitência ou do apaziguamento.

Durante vários dias, o thon e seu assistente estudaram a própria biblioteca, os arquivos e os registros do mosteiro, exceto a Memorabilia – como se, avaliando a validade da ostra, eles pudessem determinar a possibilidade da pérola. Irmão Kornhoer descobriu o assistente do thon de joelhos, na entrada do refeitório, e por um instante permaneceu sob a impressão de que o sujeito estava realizando algum ato especial de devoção perante a imagem de Maria sobre a porta, mas o chacoalhar das ferramentas deu um fim a essa ilusão. O assistente ajustou uma régua de nível usada em carpintaria, perpendicular à entrada, para medir a depressão côncava desbastada nas pedras do piso após séculos de passos dados pelas sandálias monásticas.

– Estamos buscando maneiras de fixar datas – ele disse a Kornhoer, quando interrogado. – Este pareceu um bom lugar para definir um padrão de índice de desgaste, uma vez que é fácil estimar o trânsito. Três refeições por dia, por homem, desde que as pedras foram assentadas.

Kornhoer não pôde evitar se sentir impressionado com a meticulosidade dos estudos. Essa atividade o deixava perplexo.
– Os registros arquitetônicos da abadia estão completos – ele disse. – Eles podem dizer exatamente quando cada edifício e cada ala foram erguidos. Por que não poupar seu tempo?

O homem ergueu os olhos com expressão inocente. – Meu mestre tem um ditado: "Nayol não tem fala, portanto nunca mente".
– Nayol?
– Um dos deuses da Natureza do povo do Rio Vermelho. Ele diz isso em sentido figurativo, naturalmente. As evidências objetivas são a autoridade última. Os registros podem mentir, mas a Natureza é incapaz disso. – Ele notou a expressão do monge e se apressou em acrescentar: – Não se trata de um logro. É apenas uma doutrina do thon. Para ele, tudo deve ser comparado a referências objetivas.

– Sem dúvida, uma noção fascinante – murmurou Kornhoer, curvando-se para examinar o esboço que o rapaz tinha feito de uma seção transversal da concavidade do piso. – Ora, quem diria, tem o formato do que o Irmão Majek chama de curva de distribuição normal. Que estranho.

– Não é estranho. A probabilidade de um passo se desviar da linha central tenderia a seguir a função do erro normal.

Kornhoer ficou encantado. – Vou chamar o Irmão Majek – ele disse.

O interesse do abade pela inspeção das instalações da abadia levada a cabo por seus convidados foi menos hermético. – *Por que* – ele quis saber de Gault – eles estão fazendo desenhos tão detalhados de nossas fortificações?

O prior pareceu surpreso.

– Eu não tinha ouvido falar disso. O senhor quer dizer Thon Taddeo...

– Não. Os oficiais que vieram com ele. Estão procedendo de modo muito sistemático.

– E como o senhor descobriu?

– O Poeta me disse.

– Ah, o Poeta!

– Infelizmente, ele estava dizendo a verdade dessa vez. Ele furtou um dos esboços.

– E o senhor está com ele?

– Não, eu o obriguei a devolver. Mas não gosto disso, é um mau agouro.

– Imagino que o Poeta tenha cobrado alguma coisa pela informação...

– Foi muito estranho, mas ele não cobrou. Ele detestou o thon desde o primeiro momento. Desde que eles chegaram, ele anda pelos cantos resmungando consigo mesmo.

– O Poeta sempre resmungou.

– Mas não a sério.

– Por que o senhor acha que eles estão fazendo os desenhos?

Paulo torceu a boca numa careta de desagrado. – A menos que cheguemos a outra conclusão, vamos supor que o interesse deles é sigiloso e profissional. Em sua construção como cidadela murada, nossa abadia tem sido um sucesso. Nunca foi sitiada nem invadida, e talvez isso tenha despertado a admiração profissional deles.

Padre Gault lançou um olhar de indagação na direção do horizonte a leste.

– Pensando bem, se um exército pretendesse atacar vindo do oeste, pelas planícies, provavelmente teria de erguer uma guarnição em alguma parte desta região antes de marchar sobre Denver. – Ele pensou durante mais alguns segundos e então começou a parecer alarmado. – E aqui eles já teriam uma fortaleza pronta!

– Temo que isso também tenha ocorrido a eles.

– O senhor acha que eles foram enviados para espionar?

– Não! Não! Duvido que o próprio Hannegan já tenha ouvido falar de nós. Mas eles estão aqui, e eles são oficiais; e não podem evitar olhar em volta e ter ideias. E agora é muito provável que Hannegan *seja* inteirado de nossa existência.

– O que o senhor pretende fazer?

– Ainda não sei.

– Então, por que não falar com Thon Taddeo a respeito?

– Os oficiais não são empregados dele. Só foram enviados como escolta para protegê-lo. O que ele pode fazer?
– Ele é parente de Hannegan e tem influência.
O abade concordou com um aceno de cabeça. – Tentarei pensar num modo de abordar o assunto com ele. Mas primeiro vamos só acompanhar o que está acontecendo por mais algum tempo.

Nos dias que se seguiram, Thon Taddeo completou seu estudo da ostra e, parecendo satisfeito com o fato de ela não ser um mexilhão disfarçado, concentrou sua atenção na pérola. Uma tarefa que não era simples.

Foram examinadas grandes quantidades de fac-símiles. Correntes eram sacudidas e chacoalhavam incessantemente, sempre que os livros mais preciosos saíam de suas prateleiras. No caso de originais parcialmente danificados ou deteriorados, parecia imprudente confiar na interpretação e na acuidade visual do autor do fac-símile. Os manuscritos reais que datavam da época de Leibowitz, e que tinham sido lacrados em barris hermeticamente fechados em câmaras especiais de armazenagem para períodos indefinidamente longos, foram então trazidos à luz.

O assistente do thon reuniu muitos e muitos quilos de anotações. Após cinco dias disso, o ritmo de trabalho de Thon Taddeo se acelerou e sua atitude igualava-se à avidez de um cão de caça faminto quando começa a farejar a aproximação de uma presa.

– Magnífico! – Ele oscilava entre o júbilo e uma divertida incredulidade. – Fragmentos do trabalho de um físico do século 20! As equações são inclusive consistentes.

Kornhoer se aproximou para olhar por cima de seu ombro. – Eu já vi isso – ele disse quase sem fôlego. – Nunca consegui entender nada. É uma matéria importante?

– Ainda não estou certo. A matemática é linda, *linda*! Veja isto, esta expressão matemática: observe a forma extremamente reduzida. Esta coisa debaixo do sinal de radical

parece o produto de duas derivadas, mas na realidade representa um *conjunto* inteiro de derivadas.
– Como?
– Os índices podem ser permutados por uma expressão expandida. Senão, não haveria como ela representar uma integral de linha, como o autor diz que ela é. É adorável. E veja aqui, esta expressão de aparência tão simples. É uma simplicidade enganosa. Evidentemente, representa não uma equação, mas todo um sistema de equações, de forma muito reduzida. Levei bem uns dois dias para compreender que o autor estava pensando nos relacionamentos, não somente entre quantidades, mas de sistemas inteiros com outros sistemas. Ainda não conheço todas as quantidades físicas envolvidas nisto, mas a sofisticação desta matemática é simplesmente... simplesmente extraordinária! Se for um engodo, é muito inspirado! Se for um estudo autêntico, tivemos uma sorte inacreditável. De todo modo, é um achado magnífico. Preciso ver a cópia mais antiga disto que existir.

    O Irmão Bibliotecário gemeu quando outra barrica selada com chumbo foi removida de seu escaninho de armazenagem para a ruptura do lacre. Armbruster não estava impressionado com o fato de que, em dois dias, o erudito secular tivesse decifrado uma parte do enigma, aquele completo mistério, que jazia por ali havia doze séculos. Para o guardião da Memorabilia, cada lacre violado representava outra diminuição no provável tempo de vida do conteúdo de cada barrica, e por isso não fazia nenhuma tentativa de ocultar sua desaprovação com respeito a tudo que estava acontecendo. Para o Irmão Bibliotecário, cuja missão de vida era preservar os livros, a principal razão para a existência dos livros era sua preservação em caráter perpétuo. Usá-los era um aspecto secundário a ser evitado, dado que ameaçava sua longevidade.

    O entusiasmo de Thon Taddeo por sua tarefa foi aumentando com o passar dos dias, e o abade respirava então com mais tranquilidade à medida que via o ceticismo inicial do estudioso se dissipar ao calor de cada novo exame de algum texto fragmentário da ciência pré-diluviana. O acadêmico não tinha deixado muito esclarecido o alcance previsto de suas pesquisas. Talvez, no começo, seu objetivo tivesse sido vago, mas agora ele se entregava ao trabalho com a cirúrgica precisão de um homem com um plano minucioso em mente. Pressentindo a iminência de algo significativo, Dom Paulo decidiu oferecer ao galo um poleiro de onde ele pudesse cantar, no caso de a ave sentir o impulso de anunciar o raiar de um novo dia.

– A comunidade está curiosa a respeito de seus estudos – ele disse ao acadêmico. – Gostaríamos de saber algo sobre o que tem feito, se o senhor não se importar em discuti-lo conosco. Naturalmente, todos nós já ouvimos falar de seu trabalho teórico, desenvolvido em seu próprio *collegium*, mas ele é técnico demais para a maioria de nós poder compreendê-lo. Seria possível o senhor nos contar algo do que faz... bem, em termos gerais que leigos possam acompanhar? A comunidade tem reclamado comigo porque ainda não o convidei a nos brindar com uma palestra, mas achei que o senhor preferiria primeiro se sentir mais familiarizado com o nosso ambiente. Claro que se preferir não...

O olhar do thon parecia compassar o crânio do abade e medi-lo de seis maneiras diferentes. O sorriso que estampava era de alguém em dúvida.

– O senhor gostaria que eu explicasse nosso trabalho na linguagem mais simples possível?

– Algo assim, se for possível.

– É justamente isso. – Ele riu. – O homem não instruído lê um artigo sobre ciência natural e pensa: "Ora, por que ele não explicou isso em termos mais simples". Esse leitor não parece perceber que o que tentou ler já era a linguagem mais simples possível, para aquela matéria. Aliás, uma boa parte da filosofia natural é simplesmente um processo de simplificação linguística, um esforço para inventar linguagens nas quais metade de uma página com equações possa expressar uma ideia que não poderia ser apresentada em menos de mil páginas em linguagem dita "simples". Estou me fazendo entender?

– Creio que sim. E como o senhor já se deu a entender, talvez possa nos esclarecer a respeito disso, então. A menos que seja um convite prematuro... no que diz respeito ao seu trabalho com a Memorabilia.

– Bom, não. Já temos agora uma noção razoavelmente clara de onde estamos indo e com o que temos de trabalhar aqui. Ainda levará um tempo considerável até concluirmos nosso estudo, naturalmente. As peças têm de ser encaixadas umas nas outras, e elas não pertencem a um único quebra-cabeça. Ainda não é possível predizer o que *conseguiremos* depreender do material, mas estamos bastante seguros do que *não conseguiremos*. Fico feliz em dizer que parece promissor. Não faço nenhuma objeção quanto a explicar o âmbito geral, mas... – e tornou a repetir o movimento de quem tem dúvidas.

– O que o preocupa?

O thon pareceu discretamente constrangido. – Somente uma incerteza quanto à minha plateia. Não gostaria de ofender as crenças religiosas de ninguém.

– Mas como o senhor poderia fazer isso? Não é um assunto de filosofia natural? De ciência física?

– Claro. Mas as ideias de muitas pessoas a respeito do mundo se misturaram com princípios religiosos... Bem, o que quero dizer é...

– Mas, se seu assunto diz respeito ao mundo físico, como é que poderia nos ofender? Especialmente nesta comunidade. Estamos esperando há muito tempo para ver o mundo começar a se interessar por si próprio de novo. Correndo o risco de parecer presunçoso, preciso salientar que temos entre nós alguns amadores bastante sagazes em termos de ciência natural, bem aqui, neste monastério. Temos o Irmão Majek, o Irmão Kornhoer...

– Kornhoer! – e o thon olhou para cima, ressabiado, na direção da lâmpada de arco e desviou o olhar, piscando. – Não consigo entender isso!

– A *lâmpada*? Mas, sem dúvida, *o senhor*...

– Não, não, a lâmpada não. A lâmpada é muito simples, assim que se supera o choque de ver que ela realmente funciona. *Teria* de funcionar. Ela funcionaria no papel, supondo vários elementos indetermináveis, além de arriscar alguns tiros no escuro em relação aos dados indisponíveis. Mas o salto propriamente dito, o ímpeto direto de uma hipótese vaga para um modelo operacional... – O thon teve um pequeno acesso de tosse nervosa. – É o próprio Kornhoer que eu não entendo. Esse dispositivo... – e ele balançou o indicador para o dínamo – é um exemplo palpável de um salto sobre cerca de vinte anos de experimentos preliminares, começando com um entendimento dos princípios. Kornhoer simplesmente descartou toda a fase preliminar. O senhor acredita em intervenções milagrosas? Eu não, mas aqui temos um caso *real* disso. Rodas de carroça! – E o thon riu. – O que ele poderia fazer se tivesse uma oficina com máquinas? Não consigo compreender o que um homem assim está fazendo enfurnado num monastério.

– Talvez Irmão Kornhoer possa explicar isso ao senhor – disse Dom Paulo, tentando afastar de sua voz uma pontinha de rispidez.

– Sim, bem... – Os compassos visuais de Thon Taddeo começaram a avaliar o velho abade mais uma vez. – Se o senhor realmente acha que ninguém ficará ofendido ao ouvir uma palestra sobre ideias nada convencionais, fico feliz em poder apresentar nosso trabalho. Mas uma parte dele talvez entre em conflito com preconc... Quer dizer, com as ideias e as opiniões consagradas.

– Ótimo! Então deverá ser uma aula fascinante.

Combinaram o horário e o dia e Dom Paulo sentiu-se aliviado. O abismo esotérico entre o monge cristão e o pesquisador secular da Natureza seria certamente encurtado por um livre exame de conceitos, era o que lhe parecia. Kornhoer já o havia estreitado um pouco, não havia? Ampliar a comunicação, e não diminuí-la, provavelmente era a melhor terapia para amenizar qualquer tensão que houvesse. E o turvo véu da dúvida e da hesitação desconfiada seria rompido, não seria? Assim que o thon comprovasse que seus anfitriões não eram intelectuais reacionários e tão desprovidos de bom senso quanto o acadêmico parecia supor que fossem. Paulo sentiu certa vergonha de sua apreensão inicial. Paciência, Senhor, com um tolo bem-intencionado, ele pediu numa prece silenciosa.

– Mas o senhor não pode ignorar os oficiais e seus livros de desenhos – Gault ainda lembrou o abade.

20

Do pedestal de leitura no refeitório, o leitor entonava os anúncios. A luz das velas desbotava a face das legiões de religiosos em seus hábitos, em pé e imóveis atrás de suas banquetas, aguardando o início da refeição noturna. A voz do leitor ecoava e ressoava contra a elevada abóbada do salão de jantar, cujo teto se perdia nas lúgubres sombras que pairavam sobre o clarão das velas dispostas sobre as mesas de madeira.

– O Reverendo Padre Abade ordenou-me que anunciasse – disse o leitor – que a regra da abstinência de hoje está suspensa para a refeição desta noite. Teremos convidados, como vocês já devem ter ouvido. Todos os religiosos podem participar do banquete desta noite em homenagem a Thon Taddeo e sua equipe. Vocês podem comer carne. As conversas, desde que em tom baixo, serão permitidas durante a refeição.

Sons vocais abafados, não muito diferentes de "vivas" sufocados em gargantas exultantes, subiram das fileiras de noviços. As mesas foram postas. A comida mesmo ainda não tinha aparecido, mas grandes travessas estavam substituindo as usuais tigelas de modesta envergadura, atiçando o apetite com insinuações de um banquete. As costumeiras canecas de leite continuaram guardadas nos armários e, para esta noite, seu lugar estava sendo ocupado pelas melhores taças de vinho. Os tampos das mesas estavam embelezados por rosas, distribuídas com elegância.

O abade se deteve no corredor para esperar que o leitor terminasse sua tarefa. Deu uma olhada rápida na mesa que tinha sido arrumada para ele próprio, para o Padre Gault e o convidado de honra com seu grupo. Outro erro de cálculo do pessoal da cozinha, ele pensou com seus botões. Tinham sido postos oito lugares. Os três oficiais, o thon e seu assistente, mais os dois padres somavam sete pessoas, a menos que, o que era improvável, Padre Gault tivesse pedido que Irmão Kornhoer se juntasse a eles. O leitor concluiu a leitura dos avisos e Dom Paulo entrou no salão.

— *Flectamus genua* — entoou o leitor.

A legião de monges se ajoelhou com precisão militar enquanto o abade abençoava seu rebanho.

— *Levate*.

A legião ficou em pé. Dom Paulo ocupou seu lugar à mesa especial e olhou sobre os ombros na direção da entrada daquele recinto. Gault devia estar trazendo os demais. Até então, as refeições dos convidados tinham sido servidas na casa de hóspedes, para evitar sujeitá-los à austeridade das frugais porções servidas aos monges no refeitório.

Quando eles chegaram, o abade buscou ver Irmão Kornhoer, mas este não os acompanhava.

— Por que o oitavo lugar nesta mesa? — ele murmurou para o Padre Gault, quando todos já estavam acomodados.

Gault parecia não ter entendido o que se passava e deu de ombros.

O acadêmico se sentou à direita do abade e os demais ocuparam seus lugares ao longo da mesa, deixando vago o assento à esquerda do sacerdote. O thon se virou para acenar para Kornhoer vir e se unir ao grupo, mas o leitor começou a entoar o preâmbulo antes que ele pudesse atrair a atenção do monge.

— *Oremus* — respondeu o abade e a legião se inclinou adiante.

Durante a bênção, alguém deslizou silenciosamente até o assento à esquerda do abade, que franziu a testa mas não

levantou os olhos para identificar o indivíduo, enquanto durava a oração.
– ... *et Spiritus Sancti, Amen.*
– *Sedete* – convocou o leitor, e as fileiras e mais fileiras de hábitos passaram a se acomodar.
O abade levantou os olhos bruscamente até a figura à sua esquerda.
– Poeta!
O lírio esmagado o curvou-se numa mesura extravagante e sorriu. – Boa noite, senhores, distinto Thon, honoráveis convidados – disse ele, em tom de discurso. – O que teremos nesta noite? Peixe assado e favos de mel em honra da ressurreição temporal que está se acercando de nós? Ou o senhor, meu senhor Abade, finalmente cozinhou o ganso do prefeito do povoado?
– Eu gostaria de cozinhar...
– Ah! – atalhou o Poeta, que se virou afavelmente para o acadêmico. – Que excelência culinária desfruta-se neste lugar, Thon Taddeo! O senhor deveria vir ver-nos mais vezes. Suponho que o estejam alimentando somente com faisões assados e carnes sem imaginação na casa de hóspedes. Uma vergonha! Aqui come-se melhor. Eu realmente espero que o Irmão *Chef* tenha mantido sua habitual criatividade, sua chama interior e seu toque encantado para a refeição desta noite. Ah... – O Poeta esfregou as mãos e exibiu um sorriso famélico. – Talvez tenhamos seu inspirado Falso Porco com Milho à Moda do Frade John, será?
– Parece interessante – disse o acadêmico. – O que é esse prato?
– Tatu gordurento com milho ressecado, cozido em leite de jumenta. O costumeiro especial dos domingos.
– Poeta! – cortou rispidamente o abade. Voltando-se então para o thon, acrescentou: – Minhas desculpas pela presença desta pessoa. Ele não foi convidado.

O acadêmico examinava o Poeta com o distanciamento de quem se divertia com a cena. – Meu senhor Hannegan também mantém diversos bobos da corte – ele disse a Paulo. – Estou acostumado a essa espécie. Não precisa se desculpar por isso.

O Poeta saiu de um salto de sua banqueta e curvou-se quase até o chão diante do thon. – Permita-me, em vez disso, pedir desculpas pelo abade, senhor! – ele exclamou com paixão.

Por um instante, sustentou a mesura. Todos esperavam que ele terminasse suas tolices. Em vez disso, de repente ele deu de ombros, tornou a se sentar e espetou uma ave fumegante que estava na travessa recém-colocada à frente deles por um postulante. Arrancou a coxa e deu-lhe uma mordida com grande gosto. Todos o observavam estupefatos.

– Imagino que o senhor tenha razão de não aceitar minhas desculpas por ele – disse o Poeta para o thon, finalmente.

O acadêmico enrubesceu levemente.

– Antes que eu o tire daqui, seu verme – disse Gault –, vamos examinar até onde chega esta iniquidade.

O Poeta abanou a cabeça e continuou mastigando com ar pensativo. – Chega bem fundo, é verdade – admitiu.

Dom Paulo pensava que um dia Gault acabaria se estrangulando por causa dele.

Todavia, o padre mais jovem estava visivelmente transtornado e buscava levar o incidente *ad absurdum* a fim de ter razões óbvias para acabar com o idiota. – Peça desculpas ao seu anfitrião, Poeta – ele ordenou. – E explique sua atitude ao sair.

– Deixe para lá, padre, deixe para lá – Paulo disse prontamente.

O Poeta sorriu com gentileza para o abade.

– Não há problemas, meu senhor – ele disse. – Eu não me importo de pedir desculpas em seu lugar. O senhor pede desculpas por mim, eu peço desculpas pelo senhor, e isso não é uma bela manobra da caridade e da boa vontade? Ninguém precisa pedir desculpas por si mesmo, o que é sempre tão humilhante. Utilizando meu sistema, porém, todos são desculpados e ninguém precisa pedir desculpas a si mesmo.

Somente os oficiais pareceram achar divertidas as palavras do Poeta. Aparentemente, a expectativa de uma cena de humor era suficiente para produzir a ilusão de um momento de humor, e o comediante poderia provocar risos com algumas expressões e alguns gestos, independentemente do que dissesse. Thon Taddeo exibia um sorriso austero, o tipo de expressão que alguém demonstraria diante de uma exibição desajeitada de um animal treinado.

– Assim – continuava dizendo o Poeta –, se o senhor me permitisse servi-lo como seu humilde auxiliar, meu senhor, nunca teria de admitir suas próprias falhas. Como seu Advogado de Desculpas, por exemplo, eu poderia ser incumbido de oferecer atos de contrição para convidados importantes por causa dos percevejos que infestam as camas. E aos percevejos por sua súbita mudança de sorte.

O abade fulminava o Poeta com os olhos, suprimindo o impulso de esmagar os dedos descalços dos pés do outro com seus calcanhares. Chutou-o nos tornozelos, mas o idiota persistiu.

– Eu poderia assumir toda a culpa pelo senhor, naturalmente – dizia ele, mastigando ruidosamente a carne branca. – É um bom sistema, e eu estava preparado para colocá-lo ao seu dispor também, Mui Eminente Acadêmico. Estou certo de que o teria considerado conveniente. Fui levado a crer que os sistemas da lógica e da metodologia devem ser elaborados e aperfeiçoados antes que a ciência possa progredir. E meu sistema de desculpas negociáveis e transferíveis teria sido de especial valor para o senhor, Thon Taddeo.

– Teria?

– Sim. Uma lástima. Alguém roubou meu bode de cabeça azul.

– Bode de cabeça azul?

— Ele tinha uma cabeça tão careca quanto a de Hannegan, Vossa Magnificência, e azul como a ponta do nariz do Irmão Armbruster. Tinha pensado em oferecer-lhe o animal de presente, mas algum ordinário surrupiou-o antes de o senhor chegar.

O abade cerrou os dentes e posicionou seu calcanhar sobre os dedos do pé do Poeta. Thon Taddeo franzia de leve o cenho, mas parecia decidido a decifrar o obscuro significado das palavras do Poeta.

— Precisamos de algum bode de cabeça azul? — indagou ele a seu assistente.

— Não me parece nada urgente, senhor — respondeu o assistente.

— Mas a necessidade é óbvia! — disse o Poeta. — Eles comentam que o senhor está escrevendo equações que um dia irão refazer o mundo; que uma nova luz está raiando. Para que haja luz, então alguém terá de ser culpado pelas trevas do passado.

— Ah, por isso o bode. — Thon Taddeo relanceou o olhar na direção do abade. — Um gracejo de mau gosto. Isso é o melhor que ele sabe fazer?

— O senhor já percebeu que ele está desempregado. Mas falemos de algo mais sens...

— Não, não, não, *não*! — objetou o Poeta. — O senhor não entendeu bem o que eu quis dizer, Vossa Magnificência. O bode deve ser posto num relicário e honrado, não culpado! Coroe-o com a coroa que São Leibowitz lhe enviou, e agradeça a ele pela luz que está raiando. Então culpe Leibowitz e despache-*o* para o deserto. Com isso, *o senhor* não terá de usar a segunda coroa. Aquela que vem com espinhos. A isso dá-se o nome de responsabilidade.

A hostilidade do Poeta estava agora plenamente visível e ele não estava mais tentando ser engraçado. O thon olhava para ele com uma expressão glacial. O calcanhar do abade foi mais uma vez em direção aos dedos do pé do Poeta, mas novamente surgiu uma relutante misericórdia.

– E – dizia ainda o Poeta –, quando o exército de seu benfeitor vier se apoderar desta abadia, o bode pode ser colocado no pátio e ensinado a balir "Aqui não tem mais ninguém além de mim, não tem ninguém aqui além de mim", toda vez que um estranho se aproximar.

Um dos oficiais começou a se levantar de seu assento rosnando em tons nada amigáveis, enquanto por puro reflexo sua mão alcançava o sabre. Soltou a tira que prendia a bainha e quinze centímetros de puro aço enviaram lampejos de aviso para o Poeta. O thon agarrou-lhe o punho e tentou forçá-lo a enfiar a lâmina de volta na bainha, mas era o mesmo que tentar mover os braços de uma estátua de mármore.

– Ah! Um espadachim e também desenhista! – provocou o Poeta, aparentemente sem medo de morrer. – Seus desenhos das defesas da abadia mostram uma veia artística muito...

O oficial bradou uma blasfêmia e a lâmina livrou-se da bainha, pronta para entrar em ação. Os companheiros o agarraram, porém, antes que ele pudesse atacar. Um rumor de espanto e confusão subiu da congregação, com os monges assustados se colocando em pé. O Poeta continuava sorrindo candidamente.

– ... muito promissora – insistia ele. – Prevejo que um dia seus desenhos dos túneis escavados sob os muros estarão expostos num museu de belas...

Um ruído surdo – *chank!* – subiu de sob a mesa. O Poeta parou no meio da mordida, tirou o ossinho da sorte de dentro da boca e aos poucos foi ficando pálido. Mastigou, engoliu e continuou empalidecendo. Seus olhos se ergueram para o teto com uma expressão abstrata.

– O senhor os está esmagando – ele murmurou de canto de boca.

– Com a fala? – indagou o abade, continuando a esmagá-los.

– Acho que estou com um osso entalado na garganta – admitiu o Poeta.
– Quer ter licença para se retirar?
– Creio que eu devo.
– Uma pena. Sentiremos sua ausência. – Paulo pisoteou uma última vez os dedos do pé do Poeta, só por garantia. – Você pode ir, nesse caso.

O Poeta soltou o ar com força, limpou a boca, ficou em pé. Bebeu o vinho até a última gota e deixou a taça emborcada no meio da bandeja. Algo em sua postura forçava todos a olharem para ele. Ele puxou uma pálpebra para baixo com um dedo polegar, inclinou a cabeça sobre a mão espalmada em concha e fez pressão. O globo ocular saltou-lhe na palma da mão, provocando um som engasgado na comitiva de texarkanos que, à primeira vista, não tinham percebido o olho artificial do Poeta.

– Observe-o com cuidado – disse o Poeta para o olho de vidro, depositando-o a seguir sobre a base da taça de vinho virada para cima, de onde mirava Thon Taddeo como um mau augúrio. – Boa noite, senhores – ele disse alegremente, dirigindo-se para o grupo todo, e então saiu do recinto.

O oficial, ainda enfurecido, rogou-lhe uma praga e tentou se desvencilhar dos companheiros que ainda o retinham com força.

– Levem-no de volta aos aposentos dele e fiquem com ele até que se acalme – o thon lhes disse. – E garantam que ele não tenha chance de topar com o lunático.

– Estou mortificado – disse então para o abade, quando o lívido soldado da guarda foi levado dali. – Eles não são meus funcionários e não posso dar ordens a eles. Mas posso prometer que ele se humilhará por isso. E, se ele se recusar a pedir desculpas e a partir imediatamente, terá de brandir aquela espada impulsiva contra a minha antes do meio-dia de amanhã.

— Sem derramamento de sangue! — implorou o padre. — Não teve nenhuma importância. Vamos todos esquecer o acontecido. — As mãos dele tremiam e sua fisionomia estava cinzenta.
— Ele apresentará suas desculpas e partirá — Thon Taddeo insistiu — ou eu me oferecerei para matá-lo. Não se preocupe, ele não ousaria lutar contra mim porque, se vencesse, Hannegan o empalaria em praça pública enquanto seus homens estivessem violando a esposa dele... Mas não ligue para isso. Ele vai rastejar e partir. Mesmo assim, estou profundamente envergonhado que tal coisa possa ter acontecido.
— Eu deveria ter expulsado o Poeta assim que ele apareceu. Ele provocou tudo aquilo e eu não o impedi. A provocação foi clara.
— Provocação? Por meio de mentiras fantasiosas de um tolo errante? Josard reagiu como se as acusações do Poeta fossem verdadeiras.
— Então o senhor não está a par de que eles *estão* preparando um abrangente relatório sobre o valor militar de nossa abadia como fortaleza?
O queixo do acadêmico caiu. Ele olhava de um sacerdote para outro parecendo não acreditar no que estava ouvindo.
— Mas isso pode mesmo ser verdade? — ele indagou, depois de um longo silêncio.
O abade balançou a cabeça, concordando.
— E o senhor permitiu que ficássemos aqui.
— Não guardamos segredos. Seus acompanhantes são bem-vindos para fazer esse tipo de estudo se assim quiserem. Não pretendo questionar *por que* querem essas informações. A suposição do Poeta, naturalmente, não passou de uma fantasia.
— Claro — o thon concordou com voz débil, sem olhar para seu anfitrião.
— Seguramente, seu príncipe não tem ambições agressivas com respeito a esta região, como insinuou o Poeta.

— Certamente que não.

— E, mesmo que tivesse, estou certo de que ele teria a sabedoria (ou, pelo menos, conselheiros sensatos para orientá-lo) de compreender que o valor de nossa abadia como depósito de conhecimentos antigos é muitíssimo maior do que seu valor como cidadela.

O thon captou o tom de súplica na voz do abade, a sutil atmosfera de um pedido de ajuda, e pareceu ponderar sobre aquilo, pegando pequenas porções de comida e mantendo silêncio por algum tempo.

— Falaremos de novo sobre isso antes que eu regresse para o *collegium* — ele prometeu em voz baixa.

Um clima sombrio se instalara no banquete, mas então começou a se transformar e a amenizar durante o canto em grupo no pátio após a refeição, e tinha sumido completamente quando chegou o momento da palestra do acadêmico a ser proferida no Salão Principal. O constrangimento parecia ter desaparecido e todos retomaram a atitude de uma superficial cordialidade.

Dom Paulo conduziu o thon ao pedestal de leitura. Gault e o assistente do estudioso foram atrás, unindo-se a eles no estrado. Após a apresentação feita pelo abade, os aplausos foram entusiásticos. A quietude que se seguiu sugeria o silêncio de um tribunal à espera de um veredito. O acadêmico não era um orador talentoso, mas o veredito mostrou-se satisfatório àquele público monástico.

— Fiquei deslumbrado com o que encontrei aqui — ele começou. — Há poucas semanas eu não teria acreditado, *não acreditava*, que os registros contidos em sua Memorabilia poderiam ainda ter resistido à queda da última e poderosa civilização. Ainda é difícil de acreditar, mas as evidências nos forçam a adotar a hipótese de que os documentos são autênticos. Sua sobrevivência aqui é, por si só, inacreditável, mas é ainda mais fantástico, *para mim*, o fato de terem passado despercebidos ao longo *deste* século, até o momento. Nos últimos tempos têm aparecido homens capazes de apreciar todo o valor potencial desses documentos, e não falo só de mim. O que Thon Kaschler poderia ter feito com eles se ainda estivesse vivo!, mesmo que setenta anos atrás.

O mar de rostos dos monges estava iluminado com os sorrisos que ostentavam ao tomar conhecimento dessa reação tão favorável à sua Memorabilia da parte de alguém tão instruído como o thon. Paulo se perguntava por que eles não percebiam a tênue insinuação de um tom de ressentimento – ou seria de suspeita? – na fala do orador.

Ele continuava, dizendo:

– Se eu tivesse sabido da existência destas fontes há dez anos, uma boa parte de meu trabalho sobre óptica teria sido desnecessária.

Aha!, pensou o abade. *Então é por isso*. Ou, pelo menos, em parte. Ele está constatando que uma parcela de suas descobertas não passa de redescobertas, e isso deixa um travo amargo na boca. Mas seguramente ele deve saber que nunca, em toda a sua existência, ele será mais do que um recuperador de trabalhos perdidos. Por mais brilhante que seja, ele só pode fazer o que foi feito por outros que vieram antes dele. E assim continuaria sendo, inevitavelmente, até que o mundo se tornasse tão altamente desenvolvido quanto já havia sido antes do Dilúvio de Chamas.

Não obstante, era aparente que Thon Taddeo estava impressionado.

– Meu tempo aqui é limitado – ele prosseguia. – Com base no que vi, desconfio que serão necessários vinte especialistas e várias décadas para terminar de analisar a Memorabilia e obter informações compreensíveis. A ciência física normalmente procede por meio de raciocínios indutivos testados por experimentos. Mas aqui a tarefa é dedutiva. Partindo de alguns trechos fragmentados de princípios gerais, devemos tentar compreender os elementos particulares. Em alguns casos, isso pode se tornar impossível. Por exemplo... – e aqui ele fez uma pausa momentânea para pegar um maço de notas que folheou brevemente. – Aqui está uma citação que encontrei enterrada no andar de baixo. Vem de um fragmento de quatro páginas de um livro que pode ter sido de física avançada. Alguns de vocês podem já tê-lo visto.

"'... e se os termos espaciais predominam na expressão do intervalo entre os pontos de equilíbrio, o intervalo é referenciado como espacial, uma vez que então é possível selecionar um sistema de coordenadas, pertencente a um observador a uma velocidade admissível, no qual os eventos parecem simultâneos e, portanto, separados apenas espacialmente. Se, no entanto, o intervalo é tido como temporal, os eventos não podem ser simultâneos em nenhum sistema de coordenadas, mas existe um sistema de coordenadas em que os termos espaciais desaparecerão por completo, de tal modo que a separação entre os eventos será puramente temporal, *id est*, ocorrerá no mesmo lugar, mas em tempos diferentes. Agora, examinando os extremos do intervalo real...'."

Thon Taddeo ergueu os olhos, sorrindo de maneira astuciosa. – Algum de vocês examinou recentemente esta referência?

O mar de rostos continuou inexpressivo.

– Algum de vocês se lembra de um dia ter visto este fragmento?

Kornhoer e dois outros ergueram cautelosamente as mãos.

– Algum de vocês sabe o que significa?

As mãos rapidamente desceram.

O thon deu uma risadinha discreta. – Ele é seguido por uma página e meia de cálculos matemáticos que não tentarei ler, mas que trata de alguns de nossos conceitos fundamentais, como se eles não fossem de modo nenhum básicos, mas aparências evanescentes que mudam de acordo com o ponto de vista. Termina com a palavra "*portanto*", e o resto da página, contendo a conclusão, está queimado. Entretanto, o raciocínio é impecável e a matemática, muito elegante; por isso, posso eu mesmo redigir a conclusão. Parece a conclusão de um lunático. O fragmento começa, no entanto, com suposições que parecem igualmente insanas. Será um engodo? Se não for, qual é seu lugar no esquema geral da ciência dos antigos? O que o precede como pré-requisito à compreensão? O que decorre dele, e como pode ser testado? Essas são questões que não consigo responder. Este é apenas *um* exemplo dos muitos enigmas propostos por esses papéis que vocês guardaram por tanto tempo. Raciocinar sobre questões que não têm *nenhum* contato direto com a realidade experimental é a esfera de angelologistas e teólogos, não de cientistas físicos. Apesar disso, documentos como estes descrevem sistemas que não tocam nossas experiências *em nenhum ponto*. Será que pertenciam ao âmbito experimental dos antigos? Certas referências tendem a apontar que sim. Um artigo se refere à transmutação de elementos (que apenas recentemente definimos como teoricamente impossível) e em seguida diz "como comprovado por experimentos". Mas *como?*

"Podem ser necessárias várias gerações para se avaliar e compreender estas coisas. É uma lástima que devam permanecer aqui, neste local inacessível, pois será preciso o esforço conjunto de numerosos estudiosos para deduzir o sentido que elas guardam. Estou certo de que vocês entendem que suas atuais instalações são inadequadas, para não dizer "inacessíveis", ao resto do mundo."

Sentado no estrado atrás do orador, o abade começou a se afligir, esperando o pior. Entretanto, Thon Taddeo preferiu não apresentar nenhuma proposta. Apesar disso, seus comentários continuaram a deixar claro que ele achava que aquelas relíquias deveriam estar em mãos mais competentes do que as dos monges da Ordem Albertina de São Leibowitz, e que a situação vigente era um absurdo. Talvez registrando o crescente desassossego que invadia a sala, o thon logo enveredou pelo tema de seus estudos imediatos, os quais envolviam uma análise mais minuciosa da natureza da luz do que a empreendida anteriormente. Vários tesouros da abadia estavam se mostrando muito úteis, e ele esperava em breve conceber meios experimentais para colocar à prova suas teorias. Após falar um pouco sobre o fenômeno da refração, ele parou e então disse, em tom de desculpas:

– Espero que nada disso ofenda as crenças religiosas de alguém.

Thon Taddeo lançou um olhar zombeteiro pelo recinto, esperando alguma reação. Vendo que as fisionomias continuavam curiosas e inexpressivas, ele seguiu adiante mais algum tempo e em seguida perguntou se alguém da congregação gostaria de lhe fazer perguntas.

– O senhor se importa se a questão vier do estrado? – indagou o abade.

– Naturalmente – disse o acadêmico, parecendo um tanto incerto, como se pensasse *et tu, Brute*.

– Eu estava pensando sobre o que há na propriedade refrangível da luz que poderia lhe parecer ofensiva à religião.

– Bem... – e o thon fez uma pausa, parecendo desconfortável. – Monsenhor Apollo, que o senhor conhece, ficou muito exaltado por causa dessa questão. Ele disse que a luz não poderia ter sido refrangível antes do Dilúvio, porque o arco-íris supostamente...

A sala toda rompeu numa sonora gargalhada que engolfou o restante do comentário. Quando o abade conseguiu que seus acenos silenciassem o público, Thon Taddeo estava vermelho como uma beterraba, e Dom Paulo teve alguma dificuldade em manter a própria expressão mais solene.

– Monsenhor Apollo é um bom homem, um bom sacerdote, mas todos os homens têm a capacidade de ser idiotas absolutos às vezes, especialmente fora de seu âmbito de conhecimento. Lamento ter feito a pergunta.

– A resposta me deixa aliviado – disse o acadêmico. – Não procuro discórdias.

Não havendo mais perguntas, o thon passou para o segundo tópico: o crescimento e as atividades atuais de seu *collegium*. A instituição estava inundada de candidatos que queriam estudar ali. O *collegium* estava assumindo não apenas uma função educacional como também uma função investigativa. O interesse pela filosofia natural e pela ciência estava aumentando entre os leigos instruídos. O instituto estava recebendo dotações generosas. Sintomas de renascimento e revivificação.

– Posso citar algumas das pesquisas e investigações que estão atualmente sendo conduzidas por nosso pessoal – ele prosseguiu. – Com base no trabalho de Bret sobre o comportamento dos gases, Thon Viche Mortoin está pesquisando as possibilidades de se produzir gelo artificialmente. Thon Friider Halb está em busca de um modo prático de se transmitir mensagens por meio de variações elétricas ao longo de um fio... – Era uma lista longa e os monges pareceram impressionados. Estudos em diversos campos (medicina, astronomia, geologia, matemática, mecânica) estavam em andamento. Alguns pareciam impraticáveis e irrefletidos, mas a maioria parecia prometer ricas recompensas em termos de conhecimento e aplicações práticas. Da busca de Jejene pelo Nostrum Universal ao inconsequente ataque de Bodalk contra a geometria ortodoxa, as atividades do *collegium* exibiam o ardente e saudável desejo de escancarar os arquivos privados da Natureza, trancados desde que a humanidade tinha incinerado suas memórias institucionais e condenado a si mesma a um estado de amnésia cultural há mais de um milênio.

– Além desses estudos, Thon Maho Mahh está liderando um projeto que busca mais informações sobre a origem da espécie humana. Como essa é basicamente uma iniciativa de cunho arqueológico, ele me pediu que eu pesquisasse em vossa biblioteca a existência de algum material sugestivo sobre o assunto, depois que eu completar minhas pesquisas aqui. No entanto, talvez seja melhor eu não me alongar demais a respeito dessa questão, pois tende a dar margem a controvérsias com os teólogos. Mas, se houver alguma pergunta...

Um jovem monge que estava estudando para se tornar sacerdote levantou-se e foi reconhecido pelo thon.

– Senhor, eu estava pensando se o senhor está a par das sugestões de Santo Agostinho sobre essa questão.

– Não estou.

– Ele foi bispo e filósofo, viveu no século 4. Ele sugeriu que, no começo, Deus criou todas as coisas em suas causas germinais, incluindo a fisiologia do homem, e que essas causas germinais, por assim dizer, inseminam a matéria sem forma, que então gradualmente *evolui* até alcançar formas mais complexas e, no fim, o Homem. Essa hipótese tem sido considerada?

O sorriso do thon era condescendente, embora ele não criticasse abertamente essa ideia como uma noção pueril. – Acredito que não, mas irei investigar – ele disse, mas num tom que deixava claro que não o faria.

– Obrigado – disse o monge, que se sentou humildemente.

– Talvez a mais ousada de todas as pesquisas, porém, esteja sendo conduzida pelo meu amigo, Thon Esser Shon – continuou o acadêmico. – Trata-se de uma tentativa de sintetizar a matéria viva. Thon Esser espera criar protoplasma vivo usando apenas seis ingredientes básicos. Esse trabalho pode levar a... Sim? Você quer fazer uma pergunta?

Um monge da terceira fileira tinha ficado em pé e agora se inclinava perante o orador. O abade avançou um pouco o corpo para ver melhor quem era e reconheceu, com horror, que se tratava do Irmão Armbruster, o bibliotecário.

– Se o senhor puder fazer uma gentileza a um velho – grasnou o monge, arrastando cada palavra num tom inexpressivo, mas carregado. – Esse Thon Esser Shon, que se limita a somente seis ingredientes básicos, é muito interessante. Fiquei pensando: será que lhe permitem usar as duas mãos?

– Ora, eu... – o thon parou e franziu o cenho.

– E poderia eu também indagar – a voz árida de Armbruster seguia arrastada – se esse feito notável deve ser empreendido com a pessoa sentada, em pé ou deitada de bruços? Ou talvez montada no dorso de um cavalo, enquanto toca dois trompetes?

Os noviços contiveram risadinhas desrespeitosas, mas perfeitamente audíveis. O abade se pôs em pé imediatamente.

– Irmão Armbruster, que isto lhe sirva de aviso. Está excomungado da mesa comum até prestar satisfações por este ato. Pode se retirar e aguardar na Capela da Madona.

O bibliotecário se inclinou adiante outra vez e saiu silenciosamente do recinto, com postura humilde, mas um olhar triunfante. O abade murmurou suas desculpas ao acadêmico, mas, de repente, expressão do thon era gélida.

– Em conclusão – ele disse –, ofereço um breve esboço do que o mundo pode esperar, em minha opinião, da revolução intelectual que está apenas começando. – Com o olhar inflamado, ele mirou toda a congregação e sua voz mudou do ritmo informal para outro, apaixonado. – A ignorância tem sido o nosso rei. Desde a morte do império, esse rei se senta sem ser questionado no trono do Homem. Sua dinastia é milenar. Seu direito de governar agora é considerado legítimo. Os sábios do passado o têm reafirmado. E não fizeram nada para destroná-lo.

"Amanhã, um novo príncipe reinará. Homens de discernimento, homens de ciência, se posicionarão por trás de seu trono e o universo conhecerá seu poder. O nome dele é Verdade. Seu império se estenderá por toda a Terra. E o domínio do Homem sobre a Terra será renovado. Daqui a um século, os homens voarão pelos ares em aves mecânicas. Carruagens de metal correrão por estradas feitas com pedras pelos homens. Haverá edifícios com trinta andares, navios que se moverão debaixo d'água e máquinas para realizar toda sorte de tarefas.

"E como tudo isso enfim acontecerá?"

Ele fez uma pausa e baixou a voz. – Da mesma maneira como todas as mudanças acabam acontecendo, me parece. E lamento que assim seja. Será por meio da violência e da revolta, por meio do fogo e da fúria, pois nenhuma mudança acontece calmamente neste mundo.

Olhando ao redor, registrou focos de surdos murmúrios entre os presentes.

– Será *assim*. Nós *não* queremos que seja. Mas por quê?

"Reina a ignorância. Muitos deixarão de lucrar se ela for abolida. Muitos enriquecem utilizando as trevas de sua monarquia. Eles formam sua Corte e, em nome da ignorância, fraudam e governam, enriquecem e perpetuam seu poder. Até mesmo a instrução eles temem, pois a palavra escrita é outro canal de comunicação que pode levar seus inimigos a se unir. Suas armas são afiadas pela cobiça e eles as usam com perícia. Entrarão em combate com o mundo quando seus interesses forem ameaçados, e a violência que se seguirá irá durar até que a estrutura da sociedade que existe agora seja apenas um monte de escombros, e uma nova sociedade surja. Lamento muito. Mas é assim que vejo os futuros acontecimentos."

Essas palavras fizeram cair um novo manto plúmbeo sobre a plateia. As esperanças de Dom Paulo afundaram, pois a profecia dava uma forma às possíveis perspectivas lançadas pelo acadêmico. Thon Taddeo sabia das ambições militares de seu monarca. Ele tinha uma escolha: aprová-las, desaprová--las ou considerá-las um fenômeno impessoal fora de seu controle, como uma enchente, a fome ou tufões.

Evidentemente, ele as havia aceitado como inevitáveis, para evitar ter de fazer um julgamento moral. *Que venham o sangue, o ferro e as lamentações...*

Como um homem desses poderia se furtar à sua própria consciência e se eximir de suas responsabilidades... E com tamanha facilidade! – pensava o abade explosivamente com seus próprios botões.

Mas então lhe ocorreram as palavras: *Pois, naqueles tempos, o Senhor Deus tinha permitido aos sábios que conhecessem os meios pelos quais o próprio mundo poderia ser destruído...*

Deus também permitiu que conhecessem os meios pelos quais o mundo poderia ser salvo e, como sempre, deixou que escolhessem por si mesmos. E talvez tivessem escolhido da maneira como Thon Taddeo escolheu. Lavar as mãos perante a multidão. Cuidem vocês disso. A fim de que eles mesmos não fossem crucificados.

E eles foram crucificados, de todo modo. Sem dignidade. No final das contas, sempre, para qualquer um, significa ser pregado na cruz e ficar pendurado nela, e, se você despencar de lá, eles o espancarão...

De repente, um silêncio geral. O acadêmico tinha parado de falar.

O abade piscou enquanto olhava em torno do salão. Metade da comunidade estava com os olhos pregados na entrada. No início, seus olhos não conseguiam distinguir nada.

– O que é? – perguntou sussurrando para Gault.

– Um velho de barba, com um xale – sibilou Gault, explicando. – Parece-se com... Não, ele não viria...

Dom Paulo se levantou e se adiantou até a frente do estrado para ver com mais nitidez a silhueta fracamente delineada contra as sombras ao fundo. Então chamou com uma voz suave:

– Benjamim?

A figura se moveu. Arrumou melhor o xale em torno dos ombros esqueléticos e veio em passos trôpegos na direção da luz. Parou de novo, resmungando consigo mesmo enquanto olhava à sua volta pela sala. Depois seus olhos encontraram o acadêmico no pedestal de leitura.

Apoiada no cajado retorcido, a venerável aparição veio manquitolando na direção do pedestal sem despregar seus olhos do homem que estava atrás do móvel. Thon Taddeo pareceu divertidamente perplexo, a princípio, mas, quando ninguém mais se moveu nem falou, ele pareceu perder a cor do rosto quando a visão decrépita se aproximou dele. O rosto daquela antiguidade barbada flamejava com a esperançosa ferocidade compelida por alguma paixão que ardia dentro dele mais do que a força vital, que há muito o abandonara.

Ele se acercou do pedestal e então parou. Seus olhos percorriam o estupefato orador. Sua boca tremia. Ele sorriu. Estendeu uma mão trêmula para o acadêmico. O thon recuou emitindo um som de repugnância.

O eremita era ágil. De um salto estava no estrado, desviou do pedestal e agarrou o braço do acadêmico.

– Que loucura...

Benjamim sovava-lhe o braço enquanto olhava com esperança no fundo dos olhos do acadêmico.

Seu rosto escureceu. O brilho desapareceu. Deixou cair o braço. Um grande suspiro de desalento subiu de seus velhos e ressecados pulmões conforme suas esperanças se desfaziam. O sorriso eternamente matreiro do Velho Judeu da Montanha retomou o lugar habitual. Ele se virou para a comunidade e, abrindo as mãos, deu de ombros com eloquência.

– Ainda não é *Ele* – disse o velho acidamente, e depois se afastou em passos cambaleantes.

Depois disso, houve poucas formalidades.

21

Foi durante a décima semana da visita de Thon Taddeo que o mensageiro trouxe as más notícias. O líder da dinastia regente de Laredo tinha exigido que as tropas de Texarkana saíssem imediatamente de seus domínios. O rei tinha morrido envenenado naquela noite e fora declarado estado de guerra entre os estados de Laredo e Texarkana. Seria uma guerra de curta duração. Com boa margem de segurança podia-se esperar que a guerra terminasse no dia seguinte ao seu início, e que Hannegan agora controlaria todas as terras e todas as comunidades do Rio Vermelho ao Rio Grande.

Tudo isso já era esperado, mas não as demais notícias concomitantes.

Hannegan II, Prefeito pela Graça de Deus, Vice-rei de Texarkana, Defensor da Fé e Vaqueiro Supremo das Planícies, tendo considerado Monsenhor Apollo culpado de "traição" e espionagem, determinou que o núncio papal fosse asfixiado na forca e em seguida, ainda vivo, fosse retalhado, arrastado, esquartejado e flagelado, como exemplo para qualquer um que quisesse tentar desestabilizar os domínios do Prefeito. Em pedaços, a carcaça do sacerdote tinha sido atirada aos cães.

O mensageiro nem precisava acrescentar que Texarkana estava sob total interdição por um decreto papal que continha certas alusões vagas, mas agourentas, a *Regnans in Excelsis*, uma bula do décimo sexto século que determinava a deposição de uma monarca. Até o momento, não havia notícias das contramedidas que Hannegan adotaria.

Nas Planícies, as forças laredanas agora teriam de abrir caminho entre as tribos nômades por meio de combates apenas para, no final, depor suas armas em suas próprias fronteiras, uma vez que sua nação e seu povo eram reféns.

– Que situação trágica! – disse Thon Taddeo com um tom de aparente sinceridade. – Dada a minha nacionalidade, ofereço-me para partir imediatamente.

– Por quê? – perguntou Dom Paulo. – O senhor não aprova as ações de Hannegan, não é mesmo?

O acadêmico hesitou e então meneou a cabeça de um lado a outro. Olhando ao redor, quis ter certeza de que mais ninguém conseguiria ouvi-lo. – Pessoalmente eu o condeno, mas em público... – E concluiu encolhendo os ombros: – Preciso pensar no *collegium*. Se fosse apenas uma questão de salvar o meu pescoço, bem...

– Eu entendo.

– Posso contar com a sua discrição se eu lhe der minha opinião?

– Naturalmente.

– Então, alguém deve avisar Nova Roma para que não faça ameaças em vão. Hannegan não teria escrúpulos em crucificar mais algumas dúzias de Marcus Apollos.

– Então, alguns novos mártires alcançarão o Paraíso. Nova Roma não faz ameaças em vão.

O thon suspirou. – Eu imaginei que o senhor veria as coisas dessa maneira, mas reitero minha proposta de partir.

– Bobagem. Seja qual for a sua nacionalidade, o fato de pertencer à humanidade torna-o bem-vindo aqui.

Mas tinha se instalado uma rixa. Desse momento em diante, o acadêmico se manteve isolado e raramente conversava com os monges. Seu relacionamento com Irmão Kornhoer se tornou visivelmente formal, embora todo dia o inventor passasse uma hora ou duas cuidando do dínamo e inspecionando seus componentes e a lâmpada, mantendo-se sempre informado sobre os progressos do trabalho do thon, o qual estava agora sendo levado adiante com uma pressa incomum. Os oficiais quase nunca se aventuravam a sair da casa de hóspedes.

Havia indícios de um êxodo naquela região. Boatos inquietantes chegavam o tempo todo das Planícies. No povoado de Sanly Bowitts, as pessoas começavam a encontrar motivos para partir repentinamente em peregrinações ou para visitar outras terras. Até mesmo os mendigos e vagabundos em geral estavam deixando a cidade. Como sempre, os comerciantes e os artesãos se viam diante da desagradável tarefa de escolher entre abandonar suas propriedades, deixando-as à mercê de assaltantes e saqueadores, ou ficar e assistir quando estivessem sendo saqueadas.

Um comitê de cidadãos, chefiado pelo prefeito do povoado, visitou a abadia para pedir abrigo para os habitantes, no caso de uma invasão. – Minha oferta final – disse o abade após muitas horas de discussão – é a seguinte: acolheremos todas as mulheres e crianças, além dos inválidos e dos idosos, sem nenhuma objeção. Quanto aos homens capazes de pegar em armas, analisaremos cada caso individualmente, e talvez alguns deles sejam rejeitados.

– *Por quê?* – indagou o prefeito.

– Isso deveria ser óbvio, até mesmo para o senhor! – retrucou Dom Paulo rispidamente. – Nós mesmos podemos ser atacados, mas, a menos que nos ataquem diretamente, ficaremos de fora do conflito. Não permitirei que este lugar seja transformado numa guarnição da qual contra-ataques sejam lançados, se os ataques se restringirem à própria aldeia. Por isso, no caso dos homens aptos a lutar, teremos de insistir que façam um juramento: defender nossa abadia sob as *nossas* ordens. E decidiremos caso a caso se o juramento é confiável ou não.

– Mas isso é injusto! – protestou o chefe do comitê. – O senhor está discriminando...

– Somente aqueles em quem não pudermos confiar. Qual

é o problema? O senhor imaginava que poderia ocultar uma força de reserva aqui dentro? Bom, isso não será permitido. O senhor *não* vai fixar aqui nenhum destacamento de milícia urbana. Ponto final.

Dadas as circunstâncias, o comitê não podia recusar qualquer tipo de ajuda que lhe fosse oferecida. A discussão parou por aí. Dom Paulo tinha a intenção de abrigar qualquer um quando fosse a hora, mas, por enquanto, ele pretendia frustrar os planos do povoado de envolver a abadia em seu planejamento militar. Mais tarde, viriam oficiais de Denver com um pedido semelhante; eles tinham menos interesse em salvar vidas do que em salvar seu regime político. O abade pensava em dar a esses a mesma resposta. A abadia havia sido erguida como uma fortaleza para defender a fé e o conhecimento, e ele tinha toda intenção de mantê-la assim.

O deserto começou a se encher de andarilhos vindos do leste. Mascates, caçadores e pastores, em seu deslocamento para o oeste, traziam notícias do que se passava nas Planícies. A praga do gado estava se alastrando como fogo incontrolável entre os rebanhos dos nômades; uma epidemia de fome parecia iminente. As forças de Laredo tinham sido divididas após um motim desde a queda da dinastia laredana. Uma parte dos combatentes estava voltando para casa, como tinha sido ordenado; a outra se punha a caminho sob o solene juramento de marchar sobre Texarkana e não se deter até que tivesse a cabeça de Hannegan II ou morresse tentando. Enfraquecidos pela cisão, os laredanos estavam sendo paulatinamente exterminados pelos ataques dos guerreiros de Urso Louco, segundo uma tática de ataque-relâmpago, homens que tinham toda a sede de vingança do mundo contra os que trouxeram a peste. Corria o boato de que Hannegan havia generosamente se oferecido para acolher o povo do Urso Louco como dependentes sob sua proteção, desde que jurassem lealdade à lei "civilizada", aceitassem a presença dos oficiais de Hannegan em seus conselhos e adotassem a fé cristã.

"Submetam-se ou morram de fome" era a escolha que Hannegan e o destino estavam oferecendo aos povos pastoris. Muitos prefeririam morrer de fome a se tornar aliados de um estado agrário e mercantil. Dizia-se que Hongan Os trovejava seus desafios ao sul, ao leste e aos céus. Em relação aos céus ele cumpriu sua ameaça queimando um xamã por dia a fim de punir os deuses tribais por terem-no traído. Ameaçou tornar-se cristão se os deuses cristãos o ajudassem a massacrar seus inimigos.

Foi durante a breve visita de um grupo de pastores que o Poeta sumiu da abadia. Thon Taddeo foi o primeiro a reparar na ausência do Poeta na casa de hóspedes, e então indagou sobre o paradeiro do versejador errante.

O rosto de Dom Paulo se enrugou de surpresa. – Você tem certeza de que ele abandonou a abadia? – perguntou o abade. – Ele costuma passar alguns dias no povoado, ou vai até o platô para discutir com Benjamim.

– As coisas dele não estão lá – disse o thon. – Não há mais nada no quarto dele.

O abade torceu os lábios. – Quando o Poeta vai embora, isso é mau sinal. A propósito, se ele realmente tiver sumido, então aconselho que o senhor faça imediatamente um inventário das *suas* próprias coisas.

O thon pareceu estar refletindo. – Então foi por isso que as minhas botas...

– Sem dúvida.

– Mandei que fossem engraxadas. Não me devolveram. Foi no mesmo dia em que ele tentou arrebentar minha porta aos murros.

– Arrebentar aos murros... Quem? O *Poeta*?

Thon Taddeo deu uma risadinha curta. – Parece que tivemos uma pequena diferença... Estou com o olho de vidro dele. O senhor se lembra da noite em que ele o deixou sobre a mesa do refeitório?

– Sim.

– Eu o guardei.

O thon abriu a algibeira, buscou algo ali dentro por alguns instantes e então colocou o globo ocular do Poeta na escrivaninha do abade. – Ele sabia que estava comigo, mas eu neguei o tempo todo. E desde então ficamos fazendo brincadeiras com ele, e até inventamos boatos de que aquele era realmente o olho do ídolo de Bayring, perdido há não sei quanto tempo, e que deveria ser devolvido ao museu. Ele ficou histérico por causa disso, por um bom tempo. Claro que eu tinha a intenção de devolvê-lo antes de voltarmos para casa. O senhor acha que ele volta depois que formos embora?

– Duvido – disse o abade, estremecendo de leve ao olhar para o olho de vidro. – Mas posso guardar para ele, se o senhor quiser. Embora seja igualmente provável ele aparecer em Texarkana procurando pelo olho lá. Ele afirma que é um talismã poderoso.

– Como?

Dom Paulo sorriu. – Ele diz que consegue enxergar muito melhor quando está com ele.

– Que bobagem! – O thon calou-se. Aparentemente sempre disposto a dispensar pelo menos um instante de reflexão a qualquer suposição, por mais bizarra que fosse, acrescentou em seguida: – É uma bobagem, a menos que preencher a órbita vazia afete de alguma maneira os músculos de ambas as órbitas. É isso que ele está querendo dizer?

– Ele apenas jura que não consegue enxergar bem sem ele. Diz que tem de estar com o globo de vidro no lugar para perceber "os verdadeiros significados", apesar de ele ter dores de cabeça terríveis quando usa esse olho. Mas nunca se sabe se o Poeta está falando de um fato real, de uma fantasia ou fazendo uma alegoria. Se a fantasia for bem engendrada, duvido que o Poeta admita a diferença entre fato e fantasia.

O thon sorriu de modo zombeteiro. – Do lado de fora da minha porta, no outro dia, ele berrou dizendo que *eu* precisava daquilo mais do que ele. Isso parece sugerir que ele considera

o olho em si um fetiche poderoso, bom para qualquer um. Por que será?
— Ele disse que *o senhor* precisava dele? Veja só!
— O que o senhor acha tão divertido?
— Desculpe. Ele provavelmente tinha a intenção de fazer um insulto. É melhor eu não tentar explicar o insulto do Poeta. Poderia dar a impressão de que o compartilho.
— De maneira nenhuma. Estou curioso.

O abade relanceou os olhos na direção da imagem de São Leibowitz, no canto da sala. — O Poeta usava aquele olho como uma piada recorrente — explicou. — Quando ele queria tomar uma decisão, pensar melhor em alguma coisa, debater uma questão, colocava o olho na sua órbita. E depois o removia quando via algo que o desagradava, quando fingia estar examinando ou supervisionando algum item, ou quando queria se fazer de bobo. Quando ele estava com o olho de vidro, seu comportamento mudava. Os irmãos começaram a chamar o globo de "a consciência do Poeta", e ele entrou na brincadeira. Dava pequenas palestras e demonstrações sobre as vantagens de uma consciência removível. Ele fazia de conta que alguma compulsão frenética se apoderava dele... Geralmente algo trivial, como uma compulsão ligada a uma garrafa de vinho.

"Com o olho encaixado, ele acariciava a garrafa de vinho, lambia os lábios, gemia e arfava, então afastava a mão com um movimento súbito. Depois, o acesso o possuía novamente. Ele agarrava a garrafa, vertia numa caneca só um gole e contemplava o líquido por um instante. Então, parecia que sua consciência lutava para retomar o controle e ele arremessava a caneca do outro lado da sala. Logo ele estaria olhando avidamente para a garrafa de vinho outra vez e começaria a gemer e a babar, mas lutando contra a compulsão de alguma maneira... — e o abade não conseguiu segurar uma risadinha — o que era horrível de se assistir. Enfim, depois de ficar exausto, ele arrancava o globo de vidro. Assim que o olho era tirado, ele relaxava rapidamente. A compulsão parava de ser compulsiva. Mostrando-se frio e arrogante, então, ele pegava a garrafa, olhava à sua volta, e ria. "Vou fazer isso de qualquer jeito", ele dizia. E quando todo mundo estava achando que ele começaria a beber, ele abria o sorriso mais beatífico e derramava todo o conteúdo da garrafa na própria cabeça. As vantagens de uma consciência removível, entende?

– Então ele acha que eu preciso disso mais do que ele.

– Ele é somente o Poetazinho! – o abade deu de ombros.

O acadêmico bufou como se achasse aquilo engraçado. Cutucou a esfera de vidro e fez que rolasse sobre o tampo da escrivaninha usando o polegar. De repente, deu uma risada.

– Até que gosto disso. Acho que conheço alguém que realmente precisa do olho mais do que o Poeta. Pode ser que eu fique com ele, afinal. – Então pegou o olho, atirou para cima, pegou de volta e olhou para o abade com alguma incerteza.

Paulo simplesmente deu de ombros outra vez.

Thon Taddeo guardou o olho novamente em sua algibeira. – Se algum dia ele regressar e procurar pelo olho, o terá de volta. A propósito, porém, já tinha pensado em lhe dizer isto: meu trabalho aqui está quase concluído. Iremos embora nos próximos dias.

– O senhor não está preocupado com os combates que estão acontecendo nas Planícies?

Thon Taddeo franziu a testa e olhou para o muro. – Faremos acampamento num monte afastado e íngreme, mais ou menos a uma semana de cavalgada daqui, rumo ao leste. Um grupo de... han... Nossa escolta nos encontrará lá.

– Assim *espero* – disse o abade, permitindo-se o pequeno prazer de usar sua selvageria com educação –, e que seu grupo de escolta tenha mantido a lealdade política desde que combinaram esse encontro. Ultimamente está cada vez mais difícil distinguir aliados de inimigos.

O thon ficou com o rosto todo rubro. – Especialmente se estão vindo de Texarkana, é o que está dizendo?

– Eu não disse isso.

– Sejamos honestos um com o outro, padre. Não posso lutar contra o príncipe que torna possível o meu trabalho, seja qual for minha opinião sobre a política que ele adota ou seus procedimentos para governar. Superficialmente, parece que eu o apoio, ou que, pelo menos, relevo o que ele faz... pelo bem do *collegium*. Se ele ampliar seu território, o *collegium* poderá eventualmente ser beneficiado. Se o *collegium* prosperar, a humanidade usufruirá de nosso trabalho.

– Aqueles que sobreviverem, talvez.

– É verdade, mas isso sempre é verdade, não importa o que aconteça.

– Não, não... Há doze séculos, nem mesmo os sobreviventes se beneficiaram. Será que devemos seguir pelo mesmo caminho mais uma vez?

Foi a vez de Thon Taddeo encolher os ombros. – O que posso fazer a respeito disso? – ele perguntou, irritado. – Hannegan é o príncipe, não eu.

– Mas o senhor promete começar a restaurar o controle do Homem sobre a Natureza. E quem governará o uso do poder para controlar as forças naturais? Quem as usará? Com que finalidade? Como o senhor manterá Hannegan sob controle? Essas são decisões que ainda podem ser tomadas. Mas, se o senhor e seu grupo não as tomarem agora, em breve outros as tomarão por vocês. O senhor diz que a humanidade se beneficiará. Mas com o consentimento de quem? O consentimento de um príncipe que assina com um x suas cartas? Ou o senhor realmente acredita que seu *collegium* conseguirá se manter alheio às ambições do soberano quando este começar a descobrir que o senhor é valioso para ele?

Dom Paulo não tinha esperado convencê-lo. Mas foi com o coração pesado que o abade notou a laboriosa paciência com que o thon escutou suas palavras. Era a paciência de um homem ouvindo uma argumentação que ele mesmo já tinha refutado há bastante tempo, para sua própria satisfação.

– O que o senhor está realmente sugerindo – disse o acadêmico – é que devemos esperar um pouco. Que desmanchemos o *collegium*, ou que o mudemos para o deserto e que de algum modo, sem ouro ou prata ao nosso dispor, retomemos uma ciência experimental e teórica, da maneira mais lenta e trabalhosa, sem dizer nada a ninguém. E que guardemos tudo para o grande dia em que o Homem se tornar bom e puro, santo e sábio.

– Não foi isso que eu quis...

– Não foi isso que o senhor quis *dizer*, mas é o que suas *palavras* significam. Manter a ciência enclausurada, não tentar aplicá-la, não tentar fazer nada com ela até que os homens se santifiquem. Bom, não vai dar certo. É isso que vocês vêm fazendo aqui na abadia, há muitas gerações.

– Nós não ocultamos nada.

– Não ocultaram, mas ficaram sentados em cima dos próprios conhecimentos tão quietinhos que ninguém soube que eles estavam aqui, e também não fizeram nada com eles.

Uma raiva de instantânea duração brilhou nos olhos do velho sacerdote.

– Acho que está na hora de o senhor conhecer o nosso fundador, penso eu – resmungou o abade, apontando para a peça de madeira entalhada, no canto. – Ele foi um cientista como o senhor, antes que o mundo enlouquecesse, e fugiu em busca de refúgio. Ele fundou esta Ordem a fim de salvar o que pudesse ser salvo dos registros da última civilização. "Salvo" de quê, para quê? Olhe só onde ele está. Vê os gravetos? Os livros? Isso mostra em que mínima medida o mundo queria a ciência de vocês naquela época, e por muitos séculos depois. Então ele morreu por nós. Quando o encharcaram com óleo combustível, reza a lenda que ele pediu uma caneca com o líquido. Acharam que ele estivesse confundindo o óleo com água, então riram e lhe deram a caneca com óleo. Ele o abençoou e há quem diga que o óleo se transformou em vinho durante essa bênção. Depois ele disse: *Hic est enim calix Sanguinis Mei* e bebeu, antes que o pendurassem e lhe ateassem fogo. Devo ler para o senhor a relação de nossos mártires? Devo citar os nomes de todas as batalhas que enfrentamos para manter intactos estes registros? A relação de todos os monges que ficaram cegos na sala de cópias? Pelo senhor? E, no entanto, o senhor diz que não fizemos nada com o conhecimento. Que o guardamos em silêncio.

– Não intencionalmente – disse o acadêmico –, mas, de fato, vocês agiram assim... E por esses mesmos motivos que o senhor sugere que devam ser os meus. Se o senhor tentar salvar o saber até que o mundo se torne sábio, padre, o mundo nunca o possuirá.

– Vejo que o equívoco é básico! – disse o abade com toda a rabugice possível. – Primeiro servir a Deus ou primeiro servir a Hannegan. Essa é a sua escolha.

– Tenho pouco a escolher, então – respondeu o thon. – O senhor me faria trabalhar para a Igreja? – e o desdém em sua voz era inconfundível.

22

Era a quinta-feira da Oitava de Todos os Santos. Em meio aos preparativos para sua partida, o thon e seu grupo estavam no subsolo, organizando suas anotações e outros registros. Ele havia atraído uma pequena plateia entre os monges e um clima amistoso predominava entre eles, conforme se aproximava a data da partida. Sobre sua cabeça, a lâmpada de arco ainda flamejava e clareava o lugar, enchendo a antiga biblioteca de uma dura claridade branco-azulada, enquanto o time de noviços se esfalfava para fazer girar manualmente o dínamo. A inexperiência do noviço que estava empoleirado no alto da escada para manter ajustado o intervalo do arco fazia a luz relampejar de modo errático. Ele viera substituir o operador experiente que desempenhara essa função antes e, no momento, se encontrava em repouso na enfermaria, com compressas úmidas sobre os olhos.

Thon Taddeo ficara respondendo perguntas sobre seu trabalho com menos reticência do que de hábito, aparentemente não mais preocupado em abordar tópicos controversos como a propriedade refrangível da luz ou as ambições de Thon Esser Shon.

– Bem, a menos que essa hipótese não tenha sentido – ele seguia dizendo –, deve ser possível confirmá-la de alguma maneira mediante observação. Elaborei a hipótese com a ajuda de algumas novas... Ou melhor, muito antigas fórmulas matemáticas sugeridas por nossos estudos de sua Memorabilia. Essa hipótese parece oferecer uma explicação mais simples para fenômenos ópticos, mas, francamente, eu não tinha conseguido pensar em alguma maneira de testá-la, no começo. Foi nesse ponto que o Irmão Kornhoer foi de grande ajuda.

– Ele fez um movimento de cabeça na direção do inventor, acompanhado de um sorriso, e exibiu o esboço de um dispositivo experimental que estava propondo.

– O que é isso? – perguntou alguém, após um breve período de incredulidade.

– Bom... é uma pilha de placas de vidro. Um raio de sol, ao incidir sobre a pilha neste ângulo, será parcialmente refletido e parcialmente transmitido. A parte refletida será polarizada. Agora nós ajustamos a pilha para refletir o raio através desta coisa, que foi ideia do Irmão Kornhoer, e deixamos que a luz recaia sobre a segunda pilha de placas de vidro. A segunda pilha está montada num ângulo preciso para refletir quase todo o raio polarizado e não transmitir quase nada. Olhando através do vidro, mal podemos ver a luz. Tudo isso foi testado. Agora, se a minha hipótese estiver correta, desligar este interruptor na bobina de campo do Irmão Kornhoer deverá provocar um súbito aumento na intensidade da luz transmitida. Se isso não acontecer – e ele deu de ombros –, então descartamos a hipótese.

– O senhor poderia descartar a bobina em vez disso – sugeriu modestamente o Irmão Kornhoer. – Não estou certo de que ela possa produzir um campo forte o bastante.

– Mas eu, sim. Você tem instinto para essas coisas. Acho muito mais fácil desenvolver uma teoria abstrata do que construir um instrumento prático de testá-la. Mas você tem um dom notável para enxergar tudo em termos de parafusos, fios e lentes, enquanto eu ainda estou pensando com símbolos abstratos.

– Mas as abstrações nunca me ocorreriam, para início de conversa, Thon Taddeo.

– Nós seríamos uma boa equipe, irmão. Gostaria que se

unisse a nós no *collegium*, pelo menos por algum tempo. Você acha que o abade lhe daria permissão para sair?
— Sequer imagino o que poderia acontecer — murmurou o inventor, subitamente incomodado.
Thon Taddeo se voltou para os outros. — Ouvi alguém mencionar "irmãos de licença". Não é verdade que alguns membros de sua comunidade estão temporariamente empregados em outro lugar?
— Apenas muito poucos, Thon Taddeo — disse um jovem sacerdote. — Antigamente, a Ordem fornecia auxiliares administrativos, escribas e secretários para o clero secular, e também para as cortes reais e eclesiásticas. Mas isso foi durante uma época de muitas dificuldades e pobreza aqui na abadia. Os irmãos que estavam trabalhando sob licença nos ajudaram a não morrer de fome, em algumas oportunidades. Agora isso não é mais necessário e raramente acontece. Obviamente, temos alguns irmãos estudando em Nova Roma, mas...
— É *isso*! — disse o thon com um repentino entusiasmo. — Uma bolsa de estudos no *collegium* para você, Irmão. Eu estava conversando com o abade e...
— Sim? — indagou o jovem sacerdote.
— Bom, embora discordemos em alguns aspectos, posso entender o ponto de vista dele. Eu estava pensando que um intercâmbio de bolsistas poderia melhorar nossas relações. Naturalmente, haveria um estipêndio e estou seguro de que o abade poderia fazer bom uso desse valor.
Irmão Kornhoer inclinou a cabeça, mas não fez nenhum comentário.
— Ora, o que é isso? — e o acadêmico estava rindo. — Parece que você não gostou do convite, irmão.
— Estou lisonjeado, sem dúvida. Mas essas questões não são de minha alçada decidir.
— Bom, claro que entendo isso. Mas eu nem sonharia em fazer esse pedido ao abade se a ideia o desagradasse.

Irmão Kornhoer hesitou. – Minha vocação é a Religião – ele disse por fim –, quer dizer, uma vida de oração. Pensamos em nosso trabalho como um tipo de oração também. Mas isto – e ele gesticulou, indicando seu dínamo – para mim é mais como um passatempo. Entretanto, se Dom Paulo quiser me mandar...
– Apesar de relutante, você iria – o acadêmico terminou em tom ácido. – Estou certo de que conseguiria convencer o *collegium* a enviar para o seu abade pelo menos cem hannegans de ouro por ano enquanto você estivesse conosco. Eu...
– e ele parou para examinar a expressão dos homens à sua volta. – Desculpem-me, mas eu disse alguma coisa errada?

Na metade da escada, o abade parou para avaliar o grupo reunido no subsolo. Várias faces sem expressão estavam agora viradas para ele. Após alguns segundos, Thon Taddeo reparou na presença do abade e inclinou a cabeça para cumprimentá--lo amavelmente.
– Estávamos justamente falando do senhor, padre – ele disse. – Se nos ouviu, talvez eu deva explicar...
Dom Paulo sacudiu a cabeça. – Isso não é necessário.
– Mas eu gostaria de discutir...
– Isso poderia esperar? Agora estou com pressa.
– Certamente – disse o acadêmico.
– Volto logo. – E ele tornou a subir a escada. Padre Gault estava esperando por ele no pátio.
– Eles já foram informados, Domne? – o prior indagou sombriamente.
– Não perguntei, mas tenho certeza de que não – Dom Paulo respondeu. – Estavam apenas mantendo uma conversa boba lá no subsolo. Alguma coisa a respeito de levar o Irmão K para Texarkana com eles.
– Então é certo que eles *não* foram informados.
– Sim. E agora onde é que ele está?

– Na casa de hóspedes, Domne. O médico está com ele. Ele está delirando.
– Quantos irmãos sabem que ele está aqui?
– Uns quatro. Estávamos cantando a Nona quando ele entrou pelo portão.
– Diga a esses quatro que não mencionem isso a ninguém. Depois, vá ter com nossos hóspedes no subsolo. Apenas seja agradável, e *não* deixe que eles saibam de nada.
– Mas será que eles não deveriam ser informados antes de partir, Domne?
– Claro que sim. Mas antes deixe que eles se aprontem. Você sabe que isso não os impedirá de regressar. Portanto, para minimizar o constrangimento, vamos esperar até o último minuto para dizer a eles. Bom, está com você?
– Não, deixei com os papéis dele na casa de hóspedes.
– Irei vê-lo agora. Bem, avise os irmãos e depois junte-se aos hóspedes.
– Sim, Domne.
O abade subiu a encosta até a casa de hóspedes. Quando entrou, o Irmão Farmacêutico estava deixando o quarto do fugitivo.
– Ele vai viver, irmão?
– Não sei, Domne. Maus-tratos, fome extrema, exposição às intempéries, febre... Se for a vontade de Deus... – e ele encolheu os ombros.
– Posso falar com ele?
– Estou certo de que não fará mal. Mas ele não diz coisa com coisa.
O abade entrou no aposento e fechou suavemente a porta.
– Irmão Claret?
– De novo, não – arfou o homem deitado. – Pelo amor de Deus, de novo, não... Eu já lhe disse tudo o que sei. Eu o traí. Agora, por favor, me deixe em paz.
Dom Paulo olhou com piedade para o secretário do finado Marcus Apollo. Baixando mais os olhos, examinou as

mãos do escriba. Havia apenas feridas supuradas onde antes ficavam suas unhas.

O abade estremeceu e se voltou para uma pequena mesa ao lado da cama. Em meio a uma pequena quantidade de papéis e objetos de uso pessoal, ele rapidamente encontrou o documento grosseiramente impresso que o fugitivo tinha trazido ao longo de toda a sua viagem desde o leste:

> HANNEGAN, O PREFEITO, pela Graça de Deus, Soberano de Texarkana, Imperador de Laredo, Defensor da Fé, Doutor em Leis, Chefe dos Clãs dos Nômades e Vaqueiro Supremo das Planícies, para TODOS OS BISPOS, SACERDOTES E PRELADOS da Igreja em todo o Nosso Legítimo Reino, saudações e ATENTAI, pois isto é LEI, a saber:
>
> (1) Enquanto certo príncipe estrangeiro, de nome Bento XXII, Bispo de Nova Roma, supondo dispor de uma autoridade que não é legitimamente dele sobre o clero desta nação, ousou tentar, primeiramente, colocar a Igreja de Texarkana sob uma sentença de interdito e, depois, suspendeu dita sentença, causando com isso grande confusão e abandono espiritual de todos os fiéis, Nós, o único regente legítimo da Igreja neste reino, agindo de acordo com o concílio de bispos e o clero, declaramos por meio deste documento ao Nosso leal povo que o acima citado príncipe e bispo, Bento XXII, é um herege, simoníaco, assassino, sodomita e ateu, indigno de qualquer reconhecimento por parte da Santa Igreja nas terras do Nosso reino, império ou protetorado. Quem servir a ele não serve a Nós.
>
> (2) Portanto, que fique sabido que tanto o decreto de interdito como o decreto suspendendo-o estão SUPRIMIDOS, ANULADOS, INVALIDADOS E ISENTOS DE CONSEQUÊNCIA, pois não eram válidos em sua origem...

Dom Paulo relanceou os olhos pelo restante do documento. Não havia necessidade de ler mais. O ATENTAI imposto pelo prefeito investia de autoridade o clero de Texarkana, tornava a administração de sacramentos por pessoas não autorizadas um crime perante a lei e fazia do juramento de suprema aliança com a Prefeitura um pré-requisito para a permissão e o reconhecimento. O documento estava assinado não somente com a marca do Prefeito, mas também por vários "bispos" cujos nomes o abade desconhecia.

Ele jogou o papel de volta à mesa e sentou-se ao lado da cama. Os olhos do fugitivo estavam abertos, mas ele só mirava o teto e arfava.

— Irmão Claret? — o abade perguntou delicadamente. — Irmão...

No subsolo, os olhos do acadêmico se iluminaram com a audaz empolgação de um especialista invadindo o campo de outro especialista a fim de desemaranhar toda região de confusão. — Na realidade, *sim!* — ele disse em resposta à pergunta de um noviço. — De fato eu localizei uma fonte aqui que, penso, deve ser de interesse para Thon Maho. Naturalmente não sou historiador, mas...

— Thon Maho? Não é ele... bem, que está tentando corrigir o Gênesis? — perguntou em tom cortante Padre Gault.

— Sim, é... — e o acadêmico se calou com um olhar espantado para Gault.

— Tudo bem — disse o sacerdote com uma breve risadinha. — Muitos aqui também acham que o Gênesis é mais ou menos alegórico. O que o senhor descobriu?

— Localizamos um fragmento pré-diluviano que sugere um conceito *muito* revolucionário, em minha opinião. Se eu interpreto corretamente esse fragmento, o Homem não foi criado senão pouco antes da queda da última civilização.

— Como é que é? Então, a civilização veio de onde?

— Não da humanidade. Foi desenvolvida por uma raça anterior que foi extinta durante o Diluvium Ignis.

— Mas a Sagrada Escritura remonta a milhares de anos antes do Diluvium!

Thon Taddeo guardou um silêncio significativo.

– O senhor está propondo – continuou Gault com um súbito desânimo – que *nós* não somos descendentes de Adão? Que não somos relacionados com a humanidade histórica?

– Espere! Estou apenas propondo a hipótese de a raça pré-diluviana que se autodenominava Homem ter conseguido criar vida. Pouco antes da queda de sua civilização, eles tiveram êxito e criaram os ancestrais da presente humanidade, "à sua imagem", como uma espécie de servos.

– Porém, mesmo que o senhor rejeite totalmente o Apocalipse, essa é uma complicação totalmente desnecessária do ponto de vista do senso comum mais elementar! – queixou-se Gault.

Enquanto isso, o abade tinha descido a escada silenciosamente. Ele parou no patamar inferior da escada e, incrédulo, continuou a escutar a conversa.

– Pode parecer que sim – argumentou Thon Taddeo –, até você pensar um instante em quantas coisas ficariam explicadas dessa maneira. Você conhece as lendas da Simplificação. Elas se tornam mais significativas, em minha forma de ver, se entendermos a Simplificação como uma rebelião da espécie serva criada contra a espécie criadora original, como sugere essa referência fragmentada. Também explicaria por que a humanidade atual parece tão inferior à antiga, por que nossos ancestrais degeneraram no barbarismo quando seus mestres foram extintos, por que...

– Que Deus tenha piedade desta casa! – gritou Dom Paulo, adentrando o nicho a passos largos. – Poupai-nos, Senhor, não sabemos o que fizemos.

– Eu teria sabido – murmurou o acadêmico para ninguém em particular.

O velho sacerdote avançou como uma nêmese na direção de seu hóspede. – Quer dizer que somos tão somente criaturas de criaturas, então, senhor Filósofo? Feitos por deuses menores do que Deus e, portanto, compreensivelmente, menos do que perfeitos, embora não por culpa nossa, claro.

– É somente uma conjectura, mas explicaria muitas coisas – insistiu o thon rigidamente, nem um pouco disposto a ceder.

– E muitas delas seriam absolvidas, não seriam? A rebelião dos homens contra seus criadores foi, sem dúvida, mero tiranicídeo justificável contra os filhos infinitamente malévolos de Adão, portanto.

– Eu não disse...

– *Mostre-me* essa extraordinária referência, senhor Filósofo!

Com movimentos agitados, Thon Taddeo revirou suas anotações. A luz bruxuleava conforme os noviços no mecanismo de acionamento se esforçavam para ouvir melhor. A pequena plateia do acadêmico tinha se mantido em estado de choque até a tempestuosa entrada do abade, rompendo o assombro entorpecido dos ouvintes. Os monges sussurravam entre eles e alguém ousou rir.

– Aqui está – anunciou Thon Taddeo, passando diversas páginas de anotações às mãos de Dom Paulo.

O abade lançou-lhe um olhar instantâneo e começou a ler. O silêncio era constrangedor. – O senhor encontrou isso na seção "Inclassificável", não é? – indagou o abade depois de alguns segundos.

– Sim, mas...

O abade seguiu lendo.

– Bem, imagino que devo terminar de arrumar minha bagagem – murmurou o acadêmico, e voltou a reunir sua papelada. Os monges se mexiam inquietos, como se quisessem sumir dali sem ser percebidos. Sozinho num canto, Kornhoer remoía seus pensamentos.

Satisfeito após alguns minutos de leitura, Dom Paulo abruptamente entregou as anotações para seu prior. – *Lege!* – ordenou ele, de mau humor.

– Mas o quê...

– É o fragmento de uma peça de teatro, ou diálogo, ao que parece. Já vi isso antes. É algo sobre algumas pessoas que criaram algumas pessoas artificiais para serem suas escravas. E os escravos se revoltam contra seus criadores. Se Thon Taddeo tivesse lido *De Inanibus*, do Venerável Boedullus, teria descoberto esse fragmento classificado como "provável fábula ou alegoria". Mas talvez o thon não dê muita importância às avaliações do Venerável Boedullus, quando ele pode contar com as suas próprias.

– Mas que espécie de...

– *Lege!*

Gault se afastou um pouco, com as anotações em mãos. Paulo se virou para o acadêmico novamente e falou em tom educado e informativo, enfatizando cada palavra: – "À imagem de Deus Ele os criou, homem e mulher Ele os criou".

– Minhas observações foram apenas conjecturas – disse Thon Taddeo. – A liberdade para especular é necessária...

– "E o Senhor Deus tomou o homem e o colocou no paraíso do prazer, para cultivá-lo e guardá-lo. E..."

– ... para promover a ciência. Se o senhor nos tivesse impedido com uma observância cega e dogmas desprovidos de razão, então teria preferido...

– "Deus ordenou ao homem, dizendo: De toda árvore do paraíso tu poderás comer. Mas da árvore do conhecimento do bem e do mal, tu..."

– ... deixar o mundo na mesma condição de negra ignorância e superstição que o senhor diz que sua Ordem tem lutado...

– "... não comerás. Pois no dia em que dela comeres, certamente morrerás."

– ... para neutralizar. Tampouco poderíamos vencer as epidemias de fome, as doenças ou os abortos, nem tornar o mundo um pouco melhor do que vem sendo...

– "E a serpente disse à mulher: Deus sabe que no dia em que dele comerdes, vossos olhos se abrirão, e sereis como deuses, conhecedores do bem e do mal."

— ... nos últimos doze séculos, se toda linha de especulação fosse interrompida e todo novo pensamento denunciado...

— O mundo nunca *foi* melhor, nunca *será* melhor. Será somente mais rico ou mais pobre, mais triste, mas não mais sábio, até o último dos dias.

O acadêmico encolheu os ombros, impotente. — Está vendo? Eu sabia que o senhor ficaria ofendido, embora tivesse dito a mim... Ora, de que adianta? O senhor já tem sua versão de tudo.

— A "versão" que eu estava citando, senhor Filósofo, não era um relato de como ocorreu a criação, mas um relato de como foi que a tentação levou à Queda. Será que isso lhe passou despercebido? "E a serpente disse à mulher..."

— Sim, sim, mas a liberdade de especular é essencial...

— Ninguém aqui tentou impedi-lo disso. Assim como ninguém se ofendeu. Mas o abuso do intelecto por motivo de orgulho, vaidade ou para se furtar à responsabilidade é fruto da mesma árvore.

— O senhor está questionando a honradez dos meus motivos? — perguntou o thon, endurecendo.

— Às vezes, questiono até a dos meus. Não o acuso de nada. Mas pergunte a si mesmo o seguinte: por que sente tanto prazer em se lançar a conjecturas tão radicais, de um trampolim tão frágil? Por que quer desacreditar o passado a ponto inclusive de desumanizar a última civilização? Para que não precise aprender com os erros que eles cometeram? Ou será que o senhor não tolera ser apenas um "redescobridor", e precisa se sentir um "criador" também?

Thon Taddeo sibilou uma imprecação. — Esses registros serão entregues em mãos de pessoas competentes — ele disse, com raiva. — Que ironia isto tudo!

A luz falhou e depois apagou. Não foi uma falha mecânica. Os noviços no mecanismo de acionamento tinham cessado de trabalhar.

– Tragam velas – reclamou o abade.
As velas foram trazidas.
– Desça daí – disse Dom Paulo ao noviço que estava no alto da escada. – E traga essa coisa com você. Irmão Kornhoer? Irmão Korn...
– Ele foi até o depósito faz um instante, Domne.
– Bem, então vá chamá-lo. – Dom Paulo se voltou mais uma vez para o acadêmico, entregando-lhe o documento que tinha sido encontrado entre os objetos do Irmão Claret. – Leia, se puder se arranjar com a luz das velas, senhor Filósofo!
– Um edito do prefeito?
– Leia e regozije-se com sua amada liberdade.
Irmão Kornhoer entrou silenciosamente no subsolo mais uma vez. Trazia o pesado crucifixo que tinha sido desalojado do alto do arco de passagem a fim de dar espaço à lâmpada inovadora. Ele o entregou para Dom Paulo.
– Como você sabia que eu queria isso?
– Só pensei que já estava na hora, Domne – e deu de ombros.
O idoso abade subiu a escadinha e recolocou o crucifixo em seu gancho de ferro. À luz das velas, o objeto emitia um brilho dourado. Então, ele se virou e falou para seus monges.
– Daqui em diante, quem quiser ler neste nicho, que leia *ad Lumina Christi!*
Quando o abade desceu da escada, Thon Taddeo já estava enfiando seus últimos papéis numa grande caixa, para organizá-los mais tarde. Olhou com aborrecimento para o sacerdote, mas não disse nada.
– Leu o edito?
O acadêmico fez que sim.
– Se, por algum motivo improvável, o senhor necessitar de asilo político aqui...
O acadêmico balançou a cabeça.
– Então gostaria de lhe pedir que me explicasse seu comentário quanto a colocar nossos registros em mãos competentes.

Thon Taddeo baixou os olhos. – Foram palavras ditas no calor do momento, padre. Desconsidere-as, por favor.

– Mas o senhor não deixou de falar a sério. Era isso que tinha em mente o tempo todo.

O thon não negou.

– Então seria inútil repetir meu apelo por sua intercessão por nós, quando os oficiais que vieram com você disserem a seu primo que bela guarnição militar esta abadia poderia ser. Mas, pelo próprio bem dele, diga-lhe que, quando nossos altares ou a Memorabilia forem ameaçados, nossos antecessores não hesitarão em tomar a espada para resistir. – Ele fez uma pausa. – Vocês partem hoje ou amanhã?

– Acho que hoje seria melhor – Thon Taddeo respondeu suavemente.

– Mandarei que as provisões fiquem prontas. – O abade se virou para sair, mas parou e disse, cordialmente: – Quando o senhor voltar, entregue um recado aos seus colegas.

– Naturalmente. O senhor já o escreveu?

– Não. Apenas diga que qualquer um que deseje estudar aqui será bem-vindo, apesar da iluminação precária. Especialmente Thon Maho. Ou Thon Esser Shon, com seus seis ingredientes. Os homens devem chafurdar em erros para distingui-los da verdade, penso eu, desde que não se apoderem com muita fome do erro porque tem sabor agradável. Diga a eles também, meu filho, que, quando for chegado o momento, como certamente chegará, não somente os sacerdotes, mas os filósofos também, precisarão de abrigo e proteção... E diga que aqui temos paredes grossas.

Com um movimento de cabeça, o abade dispensou a presença dos noviços e então subiu as escadas até chegar ao seu gabinete. A Fúria estava lhe retorcendo as entranhas de novo, e ele sabia que uma sessão de tortura era iminente.

Nunc dimittis servum tuum, Domine... Quia viderunt oculi mei salutare...

Pode ser que, desta vez, as vísceras se soltem sem dificuldades, ele pensou quase esperançoso. Ele queria chamar Padre Gault para ouvir sua confissão, mas decidiu que seria melhor aguardar até que os convidados tivessem partido. Mais uma vez olhou para o edito.

Uma batida à porta interrompeu-lhe a agonia.

– Você poderia voltar depois?

– Acredito que não estarei aqui depois – respondeu uma voz abafada, vinda do corredor.

– Ah, Thon Taddeo... Entre, então. – Dom Paulo se endireitou na cadeira. Decidiu controlar sua dor, sem tentar ignorá-la, mas, sim, controlá-la, como um servo rebelde.

O acadêmico entrou e depositou uma pasta com papéis sobre a escrivaninha do abade. – Achei que era adequado deixar estes registros aqui – ele disse.

– O que temos aqui?

– Os esboços de suas fortificações. Os que os oficiais fizeram. Sugiro que queime tudo isto imediatamente.

– Por que faz isso? – Dom Paulo arfou. – Depois de nossa conversa no porão...

– Não se engane – Thon Taddeo o interrompeu. – Eu os teria devolvido de todo jeito, como uma questão de honra, para não deixar que eles se aproveitem indevidamente de sua hospitalidade para... Mas deixe para lá. Se eu tivesse devolvido estes esboços antes, os oficiais ainda teriam tempo e oportunidade de sobra para desenhar tudo de novo.

O abade se levantou lentamente e estendeu a mão para cumprimentar o acadêmico.

Thon Taddeo hesitou. – Não prometo fazer nenhum esforço em benefício de vocês...

– Eu sei.

– ... porque acho que o que vocês têm aqui deveria ser aberto ao mundo.

– Está, esteve e sempre estará.

Trocaram um aperto de mãos meio sem jeito, que Dom Paulo sabia que não representava nenhuma espécie de trégua, apenas um sinal do respeito mútuo entre adversários. Talvez nunca passasse disso.

Mas por que todo este teatro tinha de ser representado de novo?

A resposta quase estava à mão. Ainda havia a serpente sibilando: "Pois Deus sabe que no dia em que dele comerdes, vossos olhos se abrirão e sereis como deuses". O velho pai das mentiras era esperto para contar meias verdades. Como é que alguém "conhecerá" o bem e o mal antes que tenha provado um pouco de um e de outro? Provem e sejam como deuses.

Mas nem o poder infinito, nem a sabedoria infinita seriam capazes de conceder divindade aos homens. Para isso, seria preciso que houvesse amor infinito também.

Dom Paulo convocou o padre mais jovem. Estava chegando a hora de partir. E logo seria um novo ano.

Aquele foi o ano de uma chuva torrencial sem precedentes no deserto, fazendo com que as sementes, secas havia muito tempo, rebentassem e brotassem.

Aquele foi o ano em que um vestígio de civilização alcançou os nômades das Planícies, e em que até mesmo o povo de Laredo começou a murmurar que possivelmente havia sido uma mudança para melhor. Roma não concordava.

Naquele ano, foi formalizado um acordo temporário e rompido entre os estados de Denver e Texarkana. Foi o ano em que o Velho Judeu retomou sua vocação anterior de Médico e Peregrino, o ano em que os monges da Ordem Albertina de São Leibowitz enterraram um abade e reverenciaram um novo. Havia radiosas esperanças para o amanhã.

Foi o ano em que um rei veio cavalgando do leste para subjugar a terra e se apoderar dela. Foi o ano do Homem.

23

    Estava desagradavelmente quente ao lado da trilha ensolarada que rodeava a colina coberta pela mata, e o calor aumentava a sede do Poeta. Depois de muito tempo, atordoado, ele levantou a cabeça do chão e tentou olhar em torno. A escaramuça tinha terminado. Agora estava tudo razoavelmente silencioso, exceto pelo oficial da cavalaria. Os abutres já estavam fazendo voos rasantes para pousar.

    Havia muitos refugiados mortos, um cavalo morto e o oficial da cavalaria em sua derradeira agonia, preso debaixo do cavalo. A cada pouco de tempo, o cavalariano acordava e soltava gritos débeis. Agora, estava implorando pela Mãe, e clamava por um padre mais uma vez. Às vezes, ele despertava para gritar chamando o cavalo. Seus gritos assustavam os abutres e perturbavam mais ainda o Poeta que, de todo modo, estava se sentindo mal-humorado. Ele era um Poeta muito desanimado. Nunca tinha esperado que o mundo se comportasse de maneira cortês, decente ou mesmo sensata, e o mundo raramente se comportava assim. Muitas vezes ele se contentara com a consistência de sua grosseria e estupidez. Mas nunca antes o mundo tinha atirado no Poeta, atingindo-o no abdome com um disparo de mosquete. Para ele isso não era nada encorajador.

    E o que era ainda pior, agora ele não podia culpar a estupidez do mundo, só a sua mesmo. O próprio Poeta tinha cometido o erro. Estava cuidando da própria vida e não importunava ninguém, quando viu um grupo de refugiados se aproximando a galope, na direção da colina, vindos de leste, perseguidos de perto por um destacamento da cavalaria. A fim de evitar o confronto, se escondera no meio de uns arbustos que cresciam na margem do barranco que ladeava a trilha, um bom ponto de observação de onde ele poderia acompanhar todo o espetáculo sem ser visto. Aquela não era a sua luta. Ele não dava a menor importância às preferências políticas e religiosas tanto dos refugiados como da cavalaria. Se estivesse predestinado um morticínio naquele lugar, o destino não poderia ter providenciado uma testemunha menos interessada do que o Poeta. Ora, sendo assim, de onde tinha vindo aquele impulso desatinado?

Esse impulso o levara a saltar do barranco e atacar o oficial da cavalaria ainda em sua sela, esfaqueando o sujeito três vezes com sua própria adaga antes que os dois caíssem embolados no chão. Ele não conseguia entender por que tinha feito isso. Não havia conseguido nada. Os homens do oficial já atiravam nele antes mesmo que chegasse a ficar em pé. O massacre dos refugiados prosseguia. Todos tinham então saído em disparada atrás de outros fugitivos, deixando os mortos para trás.

Ele podia ouvir seu abdome roncando. Ah, a futilidade de tentar digerir uma bala de rifle. Ele realizara um ato perfeitamente inútil, concluiu o Poeta enfim, por causa do que tinha acontecido com o sabre sem gume. Se o oficial só tivesse retalhado a mulher para ela cair da sela, dando-lhe um único golpe limpo, e seguido em frente, o Poeta teria ignorado a cena. Mas ficar retalhando a criatura sem parar daquele jeito...

Ele se recusava a pensar naquilo mais uma vez. Pensou em água.

– Ó Deus... ó Deus... – o oficial continuava se lamentando.

– Da próxima vez, venha com um instrumento afiado – silvou o Poeta.

Mas não haveria uma próxima vez.

O Poeta não conseguia pensar em alguma vez na qual tivesse sentido medo da morte, mas em diversas ocasiões suspeitara que a Providência planejava para ele a pior maneira de morrer, quando chegasse sua hora de partir. Ele tinha esperado apodrecer. Lentamente e de maneira nada aromática. Uma espécie de antevisão poética o havia advertido de que ele seguramente morreria como um monte de carne, leproso e empolado, ansiando por penitência, mas impenitente. Ele nunca antecipara algo tão contundente e definitivo como uma bala no estômago, e sem uma plateia à mão para ouvir seus gracejos finais. A última coisa que o ouviram dizer quando atiraram nele foi *Uuf!*, seu testemunho para a posteridade. *Uuf!*, uma relíquia para o senhor, *Domnissime*.

– Padre? Padre? – gemeu o oficial.

Depois de alguns instantes, o Poeta reuniu as forças e ergueu a cabeça de novo, piscando para remover o pó do olho, e estudou o oficial por vários segundos. Estava certo de que era o mesmo oficial que ele tinha atacado, ainda que o sujeito já estivesse com uma tonalidade branco-esverdeada àquela altura. Os balidos do homem clamando por um padre daquele jeito começaram a aborrecer o Poeta. Pelo menos três clérigos jaziam entre os refugiados mortos e, não obstante, o oficial agora não estava sendo tão criterioso quanto a especificar suas convicções confessionais. Talvez eu sirva, pensou o Poeta.

Ele começou então a se arrastar lentamente na direção do oficial de cavalaria. Este viu o Poeta se aproximando e tateou o chão em busca de uma pistola. O Poeta parou. Não esperava ser reconhecido. Preparou-se para rolar e se proteger. A pistola estava oscilando em sua direção. Ele a viu balançar por um momento, então resolveu seguir avançando. O oficial puxou o gatilho. O tiro errou seu alvo por alguns metros; azar o dele.

O oficial estava tentando recarregar a arma quando o Poeta tirou-lhe o revólver da mão. Ele parecia delirar e tentava se benzer continuamente.

– Vá em frente – resmungou o Poeta, encontrando sua faca.

– Abençoe-me, padre, porque eu pequei...

– *Ego te absolvo*, filho – disse o Poeta e enterrou a faca na garganta do oficial.

Depois disso, encontrou o cantil do oficial e tomou alguns goles de água. Ela estava quente por causa do sol, mas deliciosa. Deitou com a cabeça apoiada no cavalo à guisa de travesseiro e esperou que as sombras da colina encobrissem o caminho. Meu Deus, como dói! Essa última parte não vai ser assim tão fácil de explicar, ele pensou. E eu sem meu olho de vidro, ainda por cima. Se realmente há alguma coisa para explicar. Então olhou para o cavalariano morto.

– Aqui faz um calor dos infernos, não é mesmo? – ele sussurrou com voz rouca.

O cavalariano não estava conversando muito. O Poeta deu outro gole do cantil, e mais um. De repente, sentiu um movimento muito dolorido nos intestinos. Por um minuto ou dois, aquilo o deixou bastante infeliz.

Os abutres desfilavam pomposos, alisando as próprias penas com o bico, discutindo sobre o jantar, que ainda não estava no ponto. Esperaram alguns dias pelos lobos. Havia uma boa quantidade para todos. Finalmente, eles comeram o Poeta.

Como sempre, os negros carniceiros que habitavam o céu punham seus ovos quando chegava a estação e amorosamente alimentavam seus filhotes. Planavam alto, muito acima de prados e montanhas e planícies, buscando cumprir aquela parcela do destino da vida que lhes cabia, segundo os desígnios da Natureza. Os filósofos dos abutres demonstraram sem nenhum tipo de raciocínio que o supremo *Cathartes aura regnans* tinha criado o mundo especialmente para eles. Eles o adoravam com considerável apetite havia muitos séculos.

Então, após as gerações das trevas vieram as gerações da luz. E eles o denominaram o ano da graça de Nosso Senhor de 3781. Oravam para que fosse um ano da paz Dele.

FIAT

VOLUNTAS TUA

24

Havia novamente espaçonaves naquele século, e eram veículos tripulados por impossibilidades indistintas que caminhavam sobre duas pernas e tinham tufos de pelos brotando em partes inesperadas de sua anatomia. Eram criaturas expansivas e animadas. Pertenciam a uma raça muito capaz de admirar a própria imagem ao espelho, e igualmente capaz de cortar a própria garganta perante o altar de algum deus tribal, como, por exemplo, a deidade do Barbear Diário. Essa espécie costumava se considerar basicamente uma raça de fabricantes de ferramentas agraciados com a inspiração divina. Qualquer entidade inteligente vinda de Arcturus iria no mesmo instante perceber que aquelas criaturas basicamente compunham uma raça de fervorosos fabricantes de discursos pós-jantar.

Era inevitável, era o destino manifesto, que eles achassem (e não pela primeira vez) que essa raça iria adiante para conquistar as estrelas. Conquistá-las diversas vezes se fosse o caso e, certamente, depois fazer discursos sobre as façanhas. Mas também era inevitável que a raça sucumbisse mais uma vez aos velhos males nos novos mundos, assim como anteriormente na Terra, na litania da vida e na liturgia especial do Homem: Versículos de Adão, Réplicas do Crucificado.

Nós somos os séculos.
Nós somos os cortadores de barba,
e em breve iremos falar da amputação da sua cabeça.

Nós somos seus lixeiros cantores, senhor e senhora, e marchamos no compasso atrás de vocês, cantando rimas que alguns acham estranhas.
Dois três e avante!
Esquerda!
Esquerda!
Ele-tinha-uma-boa-esposa-mas-ele
Esquerda!
Esquerda!
Esquerda!
    Direita!
Esquerda!
Wir, como dizem no antigo país, *marschieren weiter wenn alles in Scherben fällt.*
Nós temos seus eólitos e seus mesólitos e seus neólitos. Nós temos suas Babilônias e suas Pompeias, seus Césares e seus artefatos cromados (impregnados com o ingrediente vital).
Temos suas machadinhas sangrentas e suas Hiroshimas. Marchamos avante apesar do Inferno, isso, sim...
Atrofia, entropia e *Proteus vulgaris*,
contando piadas sujas sobre uma camponesa chamada Eva e um caixeiro viajante chamado Lúcifer.
Enterramos seus mortos e a reputação deles.
Enterramos vocês. Nós somos os séculos.
Nasçam, então, inspirem o ar, gritem com o tapa do médico, busquem sua humanidade, provem um pouco da divindade, sintam dor, deem à luz, labutem um pouco, sucumbam.
(Ao morrer, façam a gentileza de sair calmamente pela porta dos fundos.)
Geração, regeneração, mais uma vez, mais uma vez, como num ritual, com vestimentas manchadas de sangue e mãos de unhas arrancadas, filhos de Merlin, correndo atrás de uma cintilação. Filhos também de Eva, construindo Édens eternamente – e partindo-os em dois aos chutes, num acesso de

raiva porque, de algum jeito, não é o mesmo. (Ah! Ah! Ah! Um idiota vocifera sua angústia irracional em meio aos escombros. Mas, rápido! Que seja inundado pelo coro cantando Aleluias a noventa decibéis.)

Ouçam, então, o último Cântico dos Irmãos da Ordem de Leibowitz, como cantado pelo século que lhe engoliu o nome:

V: Lúcifer caiu
   R: *Kyrie eleison.*
V: Lúcifer caiu
   R: *Christe eleison.*
V: Lúcifer caiu
   R: *Kyrie eleison, eleison imas!*

LÚCIFER CAIU: as palavras cifradas, transmitidas eletricamente com alta velocidade através do continente, eram sussurradas em salas de conferência e circulavam na forma de memorandos carimbados com SUPREME SECRETISSIMO, prudentemente protegidas da imprensa. Essas palavras se avolumaram até formar uma grande onda por trás do dique do sigilo oficial. Havia inúmeros buracos no dique, mas eles eram destemidamente tampados pelos burocráticos rapazes holandeses, cujos dedos indicadores se tornavam extremamente inchados à medida que eles se esquivavam dos arremessos verbais disparados pela imprensa.

PRIMEIRO REPÓRTER: O que Vossa Senhoria tem a declarar sobre a afirmação de *sir* Rische Thon Berker a respeito de a contagem radiativa na costa noroeste estar dez vezes acima do normal?

MINISTRO DA DEFESA: Não li essa afirmação.

PRIMEIRO REPÓRTER: Supondo que seja verdadeira, o que poderia ter causado tal aumento?

MINISTRO DA DEFESA: Essa é uma questão que pede algumas reflexões. Talvez *sir* Rische tenha descoberto um depósito de urânio enriquecido. Não, apague isso. Sem comentários.

Segundo repórter: Vossa Senhoria considera *sir* Rische um cientista competente e responsável?

Ministro da Defesa: Ele nunca foi empregado pelo meu departamento.

Segundo repórter: Essa não é uma resposta elucidativa.

Ministro da Defesa: É muito elucidativa. Como ele nunca foi empregado pelo meu departamento, não tenho meios de avaliar sua competência ou sua responsabilidade. Não sou cientista.

Uma repórter: É verdade que recentemente ocorreu uma explosão nuclear em alguma parte do Pacífico?

Ministro da Defesa: Como a senhora sabe muito bem, o teste de armas atômicas de qualquer espécie constitui crime inafiançável e um ato de declaração de guerra conforme a lei internacional em vigor. Não estamos em guerra. Isso responde à sua pergunta?

Uma repórter: Não, Vossa Senhoria, não responde. Não perguntei se tinham feito um teste. Perguntei se tinha ocorrido uma explosão.

Ministro da Defesa: Nós não detonamos uma explosão. Se eles detonaram, a senhora acredita que este governo teria sido informado do fato por eles?

(*Risos educados.*)

Uma repórter: Isso não responde a minha...

Primeiro repórter: Vossa Senhoria, o delegado Jerulian acusou a Coalizão Asiática de acumular armas de hidrogênio no espaço sideral, e ele diz que o nosso Conselho Executivo sabe disso e não toma nenhuma medida a respeito. É verdade?

Ministro da Defesa: Acredito que seja verdade que a Tribuna da Oposição fez essa acusação ridícula, sim.

Primeiro repórter: Por que é uma acusação ridícula? Porque eles *não estão* fabricando mísseis espaço-terra? Ou porque nós *estamos* tomando alguma medida a respeito?
Ministro da Defesa: É ridícula de um jeito ou de outro. No entanto, eu gostaria de salientar que a fabricação de armas nucleares foi proibida por tratado desde que voltaram a ser desenvolvidas. Proibida em todos os lugares, no espaço ou na Terra.
Segundo repórter: Mas não existe tratado para proibir que materiais capazes de fissão entrem em órbita, existe?
Ministro da Defesa: Claro que não. Os veículos espaço-espaço são todos movidos a energia nuclear. Eles precisam de combustível.
Segundo repórter: E não existe nenhum tratado proibindo que outros materiais orbitem, materiais dos quais possam ser fabricadas armas nucleares, certo?
Ministro da Defesa (*irritado*): Que eu saiba, a existência de matéria fora de nossa atmosfera não foi banida por nenhum tratado ou ato do parlamento. Que eu saiba, o espaço está entulhado de coisas como a Lua e os asteroides, que *não* são feitos de queijo verde.
Uma repórter: Estaria Vossa Senhoria sugerindo que armas nucleares poderiam ser fabricadas sem as matérias-primas da Terra?
Ministro da Defesa: Não estou sugerindo isso, não. Certamente é possível, em tese. Eu disse que nenhum tratado ou lei proíbe que matérias-primas especiais orbitem, que a proibição atinge somente armas nucleares.
Uma repórter: Se houve algum teste recente no Oriente, o que o senhor acha mais provável: uma explosão subterrânea que chegou à superfície ou um míssil espaço-terra com uma ogiva defeituosa?
Ministro da Defesa: Senhora, sua pergunta é tão hipotética que sou forçado a dizer "sem comentários".

Uma repórter: Eu estava apenas repetindo *sir* Rische e o delegado Jerulian.

Ministro da Defesa: Eles têm liberdade para se entreter com suas conjecturas disparatadas. Eu, não.

Segundo repórter: Mesmo correndo o risco de parecer estranho, qual é a opinião de Vossa Senhoria sobre o clima?

Ministro da Defesa: Muito quente em Texarkana, não é mesmo? Parece que estão sofrendo com algumas tempestades de areia muito intensas no sudoeste. Pode ser até que uma parte delas nos alcance por aqui.

Uma repórter: O senhor é a favor da Maternidade, lorde Ragelle?

Ministro da Defesa: Sou totalmente contra, minha senhora. Isso exerce uma influência maligna sobre os jovens, especialmente os jovens recrutas. O serviço militar teria soldados melhores se nossos combatentes não tivessem sido corrompidos pela Maternidade.

Uma repórter: Podemos citar essas suas palavras?

Ministro da Defesa: Sem dúvida, minha senhora. Mas somente no meu obituário; antes, não.

Uma repórter: Obrigada. Vou preparar um com antecedência.

Como outros abades antes dele, Dom Jethrah Zerchi era, por natureza, um homem não especialmente contemplativo, embora, no papel de guia espiritual de sua comunidade, tivesse jurado promover o desenvolvimento de alguns aspectos da vida contemplativa em seu rebanho e, como monge, tentasse cultivar em si mesmo uma propensão contemplativa. Dom Zerchi não era muito bom em nenhum desses encargos. Sua natureza o impelia à ação até mesmo em pensamento. Sua mente se recusava a ficar quieta e contemplar. Havia nele uma inquietação inata que o levara à liderança do rebanho. Ela o tornava um diretor mais audacioso e, de vez em quando, até mesmo mais bem-sucedido do que alguns de seus predecessores. Todavia, essa inquietação podia facilmente se tornar uma desvantagem, ou inclusive um vício.

Praticamente o tempo todo, Zerchi tinha consciência de sua propensão natural para uma ação precipitada ou impulsiva quando deparava com dragões que não podia matar. Neste momento, entretanto, essa percepção não era nada vaga, senão aguda. E atuava num infeliz processo retrospectivo. O dragão já tinha mordido São Jorge.

Esse dragão era um Autoescriba Abominável, e sua maligna enormidade, de disposição eletrônica, ocupava vários cubículos de espaço vazio nas paredes e um terço do volume da escrivaninha do abade. Como sempre, o aparelho estava desregulado. Errava as maiúsculas, a pontuação e trocava palavras de lugar. Há apenas um instante tinha cometido crime elétrico de lesa-majestade contra a pessoa do soberano abade que, depois de chamar o técnico para consertar o computador e esperar três dias pela vinda do sujeito, resolvera ele mesmo consertar aquela abominação estenográfica. O chão de seu gabinete estava atulhado de pedacinhos rasgados de tentativas de um ditado impresso. Entre esses papéis picados, um exemplo típico trazia informações como esta:

> tEstando tesTando testaNdo? TEStando tesTando? maS quE Droga? pOr Que esSAS inICiais maLucAs# este É o momenNTO pARa toDos os Bons memoriZAdores mastIGArem até caíREm todos os Dentes dos CoPIadoRes? Diabos; será qUe vOcê Vai MeLH'or em laTIm# aGora traduZa: nECCesse Est epistULam sacri CoLLegio mIttendAm esse statim dictem? Mas qual é o proBLema COM esTa porCaria??#

Zerchi sentou-se no chão, no meio do lixo, e tentou remover o tremor de seu antebraço massageando-o após ter sido recentemente eletrificado durante a investigação da região visceral do Autoescriba. Os espasmos musculares trouxeram-lhe à mente a reação galvânica da perna amputada de um sapo. Como ele havia prudentemente desligado a máquina antes de fuçar dentro dela, só podia imaginar que o desnaturado que tinha inventado aquela coisa a dotara da capacidade de eletrocutar o cliente, ainda que não estivesse conectada a uma fonte de energia. Enquanto cutucava e puxava as ligações para ver se achava algum fio solto, Zerchi fora atacado por um capacitor de filtro de alta tensão, que se aproveitara da oportunidade para se descarregar pelo chão usando como fio terra a pessoa do Reverendo Abade quando seu monástico cotovelo encostou no chassi. Entretanto, Zerchi não tinha como saber que havia sido vítima de uma lei da Natureza relativa a capacitores de filtros, ou de uma armadilha astuciosamente plantada, só à espera de algum imprevidente curioso que ali encostasse e fosse instantaneamente desencorajado a seguir adiante. Seja como for, ele tinha caído na armadilha. Sua postura no chão acabara se desenhando de maneira involuntária. Sua única alegação de competência no conserto de dispositivos de transcrição polilinguística residia em seu orgulhoso recorde de uma vez ter removido um rato morto de dentro do circuito de armazenamento de dados de um aparelho, o que permitiu corrigir uma misteriosa tendência por parte da máquina em escrever sílabas duplas (sisilalabasbas duduplasplas). Como não encontrava nenhum rato morto dessa vez, tateara em busca de fios soltos, esperando em Deus que os Céus lhe concedessem o carisma de curandeiro eletrônico. Aparentemente, não fora o caso.

– Irmão Patrick! – ele chamou, virando-se para o escritório adjacente, colocando-se em pé com alguma dificuldade.

– Ei! Irmão Pat! – chamou de novo.

Agora a porta se abriu e seu secretário entrou no gabinete a passos curtos, olhando rapidamente para os armários abertos com seu hipnótico labirinto de circuitos de computador, escaneou o chão atulhado, e então estudou com apreensão a fisionomia de seu líder espiritual. – Devo chamar a assistência técnica novamente, Padre Abade?

— Para que se dar ao incômodo? — Zerchi grunhiu. — Você já os chamou três vezes. E eles prometeram três vezes. Esperamos três dias. Preciso de um estenógrafo. Agora! De preferência, cristão. *Aquela* coisa... — e ele acenou com irritação na direção do Autoescriba Abominável — é um amaldiçoado infiel ou pior. Livre-se dele. Quero aquilo fora daqui.

— O APLAC?

— O APLAC. Venda para um ateu. Não, isso seria uma gentileza. Venda como sucata. Não aguento mais. Por que, em nome dos céus, o Abade Boumos (que sua alma seja abençoada) comprou essa geringonça idiota?

— Bem, Domne, dizem que seu predecessor apreciava geringonças, e é conveniente poder escrever cartas em línguas que não se sabe falar.

— É? Você quer dizer *seria*. Essa coisa... Irmão, ouça bem. Dizem que ela pensa. No começo eu não acreditei. O pensamento, como implica um princípio racional, implica a alma. Será que o princípio de uma "máquina pensante", feita pelo homem, seria uma alma racional? Bah! Inicialmente, parecia uma noção totalmente pagã. Mas sabe de uma coisa?

— Padre?

— Nada pode ser tão perverso sem premeditação! Isso *deve* pensar! Essa coisa conhece o bem e o mal, eu lhe digo, e escolheu o mal. Pare com essa risadinha, sim? Não tem graça. Essa noção não é nem pagã. O homem fez essa engenhoca, mas não fez seu princípio. Falam do princípio vegetal como uma alma, não é? Uma alma vegetal? E a alma animal? Então, a alma humana racional, e isso é tudo que eles listam na categoria de princípios vivificantes encarnados, já que os anjos são desencarnados. Mas como sabemos que a lista é completa? Vegetal, animal, racional... E o que mais? *Esse* "o que mais" está bem ali. Aquela coisa. E ela *caiu*. Tire-a daqui. Mas, primeiro, *preciso* transmitir um radiograma para Roma.

– Devo pegar meu bloco de anotações, Reverendo Padre?
– Você fala alegueniano?
– Não, senhor.
– Eu também não, e o Cardeal Hoffstraff não fala sudoestês.
– Então, por que não latim?
– Que latim? O da Vulgata ou o moderno? Não confio no meu próprio anglo-latim e, se confiasse, o cardeal provavelmente não confiaria no dele. – E ele franziu a testa na direção do estenógrafo robótico.

Irmão Patrick franziu o rosto com ele e então se aproximou dos armários, começando a espiar o que havia naquele labirinto de subminiaturas de componentes de circuitos.

– Não tem nenhum rato – assegurou o abade.
– E o que são esses pequenos botões?
– *Não toque neles!* – alertou em voz forte o abade, quando seu secretário curiosamente tocou um dos vários arranjos dos diais instalados no subchassi. Os controles do subchassi estavam montados em arranjos quadrados muito bem ordenados, numa caixa cuja tampa Zerchi tinha removido, ignorando o irresistível aviso: Somente para a Assistência Técnica.

– Você não tirou nada do lugar, tirou? – ele indagou, chegando perto de Patrick.

– Posso ter mexido um pouquinho, mas acho que já voltou para a posição original.

Zerchi mostrou para ele o aviso na tampa da caixa – Oh... – disse Pat, e os dois pararam um instante.

– A questão é de pontuação, principalmente, não é, Reverendo Padre?

– Isso e maiúsculas que aparecem quando bem entendem, e algumas palavras confusas.

Hipnotizados, os dois ficaram olhando em silêncio para aqueles rabiscos, tracejados e representações de coisas esquecidas ou sem nome.

– Alguma vez você já ouviu falar do Venerável Francis, de Utah? – o abade por fim perguntou.

– Não me recordo desse nome, Domne. Por quê?

– Eu só estava pensando se ele teria condições de rezar e interceder por nós agora, embora ache que nunca chegou a ser canonizado. Bom, vamos tentar girar esta coisinha aqui um pouco.

– Irmão Joshua costumava ser um engenheiro. Esqueci de que tipo. Mas ele foi ao espaço. Precisa entender muito de computador para isso.

– Já o chamei. Ele está com medo de encostar a mão nisto aqui. Veja, talvez precise...

Patrick se afastou. – Se o senhor me der licença, meu senhor, eu...

Zerchi olhou rapidamente para seu escriba, todo encolhido. – Oh, vocês, homens de pouca fé! – ele disse, corrigindo outro componente que somente a Assistência Técnica poderia mexer.

– Pensei ter ouvido alguém ali fora.

– Antes que o galo cante três vezes... Além disso, você encostou o dedo no primeiro botão, não foi?

Patrick teve um sobressalto. – Mas a tampa tinha sido tirada e...

– *Hinc igitur effuge*. Fora, fora, antes que eu resolva que foi culpa sua.

Novamente a sós, Zerchi colocou a tomada na parede, sentou-se à escrivaninha e, após recitar uma breve oração dirigida a São Leibowitz – que, nos últimos séculos, tinha conquistado uma popularidade como santo padroeiro dos eletricistas muito maior do que em qualquer outro momento desde que fora fundada a Ordem Albertina de São Leibowitz –, acionou o interruptor. Ficou ouvindo alguns silvos, tosses e assovios, mas não apareceu nada. Só escutou o clique distante dos relés de retardo e o conhecido ronronar de temporizadores sendo acionados até alcançarem sua velocidade máxima. Zerchi fungou. Não sentiu odor de fumaça nem de ozônio. Finalmente, abriu os olhos. Até as luzes indicadoras do painel de controle do desktop estavam funcionando normalmente. SOMENTE PARA A ASSISTÊNCIA TÉCNICA, sei...

Um pouco tranquilizado, acionou o seletor de formato para RADIOGRAMA, girou o seletor de processo até DITAR-GRAVAR, e a unidade de tradução para DE SUDOESTÊS e PARA ALEGUENIANO; assegurou-se de que o botão da transcrição estava em DESLIGADO, ligou o botão do microfone e começou a ditar:

> "Prioridade: URGENTE.
> Para Vossa Reverendíssima Eminência, *sir* Eric Cardeal Hoffstraff, Vigário Apostólico Designado, Vicariato Provisional Extraterrestre, Sagrada Congregação da Propaganda, Vaticano, Nova Roma...
> Eminentíssimo Senhor,
> Em vista da recente renovação das tensões mundiais, de indícios de uma nova crise internacional e até mesmo diante de relatos de uma corrida clandestina por armamentos nucleares, seria para nós uma grande honra se Vossa Eminência considerasse prudente nos aconselhar quanto ao atual *status* de alguns planos em suspenso no momento. Faço menção a questões esboçadas no *Motu proprio* do Papa Celestino VIII, que nos traz felizes recordações, levantadas na Festa da Divina Conceição da Sagrada Virgem, *Anno Domini* 3735, que começa com as seguintes palavras – e ele fez uma pausa para procurar algo entre os papéis de sua escrivaninha: – *"Ab hac planeta nativitatis aliquos filios Ecclesiae usque ad planetas solium alienorum iam abisse et nunquam redituros esse intelligimus"*. Veja também o documento de confirmação, *Anno Domini* 3749, *Quo peregrinatur grex, pastor secum*, autorizando a compra de uma ilha, hmmm, alguns veículos. Finalmente, veja o *Casu belli nunc remoto*, do finado papa Paulo, *Anno Domini* 3756, e a correspondência que se seguiu entre o Santo Padre e meu predecessor, culminando com uma ordem que transferiu a nós a tarefa de manter o plano *Quo peregrinatur* em estado de, hmmm, suspensão animada, mas somente enquanto Vossa Eminência assim aprovar. Nosso estado de prontidão a respeito de *Quo peregrinatur* tem-se mantido e, no caso de se tornar desejável executar o plano, precisaremos de aproximadamente seis semanas de aviso prévio...".

Enquanto o abade ditava, o Autoescriba Abominável não fazia mais do que gravar a voz dele e traduzi-la em fita num código de fonemas. Depois que ele terminou de falar, acionou o seletor de processo para a função ANALISAR e pressionou a tecla marcada PROCESSAMENTO DE TEXTO. A lâmpada indicando a prontidão da função piscou. A máquina começou a processar.

Nesse ínterim, Zerchi analisou os documentos à sua frente. Soou um aviso. A lâmpada piscou de novo. A máquina ficou silenciosa. Dando apenas uma rápida olhada à caixa que era SOMENTE PARA A ASSISTÊNCIA TÉCNICA, o abade fechou os olhos e pressionou a tecla ESCREVER.

ClaterIty-chat-clater-spater-pip popertI-kak-fub-cloter, ia produzindo o escritor automático no que ele esperava que fosse o texto do radiograma. Seus esperançosos ouvidos acompanhavam o ritmo das teclas. O primeiro conjunto de *clatertI-chat-clater-spater-pip* tinha soado muito convincente. Ele tentou escutar os ritmos da fala alegueniana no som da digitação e, depois de algum tempo, entendeu que de fato havia algum sotaque alegueniano naquele tamborilar das teclas. Então, abriu os olhos. Do outro lado da sala, o estenógrafo robótico estava rispidamente conduzindo seu trabalho. Ele saiu de trás de sua mesa e foi olhar o que a máquina fazia. Com a mais consumada destreza, o Autoescriba Abominável estava escrevendo o equivalente alegueniano de:

RADIOGRAMA − PRIORIDADE URGENTE.

PARA: Vossa Reverendíssima Eminência, sir Éric Cardeal Hoffstraff, Vigário Apostólico Designado, Vicariato Provisional Extraterrestre, Sagrada Congregação da Propaganda, Vaticano, Nova Roma.

DE: Jethrah Zerchi, OAL, Abade
Abadia de São Leibowitz
Sanly Bowitts, Território SO

325

Assunto: *Quo Peregrinatur Grex*
Eminentíssimo Senhor,
Em vista da recente renovação das tensões mundiais, de indícios de uma nova crise internacional e até mesmo diante de relatos de uma corrida clandestina por armamentos nucleares, seria para nós...

— Ei, Irmão Pat!
Zerchi desligou a máquina, desconsolado. São Leibowitz! Tínhamos nos esfalfado para *isso*? Ele não conseguia achar que aquilo fosse qualquer espécie de avanço em relação a uma bela pena de ganso bem apontada e um bom pote de tinta de amora.
— *Ei, Pat!*
De imediato não veio nenhuma resposta do escritório adjacente, mas após alguns segundos um monge de barba vermelha abriu a porta e, olhando para os armários abertos, o chão forrado de papéis e a expressão do abade, teve ainda a coragem de sorrir.
— O que se passa, *Magister meus*? O senhor não gosta de nossa moderna tecnologia?
— Não, não desta em particular! — exclamou Zerchi. — *Ei, Pat!*
— Ele saiu, meu senhor.
— Irmão Joshua, será que você consegue dar um jeito nessa coisa? De verdade.
— De verdade? Não, não consigo.
— Preciso enviar um radiograma.
— Que pena, Padre Abade. Também não posso fazer isso. Eles acabaram de tirar nosso cristal e trancar com cadeado a cabana.
— Eles?
— Defesa da Zona Interior. Todos os transmissores particulares devem ficar fora do ar.
Zerchi se arrastou de volta até sua cadeira e nela se afundou. — Um alerta de defesa. Por quê?
Joshua encolheu os ombros. — Estão falando de um ultimato. É tudo que sei, exceto o que ouvi dos medidores de radiação.

– A medição continua subindo?
– Continua subindo.
– Chame Spokane.

No meio da tarde, tinha chegado a ventania carregando poeira. Ela veio soprando sobre o platô e encobriu o povoado de Sanly Bowitts. Varreu os campos circundantes e atravessou uivando os pés de milho altos nos campos irrigados, transformando a areia solta das bordas estéreis de rios secos em nuvens fustigantes. Entre as paredes de pedra da antiga abadia os ventos gemeram, assim como ao deslizar pelas paredes de vidro e alumínio das novas edificações acrescidas à estrutura original do monastério. Macularam o sol poente com o pó da terra e despacharam demônios empoeirados a toda pressa pelo pavimento da rodovia de seis pistas que agora separava a antiga abadia de sua parte moderna.

Na estrada lateral, que a partir de certo ponto ladeava a rodovia e conduzia da abadia, através de um subúrbio residencial, à grande cidade, um velho mendigo, vestido com trapos de aniagem, parou para ouvir o vento. Este trazia o som latejante e explosivo dos exercícios com foguetes, ao sul. Mísseis interceptadores terra-espaço estavam sendo disparados na direção de órbitas-alvo, desde um sítio de lançamento do lado oposto do deserto. O velho contemplou o tênue disco vermelho do Sol enquanto se apoiava em seu cajado e murmurava consigo mesmo, ou para o grande astro, "presságios, presságios...".

Um grupo de crianças estava brincando no quintal forrado de mato de uma cabana, do outro lado da estrada lateral. A farra dos pequenos acontecia sob o olhar silencioso e vigilante de uma mulher negra marcada pelo tempo, que fumava um cachimbo cheio de erva na varanda e, de vez em quando, proferia uma palavra de consolo ou reprimenda a uma ou outra das crianças que começasse a chorar e viesse até ela com uma doída reclamação a ser julgada pela corte amorosa da avó em seu púlpito, à varanda da cabana. Uma das crianças logo percebeu a presença do velho andarilho que estava parado do outro lado da estrada. Logo um grito se espalhou pelo quintal: – *Óia, óia! É o velho Lazar! A tia disse, ele é o velho Lazar, o mesmo que o Sinhô Hesus fez voltar da morte. Óia! Lazar! Lazar!*

As crianças se atiraram em bloco contra a cerca quebrada. O velho mendigo olhou para elas de mau humor só por um momento e depois seguiu caminho. Uma pedrinha ricocheteou no chão entre seus pés.

– Ei, Lazar!

– A tia falou que o que o Sinhô levantou, fica levantado! Óia ele! É sim! Ainda procurando o Sinhô que levantou ele. A tia disse...

Outra pedra pipocou no solo atrás do velho, mas ele não olhou de volta. A velha balançava a cabeça, num movimento sonolento. As crianças voltaram à brincadeira. A tempestade de poeira ficou mais forte.

Do outro lado da rodovia, no alto de um dos novos edifícios de vidro e alumínio acrescido à velha abadia, um monge no telhado recolhia uma amostra do vento. Ele fazia a coleta com um aparelho de sucção que comia o ar empoeirado e soprava o vento filtrado para o receptor de um compressor de ar no andar inferior. Aquele monge não era mais nenhum jovem, mas tampouco alcançara a meia-idade. Sua barba vermelha cortada rente parecia conduzir uma corrente elétrica, já que nela se aglutinavam e pendiam teias de aranha e fiapos compridos de poeira. De quando em quando ele coçava a barba com irritação e, num dado momento, enfiou o queixo na extremidade da mangueira de sucção. Isso o fez soltar um explosivo palavrão, para em seguida se persignar.

O motor do compressor tossiu e morreu. O monge desligou o aparelho de sucção, desconectou a mangueira que soprava o ar e tirou o equipamento do telhado, levando-o para o elevador e para dentro de sua cabine. Montinhos de poeira tinham se acumulado pelos cantos. Ele fechou a portinhola e apertou o botão para descer.

No laboratório do andar superior, ele examinou o mostrador do compressor – que marcava MAX NORM – e fechou a porta. Tirou o hábito, sacudiu-o para livrá-lo da poeira, pendurou-o num gancho e voltou ao equipamento de sucção. Então, chegando na pia funda de aço escovado, no fim da bancada operacional do laboratório, abriu a torneira de água fria e deixou que ela subisse até a marca de 200 JARROS. Enfiando a cabeça na água, esfregou a barba e o cabelo até tirar toda a lama que tinha se formado. A sensação que isso causou era agradavelmente fresca. Pingando e cuspindo, ele olhou de relance para a porta. A probabilidade de visitantes agora parecia pequena. Tirou as roupas de baixo, subiu no tanque e se abaixou lá dentro, dando um suspiro enquanto se arrepiava um pouco.

Repentinamente, a porta do recinto se abriu. Irmã Helene entrou com uma bandeja de recipientes de vidro recém-desembalados. Assustado, o monge ficou em pé de um salto dentro da banheira.

– Irmão Joshua! – gritou a irmã com voz esganiçada. E uma meia dúzia de béqueres se espatifaram no chão.

O monge se sentou rapidamente espalhando água e molhando todo o chão. Irmã Helene cacarejou, bufou, chiou, jogou a bandeja na bancada e saiu correndo. Joshua pulou para fora da pia e colocou imediatamente o hábito sem se dar ao trabalho de se secar antes ou vestir as roupas de baixo. Quando alcançou a porta, Irmã Helene já estava no corredor, provavelmente fora do prédio e a meio caminho da capela das irmãs, do outro lado da pista lateral. Mortificado, ele se apressou a concluir suas tarefas.

Irmão Joshua esvaziou o conteúdo do aparelho de sucção e tirou uma amostra da poeira que reservou num frasco. Levou o recipiente para a bancada, instalou um par de fones de ouvido na cabeça e segurou o frasco a uma distância medida em relação ao detector de elementos de um contador de radiação, enquanto consultava seu relógio e ouvia.

O compressor tinha um contador instalado em sua estrutura. Joshua pressionou um botão marcado REINICIAR. O contador decimal giratório voltou para o zero e começou a contar novamente. Após um minuto, o monge parou o dispositivo e anotou a contagem no dorso da mão. Era, em sua maior parte, apenas ar, filtrado e comprimido, mas tinha um sopro de alguma coisa a mais.

Ele fechou o laboratório no período da tarde. Desceu até o escritório no piso adjacente, anotou a contagem num gráfico de parede, constatou sua enigmática curva ascendente, então sentou-se à sua escrivaninha e acionou a chave do visofone. Discou só tateando com os dedos enquanto continuava com os olhos colados no gráfico revelador na parede. A tela piscou, o fone bipou, o visor foi entrando em foco gradativamente, exibindo o encosto de uma cadeira vazia diante de uma mesa de trabalho. Após alguns segundos, um homem se sentou nessa cadeira e mirou o visor. – Abade Zerchi, aqui – o abade disse. – Ó Irmão Joshua. Já ia lhe telefonar. Você estava tomando banho?

– Sim, meu senhor Abade.

– Você podia pelo menos ficar vermelho!

– Eu estou.

– Bom, não aparece pelo visor. Ouça. *Deste* lado da rodovia há uma grande placa de advertência, do lado de fora dos nossos portões. Você já reparou nela, certo? Diz: "Mulheres, cuidado. Não entrem sem..." e assim por diante. Você já viu isso?

– Certamente, meu senhor.

– Tome seus banhos *deste* lado da placa.

– Certamente.

– Mortifique-se por ter ofendido o pudor da irmã. Estou ciente de que você não tem nenhum recato. Ouça. A mim

parece que você não consegue nem passar perto do reservatório sem dar um mergulho, do jeito como veio ao mundo.
— Quem lhe disse isso, meu senhor? Quer dizer... Eu somente chapinhei na água rasa...
— É mesmo? Bom, não importa. Por que me chamou?
— O senhor queria que eu ligasse para Spokane.
— Ah, é. E você ligou?
— Sim. — O monge mordeu um pedacinho de pele seca no canto de seus lábios rachados de tão secos por causa do vento e fez uma pausa, desassossegado. — Falei com o Padre Leone. Eles também repararam.
— No aumento da contagem de radiação?
— Não é só isso. — Ele hesitou mais uma vez. Não gostava de dizê-lo. Comunicar um fato sempre parecia dotá-lo de uma existência mais completa.
— E então?
— Está ligado a uma perturbação sísmica ocorrida há poucos dias. Está sendo levado pelos ventos mais altos, vindos daquela direção. Levando tudo em conta, parece precipitação radiativa detonada em baixa altitude que alcança a ordem de megatons.
— Ui! — Zerchi suspirou e tapou os olhos com uma mão.
— *Luciferum ruisse mihi dicis?*
— Sim, Domne. Receio que tenha sido uma arma.
— Não teria chance de ser um acidente industrial?
— Não.
— Mas, se houvesse guerra, saberíamos. Um teste ilícito? Mas nem isso. Se eles quisessem testar alguma coisa, poderiam testar do lado oculto da Lua, ou, melhor ainda, em Marte, sem serem apanhados.
Joshua concordou com a cabeça.
— Isso então quer dizer o quê? — prosseguiu o abade. — Uma demonstração? Uma ameaça? Um disparo de aviso sem mira definida?

– Foi só nisso que consegui pensar.
– Então isso explica o alerta de defesa. Mesmo assim, não há nada nos noticiários além de rumores e recusas a fazer comentários. E um silêncio mortal na Ásia.
– Mas o disparo *deve* ter sido gravado por algum dos satélites de observação. A menos... E não gosto nada de sugerir isso... A menos que alguém tenha descoberto um jeito de disparar um míssil espaço-terra, saindo por trás dos satélites, sem ser detectado até atingir o alvo.
– E isso é possível?
– Tem-se falado a respeito, Padre Abade.
– O governo sabe. O governo *tem de* saber. Muitos deles sabem. Apesar disso, não nos falam nada. Estamos sendo poupados da histeria. Não é assim que chamam? Maníacos! O mundo tem vivido num estado *habitual* de crise há cinquenta anos. *Cinquenta*? Mas o que estou dizendo? O mundo está numa condição habitual de crise desde o princípio, mas, no último meio século, num nível quase intolerável. E *por quê*, pelo amor de Deus? Qual é o elemento irritante fundamental, a essência de tanta tensão? Filosofias políticas? A economia? Pressão populacional? Disparidades de cultura e credo? Pergunte a uma dúzia de especialistas e obterá uma dúzia de respostas. Agora, Lúcifer de novo. Será que é congenitamente insana esta espécie, irmão? Se nascemos loucos, onde fica a esperança do Paraíso? Somente através da fé? Ou não há esperança? Deus me perdoe, não quis dizer isso. Ouça, Joshua...
– Meu senhor?
– Assim que encerrar o trabalho por hoje, volte e venha me ver. O radiograma... Tive de mandar o Irmão Pat até a cidade para que o traduzissem e mandasse por telégrafo regular. Quero que você esteja aqui quando a resposta chegar. Você sabe do que se trata?
Irmão Joshua sacudiu a cabeça em negativa.
– *Quo peregrinatur grex.*

O monge ficou pálido aos poucos. – Para se pôr em prática, Domne?

– Só estou tentando saber qual o *status* desse plano. Não mencione a questão a ninguém. Naturalmente, você será afetado. Venha me ver quando tiver acabado.

– Claro.

– *Chris'tecum.*

– *Cum spiri'tuo.*

O circuito abriu e a tela sumiu. A sala estava aquecida, mas Joshua tremia. Olhando através da janela, viu um entardecer prematuro e nublado com a poeira. Ele não conseguia enxergar mais além do portão de contenção do lado da rodovia, onde uma fila de caminhões criava um halo interminável com seus faróis de neblina acionados, tentando furar a névoa de pó. Depois de alguns instantes, deu-se conta de que alguém estava parado perto do portão onde a pista abria o acesso exclusivo para chegar à abadia. Era uma figura indistinta, de silhueta vagamente discernível toda vez que a aurora boreal dos faróis a iluminava momentaneamente. Joshua tremeu de novo.

Era sem sombra de dúvida a silhueta da sra. Grales. Ninguém mais poderia ser reconhecido com uma visibilidade tão reduzida, mas o formato daquela massa de capuz no ombro esquerdo da mulher e o modo como a cabeça dela pendia para o lado direito, fazia com que seus contornos exclusivos a identificassem como a velha sra. Grales. O monge fechou as cortinas da janela e acendeu a luz. Não sentia repulsa pela deformidade da velha. O mundo já se tornara por demais indiferente a acidentes genéticos e brincadeiras de mau gosto dos genes. Sua própria mão esquerda ainda ostentava a pequena cicatriz resultante da amputação de um sexto dedo quando ele ainda era bem pequeno. Mas a herança do *Diluvium Ignis* era uma coisa que ele preferia esquecer por ora, e a sra. Grales era uma de suas herdeiras mais óbvias.

Girou com os dedos um globo terrestre que ficava em sua escrivaninha. Girou-o até que o Oceano Pacífico e o Leste Asiático tivessem passado. Onde? Exatamente onde? Ele girou o globo mais depressa, dando-lhe sucessivos tapinhas, como se fosse uma roda de brincar girando cada vez mais veloz, até que os continentes e os mares formaram uma única imagem borrada. Façam suas apostas, damas e cavalheiros. Onde? Abruptamente, parou o giro com o polegar. Banca: Índia vence. Por favor, senhora, recolha suas fichas. Seu palpite passou longe. Joshua fez o globo girar de novo até que as engrenagens da montagem começaram a chacoalhar. Os "dias" rodopiavam como os mais breves instantes – em sentido contrário, ele pensou de repente. Se Mãe Gaia fizesse piruetas no mesmo sentido, o Sol e outros elementos passageiros do panorama nasceriam no oeste e se poriam no leste. Talvez revertendo o tempo? Disse o homônimo do meu homônimo: *Não se mova, ó Sol, na direção de Gabaon, nem tu, ó Lua, na direção do vale* – um belo truque, não há dúvida, além de muito útil nestes tempos. *Recua, ó Sol, et tu, Luna, recedite in orbitas reversas...* Ele continuou girando o globo no sentido inverso, como se esperasse que aquele simulacro da Terra tivesse o Cronos para reverter o tempo. Um terço de um milhão de voltas talvez descrevesse a quantidade de dias suficiente para remontar ao *Diluvium Ignis*. Seria melhor usar um motor e fazê-lo girar de volta até o início do Homem. Joshua parou novamente o globo com o polegar. Seu palpite passou longe, outra vez.

Apesar de tudo ele se demorava no escritório e temia o momento de ir de novo para "casa". "Casa" era estar logo depois da estrada, nos lúgubres corredores e salões daqueles prédios antigos cujas paredes ainda continham pedras que haviam sido o entulho de concreto de uma civilização morta dezoito séculos antes. Atravessar a estrada para entrar na velha abadia era como atravessar um éon. Aqui, no novo prédio de vidro e alumínio, ele era um técnico que trabalhava numa bancada em que os eventos eram somente fenômenos a serem observados com respeito ao seu *Como*, sem indagar seu *Porquê*. *Deste* lado da estrada, a queda de Lúcifer era somente uma inferência derivada da fria aritmética do pipocar dos medidores de radiação, deduzida da rápida oscilação de uma agulha no sismógrafo. Mas lá, na velha abadia, ele deixava de ser técnico e se tornava um monge de Cristo, um copiador de livros e um memorizador na comunidade de Leibowitz. Do outro lado, a questão seria: "Por que, Senhor, por quê?". Só que a pergunta já havia sido feita e o abade dissera: "Venha me ver".

Joshua pegou a trouxa com seus pertences e foi obedecer às ordens de seu superior. Para evitar encontrar a sra. Grales, ele usou a passagem subterrânea para pedestres. Aquele não era o momento para um agradável bate-papo com a velha bicéfala vendedora de tomates.

25

O dique do sigilo fora rompido. Vários rapazes holandeses destemidos tinham sido arrastados pelas águas enfurecidas. A onda enorme os varrera para bem longe de Texarkana até suas propriedades rurais, onde se tornaram inacessíveis para oferecer pronunciamentos. Outros permaneceram em seus postos e tenazmente tentaram tapar novos vazamentos. Mas a queda de determinados isótopos no vento gerara uma máxima universal, repetida nas esquinas e alardeada em manchetes de noticiários: *LÚCIFER CAIU*.

O Ministro da Defesa, num uniforme imaculado, maquiagem impecável e a equanimidade placidamente composta, mais uma vez enfrentou a irmandade jornalística e, desta feita, a coletiva de imprensa foi televisionada pela Coalizão Cristã.

UMA REPÓRTER: Vossa Senhoria parece muito calmo diante dos fatos. Duas violações da lei internacional, ambas definidas no tratado como atos de guerra, ocorreram recentemente. Isso preocupa o Ministério da Guerra em alguma medida?

MINISTRO DA DEFESA: Senhora, como sabe muito bem, não temos um Ministério da *Guerra* aqui; temos um Ministério da *Defesa*. E, que eu saiba, só ocorreu *uma* violação da lei internacional. A senhora poderia me dizer qual foi a outra?

UMA REPÓRTER: De qual o senhor *não* está a par? O desastre em Itu Wan ou o tiro de advertência disparado no extremo sul do Pacífico?

MINISTRO DA DEFESA (*repentinamente severo*): Sem dúvida, a senhora não tem nenhuma intenção sediciosa, mas sua pergunta parece oferecer atenuantes, senão crédito, a acusações asiáticas inteiramente falsas de que o assim chamado desastre de Itu Wan foi resultado de testes com armamento feitos por nós e não por eles!

UMA REPÓRTER: Se houver essa intenção, convido-o a mandar prender-me. A pergunta foi baseada num relatório neutralista preparado pelo Oriente Próximo, que afirma que o desastre de Itu Wan foi resultado de um teste de armas asiático, subterrâneo, que fugiu ao controle. O mesmo relatório diz que o teste de Itu Wan foi avistado por nossos satélites e imediatamente respondido com o disparo de um tiro de advertência espaço-terra, a sudeste da Nova Zelândia. Mas, agora que o senhor sugeriu, o desastre de Itu Wan *também* foi resultado de um teste de armas feito por nós?

MINISTRO DA DEFESA (*mantendo a paciência com esforço*): Reconheço a exigência jornalística de manter a objetividade. Mas sugerir que o governo de Sua Sumidade viole deliberadamente...

UMA REPÓRTER: Sua Sumidade é um menino de onze anos, e dizer que ele tem um governo é não só arcaico como uma tentativa altamente desonrosa – inclusive baixa! – de retirar a responsabilidade de uma plena negativa de seus próprios...

MODERADOR: Senhora! Por favor, modere o tom de seu...

MINISTRO DA DEFESA: Ignore, ignore! Senhora, aqui vai a minha total negativa, a fim de que a senhora possa dignificar essas acusações fantasiosas. O assim chamado desastre de Itu Wan não foi resultado de um teste de armas feito por nós. Tampouco é do meu conhecimento qualquer outra detonação nuclear recente.

UMA REPÓRTER: Obrigada.

MODERADOR: Parece que o editor do *Texarkana Star--Insight* está querendo a palavra.

Editor: Obrigado. Gostaria de perguntar a Vossa Senhoria *o que* aconteceu em Itu Wan.

Ministro da Defesa: Não temos cidadãos nessa área. Não temos observadores lá desde que as relações diplomáticas foram rompidas durante a última crise mundial. Portanto, só posso contar com evidências indiretas e com relatos neutralistas até certo ponto conflitantes.

Editor: Estamos a par disso.

Ministro da Defesa: Muito bem, então. Imagino que tenha havido uma detonação nuclear abaixo da superfície – na escala de megatons – e que isso escapou ao controle. Foi obviamente um teste de algum tipo. Se se tratou de uma arma ou – como dizem alguns "neutros" pró-asiáticos – de uma tentativa de desviar o curso de um rio subterrâneo, foi algo nitidamente ilegal e os países vizinhos estão se preparando para protestar na Corte Mundial.

Editor: Há algum risco de guerra?

Ministro da Defesa: Não antevejo nenhum. Mas, como você sabe, temos alguns destacamentos de nossas Forças Armadas sujeitos a convocação pela Corte Mundial para impor o cumprimento de suas decisões, caso haja necessidade. Não antevejo uma necessidade dessa ordem, mas não posso me pronunciar em nome da Corte.

Primeiro repórter: Mas a Coalizão Asiática tem ameaçado um ataque imediato com força total contra nossas instalações espaciais se a Corte não autorizar uma ação *contra nós*. E se a Corte demorar para agir?

Ministro da Defesa: Nenhum ultimato foi emitido. A ameaça foi para consumo doméstico da região asiática, em minha opinião; para encobrir sua própria sujeira em Itu Wan.

Uma repórter: Como está atualmente sua inabalável fé na Maternidade, lorde Ragelle?

Ministro da Defesa: Espero que a Maternidade tenha, no mínimo, uma fé tão inabalável em mim quanto eu tenho nela.

Uma repórter: O senhor merece no mínimo isso, sem dúvida.

A coletiva de imprensa, transmitida pelo satélite estacionado a 35,4 mil quilômetros da Terra, cobriu a maior parte do hemisfério ocidental com o intermitente sinal VHF que carregava tais informações para as opalescentes telas de paredes da grande massa. Um entre esses milhares, o abade Dom Zerchi desligou o aparelho.

Andou para cá e para lá por alguns instantes, esperando por Joshua, tentando não pensar. Mas "não pensar" mostrou-se impossível.

Pense só: estamos indefesos? Fadados a fazer tudo de novo e mais uma vez e mais uma vez? Será que não temos escolha a não ser bancar a fênix e repetir sua interminável sequência de ascensões e quedas? Assíria, Babilônia, Egito, Grécia, Cartago, Roma, os impérios turco e o de Carlos Magno. Da terra ao pó e lavrados com sal. Espanha, França, Grã-Bretanha, Estados Unidos – incinerados no esquecimento dos séculos. E de novo e de novo e de novo.

Estamos fadados a isso, ó Senhor, acorrentados ao pêndulo de nosso próprio carrilhão enlouquecido, impotentes para deter seu vaivém?

Desta vez, pensou o abade, seu movimento nos levará diretamente ao aniquilamento.

O sentimento de desespero passou de repente quando Irmão Pat lhe trouxe o segundo telegrama. O abade rasgou a borda para ler e, depois de um breve olhar, deu uma risadinha. – Irmão Joshua ainda está por aqui, irmão?

– Esperando do lado de fora, Reverendo Padre.

– Mande que entre.

– Olá, irmão. Feche a porta e ligue o silenciador. Agora leia isto.

Joshua relanceou os olhos pelo papel. – Uma resposta de Nova Roma?

— Chegou hoje de manhã. Mas, primeiro, ligue o silenciador. Temos coisas para conversar.

Joshua fechou a porta e acionou uma chave na parede. Alto-falantes camuflados guincharam seu curto protesto. Quando os sons estridentes cessaram, as propriedades acústicas daquele recinto pareceram subitamente diferentes.

Dom Zerchi acenou na direção de uma cadeira e o monge leu o primeiro telegrama em silêncio.

"... nenhuma atitude deve ser tomada por vocês com respeito a *Quo peregrinatur grex*", ele repetiu em voz alta.

— Você terá de gritar com essa coisa ligada — disse o abade, indicando o silenciador. — O quê?

— Eu só estava lendo. Então o plano está cancelado?

— Não fique tão aliviado. *Isso* chegou de manhã. *Isto aqui* chegou agora à tarde. — E o abade jogou o segundo telegrama para ele.

IGNORE MENSAGEM ANTERIOR DATA DE HOJE. "QUO PEREGRINATUR" A SER REATIVADO IMEDIATAMENTE POR SOLICITAÇÃO DO SANTO PADRE. PREPARE GRUPO PARA PARTIR EM TRÊS DIAS. ESPERE CONFIRMAÇÃO POR TELEGRAMA ANTES DA PARTIDA. INFORME EVENTUAL AUSÊNCIA NA ORGANIZAÇÃO DO GRUPO. INICIAR IMPLANTAÇÃO CONDICIONAL DE PLANO. CARDEAL ERIC HOFFSTRAFF, VIGÁRIO APOST, PROVINCIAE EXTRA-TERR.

A face do monge perdeu a cor. Ele tornou a colocar o telegrama sobre a escrivaninha e sentou-se na cadeira, com a boca apertada.

— Você sabe o que é *Quo peregrinatur*?

— Sei *o que* é, Domne, mas não em detalhes.

— Bom, começou como um plano de mandar alguns sacerdotes junto com um grupo de colonizadores para Alfa Centauri. Mas não deu muito certo porque são precisos bispos para ordenar padres, e após a primeira geração de colonos, mais padres teriam de ser mandados, e assim por diante. A questão acabou se resumindo a uma discussão sobre se as colônias durariam e se, nesse caso, deveriam ser tomadas medidas para assegurar a sucessão apostólica nos planetas-colônias sem se reportar à Terra. Sabe o que isso significaria?

– O envio de pelo menos três bispos, imagino.

– Sim, e isso parecia um pouco sem sentido. Os grupos de colonização eram todos bem pequenos, mas, durante a última crise mundial, *Quo peregrinatur* se tornou um plano emergencial para perpetuar a Igreja nos planetas-colônias se viesse a ocorrer o pior na Terra. Temos uma nave.

– Uma nave *estelar*?

– Justamente. E temos tripulantes capazes de navegá-la.

– Onde?

– Nossa tripulação está bem aqui.

– Aqui na abadia? Mas quem...? – Joshua parou. Sua expressão estava ainda mais cinzenta do que antes. – Mas, Domne, minha experiência em termos de espaço tem sido inteiramente restrita a veículos orbitais, não naves interestelares! Antes de Nancy morrer eu fui até os cisterc...

– Sei disso tudo. Há outros com experiência interestelar. Você sabe quem são. Há até mesmo piadinhas sobre o número de ex-tripulantes espaciais que parecem sentir uma vocação especial pela Ordem. Não é por acaso, naturalmente. E você se lembra, do tempo em que era postulante, como foi interrogado sobre sua experiência no espaço?

Joshua concordou.

– E você também deve se lembrar de que lhe foi perguntado se estaria disposto a ir para o espaço de novo se a Ordem lhe pedisse.

– Sim.

– Então você não estava totalmente alheio ao fato de ter concordado condicionalmente com o *Quo peregrinatur*, se alguma vez ele viesse a ser efetivado?

– Eu, eu acho que tinha receio de que fosse isso, meu senhor.
– Receio?
– *Uma suspeita*, quer dizer. E receio, um pouco também, porque sempre esperei poder passar o resto da minha vida na Ordem.
– Como sacerdote?
– Bom... isso eu ainda não tinha resolvido.
– *Quo peregrinatur* não implicará desligá-lo de seus votos, nem significa abandonar a Ordem.
– A Ordem *também* vai?
Zerchi sorriu. – E a Memorabilia com ela.
– O conjunto completo e... Ah, o senhor quer dizer em microfilme. Para onde?
– A Colônia Centauro.
– Quanto tempo ficaremos por lá, Domne?
– Se você for, nunca mais voltará.
O monge respirou fundo e olhou fixo para o segundo telegrama sem parecer vê-lo. Coçou a barba aparentando perplexidade.
– Três perguntas – disse o abade. – Não me responda agora, mas comece a pensar nelas e pense com zelo. Primeira: você está disposto a ir? Segunda: você tem vocação para o sacerdócio? Terceira: tem disposição para liderar o grupo? E com *disposição* não estou dizendo "disposição com base em obediência". Quero dizer entusiasmo, vontade de seguir por esse caminho.
Pense nisso tudo. Você tem três dias para se decidir. Talvez menos.

As mudanças modernas tinham feito poucas incursões nos edifícios e no terreno do antigo monastério. Para proteger as construções antigas da aproximação sufocante de uma arquitetura impaciente, novos acréscimos tinham sido erguidos do lado de fora dos muros e até mesmo do outro lado da rodovia – às vezes, mesmo não sendo conveniente. O velho refeitório tinha sido condenado por causa do telhado esburacado e era necessário atravessar a pista para chegar ao novo refeitório. Em parte, esse transtorno era amenizado pela passagem subterrânea que os irmãos cruzavam diariamente a fim de fazer suas refeições.

Com séculos de idade, mas recentemente ampliada, a rodovia era a mesma estrada que já havia sido usada por exércitos pagãos, peregrinos, camponeses, carroças puxadas a burros, nômades, cavaleiros sem lei vindos do Oriente, forças de artilharia, tanques e caminhões de dez toneladas. Seu tráfego tinha aumentado, diminuído ou quase cessado conforme as eras e as estações. Certa feita, há muito tempo, tivera seis pistas e tráfego de robôs. Depois o tráfego cessou, o pavimento rachou e mato começou a crescer em pontos esparsos nas fendas após uma chuva esporádica. A poeira recobria a via. Moradores do deserto tinham arrancado alguns pedaços de seu concreto quebrado para construir barricadas e abrigos. A erosão criara ali uma trilha deserta que cruzava uma área inabitada. Agora, contudo, havia novamente seis pistas e trânsito de robôs.

– Pouco tráfego hoje à noite – observou o abade quando eles saíram pelo portão principal. – Vamos atravessar por cima. O túnel pode ser muito sufocante após uma tempestade de areia. Ou você prefere evitar ter de ficar desviando dos ônibus?

– Vamos – concordou Irmão Joshua.

Caminhões rebaixados, com faróis fracos (que só serviam como aviso de sua presença), passavam despropositadamente por eles com seus pneus chiando e suas turbinas gemendo. Com antenas parabólicas eles monitoravam a estrada, e com sensores magnéticos sondavam as faixas de metal enterradas no asfalto, recebendo assim orientação de por onde trafegar, conforme seguiam ao longo do rosado e fluorescente rio de concreto oleoso. Corpúsculos econômicos em uma artéria do Homem, os beemots avançavam sem o menor cuidado perto dos dois monges que, de pista em pista, iam se desviando de cada um deles. Ser atingido por um desses veículos era ser atropelado por uma fileira de caminhões em série até que algum veículo da segurança da estrada encontrasse a figura achatada de um homem sobre o asfalto e parasse para removê-la. Os mecanismos sensores dos pilotos automáticos eram melhores na detecção de massas metálicas do que na de carne e ossos.

– Isto foi um erro – Joshua disse quando enfim alcançaram o canteiro central e pararam para recuperar o fôlego. – Veja só quem está parada do lado de lá.

O abade espremeu a vista por um instante e então deu um tapa na própria testa.

– A sra. Grales! Esqueci completamente: é a noite em que ela fica de tocaia à minha espera. Ela vendeu os tomates para o refeitório das irmãs e agora está atrás de mim outra vez.

– Atrás do senhor? Eu a vi lá na noite passada e na anterior também. Achei que estivesse esperando uma carona. O que ela quer do senhor?

– Ah, nada, na verdade. Ela acabou extorquindo as irmãs com o preço que cobrou pelos tomates e agora quer doar o excedente para mim, para a caixa dos pobres. É um pequeno ritual. Não me importo com esse ritual. É o que vem depois que é ruim. Você verá.

– Vamos voltar?

– E magoar os sentimentos dela? Bobagem. A essa altura, ela já nos viu. Vamos.

E novamente mergulharam no pálido fluxo de caminhões.

A mulher de duas cabeças e sua cadela de seis patas esperavam com a cesta de legumes vazia, ao lado do portão. A mulher cantava suavemente para a cadela. Quatro patas do animal eram sadias, mas o par extra pendia inutilmente dos lados do corpo. Quanto à mulher, uma das cabeças era tão inútil quanto o par extra de patas da cachorra. Era uma cabeça pequena, como a de um querubim, mas nunca abria os olhos. Não dava nenhum sinal de compartilhar sua respiração ou seu raciocínio. Pendia inutilmente sobre um ombro, cega, surda, muda e só vegetativamente viva. Talvez não tivesse cérebro, pois não dava sinais de uma consciência independente, nem de ter personalidade. A outra face tinha envelhecido, criado rugas, mas a cabeça supérflua conservava seus traços de infância, embora sua pele tivesse se embrutecido com o vento áspero e bronzeado ao sol do deserto.

A velha fez uma mesura quando eles se aproximaram e a cadela recuou, rosnando. – Noite, Padre Zerchi – ela resmungou –, uma noite agradável pro senhor e pro senhor também, irmão.

– Ora, olá, sra. Grales...

A cadela latiu, eriçou os pelos e começou uma dança agitada, acossando os tornozelos do abade com presas à mostra, prontas para abocanhar. A sra. Grales imediatamente bateu nela com a cesta. Os dentes da cachorra rasgaram a cesta; o animal avançou contra a dona. A sra. Grales o manteve distante com a cesta. Depois de receber algumas palmadas tranquilizadoras, a cachorra se afastou e se sentou rosnando, perto do portão.

– Que belo humor o da Priscila, hoje – Zerchi comentou, em tom agradável. – Ela vai ter filhotes?

– Minhas desculpas, suas honras – disse a sra. Grales –, mas não é porque a bichinha está prenha que fica desse jeito, que o diabo a carregue! Mas é esse meu homem. Ele enfeitiçou a pobre cachorrinha, enfeitiçou, sim, só porque ele gosta de bruxarias, e por isso ela sente medo de tudo. Minhas desculpas, suas honras, pela falta de educação dela.

– Tudo bem. Bom, boa noite, sra. Grales.

Mas se safar dali não se mostrou assim tão fácil. Ela agarrou a manta do abade e sorriu aquele irresistível sorriso desdentado que era dela.

– Um minutinho, padre, só um minutinho, pra esta velha tomateira, se o senhor puder.
– Ora, como não! Fico feliz...
Joshua deu uma risadinha de lado para o abade e procedeu à negociação com a cadela a respeito do direito de passagem. Priscila encarou o monge com óbvio desdém.
– Olha, padre, olha só – seguia dizendo a sra. Grales. – Pegue um pouco pra sua caixa. Aqui... – moedas retiniam enquanto Zerchi protestava. – Não, aqui, pegue, pegue – ela insistia. – Ah, eu sei como o senhor diz sempre, que dó!, mas não sou tão pobre quanto o senhor acha que eu sou. E o senhor faz boa obra. Se o senhor não pegar, aquele traste do homem que tenho em casa vai tomar de mim e usar pra fazer o trabalho do demo. Olha só: vendi meus tomates e pagaram o meu preço, quase, e já comprei minha comida para a semana e até um brinquedinho para Rachel. Quero que o senhor fique com isto. Tome.
– É muita bondade...
– Grr*yumpf!* – ouviu-se um latido autoritário vindo do portão – Grr*yumpf*! Rauf! Rauf! Rauf! Rrrrrrrrauuuffff! – seguido por uma rápida sequência de ganidos e choramingos enquanto a cadela saía uivando e recuava tudo que podia.
Joshua voltou calmamente com as mãos dentro das mangas.
– Você se machucou, amigo?
– Grr*yumpf* – rosnou o monge.
– Mas, afinal, o que você *fez* com ela?
– Grr*yumpf* – repetiu Irmão Joshua. – Rauf! Rauf! Rrrrrrrrauuuffff! – e então ele explicou: – Priscila acredita em lobisomens. Os ganidos foram dela. Podemos atravessar o portão agora.
A cachorra tinha desaparecido, mas de novo a sra. Grales apanhara o monge pela manga. – Só mais um minutinho, padre, e não vou atrasar mais o senhor. Eu queria falar com o senhor sobre a pequena Rachel. Andei pensando no batizado e queria perguntar se o senhor faria as honras ...

— Sra. Grales — o abade interveio educadamente —, vá falar com o padre da sua paróquia. É ele que deve cuidar desses assuntos, não eu. Não tenho paróquia, só a abadia. Converse com o Padre Selo na Igreja de São Miguel. Nossa igreja não tem nem pia batismal. E mulheres não podem entrar, exceto na tribuna...
— A capela das irmãs tem uma pia e as mulheres podem...
— É para o Padre Selo, não para mim. O batizado tem de ser registrado na sua própria paróquia. Somente em caso de emergência é que eu poderia...
— Sim, sim, disso eu já sei, mas fui conversar com o Padre Selo. Levei Rachel pra igreja dele e o tonto não quis encostar a mão nela.
— Ele se recusou a batizar Rachel?
— Foi isso mesmo, aquele tonto.
— A senhora está falando de um padre, sra. Grales, não de um tonto, pois eu o conheço muito bem. Ele deve ter tido seus motivos para se recusar. Se a senhora não concorda com os motivos dele, então procure outra pessoa, mas não um monge. Fale com o pastor de Santa Maisie, quem sabe.
— Sim, eu também já fiz isso... — e começou a desfiar o que prometia ser um prolongado relato de suas andanças e providências para salvar a ainda não batizada Rachel. No começo, os monges ouviram com paciência, mas, enquanto Joshua seguia olhando para ela, deu um jeito de agarrar o braço do abade acima do cotovelo e fincar ali suas unhas até que, de repente, Zerchi teve um sobressalto de dor e, com um puxão, soltou os dedos de Joshua com sua mão livre.
— Mas o que você está fazendo? — ele sussurrou, e então reparou na expressão do rosto de Joshua. Os olhos dele estavam pregados na velha como se ela fosse uma cocatriz. Zerchi acompanhou o olhar dele, mas não percebeu nada mais estranho do que de costume; a cabeça extra da mulher estava semioculta por uma espécie de véu, mas certamente Irmão Joshua já a vira um bom número de vezes.

— Desculpe-me, sra. Grales — Zerchi interrompeu, assim que ela perdeu o fôlego. — Eu realmente tenho de ir agora. Façamos assim: falarei com Padre Selo em seu nome, mas é tudo que posso fazer. Sem dúvida, nos veremos novamente.

— Muito agradecida pela gentileza, e os senhores me perdoem por ter ocupado seu tempo.

— Boa noite, sra. Grales.

Entraram pelo portão e seguiram na direção do refeitório. Joshua bateu várias vezes com a palma da mão na testa, como se fosse preciso encaixar alguma coisa de volta ao lugar.

— Por que você estava encarando a mulher daquele jeito? — o abade indagou. — Achei falta de educação.

— O senhor não notou?

— Notou o quê?

— Então, não notou. Bom... Vamos deixar de lado. Mas quem é Rachel? Por que não querem batizar a criança? Ela é filha dessa mulher?

O abade sorriu sem achar graça. — Isso é o que a sra. Grales declara. Mas há controvérsias quanto a Rachel ser filha dela, sua irmã... ou somente uma excrescência que cresceu no ombro dela.

— Rachel!... *a outra cabeça?*

— Não grite! Ela vai ouvir.

— E ela quer batizá-la?

— Com urgência, você não acha? Parece um tipo de obsessão.

Joshua agitou os braços. — E como se resolvem coisas assim?

— Eu não sei, e não quero saber. Sou grato aos Céus que não cabe a mim solucionar isso. Se fosse um simples caso de irmãos siameses, seria fácil. Mas não é. Os antigos dizem que Rachel não estava ali quando a sra. Grales nasceu.

— Fábula de fazendeiros!

— Pode ser. Mas há quem esteja disposto a contar a história sob juramento. Quantas almas tem uma velha senhora com uma cabeça extra, uma cabeça que "simplesmente brotou"? Coisas assim provocam úlceras nos altos escalões, meu filho. Agora, no que foi mesmo que você reparou? Por que estava olhando para ela e tentando me arrancar o braço com as unhas, daquele jeito?

O monge demorou para responder. – Ela sorriu para mim – ele disse por fim.

– O que sorriu?

– A extra, han, Rachel. Ela sorriu. Achei que ela iria acordar a qualquer momento.

O abade o deteve no umbral do refeitório e olhou-o de perto, intrigado.

– Ela sorriu – o monge repetiu, com ar sério.

– Você imaginou isso.

– Sim, meu senhor.

– Então *finja* que imaginou.

Irmão Joshua bem que tentou. – Não consigo – confessou.

O abade largou as moedas da velha na caixa dos pobres.

– Vamos entrar – disse.

O novo refeitório era funcional, com instalações cromadas, acústica trabalhada sob medida, com uma iluminação germicida. Dali tinham desaparecido as pedras enegrecidas pela fuligem, as lâmpadas de sebo, as vasilhas de madeira e os queijos curados na adega. Exceto pela disposição em cruz dos assentos e por uma fileira de imagens ao longo de uma das paredes, o recinto lembrava uma lanchonete industrial. Sua atmosfera tinha mudado, assim como a atmosfera da abadia inteira. Após eras de esforços para preservar os resquícios da cultura de uma civilização desaparecida há muito tempo, os monges tinham testemunhado o aparecimento de uma nova e mais poderosa civilização. As antigas tarefas tinham sido concluídas, e novas foram descobertas. O passado era venerado e exibido em vitrines de vidro, mas não era mais o presente. A Ordem se adaptava aos novos tempos, à era do urânio e do aço e de lançamentos de foguetes, em meio aos rugidos de uma indústria pesada e ao lamento fino e agudo dos conversores dos motores estelares. A Ordem se adaptava... Pelo menos em aspectos superficiais.

– *Accedite ad eum* – entoou o leitor.

A multidão de hábitos se ergueu e ficou em pé no lugar, com alguma inquietação, durante a leitura. Nem sinal de comida ainda. As mesas estavam sem pratos. O jantar tinha sido adiado. O organismo, a comunidade cujas células eram os homens, cuja vida tinha fluído através de setenta gerações, parecia tenso nessa noite, parecia sentir que havia uma nota errada nessa noite, parecia ciente – pela naturalidade compartilhada de seus membros – de algo que só a poucos tinha sido dito. O organismo vivia como um corpo, cultuava e trabalhava como um corpo, e às vezes parecia vagamente consciente, como uma mente infundida em seus integrantes e que sussurrava para si e para o Outro na *lingua prima*, a primeira língua das espécies. Talvez a tensão tivesse crescido devido aos tênues ruídos dos experimentos com naves espaciais que vinham do distante campo de treinamento com mísseis antimísseis, mas também devido ao adiamento inesperado do início da refeição.

O abade pediu silêncio e então gesticulou para que seu prior, Padre Lehy, se dirigisse ao pedestal de leitura. O prior pareceu aflito por um instante, antes de tomar a palavra.

– Todos lamentamos a necessidade – disse ele, por fim – de às vezes perturbarmos a quietude da vida contemplativa com notícias do mundo externo. Mas devemos nos lembrar também de que estamos aqui para orar pelo mundo e por sua salvação, tanto quanto pela nossa. Especialmente agora, o mundo parece precisar de mais orações. – Ele fez uma pausa e olhou na direção de Zerchi.

O abade concordou com um aceno de cabeça.

– Lúcifer caiu – disse o sacerdote, e parou. Ficou imóvel no pedestal, olhando para baixo como se tivesse sofrido um repentino ataque de mutismo.

Zerchi se levantou. – A propósito, isso é o que deduz Irmão Joshua – acrescentou. – O Conselho Regente da Confederação Atlântica não disse nada a esse respeito. A dinastia não emitiu nenhum pronunciamento. Hoje, sabemos apenas um pouco a mais do que sabíamos ontem, exceto que a Corte Mundial está reunida em sessão extraordinária e que o pessoal da Defesa do Interior está se mexendo depressa. Existe um alerta de defesa e todos seremos afetados, mas não incomodados. Padre?

– Obrigado, Domne – disse o prior, parecendo ter recuperado a voz, enquanto Dom Zerchi tornava a se sentar. – Agora, o Reverendo Padre Abade me pediu que fizesse os seguintes anúncios:

"Primeiro: nos próximos três dias, cantaremos o Pequeno Ofício de Nossa Senhora antes das Matinas, pedindo a ela que interceda pela paz.

"Segundo: instruções gerais para a defesa civil no caso de um alerta de ataque espacial ou de ataque por míssil estarão disponíveis na mesa da entrada. Todos peguem um exemplar. Se já leram o material, leiam de novo.

"Terceiro: no caso de soar o aviso de ataque, os seguintes irmãos devem se dirigir imediatamente ao pátio da abadia antiga para instruções especiais. Se não soar o alarme de ataque, os referidos irmãos deverão se apresentar no mesmo local, depois de amanhã, de manhã, logo após as Matinas e as Laudes. Nomes dos irmãos: Joshua, Christopher, Augustin, James, Samuel..."

Os monges escutaram tudo em tenso silêncio, sem demonstrar nenhuma emoção. A lista completa relacionava vinte e sete nomes, mas nenhum noviço fora incluído. Alguns eram acadêmicos eminentes, e também havia um faxineiro e um cozinheiro. Após ouvir a relação de nomes, poder-se-ia supor que tinham sido sorteados. Quando enfim o Padre Lehy terminou de ler a lista, alguns dos irmãos se entreolhavam com aberta curiosidade.

– E esse mesmo grupo se apresentará no dispensário para um exame físico completo amanhã, após a Prima – concluiu o prior. Então, dirigiu-se com ar inquisitivo para Dom Zerchi. – Domne?

– Sim, só mais uma coisa – disse o abade, aproximando-se do pedestal de leitura. – Irmãos, *não* vamos presumir que haverá uma guerra. Lembremo-nos de que Lúcifer tem estado entre nós, desta vez, há quase duzentos anos. E só foi derrubado duas vezes, em tamanhos menores do que a escala de megatons. Todos sabemos o que *pode*rá acontecer, se houver guerra. A putrefação genética ainda está conosco desde a última vez que o Homem tentou se exterminar. Naqueles tempos, na época de São Leibowitz, talvez eles não soubessem o que poderia acontecer. Ou talvez até soubessem, mas não conseguissem acreditar de verdade antes de tentar, como a criança que sabe o que uma pistola carregada é capaz de fazer, mas que nunca acionou um gatilho antes. Eles ainda não tinham visto um bilhão de cadáveres. Ainda não tinham visto os natimortos, os monstruosos, os desumanizados, os cegos. Eles ainda não tinham visto a loucura e a matança e o obscurecimento da razão. Então tentaram, e então viram.

"Agora, *agora* os príncipes, os presidentes, os *presidiums*, agora eles sabem, com fulminante certeza. Eles podem saber disso por conta das crianças que concebem e que têm de mandar para os asilos para deformados. Eles sabem e têm mantido a paz. Não a paz de Cristo, sem dúvida, mas paz, até recentemente, com apenas dois incidentes de caráter bélico em muitos séculos. Agora, eles têm a amarga certeza. Meus filhos, eles não podem fazer tudo aquilo de novo. Somente uma raça de desatinados poderia fazê-lo de novo."

Ele parou de falar. Alguém estava sorrindo. Era somente um sorriso discreto, mas no meio daquele mar de faces de expressão grave, destacava-se como uma mosca morta numa tigela de pudim. Dom Zerchi franziu a testa. O velho continuava sorrindo de maneira sarcástica. Estava sentado à "mesa dos pedintes", com mais três vagabundos em trânsito; um sujeito com uma barba farta, manchada de amarelo em torno do queixo. Seu casaco era uma sacola de aniagem com furos para os braços. Ele continuava sorrindo para Zerchi. Parecia velho como um penhasco batido pelas tempestades, um candidato adequado para o lava-pés da Quinta-feira Santa. Zerchi pensou por um instante que ele talvez se pusesse em pé para dar um aviso aos convivas – ou talvez para soprar uma corneta de chifre de carneiro, quem sabe? –, mas foi só uma ilusão provocada pelo sorriso. Ele rapidamente se desvencilhou da sensação de que já havia visto o velho antes, em algum lugar. Então, concluiu seus comentários.

No caminho de volta ao seu lugar, parou. O mendigo fez um cordial aceno com a cabeça na direção de seu anfitrião. Zerchi se aproximou.

– Posso saber quem é você? Já o vi em algum lugar antes?

– לאצאר שמי –

– O quê?

– *Latzar shemi* – o mendigo repetiu.

– Não sei direito...

– Me chame de Lázaro, então – disse o velho, dando uma risadinha surda.

Dom Zerchi balançou a cabeça e foi em frente. *Lázaro?* Naquela região, corria uma velha lenda que as viúvas repetiam, dizendo que... Mas que tipo ordinário de *mito* era aquele. Ressuscitado por Cristo, mas ainda assim não cristão, diziam. Apesar de tudo, não conseguia se furtar à sensação de que já tinha visto aquele velho em algum lugar.

– Que tragam o pão para ser abençoado – ele ordenou, e assim terminou a espera pelo jantar.

Após as orações, o abade mais uma vez relanceou os olhos pela mesa dos pedintes. O velho só estava abanando sua sopa com uma espécie de chapéu de palha. Zerchi se desligou da imagem com um encolher de ombros e a refeição começou em meio a um silêncio solene.

A oração noturna da Igreja, as Completas, pareceu especialmente profunda naquela noite.

Mas Joshua dormiu mal, depois. No sonho, encontrava novamente a sra. Grales. Havia um cirurgião afiando uma faca e dizendo: "Essa deformidade deve ser removida antes que se torne maligna". E o rosto de Rachel abriu os olhos e tentou falar com Joshua, mas ele só conseguia ouvir indistintamente e não foi capaz de entender nada. – Exata sou eu a exceção – ela parecia dizer –, proporcional ao engano. Sou.

Ele não conseguia compreender, mas ainda tentou estender o braço para salvá-la. Parecia haver uma espécie de parede elástica de vidro no meio. Ele parou e tentou ler o que os lábios dela diziam. Eu sou a, eu sou a...

– Eu sou a Imaculada Conceição – foi o sussurro que trouxe o sonho.

Ele tentou abrir caminho através do vidro elástico para salvá-la da faca, mas já era tarde demais, e houve muito sangue derramado depois disso. Então Joshua despertou do pesadelo blasfemo com um forte tremor e se pôs a rezar por algum tempo. Assim que pegou no sono outra vez, porém, lá estava a sra. Grales.

Foi uma noite perturbada, uma noite que pertenceu a Lúcifer. Foi a noite do ataque da Confederação Atlântica a instalações espaciais asiáticas.

Numa retaliação repentina e rápida, morreu uma cidade milenar.

26

"Esta é a sua rede de alerta de emergência..." – o locutor estava dizendo quando Joshua entrou no gabinete do abade após as Matinas, no dia seguinte – "trazendo para os ouvintes o último boletim do padrão de precipitação radiativa provocada pelo ataque do míssil inimigo contra Texarkana..."
– Mandou me chamar, Domne?

Zerchi acenou para que ele se calasse e se sentasse. O rosto do padre parecia abatido e exangue, uma máscara cinzenta como o aço, evidenciando um autocontrole inabalável. Para Joshua, ele parecia ter diminuído de tamanho, além de envelhecido, desde o anoitecer. Num clima sombrio, ouviram a voz que ia e vinha a intervalos de quatro segundos, conforme as estações transmissoras entravam e saíam do ar como forma de criar um obstáculo aos inimigos, impedindo-os de usar seus equipamentos de localização.

"... mas, antes, um anúncio emitido agora há pouco pelo Comando Geral. A família real está a salvo. Repito: está confirmado que a família real está a salvo. Foi informado que o Conselho Regente não se encontraria na cidade quando ocorreu o ataque do inimigo. Fora da área do desastre, não foram registrados distúrbios civis e não se espera que eles ocorram.

"A Corte Mundial das Nações emitiu uma ordem de cessar-fogo com uma proscrição suspensa, envolvendo sentenças de morte, contra os líderes responsáveis das duas nações. Sendo suspensa, a sentença se torna aplicável somente se o decreto for desobedecido. Os dois governos imediatamente telegrafaram para a Corte transmitindo sua imediata anuência à ordem, e existe portanto uma forte probabilidade de que o embate tenha chegado ao fim poucas horas após ter começado como um ataque preventivo contra determinadas instalações espaciais ilegais. Por meio de um ataque surpresa, as forças espaciais da Confederação Atlântica atacaram na noite passada os três locais de mísseis asiáticos escondidos no lado oculto da Lua, e destruíram totalmente uma estação espacial inimiga que se sabe ter participação num sistema de direcionamento de mísseis espaço-terra. Esperava-se que o inimigo revidasse contra nossas forças no espaço, mas o ataque bárbaro contra nossa capital foi um ato de desespero que ninguém podia prever.

"*Boletim especial*: nosso governo acaba de anunciar sua intenção de honrar o cessar-fogo por dez dias se o inimigo concordar com um encontro imediato entre os ministros do Exterior e os comandantes militares, em Guam. É esperado que o inimigo concorde."

– Dez dias – resmungou o abade. – Isso não nos dá muito tempo.

"A rádio asiática, no entanto, ainda insiste que o recente desastre termonuclear em Itu Wan, que causou a morte de cerca de oitenta mil pessoas, foi provocado por um míssil atlântico desgovernado e que, portanto, a destruição da cidade de Texarkana foi uma represália à altura."

O abade desligou o aparelho abruptamente. – Onde está a verdade? – indagou ele em voz baixa. – No que acreditar? Ou será que isso importa? Quando um massacre é respondido com outro massacre, estupro com estupro, ódio com ódio, não faz mais muito sentido perguntar qual machado está mais coberto de sangue. O mal, sobre o mal, sobreposto por mal. Havia alguma justificativa para nossa "ação policial" no espaço? Como *podemos* saber? Sem dúvida não havia justificativa para o que *eles* fizeram de fato. Ou havia? A única coisa que sabemos é o que *aquela* coisa diz, e *aquela* coisa é um cativo. A rádio asiática tem de dizer o que menos desagrade ao seu governo. A nossa rádio tem de dizer o que menos desagrade à nossa bela plebe teimosa e patriótica, o que, por coincidência, é justamente o que o governo quer que ela diga, afinal. Assim, qual a diferença? Meu Deus, deve haver pelo menos meio milhão de mortos se atacaram Texarkana com a coisa propriamente dita. Sinto vontade de dizer palavras que nunca sequer ouvi. Merda de sapo. Pus de bruxa. Gangrena da alma. Podridão cerebral eterna. Você está me acompanhando, irmão? E Cristo respirou o mesmo ar putrefato que nós; quão meiga é a Majestade de nosso Deus Todo-poderoso! Que Infinito Senso de Humor... para ele se tornar um de nós! Rei do Universo, pregado numa cruz como um Tolo iídiche em prol de seres como nós. Dizem que Lúcifer foi expulso porque se recusou a adorar o Verbo Encarnado. O Impuro devia ter uma completa ausência de senso de humor! Deus de Jacó, Deus até mesmo de *Caim*! Por que é que estão fazendo tudo isso de novo?

– Desculpe-me, estou delirando – Zerchi então acrescentou, menos para Joshua do que para a velha estátua em madeira entalhada de São Leibowitz, no mesmo canto do gabinete. Ele interrompeu suas passadas para mirar o rosto da imagem. Era uma imagem muito, muito antiga. Algum antigo superior da abadia a havia despachado para um depósito no subsolo, acumulando poeira e mofo enquanto os fungos decompunham a madeira, carcomendo os grãos da primavera e deixando os grãos do verão de modo que agora o rosto parecia profundamente vincado. O santo ostentava um sorriso levemente satírico. Zerchi havia resgatado a estátua de seu quase total esquecimento por causa daquele sorriso.

– Você viu aquele velho pedinte no refeitório na noite passada? – ele perguntou casualmente, ainda olhando com minuciosa curiosidade o sorriso da estátua.

– Não reparei, Domne. Por quê?

– Não importa, acho que só imaginei coisas. – O abade tocou o feixe de lenha sobre o qual o mártir de madeira se encontrava. *É aqui que estamos todos posicionados agora*, ele pensou. Sobre os bastos gravetos de pecados passados. E alguns deles são meus. Meus, de Adão, de Herodes, de Judas, de Hannegan, meus. De todo mundo. Sempre culminando no colosso do Estado que, de algum modo, se recobre com o manto da divindade que é atacada pela ira dos Céus. Por quê? Nós bradamos em muito alto e bom som que Deus deve ser obedecido pelas nações assim como pelos homens. César é para ser o policial de Deus, não Seu sucessor plenipotenciário, não Seu herdeiro. Para todas as eras, todos os povos... "Aquele que exalta uma raça, ou um Estado, ou uma forma específica de Estado, ou os depositários do poder... Aquele que eleva essas noções mais alto do que seus valores básicos e que as diviniza num nível idólatra, distorce e perverte a ordem do mundo planejada e criada por Deus...". Mas *de onde* tinha vindo isso? Pensou que talvez tenha sido de Pio XI, mas sem total certeza, coisa de dezoito séculos atrás. Mas quando César teve acesso aos meios de destruir o mundo ele já não estava divinizado? Somente com o consentimento das pessoas, da mesma plebe que gritou: *"Non habemus regem nisi caesarem"* quando confrontada por Ele, Deus Encarnado, zombado e em quem cuspiram. A mesma plebe que martirizou Leibowitz...

"A divindade de César está em evidência mais uma vez."

– Domne?

– Deixe pra lá. Os irmãos já estão no pátio?

– Acho que mais ou menos a metade, sim, quando eu passei. Devo ir ver?

– Sim. Depois volte aqui. Tenho uma coisa para lhe dizer antes de me reunir a eles.

Antes que Joshua saísse, o abade tirou os papéis do *Quo peregrinatur* guardados dentro do cofre na parede.

— Leia o resumo — disse ele ao monge. — Examine o organograma, leia a relação de procedimentos. O resto você deverá estudar com minúcia, mas somente depois.

O comunicador apitou alto, enquanto Joshua ainda lia.

— Desejo falar com o Reverendo Padre Abade Jethrah Zerchi, por favor — enunciou lentamente a voz de um operador robótico.

— Sou eu.

— Telegrama urgente com prioridade de *sir* Eric Cardeal Hoffstraff, Nova Roma. Não há serviço de mensageiro neste horário. Devo ler?

— Sim, leia o texto. Mais tarde enviarei alguém para buscar uma cópia.

— O texto diz o seguinte: *"Grex peregrinus erit. Quam primum est factum suscipiendum vobis, jussu Sanctae Sedis, suscipite ergo operis partem ordini vestro propriam..."*

— Você poderia ler na tradução para o sudoestês? — indagou o abade.

O operador atendeu ao pedido, mas a mensagem não parecia conter nada de inesperado. Era uma confirmação do plano e um pedido para que sua implantação fosse acelerada.

— Recepção confirmada — ele disse por fim.

— Haverá resposta?

— Responda nos seguintes termos: *Eminentissimo Domino Eric Cardinali Hoffstraff obsequitur Jethra Zerchius. A.O.L., Abbas. Ad has res disputandas iam coegi discessuros fratres ut hodie parati dimitti Roman prima aerisnave possint.* Fim da mensagem.

— Vou repetir: *"Eminentissimo..."*

— Muito bem, isso é tudo. Desligo.

Joshua tinha terminado de ler o resumo. Fechou a pasta e ergueu os olhos devagar.

— Você está pronto para ser pregado nisso? — Zerchi perguntou.

– Eu... eu não estou seguro de ter entendido. – O monge estava pálido.
– Ontem eu lhe fiz três perguntas. Preciso das respostas agora.
– Estou disposto a ir.
– Restam duas respostas a dar.
– Não estou certo quanto ao sacerdócio, Domne.
– Olhe, você terá de decidir. Você tem menos experiência com naves estelares do que qualquer um dos outros. Nenhum deles foi ordenado. Alguém precisa estar parcialmente desobrigado das funções técnicas para se incumbir de funções pastorais e administrativas. Eu lhe disse que isso não significará abandonar a Ordem. Não significará, mas seu grupo se tornará uma casa filial independente da Ordem, regida por uma regra modificada. O Superior será eleito pelo voto secreto dos professados, naturalmente, e você é o candidato mais óbvio, se tiver a vocação para o sacerdócio também. Você tem ou não tem? Esta é a sua inquisição, e o momento é agora; um momento muito breve, além do mais.
– Mas, Reverendo Padre, não terminei meus estudos...
– Isso não importa. Além dos vinte e sete homens da tripulação, todos gente nossa, também irão outras pessoas: seis irmãs e vinte crianças da escola de São José, um casal de cientistas e três bispos, dois deles recém-consagrados. Eles podem ordenar e, como um desses três é delegado do Santo Padre, eles inclusive terão o poder de consagrar outros bispos. Eles poderão ordená-lo quando acharem que você está pronto. Vocês todos ficarão no espaço por muitos anos, isso você sabe. Mas queremos saber se você tem ou não tem vocação, e queremos saber isso agora.

Irmão Joshua gaguejou por alguns instantes e então balançou a cabeça. – Não sei.

– O que você acha de meia hora? Gostaria de beber um copo d'água? Você está cinzento. Vou lhe dizer uma coisa, meu filho. Se você vai conduzir o rebanho, terá de ser capaz de decidir as coisas aqui e agora. *Você tem de saber, agora.* Bom, consegue falar?

— Domne, não tenho... certeza...

— De todo modo, consegue *grasnar*, não é? Vai se entregar ao jugo, filho? Ou você ainda não foi subjugado? Você será solicitado a ser o jumento no qual Ele entrou montado em Jerusalém, mas o fardo é pesado e vai acabar com as suas costas, porque Ele vai levando todos os pecados do mundo.

— Não me acho capaz.

— Pode grasnar e resfolegar. Mas você também pode rosnar e isso cai bem num líder de bando. Ouça uma coisa: nenhum de nós tem sido realmente capaz. Mas tentamos e temos sido postos à prova. Quase chega a ponto de nos destruir, mas é para isso que você está aqui. Esta Ordem já teve seus abades de ouro, abades de aço duro e frio, abades de chumbo corroído, e nenhum deles foi capaz, embora alguns tenham sido mais capazes do que outros, e alguns até mais santos. O ouro ficou gasto, o aço ficou quebradiço e se partiu, e o chumbo corroído foi pisoteado até virar cinzas pelos Céus. Quanto a mim, tenho tido sorte suficiente para ser como o mercúrio. Sou dividido em respingos, mas acabo juntando as gotículas novamente, de alguma forma. Sinto, porém, que serei dividido novamente, irmão, e acho que dessa vez será definitivo. Do que você é feito, meu filho? O que há para ser testado?

— Rabo de filhote de cachorro. Sou de carne e estou com medo, Reverendo Padre.

— O aço grita quando é forjado, fica sem ar quando está sendo moldado. Range quando a carga que lhe é imposta é pesada. Acho que até mesmo o aço tem medo, meu filho. Quer uma meia hora para pensar? Um pouco d'água? Um pouco de vinho? Vá dar uma voltinha. Se você sentir náusea, então é prudente que vomite. Se se sentir aterrorizado, grite. Se se sentir de qualquer jeito, *reze*. Mas entre na igreja antes

da missa e nos diga do que é feito o monge. A Ordem está em processo de fissão, e a parte de nós que for para o espaço irá para sempre. Você está sendo chamado para ser o pastor desse grupo ou não. Vá e decida.
– Acho que não há saída.
– *Claro* que há. Basta que você diga: "Não me sinto chamado para isso". Então outra pessoa será eleita, e pronto. Mas vá, se acalme, e então venha nos encontrar na igreja com um "sim" ou um "não". Estou indo para lá agora. – O abade se levantou e, com um movimento de cabeça, indicou ao monge que saísse.

A escuridão no pátio era praticamente total. Somente uma esguia faixa de luz vazava por baixo das portas da igreja. A tênue luminosidade das estrelas era apagada por uma névoa de poeira. Nenhum indício da aurora havia se insinuado ainda a leste. Irmão Joshua caminhava em silêncio. Finalmente, sentou-se num meio-fio que rodeava um canteiro de roseiras. Apoiou o queixo nas mãos e rolou uma pedrinha com o dedo do pé. Os edifícios da abadia estavam no escuro, envoltos em sombras sonolentas. Uma fatia fina de Lua amarela como um melão pendia baixa no horizonte ao sul.

O murmúrio de um cântico subia da igreja. *Excita, Domine, potentiam tuam, et veni ut salvos...* Despertai vosso poder, ó Senhor, e vinde nos salvar. O fôlego da oração continuaria indefinidamente, enquanto houvesse ar para sustentá-la. Mesmo que os irmãos achassem que fosse inútil...

Mas eles não podiam saber que era inútil. Ou sabiam? Se Roma nutria alguma esperança, por que enviar a nave interestelar? Por quê, se eles acreditavam que as preces pela paz na Terra jamais seriam atendidas? Aquela nave espacial não seria um ato de desespero?... *Retrahe me, Satanas, et discede!*, pensou o monge. A nave é um ato de esperança. Esperança pelo Homem em algum outro lugar, pela paz em algum outro lugar, se não aqui e agora, então em outro local: talvez no planeta Alfa Centauri, ou em Beta Hydri, ou em alguma das débeis e esparsas colônias naquele planeta não-sei-como-se--chama em Scorpius. Esperança, não inutilidade, é despachar a nave, tu, pérfido Sedutor. É uma esperança exausta e esgotada, talvez, mas uma esperança que diz: Sacuda a poeira de suas sandálias e vá pregar em Sodoma e Gomorra. Mas é esperança, ou nem diria *vá*. Não é esperança pela Terra, mas pela alma e pela substância do Homem, em algum lugar. Com Lúcifer pairando, *não* despachar a nave seria um ato de presunção, como aquele com que você, o mais vil de todos, tentou Nosso Senhor: Se tu és o Filho de Deus, lança-te deste pináculo, pois os anjos te sustentarão.

Esperança demais pela Terra tinha levado os homens a tentar fazer dela um Éden, e disso eles realmente podem desistir até que seja chegado o momento da consumação do mundo...

Alguém tinha aberto as portas da abadia. Os monges estavam saindo em silêncio, encaminhando-se para suas celas. Apenas uma fraca luminosidade escoava pela fresta da porta e alcançava o pátio. Dentro da igreja, era pouca a luz. Joshua só pôde discernir algumas velas e o tímido olho vermelho da lâmpada do sacrário. Seus vinte e seis irmãos mal podiam ser vistos onde estavam ajoelhados, esperando. Alguém fechou as portas de novo, mas não de todo porque, pela fresta, Joshua ainda conseguia enxergar o ponto vermelho da lâmpada do sacrário. O fogo ardia em veneração, queimava em louvor, queimava suavemente em adoração ali, em seu receptáculo vermelho. Fogo, o mais adorável dos quatro elementos do mundo e, não obstante, um elemento também do Inferno. Embora ardesse em adoração no centro do templo, também abrasara toda a vida de uma cidade, nesta noite, espalhando seu veneno sobre a terra. Como era estranho que Deus falasse do meio de uma sarça ardente, e que o Homem transformasse um símbolo do Céu num símbolo do Inferno.

Mais uma vez, ele olhou na direção das estrelas da manhã. Bom, não existiriam édens a se descobrir naquelas bandas, era o que diziam. Apesar disso, havia homens por lá, neste momento; homens que contemplavam sóis estranhos em céus mais estranhos ainda, que respiravam ares estranhos, aravam solos estranhos. Em mundos de tundra equatorial congelada, mundos de selvas árticas fervilhantes, lembrando um pouco a Terra, quem sabe, parecidos o suficiente com a Terra para que o Homem ali pudesse viver de algum modo, labutando com o mesmo suor de seu rosto. Não passavam de um punhado de homens, esses colonos celestiais do *Homo loquax nonnumquam sapiens*, algumas poucas colônias humanas acossadas, destinatárias de pouca ajuda da Terra, até este momento. Agora, não poderiam esperar mais nenhuma ajuda, lá, em seus não édens, ainda menos parecidos com o Paraíso do que a Terra havia sido. Felizmente para eles, quem sabe. Quanto mais perto os homens chegavam de proporcionar a si mesmos um paraíso perfeito, mais impacientes pareciam se tornar com ele – e consigo também. Os homens criaram um jardim das delícias e se tornaram cada vez mais infelizes com ele à medida que o lugar crescia em riqueza, poder e beleza. Talvez porque então fosse mais fácil para eles perceberem que alguma coisa estava faltando naquele jardim, alguma árvore ou arbusto que iria crescer. Quando o mundo estava nas trevas e na miséria, podia-se acreditar na perfeição e ansiar por ela. Mas quando se tornou iluminado pela razão e pela fartura, começou a sentir a estreiteza do buraco da agulha, e isso incomodou um mundo que não desejava mais acreditar ou ansiar pela perfeição. Bem, estavam a ponto de destruí-lo mais uma vez, não era? Este jardim que a Terra havia se tornado, civilizado e culto, seria novamente destruído para que o Homem pudesse alimentar suas esperanças na escuridão miserável outra vez.

 Ainda assim, a Memorabilia deveria seguir na nave! Seria uma maldição? *Discede, Seductor informis!* Não era uma maldição, esse conhecimento, a menos que pervertido pelo Homem, como o fogo tinha sido, nesta noite...

Por que tenho de partir, Senhor?, pensava Joshua. Devo ir? E o que estou precisando decidir: ir ou me recusar a ir? Mas isso já foi decidido; tinha havido uma convocação nesse sentido... Há muito tempo. *Egrediamur tellure*, então, pois isso foi ordenado por um voto que assumi. Então irei. Mas para impor as mãos sobre minha cabeça e me chamar de padre, me chamar de *abade*, inclusive, me destinar a zelar pelas almas de meus irmãos? Será que o Reverendo Padre precisa insistir nisso? Mas ele não está insistindo nisso; ele só está insistindo em saber se Deus insiste nisso ou não. Mas ele está com uma pressa terrível. Será que ele realmente tem tanta certeza de mim assim? Para me colocar nessa situação, ele deve estar mais certo de mim do que eu mesmo.

Fale comigo, destino, fale comigo! O destino sempre parece estar a décadas de distância, mas de repente não está. Está bem *aqui*. Talvez o destino seja sempre o agora, bem aqui, neste exato momento, quem sabe.

Não é suficiente que *ele* tenha certeza de mim? Não, isso não é nem de longe o bastante. De algum modo, eu mesmo preciso ter certeza. Em meia hora. Menos de meia hora, agora. *Audi me, Domine* – por favor, Senhor. É somente uma de suas víboras desta geração, suplicando por algo, suplicando saber, suplicando por um sinal, um sinal, um portento, um presságio. Não tenho tempo suficiente para decidir.

Ele começou a ficar nervoso. Alguma coisa estava... *rastejando?*

Ele ouviu o rumor como se fosse o tímido farfalhar das folhas secas sob as roseiras às suas costas. O movimento cessou, remexeu e rastejou de novo. Será que um sinal dos Céus rastejaria? Um augúrio ou um prodígio, talvez. O *negotium perambulans in tenebris* do salmista, talvez. Uma cascavel, quem sabe.

Um grilo, pode ser. Só estava se remexendo. Irmão Hegan tinha matado uma cascavel no pátio, uma vez, mas... Agora rastejava de novo! Um ruído surdo de folhas sendo lentamente arrastadas. Seria um sinal apropriado se viesse rastejando e o mordesse nas costas?

Novamente ele ouviu o som das preces que vinham da igreja: *Reminiscentur et convertentur ad Dominum universi fines terrae. Et adorabunt in conspectu universae familiae gentium. Quoniam Domini est regnum; et ipse dominabitur...* Que estranhas palavras para aquela noite: Todos os confins da Terra se lembrarão e se voltarão para o Senhor...

De repente o rastejar cessou. Estaria justamente ao lado dele? De verdade, Senhor, um sinal é absolutamente essencial. De verdade, eu...

Alguma coisa se encostou em seu punho. Ele deu um salto para cima com um grito e se afastou do roseiral. Agarrou uma pedra solta e atirou-a nas moitas. O barulho da queda da pedra foi mais alto do que ele previa. Coçou a barba e se sentiu encabulado. Esperou. Não saiu nada das moitas. Nada rastejou. Ele jogou uma pedrinha. Ela também ricocheteou com um som incômodo, no escuro. Ele esperou, mas nada se mexeu dentre as roseiras. Peça um sinal e então atire uma pedra quando ele vier: *de essentia hominum.*

A língua rosada do amanhecer estava começando a lamber as estrelas do céu. Logo ele teria de ir ao encontro do abade. E lhe dizer o quê?

Irmão Joshua tirou alguns mosquitinhos que tinham se enroscado em sua barba e começou a andar na direção da igreja, pois alguém acabara de chegar à porta e parecia buscar alguma coisa. Será que procurava por ele?

Unus Panis, et unum corpus multi sumus, vinha o murmúrio de dentro da igreja, *omnes qui de uno...* Um só pão e um só corpo, embora sendo muitos, somos nós, e do único pão e do único cálice *nós comungamos...*

Ele parou na soleira a fim de olhar para trás, na direção do canteiro de rosas. Era uma armadilha, não era? Você mandou o sinal sabendo que eu atiraria pedras nele, não foi?

Um momento mais tarde, ele se esgueirou para o interior da igreja e foi se ajoelhar ao lado dos demais. Sua voz se juntou às deles nas súplicas. Por algum tempo parou de pensar, na companhia daqueles viajantes espaciais monásticos ali reunidos. *Annuntiabitur Domino generatio ventura...* E será declarada ao Senhor a cada geração futura; e os céus proclamarão Sua justiça. Ao povo que ainda está por nascer, tudo o que o Senhor realizou...

Quando caiu em si novamente, reparou que o abade se aproximava. Irmão Joshua foi se ajoelhar ao lado dele.

– *Hoc officium Fili... tibine imponemus oneri?* – ele sussurrou.

– Se eles querem a mim – o monge respondeu suavemente –, *honorem accipiam.*

O abade sorriu. – Você me ouviu mal; eu disse "fardo", não "honra". *Crucis autem ônus si audisti ut honorem, nihilo errasti auribus.*

– *Accipiam* – o monge repetiu.

– Tem certeza?

– Se eles me escolheram, terei certeza.

– É o suficiente.

Assim, ficou tudo resolvido. Enquanto o sol se levantava, um pastor era eleito para conduzir o rebanho.

Depois disso, a missa conventual tornou-se uma missa para peregrinos e viajantes.

Não tinha sido fácil fretar um avião para o voo até Nova Roma. Ainda mais árdua foi a tarefa de obter autorização para o voo depois de o avião ter sido fretado. Todas as aeronaves civis tinham caído sob jurisdição militar enquanto durasse a emergência, e era necessária a autorização militar para a decolagem, o que fora recusado pelo ZDI local. Se Abade Zerchi não tivesse sabido do fato de que certo marechal do ar e certo cardeal arcebispo por acaso eram amigos, a aparente peregrinação a Nova Roma de vinte e sete copiadores de livros com suas trouxas de aniagem poderia muito bem ter sido realizada a pé, devido à ausência de permissão para uso de um jato para transporte rápido. No meio da tarde, não obstante, a autorização estava concedida. Abade Zerchi subiu brevemente a bordo antes da decolagem para as últimas despedidas.

– Vocês são a continuidade da Ordem – ele disse ao grupo. – Com vocês segue a Memorabilia. Com vocês também segue a sucessão apostólica e, talvez, o Trono de Pedro.

– Não, não – ele acrescentou em resposta a um murmúrio de surpresa vindo dos monges. – Sua Santidade, não. Eu não lhes disse isto até agora, mas, se ocorrer o pior à Terra, o Colégio dos Cardeais (ou o que sobrar dele) se reunirá. A Colônia Centaurus poderá então ser declarada um patriarcado separado, com plena jurisdição patriarcal na pessoa do cardeal que os está acompanhando. Se o flagelo nos abater aqui, então estará com ele a incumbência de prosseguir com o Patrimônio de Pedro. Assim, embora a vida na Terra possa ser exterminada (que Deus nos livre), o ofício de Pedro não poderá ser destruído enquanto o Homem existir em algum outro lugar. São muitos os que pensam que, caso a maldição se abata sobre a Terra, o papado deverá ser transmitido a ele segundo o princípio da *Epikeia*, se aqui não houver sobreviventes. Mas essa não é nossa preocupação imediata, irmãos, filhos, embora vocês venham a estar sujeitos ao seu patriarca sob votos especiais como os que ligam os jesuítas ao papa.

"Vocês ficarão no espaço por muitos anos. A nave será seu monastério. Depois que a sede do patriarcado for instituída na Colônia Centaurus, vocês fundarão lá uma casa provincial dos Frades Visitantes da Ordem de São Leibowitz de Tycho. Mas a nave permanecerá sob seu comando, assim como a Memorabilia. Se a civilização, ou um vestígio dela, conseguir se manter em Centaurus, vocês enviarão missões a outros mundos-colônias, e talvez, por fim, a colônias dessas colônias. Aonde quer que o Homem vá, vocês e seus sucessores irão. E, com vocês, os registros e as memórias de quatro mil anos ou mais. Alguns de vocês, ou aqueles que vierem depois de vocês, serão mendicantes e andarilhos, ensinando as crônicas da Terra e os cânticos do Crucificado aos povos e às culturas que possam se desenvolver nos grupos colonizados. Pois alguns talvez se esqueçam. Alguns poderão se desviar da Fé por algum tempo. Ensinem-nos, e recebam na Ordem aqueles que forem chamados. Transmitam a esses a continuidade. Sejam para o Homem a memória da Terra e da Origem. Lembrem-se da Terra. Nunca se esqueçam dela, mas *jamais retornem.*"

A voz de Zerchi ficou então rouca e grave.

— Se algum dia vocês voltarem, poderão ter de enfrentar o Arcanjo na extremidade oriental da Terra, guardando sua entrada com a espada de chamas. Eu posso sentir isso. O espaço é seu lar daqui em diante. É um deserto ainda mais solitário do que o nosso. Deus os abençoe, e rezem por nós.

Lentamente, ele foi andando pelo corredor, parando ao lado de cada assento para abençoar e abraçar o ocupante antes de sair do avião. A aeronave taxiou na pista e alçou voo trovejando seus motores. Ele observou o aparelho até que tivesse desaparecido de vista no céu de fim de tarde. Depois, voltou para a abadia com o restante de seu rebanho. Enquanto esteve a bordo, falara como se o destino do Irmão Joshua e de seu grupo fosse tão bem desenhado quanto as orações preceituadas para o Ofício de amanhã. Mas tanto Zerchi como todos os viajantes sabiam que ele apenas falara dos mais superficiais aspectos do plano, e que falara de uma esperança, não de uma certeza. O grupo do Irmão Joshua tinha apenas começado a primeira e breve etapa de uma longa e duvidosa viagem, como um novo Êxodo do Egito, sob os auspícios de um Deus que certamente deve estar muito cansado da raça dos Homens.

Aos que ficaram restara a parte mais fácil. Eles não tinham que fazer nada além de esperar pelo fim e rezar para que não chegasse.

27

"A área abrangida pela precipitação radiativa local permanece relativamente estacionária" – disse o locutor –, "e o perigo de novas dispersões pelo vento praticamente desapareceu..."

– Bem, pelo menos nada *pior* aconteceu ainda – comentou o convidado do abade. – Até o momento, estamos a salvo disso, aqui. Ao que parece, ficaremos seguros, a menos que a conferência fracasse.

– Será que ficaremos... – grunhiu Zerchi. – Mas ouça só mais um instante.

"A mais recente estimativa de mortes" – continuava o locutor –, "neste nono dia após a destruição da capital, chega a dois milhões e oitocentas mil pessoas. Mais de metade desse total representa a população da cidade propriamente dita. O restante é uma estimativa baseada na porcentagem dos moradores de áreas periféricas e afetadas pela precipitação, locais sabidamente atingidos por doses críticas de radiação. Os especialistas preveem que essa estimativa aumentará com a confirmação de mais casos de radiação.

"Esta estação é obrigada por lei a transmitir o seguinte aviso, duas vezes ao dia, enquanto durar a situação de emergência: 'Os dispositivos da Lei Pública 10-WR-3E *de nenhuma maneira* autorizam cidadãos comuns a praticar eutanásia em vítimas de envenenamento por radiação. As vítimas que foram expostas ou que acham que foram expostas a níveis de radiação que excedam em muito a dose crítica devem se apresentar à unidade mais próxima do Posto de Socorro Estrela Verde, onde um magistrado tem poderes para emitir um mandado de *Mori Vult* ao cidadão que for devidamente comprovado como caso sem esperança, na hipótese de o paciente desejar a eutanásia. Toda vítima da radiação que tirar a própria vida de qualquer outra maneira que não a prescrita pela lei será considerada suicida, prejudicando assim o direito de seus herdeiros e dependentes a cobrar o seguro e receber outros benefícios para casos de radiação previstos em lei. Além disso, o cidadão que auxiliar um suicídio nessas circunstâncias poderá ser processado por assassinato. A Lei de Desastre Radiativo autoriza a eutanásia *somente* após o devido processo legal. Casos graves de doença radiativa devem se apresentar ao Posto de Socorro..."'

Repentinamente, e com tanta força que ele arrancou o botão giratório de seu eixo, Zerchi desligou o receptor. Levantou-se de sua cadeira e foi se colocar ao lado da janela, de onde passou a olhar para o pátio em que um imenso grupo de refugiados estava amontoado em torno de mesas de madeira montadas às pressas. A abadia, tanto em seus antigos recintos como nos novos, tinha sido ocupada por pessoas de todas as idades e classes sociais cujos lares se localizavam nos pontos atingidos. O abade tinha temporariamente reorganizado as áreas "enclausuradas" da abadia para dar aos refugiados acesso a praticamente tudo, exceto aos dormitórios dos monges. A placa do lado de fora do antigo portão fora retirada, pois havia mulheres e crianças a ser alimentadas, vestidas e abrigadas.

Ele observava dois noviços que vinham carregando um caldeirão fumegante desde a cozinha de emergência. Suspendendo o recipiente, colocaram-no numa mesa e começaram a servir a sopa com uma concha.

O visitante do abade pigarreou para chamar a atenção e se moveu inquieto na cadeira. O abade se voltou para ele.

– O devido processo, é como eles dizem – resmungou o padre. – O devido processo de suicídio em massa patrocinado pelo Estado. Com a bênção de toda a sociedade.

— Bem — disse o visitante —, certamente é melhor do que deixar que morram aos poucos, uma morte horrível.

— É? Melhor para quem? Para os garis? Melhor que esses cadáveres vivos caminhem até uma unidade central de descarte enquanto ainda conseguem andar? Um espetáculo menos público? Menos horrores espalhados à vista de todos? Menos desordem? Alguns milhões de cadáveres deitados por toda parte poderiam começar uma rebelião contra os responsáveis. É isso que você e o governo chamam de melhor, certo?

— Não sei quanto ao governo — disse o visitante com um traço muito leve de tensão na voz. — O que eu quis dizer com *melhor* foi "mais piedoso". Não tenho nenhuma intenção de discutir sua teologia moral com o senhor. Se acha que tem uma alma que Deus mandaria para o Inferno caso preferisse morrer sem dor em vez de sofrendo terrivelmente, então pronto, é só ir em frente e pensar assim. Mas o senhor é minoria, como bem sabe. Discordo, mas não há nada a se discutir aqui.

— Perdão — disse Abade Zerchi. — Eu não estava pronto para discutir teologia moral com o senhor. Eu falava somente desse espetáculo da eutanásia em massa em termos de motivação humana. A própria *existência* da Lei do Desastre Radiativo e de leis similares em outros países é a mais crassa evidência possível de que os governos estiveram *totalmente* cientes das consequências de outra guerra, e que, em vez de tentar tornar o crime impossível, eles tentaram legislar antecipadamente sobre as consequências do crime. As implicações desse fato fariam algum sentido para o senhor, doutor?

— Claro que sim, padre. Pessoalmente, sou um pacifista. Mas, por ora, estamos presos a este mundo do jeito que está. E, se eles não conseguiram chegar a um acordo quanto ao modo de impossibilitar um ato de guerra, então é melhor ter *alguma* legislação para lidar com as consequências do que não ter *nenhuma*.

– Sim e não. Sim, se for uma antecipação do crime de terceiros. Não, se for uma antecipação dos próprios crimes. E especialmente *não*, se a legislação para amenizar as consequências também for criminosa.

O visitante encolheu os ombros. – Como a eutanásia? Desculpe-me, padre, acho que as leis da sociedade são o que torna algo um crime ou não. Estou ciente de que o senhor discorda. E podem existir leis ruins, mal concebidas, concordo. Mas, neste caso, acho que temos uma boa lei. Se eu achasse que tenho isso que chamam alma, e que existe um Deus furibundo nos Céus, poderia concordar com o senhor.

Abade Zerchi soltou um sorrisinho de nada. – O senhor não *tem* alma, doutor. O senhor *é* uma alma. O senhor *tem* um corpo, temporariamente.

O visitante riu educadamente. – Que confusão semântica.

– É mesmo. Mas qual de nós está confuso? O senhor tem certeza?

– Vamos parar de discutir, padre. Não pertenço ao Grupo de Misericórdia. Trabalho na Equipe de Pesquisa de Exposição. Não matamos ninguém.

Abade Zerchi olhou para ele em silêncio, por alguns instantes. O visitante era um homem baixo e musculoso, com um rosto redondo e agradável e uma cabeça com calva crescente, bronzeada e sardenta. Usava um uniforme verde de sarja, e um quepe com a insígnia do Estrela Verde descansava em seu colo.

Por que discutir, falando nisso? Aquele homem era da equipe médica, não era um algoz. Em parte, o trabalho de resgate fornecido pelo Estrela Verde era admirável. De vez em quando chegava a ser heroico. Pelas crenças de Zerchi, fazer o mal em determinados casos não era motivo para que a parte *boa* do trabalho ficasse manchada. A maioria da sociedade era favorável a ele, e seus funcionários agiam de boa-fé. O médico tinha tentado ser amistoso. A solicitação que ele viera fazer parecia simples o suficiente. Ele não tinha sido nem impositivo, nem oficioso. Ainda assim, o abade relutava em dizer "sim".

– Esse trabalho que vocês querem fazer aqui, vai demorar muito?

O médico balançou a cabeça. – Dois dias, no máximo, é o que acho. Temos duas unidades móveis. Podemos vir com elas até seu pátio, atrelar os dois *trailers* e começar o trabalho imediatamente. Primeiro cuidaremos dos casos óbvios de radiação e dos feridos. Tratamos somente os casos mais urgentes. Nosso serviço consiste em testes clínicos. Os doentes serão tratados num acampamento de emergência.

– E os mais doentes de todos receberão algo extra no acampamento de misericórdia.

O médico franziu a testa. – Somente se quiserem. Ninguém os obriga.

– Mas é o senhor quem redige a autorização para que possam ir.

– Eu já aviei alguns bilhetes vermelhos, sim. Posso ser obrigado a fazer isso desta vez. Aqui... – ele remexeu nos bolsos da jaqueta de onde tirou um formulário em cartolina vermelha, parecendo uma etiqueta de bagagem com uma presilha de arame para afixá-lo numa casa de botão ou num passador de cinto. Ele jogou a etiqueta na escrivaninha. – Este é um formulário em branco para dosagem crítica. Aí está. Leia. Diz que a pessoa está doente, muito doente. E aqui... aqui está um bilhete verde, também. Diz que a pessoa está bem e não tem com que se preocupar. Veja com cuidado o bilhete vermelho: "Exposição estimada em unidades de radiação. Contagem de sangue. Análise de urina". De um lado, é simplesmente como o verde. Do outro lado, o verde está em branco, mas olhe no verso do vermelho. As letrinhas miúdas. É uma citação tirada diretamente da Lei Pública 10-WR-3E. É obrigatório constar ali. A lei exige. Também tem de ser lida

para a pessoa. Ela deve ser informada de seus direitos. O que ela faz com eles é da conta dela. Agora, se o senhor prefere que estacionemos nossas unidades móveis no acostamento da estrada, podemos...
– O senhor apenas lê para a pessoa? Mais nada?
O médico parou. – É preciso explicar para ela, caso não entenda. – Ele fez nova pausa, sentindo a irritação aumentar. – Pelo amor de Deus, padre, quando se diz a uma pessoa que o caso dela não tem mais jeito, o que é que se fala? Repete para ela alguns parágrafos da lei, acompanha-a até a porta e então chama o paciente seguinte? "Próximo, por favor. Você vai morrer, tenha um bom dia?" *Claro* que não é somente ler e pronto, não se você tem algum sentimento dentro do peito!
– Eu entendo tudo isso. O que quero saber é outra coisa. Como médico, o senhor aconselha os casos irreversíveis a irem para um acampamento de misericórdia?
– Eu... – o médico parou e fechou os olhos. Apoiou então a testa na mão. Estremeceu de leve. – Claro que sim – disse afinal. – Se o senhor tivesse visto o que já vi, faria o mesmo. Claro que eu aconselho.
– Aqui o senhor não fará isso.
– Então, teremos... – O médico conteve uma explosão de raiva. Ficou em pé, fez um movimento de que iria ajeitar o quepe e então se deteve. Jogou-o de novo na cadeira e caminhou até a janela. Olhou com expressão sombria para o pátio lá embaixo e então para a rodovia. Agora apontava para alguma coisa. – Lá está o parque ao lado da estrada. Podemos nos instalar ali. Mas são pouco mais de três quilômetros. A maioria terá de ir andando. – Lançou os olhos sobre o Abade Zerchi e depois tornou a avaliar o pátio, de mau humor. – Olhe para eles. Estão doentes, feridos, com ossos quebrados, assustados. As crianças também. Cansados, cambaleantes e miseráveis. O senhor prefere que eles sejam forçados a caminhar pela estrada e a ficar sentados no chão de terra ao sol e...

– Não quero que seja assim – disse o abade. – Veja, o senhor acabou de dizer que uma lei feita pelos homens o obriga a ler e explicar *isto* a um caso crítico de radiação. Não fiz nenhuma objeção a esse procedimento em si. Rendo-me a César, *nessa* medida, uma vez que a lei lhe impõe esse dever. Será que o senhor então poderia compreender que *eu* estou sujeito a outra lei, e que essa lei me proíbe de permitir ao senhor ou a qualquer outra pessoa, dentro desta propriedade, sob minha direção, aconselhar quem quer que seja a fazer aquilo que a Igreja considera o mal?

– Ah, entendo perfeitamente bem.

– Muito bem. O senhor só tem de me prometer uma coisa, e poderá usar o pátio.

– O quê?

– Simplesmente que não aconselhará ninguém a ir para um "acampamento de misericórdia". Limite-se a diagnosticar. Se encontrar casos irreversíveis de radiação, diga o que a lei o obriga a dizer, ofereça todo o consolo que puder, mas não lhes diga para ir se matar.

O médico hesitou. – Acho que seria adequado fazer essa promessa com respeito aos pacientes que pertencem à sua fé.

Abade Zerchi baixou os olhos. – Desculpe-me – disse ele enfim –, mas isso não é o bastante.

– Mas *por quê*? Os outros não são obrigados a cumprir os mesmos princípios que os seus. Se uma pessoa não for de sua religião, por que o senhor deveria recusar... – ele se engasgou de tanta raiva.

– O senhor quer mesmo uma explicação?

– Sim.

– Porque se uma pessoa ignora o fato de que há algo errado e age na ignorância, não incorre em culpa, uma vez que a razão natural não foi suficiente para lhe mostrar que aquele ato era errado. Mas, embora a ignorância possa desculpar tal pessoa, ela não desculpa o *ato*, que é errado em si.

Se eu permitisse o *ato* simplesmente porque essa *pessoa* ignora que é errado, então eu incorreria em culpa porque *eu* sei que é errado. Essa é a triste e dolorosa verdade.
– Ouça, padre. Eles estão sentados ali e olham para você. Alguns gritam. Alguns choram. Alguns só ficam sentados. Todos dizem: "Doutor, o que vamos fazer?". E o que me cabe responder? Nada? Ou dizer: "Vocês podem morrer, é isso". O que o senhor diria?
– Rezem.
– Sim, o senhor diria isso, não é mesmo? Ouça, a dor é o único mal que eu conheço. É o único que eu posso combater.
– Então que Deus o ajude.
– Os antibióticos me ajudam mais.
Abade Zerchi tentou achar uma resposta afiada, encontrou a que queria e então engoliu-a rapidamente. Procurou um pedaço de papel e uma caneta e empurrou-os sobre a escrivaninha na direção do médico. – Apenas escreva isto: "Eu não recomendarei a eutanásia a nenhum paciente que esteja nesta abadia". Assine. E pode usar o pátio.
– E se eu me recusar?
– Então suponho que eles terão de se arrastar por mais de três quilômetros pela estrada.
– De toda impiedade...
– Pelo contrário. Ofereci-lhe uma oportunidade de fazer seu trabalho conforme exigido pela lei que o senhor acata, sem desrespeitar a lei que eu acato. Eles terem de caminhar pela estrada ou não, agora cabe ao senhor.
O médico olhou para a folha em branco. – O que há de tão mágico em colocar por escrito?
– Eu prefiro assim.
O médico se inclinou sobre o tampo da mesa e escreveu. Olhou para o que tinha escrito e então assinou com um movimento cortante e se endireitou. – Muito bem. Aqui está a sua promessa. O senhor acha que vale mais do que a minha palavra?

– Não, não mesmo. – O abade dobrou o papel e guardou-o num bolso dentro do casaco. – Mas está aqui, no meu bolso, e o senhor sabe que está aqui, e que posso olhar para ele de vez em quando, e é tudo. A propósito, o senhor *cumpre* suas promessas, doutor Cors?

O médico encarou o abade por um instante. – Vou cumprir. – Ele resmungou mais alguma coisa, deu meia-volta e então saiu, pisando duro.

– Irmão Pat! – o abade chamou com voz fraca. – Irmão Pat, você está aí?

O secretário veio e parou no umbral. – Sim, Reverendo Padre?

– Você ouviu tudo?

– Uma parte. A porta estava aberta, foi impossível não ouvir. O silenciador não estava ligado...

– Você ouviu ele dizer que a dor é o único mal que ele conhece? Você ouviu isso?

O monge assentiu com um movimento solene.

– E que a sociedade é a única coisa que determina se um ato é certo ou errado? Isso também?

– Sim.

– Amado Deus, como foi que essas duas heresias acabaram retornando a este mundo depois de tanto tempo? O Inferno tem uma imaginação limitada lá embaixo. "A serpente me enganou, e eu comi." Irmão Pat, é melhor você sair daqui ou eu vou começar a delirar.

– Domne, eu...

– O que o está impedindo? O que é isso, uma carta? Muito bem, me dê aqui.

O monge entregou a carta e saiu. Zerchi deixou-a fechada e mais uma vez olhou rapidamente para a promessa redigida pelo médico. Sem nenhum valor, talvez. Mas mesmo assim o homem tinha sido sincero. E dedicado. Ele teria de ser dedicado a julgar pelo trabalho que realizava e pelo pagamento que o Estrela Verde oferecia. Parecia dormir menos do que precisava e trabalhar demais. Provavelmente sobrevivia à custa de benzedrina e *donuts* desde o míssil que destruíra a cidade. Vendo desgraças para todo lado e detestando, sincero em seu desejo de fazer algo a respeito. Sincero: essa era a maldição. De longe, nossos adversários parecem malignos, mas, de perto, podemos enxergar sua sinceridade e ver que é tão grande quanto a nossa. Talvez satã fosse o mais sincero de todos.

Zerchi abriu a carta para lê-la. Ela o informava que Irmão Joshua e os outros tinham deixado Nova Roma rumo a um destino não especificado a oeste. A carta também advertia-o de que as informações sobre *Quo peregrinatur* tinham vazado no ZDI e que o órgão enviara investigadores ao Vaticano para indagar sobre o lançamento de uma nave estelar não autorizada... Evidentemente, a nave ainda não estava no espaço.

Muito em breve eles saberiam tudo sobre *Quo peregrinatur*, mas com a ajuda dos Céus isso só aconteceria tarde demais. E então? – era o que ele se perguntava.

A situação legal era uma confusão. A lei proibia partidas de naves estelares sem a aprovação da comissão. A aprovação era difícil de obter e demorava a chegar. Zerchi tinha certeza de que o ZDI e a comissão considerariam que a Igreja tinha desacatado a lei. Mas um acordo Estado-Igreja estava em vigor havia um século e meio agora, e ele claramente isentava a Igreja dos procedimentos de obtenção da autorização e lhe garantia o direito de enviar missões a "quaisquer instalações espaciais e/ou postos avançados planetários que não tenham sido declarados pela supracitada Comissão locais ecologicamente críticos ou fechados a iniciativas não regulamentadas". Todas as instalações no sistema solar eram "ecologicamente críticas" e estavam "fechadas" na época em que o acordo fora lavrado, mas o texto reafirmava o direito da Igreja a "possuir naves espaciais próprias e viajar sem restrições a instalações ou postos avançados *abertos*". Esse acordo era bem antigo. Fora assinado nos tempos em que uma espaçonave com motor Berkstrun era apenas um sonho na fértil imaginação daqueles que pensavam que viagens interestelares abririam o universo a um afluxo irrestrito de populações.

As coisas tinham se desenvolvido de outro modo. Quando o esquema de engenharia da primeira nave estelar foi concebido, ficou claro que nenhuma instituição além do governo tinha os meios ou os recursos para construí-la, e que nenhum lucro deveria advir do transporte de colonos para planetas extrassolares a fim de praticar "mercantilismo interestelar". Não obstante, os dirigentes asiáticos tinham enviado a primeira nave-colônia. Então se ouviu no Ocidente a reclamação: "Vamos deixar que raças 'inferiores' herdem as estrelas?". Houve uma breve febre de lançamentos de naves estelares quando colônias de povos negros, vermelhos, brancos e amarelos foram arremessadas aos céus rumo a Centauro, em nome do racismo. Depois, os geneticistas demonstraram sarcasticamente que – dado o reduzido tamanho de cada grupo racial, a menos que seus descendentes se casassem somente entre si, cada qual sofreria desvios genéticos degenerativos causados pela endogamia no planeta-colônia – os racistas haviam tornado a procriação inter-racial necessária à sobrevivência.

O único interesse da Igreja no espaço tinha sido sua atenção aos colonizadores que fossem filhos da Igreja e se vissem separados do rebanho pelas distâncias interestelares. Mesmo assim, não se prevalecera dos termos do acordo que lhe permitiam o envio de missões. Existiam algumas contradições entre o acordo e as leis do Estado que legitimavam a comissão, pelo menos no sentido de que esta poderia em tese afetar o envio de missões. A contradição nunca havia sido adjudicada nos tribunais, uma vez que nunca houvera motivo para litígios. Mas agora, se o ZDI interceptasse o grupo do

Irmão Joshua no ato de lançar uma nave interestelar sem a autorização da comissão, haveria motivo. Zerchi rezava para que o grupo pudesse se safar de uma ida ao tribunal, que poderia durar semanas ou até meses. Claro que depois haveria um escândalo. Muitos fariam acusações, dizendo que não só a Igreja havia violado determinações da Comissão, como também transgredido as regras da caridade por enviar dignitários eclesiásticos e um bando de monges tratantes, quando poderia ter usado a nave como refúgio para colonos pobres, com fome de terra. O conflito entre Marta e Maria sempre voltava à tona.

De repente, Abade Zerchi percebeu que o teor de seus pensamentos mudara no decorrer dos últimos dois dias, mais ou menos. Antes disso, todos haviam esperado que o céu viesse abaixo com uma nova explosão. Mas nove dias tinham se passado desde que Lúcifer prevalecera no espaço e arrasara uma cidade de cima a baixo. Apesar dos mortos, dos mutilados, dos moribundos, já eram nove dias de silêncio. Uma vez que a ira fora detida até aquele momento, talvez o pior pudesse ser evitado. Ele se havia percebido pensando em coisas que poderiam acontecer na próxima semana ou no próximo mês, como se – afinal de contas – realmente pudesse *haver* uma próxima semana ou um próximo mês. Examinando sua consciência, ele descobriu que não tinha abandonado por completo a virtude da esperança.

Um monge retornou dos afazeres de que havia ido cuidar na cidade, naquela tarde, e informou que estava sendo montado um acampamento para refugiados no parque a pouco mais de três quilômetros de distância, seguindo a rodovia. – Acho que está sendo patrocinado pelo Estrela Verde, Domne – ele ainda acrescentou.

– Por Deus! – disse o abade. – Estamos mais do que transbordando de pessoas aqui, e já tive de mandar embora três caminhões cheios de gente.

Os refugiados se mantinham barulhentos no pátio, e esse rumor irritava os nervos já excessivamente esgotados. O perpétuo silêncio da velha abadia ia sendo estilhaçado por sons incomuns: risadas escandalosas de homens contando anedotas, choro de crianças, barulho de vasilhas e panelas, soluços histéricos, gritos de um médico do Estrela Verde: "Ei, Raff, vá buscar um tubo de enema". Várias vezes o abade teve de controlar o desejo enorme de chegar à janela e pedir que ficassem quietos.

Depois de aturar aquilo o máximo que conseguiu, pegou um par de binóculos, um livro antigo, um rosário e subiu até uma das antigas torres de vigia onde uma grossa parede de pedras abafaria a maior parte dos ruídos que subiam do pátio. O livro era um volume fino de poemas, realmente anônimos, mas atribuídos, pela lenda, a um santo mítico cuja "canonização" fora concluída somente nas fábulas e no folclore das Planícies, e não por qualquer ato da Santa Sé. De fato, ninguém jamais encontrara evidências de que até tivesse vivido alguém chamado Santo Poeta do Globo Ocular Milagroso. Provavelmente, a fábula tinha nascido da história de que um dos primeiros Hannegan havia ganhado um globo ocular de vidro do brilhante físico teórico que era seu protegido — e Zerchi não conseguia se lembrar se esse cientista tinha sido Esser Sho ou Pfardentrott —, o qual dissera ao príncipe que havia pertencido a um poeta que morrera em nome da Fé. Ele não tinha especificado que fé fora essa em cujo nome o poeta morrera — se a de Pedro ou a dos cismáticos de Texarkana —, mas evidentemente Hannegan lhe atribuíra valor, pois havia engastado o globo ocular numa pequena mão de ouro que ainda era usada em certas cerimônias oficiais do Estado pela princesa da dinastia dos Harq-Hannegan. Esse objeto era chamado ora de *Orbis Judicans Conscientiae*, ora de *Oculus Poetae Judicis*, e os remanescentes do Cisma de Texarkana ainda o reverenciavam como uma relíquia. Alguns anos antes, alguém havia aventado a hipótese bastante tola de que o Santo Poeta fosse a mesma pessoa que o "versejador indecente" uma vez mencionado nos Diários do Venerável Abade Jerome, mas a única "evidência" que endossava essa noção era a visita feita por Pfardentrott – ou teria sido Esser Shon? – à abadia durante a regência do Venerável Jerome, mais ou menos na mesma época em que o "versejador indecente" fora anotado no Diário, além de o oferecimento do globo ocular a Hannegan ter acontecido em algum momento depois dessa visita à abadia. Zerchi desconfiava que aquele esguio livro de versos tivesse sido escrito por um dos cientistas seculares que tinham visitado a abadia para estudar a Memorabilia aproximadamente naquele período, e que um deles pudesse ser identificado como o "versejador indecente" e, possivelmente, como o Santo Poeta do folclore e da fábula. Os versos anônimos eram um pouco audaciosos, na opinião de Zerchi, para ter sido redigidos por um monge da Ordem.

O livro era um diálogo satírico em versos entre dois agnósticos que estavam tentando estabelecer, somente com base na razão natural, que a existência de Deus não poderia ser definida somente pela razão natural. Eles só conseguiram demonstrar que o limite matemático de uma sequência infinita de "duvidar da certeza com a qual algo duvidado é conhecido por ser incognoscível quando o 'algo duvidado' ainda é uma afirmação precedente da 'incognoscibilidade' do algo duvidado", que o limite desse processo no infinito só pode ser equivalente a uma declaração de *certeza absoluta*, ainda que expressa como uma série infinita de negações da certeza. O texto repleto de alusões ao cálculo teológico de São Leslie, e mesmo como um diálogo poético entre um agnóstico identificado somente como "Poeta" e outro chamado somente "Thon", parecia sugerir uma prova da existência de Deus recorrendo a um método epistemológico, mas o versejador tinha sido satírico. Nem o poeta nem o thon abdicaram de suas premissas agnósticas após a conclusão de a certeza absoluta ter sido alcançada, mas em vez disso concluíram dizendo: *Non cogitamus, ergo nihil sumus.*

Abade Zerchi logo se cansou de tentar resolver se o livro era uma alta comédia intelectual ou uma palhaçada mais epigramática. Do alto da torre, ele conseguia divisar a rodovia e a cidade, bem como o platô mais adiante. Focalizou os binóculos no platô e espiou as instalações do radar por algum tempo, mas não pareceu que estivesse acontecendo nada de incomum por lá. Então ele abaixou as lentes ligeiramente para observar o novo acampamento do Estrela Verde no parque ao lado da estrada. A área do parque tinha sido cercada por um cordão de isolamento. As tendas estavam sendo montadas. Equipes de funcionários dos serviços básicos trabalhavam para assentar as linhas de gás e energia. Vários homens estavam lidando com o processo de içar uma placa na entrada do parque, mas o ângulo em que a seguravam ficava na perpendicular em relação a onde ele estava, então o abade não conseguiu saber o que dizia. De algum jeito, a fervilhante atividade fazia-o lembrar um "circo" nômade chegando à cidade. Havia um tipo de máquina, grande e vermelha. Parecia ter uma fornalha e uma caldeira, mas Zerchi não conseguiu definir de pronto sua serventia. Homens de uniforme do Estrela Verde estavam erguendo uma coisa que parecia um pequeno carrossel. Pelo menos uma dúzia de caminhões estava estacionada no acostamento. Alguns tinham carregamento de lenha, outros traziam tendas e abrigos desmontáveis. Um parecia estar carregado com tijolos refratários e outro estava cheio de artigos de cerâmica e palha.

Cerâmica?

Então ele investigou com cuidado a carga desse último caminhão. Sua testa se franziu ligeiramente. Era um carregamento de urnas ou vasos, todos semelhantes, reunidos em lotes com feixes de palha para amortecer o impacto. Em algum lugar ele já tinha visto aquele tipo de coisas, mas não conseguia se lembrar onde.

Outro caminhão ainda não continha nada além de uma grande estátua de "pedra" – provavelmente feita de plástico reforçado – e uma peça quadrada sobre a qual a estátua evidentemente seria montada. A estátua estava deitada de costas, apoiada numa estrutura de madeira e dentro de uma embalagem de material apropriado. Ele só conseguia enxergar as pernas e uma mão estendida que se projetava para fora da palha da embalagem. A estátua era mais comprida do que a carroceria do caminhão. Os pés descalços se evidenciavam além da tampa traseira. Alguém tinha atado uma bandeirola vermelha ao dedão de um dos pés. Zerchi ficou imaginando de quem seria a estátua. Por que desperdiçar um caminhão para levar uma estátua quando era muito provável que houvesse necessidade de mais um carregamento de comida?

Ele observou os homens que estavam erguendo a placa. Finalmente um deles abaixou a extremidade do objeto e subiu numa escada para fazer algum ajuste nos prendedores de cima. Com uma das pontas apoiadas no chão, a placa se inclinou. Estendendo um pouco o pescoço, Zerchi conseguiu ler o que dizia:

> **CAMPO DE MISERICÓRIDA NÚMERO 18**
> **ESTRELA VERDE**
> **PROJETO PARA VÍTIMAS DE DESASTRE**

Afobado, o abade novamente olhou para os caminhões. A cerâmica! Então se lembrou. Certa vez ele tinha passado ao lado de um crematório e visto homens que descarregavam a mesma espécie de urnas, tirando-as da carroceria de um caminhão que tinha os símbolos da mesma empresa. Ele girou outra vez os binóculos buscando o caminhão carregado com tijolos refratários. O veículo tinha se movido, mas Zerchi enfim localizou-o: agora, estava estacionado dentro da área. Os tijolos estavam sendo descarregados perto da grande máquina vermelha. Ele inspecionou a máquina mais uma vez. O que à primeira vista tinha parecido uma fornalha agora se assemelhava mais a um forno ou a um fogão. – *Evenit diabolus!* – rosnou o abade, dirigindo-se para a escadaria rente à parede.

Encontrou o doutor Cors na unidade móvel dentro do pátio. O médico estava atando uma etiqueta amarela à lapela do casaco de um homem de idade, enquanto lhe dizia que ele deveria ir para o acampamento de repouso por algum tempo e ficar atento às enfermeiras, mas que ficaria bem, bastando que tomasse os devidos cuidados.

Zerchi parou, de braços cruzados no peito, mastigando a borda dos lábios e olhando friamente para o médico. Quando o homem de idade saiu, Cors olhou para ele com má vontade.

– Sim? – Os olhos dele repararam nos binóculos e tornaram a varrer o rosto de Zerchi. – *Ah* – ele grunhiu. – Bom, não tenho nada a ver com aquela parte das coisas, nada mesmo.

O abade olhou para ele, absorto, por alguns segundos, depois deu meia-volta e saiu pisando duro. Voltou para o seu gabinete e fez Irmão Patrick chamar o mais graduado dos oficiais do Estrela Verde.

– Quero que aquilo saia de nossa área.

– Receio que a resposta seja um enfático "não".

– Irmão Pat, ligue na oficina e chame o Irmão Lufter aqui em cima.

– Ele não está lá, Domne.

– Então quero que me mandem um carpinteiro e um pintor. Qualquer um serve.

Alguns minutos depois, chegaram dois monges.

– Quero que vocês façam imediatamente cinco placas leves – ele os instruiu. – Quero que tenham boas alças, compridas. Elas devem ser grandes o bastante para ser lidas à distância de um quarteirão, mas leves o suficiente para que um homem as carregue durante várias horas sem ficar extenuado. Vocês conseguem produzir isso?

– Certamente, meu senhor. Quais devem ser os dizeres?

Abade Zerchi escreveu o texto para eles. – Façam-nas grandes e brilhantes. Façam-nas de tal maneira que saltem aos olhos. Isso é tudo.

Depois que os dois saíram, ele tornou a chamar Irmão Patrick. – Irmão Pat, vá e encontre para mim cinco noviços jovens, saudáveis, de preferência com complexo de mártir. Diga-lhes que talvez tenham o que teve Santo Estevão.

E talvez eu tenha algo ainda pior – pensou Zerchi – quando Nova Roma souber.

28

As Completas tinham sido entoadas, mas o abade permaneceu na igreja, ajoelhado sozinho no lusco-fusco do entardecer. *Domine, mundorum omnium Factor, parsurus esto imprimis eis filiis aviantibus ad sideria caeli quorum victus dificilior...*
Estava rezando pelo grupo do Irmão Joshua, pelos homens que tinham ido na nave estelar e ascendido aos céus em meio a incertezas mais vastas do que todas as demais incertezas que o Homem enfrentava na Terra. Eles precisavam de muito mais orações. Ninguém era mais suscetível do que o peregrino aos males que afligem o espírito para torturar a fé e abalar uma crença, atormentando a mente com dúvidas. Em casa, na Terra, a consciência tinha seus supervisores e seus capatazes exteriores, mas no espaço interestelar a consciência estava sozinha, dividida entre o Senhor e o Inimigo. Que eles permaneçam incorruptíveis, rezava o abade, que continuem fiéis aos preceitos da Ordem.

Doutor Cors encontrou-o na igreja à meia-noite e chamou-o discretamente para que fosse até ali fora. O médico parecia fatigado e completamente nervoso.

– Acabo de quebrar minha promessa! – ele começou em tom de desafio.

O abade manteve silêncio. – Está orgulhoso disso? – ele perguntou por fim.

– Não especialmente.

Saíram andando na direção da unidade móvel e pararam na poça de luz azulada que vazava pela entrada do lugar. O jaleco do médico estava encharcado de suor, e ele secou a testa na manga. Zerchi observou-o com a piedade que teria por alguém que estivesse perdido.

— Partiremos imediatamente, claro — disse Cors. — Quis dizer-lhe. — Ele se virou e entrou na unidade móvel.

— Espere um minuto — disse o sacerdote. — O senhor vai me contar o resto.

— Vou? — o tom desafiador tinha aparecido na voz dele mais uma vez. — Por quê? Para que o senhor venha me ameaçar com o fogo do inferno? Ela está doente demais agora, bem como a criança. Não vou lhe dizer nada.

— Já disse. Eu sei o que o senhor está dizendo. A criança também, imagino eu, certo?

Cors hesitou. — Doença por radiação. Queimaduras. A mulher está com o quadril quebrado. O pai morreu. As obturações nos dentes da mulher estão radiativas. A criança quase brilha no escuro. Vomitou logo depois da explosão. Náusea, anemia, folículos podres. Cega de um olho. A criança chora constantemente por causa das queimaduras. É difícil compreender como foi que conseguiram sobreviver à onda de choque. Não posso fazer nada por elas, só a equipe do Eucrem.

— E vi as duas.

— Então sabe por que quebrei a promessa. *Eu* tenho de viver comigo depois disso, homem! Não quero viver como o torturador dessa mulher e dessa criança.

— É mais satisfatório viver como seu assassino, então?

— O senhor está argumentando além do razoável.

— O que o senhor disse a ela?

— Eu disse: "Se você ama essa criança, poupe-a da agonia. Procure o sono da misericórdia o mais rápido que puder". Foi tudo. Partiremos imediatamente. Terminamos o que podíamos fazer pelos casos de radiação e com os demais em pior estado. Os outros suportarão caminhar alguns quilômetros. Não há mais casos de dosagem crítica.

Zerchi saiu batendo os pés, então parou e chamou-o de novo. – Termine – ele falou em voz rouca. – Termine e então vá embora. Se eu o vir de novo... tenho medo do que possa fazer.

Cors cuspiu. – Não gosto de estar aqui tanto quanto o senhor não gosta que eu esteja. Partiremos agora, obrigado.

Ele encontrou a mulher deitada numa maca com a criança, no corredor da abarrotadíssima casa de hóspedes. Estavam amontoadas debaixo de um cobertor e as duas choravam. O local cheirava a morte e antissépticos. Ela olhou para cima e encontrou um vago contorno contra a luz.

– Padre? – e sua voz traía o medo.
– Sim.
– Estamos acabadas. Viu? Viu o que me deram?

Ele não podia ver nada, mas ouviu os dedos dela segurando a beirada do papel. O bilhete vermelho. Ele não achou sua voz para falar com ela. Aproximou-se da maca e ali ao lado parou. Remexendo no bolso, tirou o rosário. Ela ouviu o rumor das contas e estendeu a mão para pegá-lo.

– Você sabe o que é isto?
– Claro, padre.
– Então fique com ele. Use-o.
– Obrigada.
– Use-o e reze.
– Eu sei o que é para fazer.
– Não seja cúmplice. Pelo amor de Deus, minha filha, não...
– O médico disse...

Ela rompeu num choro. Ele esperou que ela se acalmasse. Então ela ficou quieta.

– Não seja cúmplice.

Ela continuava calada. Ele abençoou as duas e saiu dali o mais rápido possível. A mulher tinha segurado as contas com dedos que as conheciam. Não havia nada que ele pudesse lhe dizer que ela já não soubesse.

* * *

"A conferência de ministros do Exterior em Guam terminou há instantes. Ainda não foi emitida nenhuma declaração conjunta. Os ministros estão retornando a suas capitais. A importância dessa conferência e o suspense com que o mundo aguarda seus resultados levam este comentarista a crer que a conferência ainda não está terminada, mas que apenas entrou em recesso para que os ministros do Exterior possam se reunir com seus governos por alguns dias. Um relatório anterior segundo o qual a conferência se dissolvia em meio a amargas invectivas foi repudiado pelos ministros. O primeiro-ministro Rekol teve somente um comentário para a imprensa: 'Estou voltando para conversar com o Conselho Regente. Mas aqui o clima foi propício. Talvez eu volte depois para pescar'.

"O período de dez dias de espera termina hoje, mas tem-se em geral concordado que o acordo de cessar-fogo continuará em vigor. Ou isso, ou a mútua aniquilação. Duas cidades pereceram, mas deve-se ter em mente que nenhum dos lados revidou com um ataque de saturação. Os governantes asiáticos reiteram que foi olho por olho. Nosso governo insiste que a explosão em Itu Wan não foi um míssil atlântico. Mas, em sua maior parte, tem reinado um silêncio estranho e pesado nas duas capitais; houve poucos casos de pessoas agitando camisas sangrentas e alguns gritos clamando por vingança. Prevalece uma espécie de fúria muda porque houve assassinatos, porque impera a insanidade, mas nenhum dos lados quer a guerra total. A Defesa continua em alerta de combate. O Comando-Geral fez um pronunciamento – quase um apelo – esclarecendo que não usaremos os piores recursos se a Ásia igualmente se abstiver. Mas esse anúncio acrescentava: 'Se eles usarem precipitações radiativas sujas, responderemos na mesma moeda e com tal força que não viverá na Ásia nenhuma criatura pelos próximos mil anos'.

"Estranhamente, a notícia menos esperançosa de todas não vem de Guam, mas do Vaticano, em Nova Roma. Após o fim da conferência em Guam, foi relatado que o Papa Gregório parou de rezar pela paz mundial. Duas missas especiais foram celebradas na basílica: a missa contra os pagãos, *Exsurge quare obdormis*, e a missa dos tempos de guerra, *Reminiscere*. Então, segundo a notícia, Sua Santidade se retirou para um local nas montanhas para meditar e orar pela justiça.

"E agora uma palavra do..."

– Desligue! – Zerchi ordenou.

O jovem padre que estava com ele acionou o botão que desligava o aparelho e olhou para o abade com olhos muito arregalados. – Não acredito!

– No quê? Sobre o papa? Eu também não. Mas eu tinha ouvido algo assim antes, e Nova Roma teve tempo para negar. Eles não disseram nada.

– E o que isso quer dizer?

– Não é óbvio? O serviço diplomático do Vaticano está em ação. Evidentemente, enviaram um relatório sobre a conferência em Guam. Evidentemente, o documento horrorizou o Santo Padre.

– Que alerta! Que gesto!

– Foi mais do que um gesto, padre. Sua Santidade não está rezando missas de batalha para causar um efeito dramático. Além disso, a maioria das pessoas vai pensar que ele quer dizer "contra os pagãos" do outro lado do oceano, e "justiça" para o nosso lado. Ou, se eles realmente entenderem o que o Santo Padre está de fato a dizer, eles continuarão tentando se convencer do contrário. – O abade enterrou o rosto nas mãos e esfregou-as para cima e para baixo sobre os olhos. – Sono. O que é o sono, Padre Lehy? Você se lembra? Não vi nenhum rosto humano nos últimos dez dias que não tivesse olheiras muito escuras. Mal consegui cochilar ontem à noite por causa de alguém gritando na casa de hóspedes.

— Lúcifer não é nenhum morfeu, isso é certo.
— Para o que está olhando, aí da janela? — Zerchi exigiu saber, com voz incisiva. — Isso é outra coisa. Todo mundo fica olhando para o céu sem parar, olhando para cima e pensando. Se a coisa estiver vindo, não haverá tempo para enxergá-la até que surja o clarão e então será melhor que você *não* esteja olhando. Pare com isso. É doentio.

Padre Lehy ficou de costas para a janela. — Sim, Reverendo Padre. Eu não estava olhando por causa disso, na verdade. Estava acompanhando os abutres.

— Abutres?
— Eles têm vindo em bandos muito grandes, ficam zanzando no ar o dia todo. Dezenas e dezenas de abutres, só girando no ar.

— Onde?
— Sobre o acampamento do Estrela Verde lá na rodovia.
— Então isso não é nenhum presságio. É só o saudável apetite dos abutres. Credo! Vou sair para pegar um pouco de ar.

No pátio, ele encontrou com a sra. Grales. Ela estava carregando uma cesta de tomates que abaixou no chão quando viu o abade se aproximando.

— Trouxe uma coisa pro senhor, Padre Zerchi — ela disse. — Vi sua placa jogada no chão e uma coitadinha de uma moça perto do portão, então achei que o senhor não ia se importar que esta velha tomateira aqui fizesse uma visita, não é? Eu trouxe uns tomates pro senhor, viu?

— Obrigado, sra. Grales. A placa caiu por causa dos refugiados, mas tudo bem. A senhora terá de falar com o Irmão Elton sobre os tomates. É ele que faz todas as compras para a cozinha.

— Ah, não é pra comprar, padre. Ah-ah! Eu trouxe pra dar. O senhor tem muita gente pra alimentar, com todos esses coitados que o senhor está recolhendo. Onde é que posso colocar eles?

— A cozinha de emergência fica na... Mas, não, deixe aqui mesmo. Vou pedir para alguém vir pegar e levar para a casa de hóspedes.

— Eu mesma carrego eles. Já carreguei eles até aqui. — E ela suspendeu a cesta de novo.

— Obrigado, sra. Grales. — Ele se virou para ir embora.

— Padre! Espera um pouco! — ela chamou. — Um minutinho, sua honra, só um minutinho do seu tempo...

O abade abafou um rosnado. — Desculpe-me, sra. Grales, mas como já lhe disse... — Ele parou, olhando para o rosto de Rachel. Por um instante, pensou que talvez Irmão Joshua tivesse razão. Mas certamente que não. — É uma questão para sua paróquia e sua diocese, e não há nada que eu possa...

— Não, padre, não é isso — ela disse. — Era outra coisa que eu ia pedir pro senhor. — (Nossa! A coisa *tinha* sorrido! Ele estava certo de que sim!) — O senhor podia ouvir minha confissão, padre? Desculpa incomodar o senhor, mas estou triste por causa das minhas malvadezas e queria muito que fosse o senhor, porque isso me atormenta.

Zerchi hesitou. — E por que não o Padre Selo?

— Vou dizer a verdade pro senhor, sua honra. Aquele homem é o motivo dos meus pecados. Eu vou até ele com a melhor das intenções, mas assim que olho para a cara dele eu perco meus modos. Deus ama ele, mas eu, não.

— Se ele ofendeu a senhora, a senhora deverá perdoá-lo.

— Perdoar eu perdoo, perdoo mesmo. Mas de longe, bem de longe. É por causa dele que eu peco, disso eu tenho certeza. Só de olhar pra cara dele que perco o juízo na mesma hora.

Zerchi deu uma risadinha. — Muito bem, sra. Grales, vou ouvir sua confissão, só que antes preciso fazer outra coisa. Vá me ver na Capela de Nossa Senhora daqui a meia hora, pode ser? Primeiro confessionário. Tudo bem assim?

— Sim, sim, e Deus te abençoe, padre! — Ela agradecia e concordava com entusiasmo. Abade Zerchi poderia ter jurado que a cabeça Rachel repetia os mesmos movimentos, ainda que mais discretamente.

Mas ele tirou essa ideia da cabeça e foi até a garagem. Um postulante lhe trouxe o carro. Ele entrou, digitou o destino e, muito cansado, afundou nas almofadas enquanto os controles automáticos engrenavam as marchas e direcionavam o carro para o portão. Ao ultrapassá-lo, o abade viu a moça em pé, à margem da estrada. A criança estava com ela. Zerchi pressionou prontamente o botão CANCELAR. O carro parou. – Esperando – disse o controle robótico.

A moça estava com um gesso que cobria desde os quadris e a cintura até o joelho esquerdo. Estava apoiada num par de muletas e caminhava com dificuldade pelo terreno. De algum jeito ela tinha saído da casa de hóspedes e atravessara o portão, mas evidentemente não tinha condições de ir mais adiante. A criança segurava em uma das muletas e olhava para o tráfego na rodovia.

Zerchi abriu a porta do carro e saiu devagar. Ela levantou os olhos para vê-lo e então desviou-os rapidamente.

– O que está fazendo fora da cama, minha jovem? – ele indagou suavemente. – Você não deveria estar em pé, não com o quadril nesse estado. Onde você acha que está indo?

Ela deslocou o peso do corpo, e seu rosto se torceu de dor. – Para a cidade. Tenho de ir – ela disse. – É urgente.

– Não tão urgente que alguém não possa fazer isso por você. Vou chamar o Irmão...

– Não, padre, não! Ninguém pode fazer isso, só eu. Preciso ir até a cidade.

Ela estava mentindo. Ele tinha certeza de que ela estava mentindo. – Muito bem, então – ele disse. – Eu a levo até a cidade. Vou para lá de todo jeito.

– Não! Vou andando! Eu estou... – e ela deu um passo e parou, ofegando. Ele a segurou antes que ela caísse.

– Nem mesmo se São Cristóvão segurasse suas muletas você conseguiria ir andando até a cidade, minha filha. Venha, entre no carro, vamos devolver você para a sua cama.

— Preciso ir até a cidade, estou lhe dizendo! — ela gritou, com raiva.

A criança, assustada com a raiva da mãe, começou a choramingar num tom monótono. Ela tentou acalmá-la, e então cedeu:

— Tá bom, padre. O senhor me leva até a cidade?

— Você nem deveria estar indo.

— Acredite, eu preciso ir!

— Muito bem, então. Vou ajudá-la a acomodar... A criança... Agora você.

A criança começou a berrar histericamente quando o padre a suspendeu para colocá-la no banco ao lado da mãe. Ela se agarrou à mulher com força e recomeçou a choramingar monotonamente. Devido aos curativos úmidos e soltos e ao cabelo desgrenhado, era difícil discernir o sexo da criança à primeira vista, mas Abade Zerchi desconfiou de que fosse uma menina.

Ele digitou o endereço de novo. O carro esperou uma brecha no tráfego e então entrou no fluxo da rodovia, tomando a pista de velocidade média. Dois minutos depois, quando se aproximaram do acampamento do Estrela Verde, ele programou o carro para a pista de velocidade mais lenta.

Em frente à área das tendas, cinco monges encapuzados desfilavam num solene piquete. Eles iam e vinham em procissão sob a placa do Acampamento de Misericórdia, mas tomavam o cuidado de permanecer no local que era permitido para o trânsito público de pedestres. Suas placas recém-pintadas diziam:

```
ABANDONASTES TODA ESPERANÇA
            VÓS
    QUE ENTRASTES AQUI
```

Zerchi tinha pensado em parar para falar com eles, mas, com a moça dentro do carro, contentou-se em acompanhar de longe os passos que eles davam. Com seus hábitos, os capuzes e a lenta marcha em estilo funerário, os noviços realmente conseguiam criar o efeito desejado. Era duvidoso que o Estrela Verde se sentisse suficientemente constrangido para mudar o acampamento para mais longe do monastério, especialmente desde que um pequeno grupo de agitadores – como tinha sido reportado à abadia – aparecera no começo do dia para gritar insultos e atirar pedras nas placas carregadas pelos piqueteiros. Havia dois carros da polícia parados no acostamento da rodovia, e vários policiais estavam por ali, observando a cena com faces impassíveis. Como o grupo de agitadores tinha chegado muito de repente, e como os carros da polícia haviam aparecido imediatamente depois – bem a tempo de presenciar um dos agitadores tentar se apoderar de uma das placas –, e como um guarda do Estrela Verde tinha então sido despachado para conseguir uma ordem judicial, o abade desconfiou de que aquela manifestação fora cuidadosamente ensaiada, assim como o piquete, para permitir que o Estrela Verde conseguisse o mandado. Que provavelmente seria concedido, mas, até que fosse posto em prática, Abade Zerchi pretendia deixar aqueles noviços ali mesmo.

Ele olhou rapidamente para a estátua que os funcionários do acampamento tinham erguido perto do portão. Dava arrepios. Reconheceu-a como uma das imagens humanas compostas tiradas dos testes psicológicos aplicados em massa, nos quais os sujeitos recebiam esboços e fotos de pessoas desconhecidas e deviam responder a questões como: "Qual delas você mais gostaria de conhecer?" e "Qual você acha que seria um pai/uma mãe melhor?", ou "Qual você preferiria evitar", ou "Qual você acha que cometeu um crime?". Com base nas fotos escolhidas como "o mais" ou "o menos" nos termos das questões, tinha sido construída pelo computador, com base nos resultados dos testes em massa, uma série de "rostos normais", cada um deles destinado a evocar um julgamento de personalidade à primeira vista.

Zerchi ficou abatido quando reparou que essa estátua tinha uma notável semelhança com algumas das imagens mais afeminadas por meio das quais artistas medíocres, ou mais do que medíocres, vinham tradicionalmente deturpando a personalidade de Cristo. O rosto com uma doçura enjoativa, os olhos vazios, o sorriso afetado, os braços abertos como se quisessem abraçar. Os quadris eram largos como os de uma mulher, e o tórax insinuava seios, a menos que fossem apenas as dobras do manto. Deus Amado do Gólgota, sussurrou Abade Zerchi, é só isso que a plebe imagina que o Senhor seja? Sem nenhum esforço, ele podia conceber a estátua dizendo "Venham a mim as criancinhas que sofrem", mas ele não conseguia imaginá-la dizendo "Afastem-se de mim e vão para o fogo perpétuo, amaldiçoados", nem açoitando os vendilhões do Templo. Ele ficou pensando em qual teria sido a questão feita aos sujeitos, nos testes, cujas respostas tinham invocado na mente da plebe uma imagem composta com aqueles traços. Não passava de um *christus* anônimo. A legenda na base do pedestal dizia: CONFORTO. Certamente, o Estrela Verde devia ter visto a semelhança com o belo *christus* tradicional dos artistas pobres. Mas enfiaram aquilo na traseira de um caminhão com uma bandeirola vermelha no dedão do pé, e a semelhança intencionada seria difícil de provar.

A moça mantinha uma mão na maçaneta da porta. Estava inspecionando com os olhos os controles do carro. Zerchi rapidamente digitou PISTA EXPRESSA. O carro disparou. Ela tirou a mão da maçaneta.

— Muitos abutres hoje — ele disse baixinho, olhando para o céu através da janela.

A moça se mantinha inexpressiva. Ele estudou o rosto dela por um instante. — Você está sentindo dor, minha filha?

– Não importa.
– Ofereça-a ao Céu, filha.
Ela olhou para ele friamente. – O senhor acha que isso agradaria a Deus?
– Se você oferecer, sim.
– Não posso entender um Deus que se agrada com o sofrimento do meu bebê!
O padre estremeceu. – Não! Não! Não é a dor que agrada a Deus, minha filha. É a persistência da alma na fé e na esperança e no amor, *a despeito* das aflições corporais, que agrada aos Céus. A dor é como uma tentação negativa. Deus não se agrada com as tentações que afligem a carne. Ele se agrada quando a alma se eleva sobre as tentações e diz "Fora, Satã". É a mesma coisa com a dor, que muitas vezes é uma tentação para se entrar em desespero, para sentir raiva, para perder a fé...
– Economize o fôlego, padre. Não estou me queixando. O bebê, sim. Mas esse bebê não entende o seu sermão. Ela pode sentir dor, porém. Ela consegue sentir dor, mas não consegue entender.
O que poderei dizer diante disso?, pensou o padre, atordoado. Dizer de novo a ela que o Homem fora agraciado com a impassibilidade sobrenatural no passado, mas que a desperdiçara no Éden? Que aquela criança era uma célula de Adão e portanto... Era verdade, mas a filhinha dela estava doente, e ela mesma estava doente, e não queria mais ouvir nada.
– Não faça isso, minha filha. Apenas não faça isso.
– Vou pensar a respeito – ela disse friamente.
– Quando eu era menino, tive um gato – o abade murmurou lentamente. – Ele era um gato malandro, grande, cinzento, com o dorso parecendo um pequeno buldogue e uma cabeça grande. Tinha uma espécie de insolência desleixada que faz com que alguns deles se pareçam como próprios do Demônio. Era o gato em toda a sua essência. Você conhece gatos?

– Um pouco.

– Quem ama gatos não conhece esses animais. Não é possível amar *todos* os gatos se você os conhece, e os que você pode amar, se chegar a conhecê-los, são aqueles de que os amantes de gatos nem conseguem gostar. Zeke era esse tipo de gato.

– Essa história tem uma moral, não é mesmo? – ela o observava, desconfiada.

– Somente que eu o matei.

– Pare. Seja o que for que vá dizer, pare.

– Um caminhão o atropelou, esmagou as patas traseiras. Ele se arrastou para debaixo da casa. De vez em quando, ele fazia uns barulhos como se fosse numa luta de gatos, e fazia um pouco de bagunça. Mas a maior parte do tempo ele só ficava deitado imóvel, esperando. Todo mundo me dizia que ele deveria ser sacrificado. Após algumas horas, saiu se arrastando de baixo da casa. Chorando por ajuda. Diziam para mim que ele deveria ser sacrificado. Eu não os deixava fazer isso. Diziam que era uma crueldade deixá-lo viver. Então, finalmente, eu disse que eu mesmo faria isso, se precisava mesmo ser feito. Arrumei uma arma e uma pá e o levei até a borda da mata. Estendi o gato no chão enquanto cavava o buraco. Então atirei na cabeça dele. Com um rifle de calibre pequeno. Zeke estrebuchou algumas vezes, então se levantou e começou a se arrastar na direção de alguns arbustos. Atirei de novo. Com isso ele caiu estatelado no chão, então achei que ele tinha morrido e o coloquei dentro do buraco. Após umas duas pás de terra, Zeke ficou em pé e saiu do buraco e começou a ir na direção dos arbustos mais uma vez. Eu chorava mais alto do que o gato. Tive de acabar com ele usando a pá. Tive de enfiá-lo no buraco novamente e usar a ponta da pá como se fosse um cutelo, e, enquanto eu o cortava em pedaços, Zeke ainda estrebuchava. Depois me disseram que eram reflexos da coluna vertebral, mas eu não acreditei. Eu conhecia aquele gato. Ele queria se enfiar no meio dos arbustos, e só ficar ali deitado, esperando. De todo coração eu quis muito ter deixado que ele fosse simplesmente até o arbusto do jeito que qualquer outro gato morreria se fosse deixado em paz. Com *dignidade*. Nunca me senti bem com isso. Ele era somente um gato, mas...

– Cale a boca! – ela murmurou.

– ... mas até mesmo os antigos pagãos notaram que a Natureza não nos impõe nada que não nos tenha preparado para suportar. Se isso é verdade até para um gato, então não seria ainda mais perfeitamente verdadeiro para uma criatura dotada de intelecto racional e de vontade, seja qual for sua crença no Céu?

– Cale a boca, maldito, cale a boca! – ela silvou.

– Se estou sendo um pouco brutal – disse o sacerdote –, então é com você, e não com a bebê. Como você diz, ela não consegue entender nada. E você, como já disse, não está reclamando. Portanto...

– Portanto, o senhor está me pedindo que a deixe morrer devagar e...

– Não! Não estou pedindo isso a você. Como sacerdote de Cristo estou *ordenando* a você, com a autoridade de Deus Todo-Poderoso, que não ponha as mãos na criança e nem que ofereça a vida dela em sacrifício ao falso deus da misericórdia pragmática. Não estou aconselhando você, estou suplicando e ordenando, em nome de Cristo Rei. Está claro?

Dom Zerchi nunca tinha falado com esse tom de voz antes, e a facilidade com que as palavras lhe vieram aos lábios surpreendeu inclusive o abade. Enquanto ele continuava olhando para ela, os olhos dela baixaram. Por um instante, ele teve receio de que a moça risse na cara dele. Quando a Santa Igreja por vezes sinalizava que ainda considerava sua autoridade suprema sobre todas as nações, e superior à autoridade dos Estados, os homens contemporâneos tendiam a escarnecer.

Ainda assim, a autenticidade do comando poderia continuar sendo sentida por uma moça amargurada com uma filha moribunda. Tinha sido brutal tentar argumentar com ela, e ele lamentava isso. Uma ordem simples e direta poderia efetuar tudo que a persuasão não fora capaz. Ela necessitava da voz da autoridade agora, mais do que necessitava de persuasão. Ele pôde perceber no modo como ela havia encolhido, embora ele tivesse proferido a ordem com a voz mais delicada e gentil de que fora capaz.

O carro se dirigiu para dentro da cidade. Zerchi parou para postar uma carta, parou na paróquia de São Miguel para conversar com Padre Selo sobre o problema dos refugiados, parou mais uma vez no ZDI para pegar um exemplar da última edição das instruções para defesa civil. Cada vez que ele voltava ao carro, meio que esperava constatar que a moça tinha ido embora, mas ela continuava sentada lá, com a criança no colo, olhando absorta para o horizonte.

– Você vai me dizer aonde é que queria ir, minha filha? – ele perguntou enfim.

– A nenhum lugar. Mudei de ideia.

Ele sorriu. – Mas você tinha muita urgência de chegar à cidade.

– Esqueça, padre. Mudei de ideia.

– Bom. Então, agora, voltemos para casa. Por que não deixa as irmãs cuidarem de sua filha por alguns dias?

– Vou pensar nisso.

O carro voltou rapidamente pela estrada até a abadia. Quando estavam chegando perto do acampamento do Estrela Verde, ele pôde perceber que havia algum problema. Os piqueteiros já não estavam mais marchando em seu percurso. Tinham se reunido em grupo e estavam conversando ou ouvindo os policiais e um terceiro homem que Zerchi não conseguiu identificar. Ele mudou a velocidade do carro para usar a pista de tráfego lento. Um dos noviços divisou o carro, reconheceu-o e começou a acenar com sua placa. Dom Zerchi não tinha intenção de parar enquanto a moça ainda estivesse no carro, mas um dos policiais se colocou no meio da pista bem na frente deles e apontou seu bastão de trânsito para os detectores de obstrução instalados no veículo. O piloto automático reagiu instantaneamente e o carro parou. O policial sinalizou para que fosse para o acostamento. Zerchi não podia desobedecer. Os dois policiais se aproximaram, pararam para anotar o número da carteira de motorista e ver os documentos. Um deles olhou com curiosidade para a moça e a criança, anotou os bilhetes vermelhos. O outro acenou para a fila de piquete agora parada.

– Então é o senhor quem está por trás disso tudo, não é? – o policial trovejou para o abade. – Bem, o cavalheiro de túnica marrom lá adiante tem uma novidade para o senhor. Acho melhor escutar o que ele vai dizer. – Apontou com um movimento duro da cabeça na direção de um sujeito gorducho com cara de auxiliar judiciário, que então veio caminhando pomposamente na direção deles.

A criança começara a chorar de novo. A mãe se remexia no assento, inquieta.

– Policiais, esta menina e a mãe não estão bem. Aceitarei ser processado, mas, por favor, deixem que eu retorne para a abadia agora. Depois eu volto sozinho.

O policial olhou para a moça de novo. – Senhora?

Ela olhou na direção do acampamento e olhou para a estátua que se erguia imponente na entrada. – Eu salto aqui – ela disse, sem nenhuma inflexão na voz.

– Será melhor mesmo, senhora – disse o policial, vendo os bilhetes vermelhos mais uma vez.

– Não! – Dom Zerchi pegou o braço dela. – Filha, eu a proíbo...

A mão do policial se estendeu velozmente para pegar no punho do abade. – Deixe-a ir! – ele replicou com voz cortante.

Então acrescentou delicadamente: – Senhora, a senhora está sob custódia dele ou algo assim?

– Não.

– Então, por que o senhor se vê no direito de proibir esta senhora de sair do carro? – o policial quis saber. – Já estamos perdendo um pouco a paciência com o senhor, *cavalheiro*, e seria melhor se...

Zerchi o ignorou e falou rapidamente com a moça; ela balançou negativamente a cabeça.

– O bebê, então. Deixe-me levar o bebê de volta para as irmãs. Insisto...

– Senhora, este bebê é seu? – o policial indagou. A moça já estava fora do carro, mas Zerchi continuava com a menininha no colo.

A mãe assentiu. – É minha filha.

– Ele está mantendo a senhora prisioneira ou algo assim?

– Não.

– O que a senhora quer fazer?

Ela parou.

– Volte para o carro – Dom Zerchi disse a ela.

– *O senhor não pode usar esse tom de voz, cavalheiro!* – bradou o policial. – Senhora, o que quer fazer com a criança?

– Nós duas sairemos daqui – ela disse.

Zerchi bateu a porta do carro e tentou dar a partida, mas a mão do policial entrou velozmente pela janela aberta, apertou o botão CANCELAR e tirou a chave.

– Tentativa de sequestro? – um policial perguntou ao outro.

– Talvez – disse o interpelado, e abriu a porta. – Agora, solte o bebê desta mulher!

– Para que ele seja morto aqui? – perguntou o abade. – Vocês terão de fazer isso à força.

– Vá pelo outro lado do carro, Fal.

– *Não!*

– Agora, é só colocar o cassetete debaixo do braço. É isso. *Puxe!* Muito bem, senhora, aqui está a sua criança. Não, acho que a senhora não consegue, não com essas muletas. *Cors?* Onde está Cors? Ei, doutor!

Abade Zerchi viu de relance aquele rosto familiar abrindo caminho pela multidão.

– Leve esta criança daqui enquanto detemos este doido, pode ser?

O médico e o padre trocaram um olhar silencioso, e então o bebê foi tirado do carro. Os policiais soltaram os punhos do abade. Um deles se virou e se encontrou rodeado pelos noviços que tinham erguido suas placas. Ele as interpretou como armas em potencial e sua mão desceu até o coldre. – Recuem! – ele ordenou.

Aturdidos, os monges andaram para trás.

– Fora!

O abade desceu do carro. Viu-se diante do gorducho oficial da corte, que lhe bateu no braço com um papel dobrado.
– O senhor acaba de receber uma medida cautelar que, por lei, sou obrigado a ler para o senhor e lhe explicar. Aqui está a sua cópia. Estes policiais são testemunhas de que o senhor foi abordado por mim com o documento, de modo que não pode se opor a recebê-lo...

– Ah, dê isso aqui.

– Essa é a atitude certa. Bem, o senhor é orientado pelo tribunal da seguinte maneira: "Enquanto o querelante alega que um grande transtorno público foi causado..."

– Joguem as placas no barril de cinzas ali – Zerchi instruiu seus noviços –, a menos que alguém faça objeção. Depois, entrem no carro e esperem. – Ele não prestou a menor atenção à leitura da medida, mas se aproximou dos policiais enquanto o funcionário do tribunal seguia atrás dele, lendo em monótono *staccato*. – Estou preso?

– Estamos pensando no assunto.

– "... e comparecer ante este tribunal na data acima estipulada para demonstrar por que uma injunção..."

– Alguma acusação específica?

– Poderíamos citar quatro ou cinco, se o senhor quiser.

Cors regressou, atravessando o portão. A mulher e sua filha tinham sido escoltadas até a área do acampamento. A expressão do médico era grave, senão culpada.

– Ouça, padre – ele disse –, eu sei como o senhor se sente a respeito de tudo isso, mas...

O punho do Abade Zerchi disparou contra o rosto do médico num golpe de direita aplicado em linha reta. Cors perdeu o equilíbrio e caiu sentado com força no meio-fio. Estava completamente atordoado. Engasgou algumas vezes. De repente começou a escorrer sangue de seu nariz. O policial segurou os braços do abade pelas costas.

– "... e não deixar de cumprir para que uma declaração *pro confesso*..." – seguia tagarelando o funcionário.

– Leve-o para o carro – disse um dos policiais.

O carro para o qual estavam levando o abade não era o dele, mas uma viatura policial. – O juiz ficará um pouco decepcionado com o senhor – o policial lhe disse em tom corrosivo. – Agora, fique quieto aí, e não se mexa. Um movimento só e vai para a cadeia.

O abade e o policial esperaram ao lado do carro da polícia enquanto o funcionário público, o médico e o outro policial conversavam no acostamento. Cors pressionava um lenço contra o nariz.

Eles se falaram durante cinco minutos. Absolutamente envergonhado, Zerchi pressionava a testa contra o metal do carro e tentava rezar. Naquele momento, pouco lhe importava o que decidiriam fazer. Ele só conseguia pensar na moça e na criança. Ele tinha certeza de que ela estava pronta para mudar de ideia, precisava apenas da ordem – *eu, um sacerdote de Deus, te adjuro* – e da graça para ouvi-la; se pelo menos eles não o tivessem obrigado a parar e ela não tivesse tido de presenciar o "sacerdote de Deus" ser sumariamente desqualificado perante o "guarda de trânsito de César". Nunca o Reino de Cristo tinha parecido mais distante para o abade.

– Muito bem, cavalheiro. O senhor é um grande sortudo, isso eu lhe digo.

Zerchi ergueu os olhos para o policial. – Como é?

– O doutor Cors se recusa a formalizar a queixa. Ele disse que sabia que isso aconteceria. Por que o senhor bateu nele?

– Pergunte a ele.

– Nós perguntamos. Estou tentando resolver se levamos o senhor para a delegacia ou se apenas lhe damos uma advertência. O oficial da corte diz que o senhor é muito conhecido por aqui. O que o senhor faz?

Zerchi ficou roxo. – Isto aqui não significa nada para você? – e ele tocou em sua cruz peitoral.

– Não quando quem usa isso soca alguém bem no meio da cara. O que o senhor faz?

Zerchi engoliu o último resquício de seu orgulho. – Sou o abade dos Irmãos de São Leibowitz na abadia que você pode ver ali adiante, na estrada.

– Isso lhe dá licença para sair agredindo as pessoas?

– Sinto muito. Se o doutor Cors quiser me ouvir, pedirei desculpas a ele. Se você me intimar a aparecer em juízo, prometo comparecer.

– Fal?

– A cadeia está lotada de desabrigados.

– Ouça bem. Se nós simplesmente esquecermos toda esta confusão, o senhor se manterá longe deste local, e manterá sua gangue dentro do lugar a que ela pertence?

– Sim.

– Muito bem. Vá andando. Mas, se o senhor apenas passar por aqui e cuspir, não precisaremos de mais nada.

– Obrigado.

Um calíope estava sendo tocado em algum lugar do parque enquanto o carro se afastava com todos dentro. Olhando para trás, Zerchi viu que o carrossel estava girando. Um policial secou o rosto, deu um tapinha nas costas do funcionário público e todos eles entraram em seus respectivos carros e foram embora. Ainda que os cinco noviços estivessem ao seu lado, Zerchi sentia-se solitário em sua vergonha.

29

– Acredito que o senhor já tenha sido advertido por causa de seu temperamento – indagou do penitente o Padre Lehy.
– Sim, padre.
– O senhor tem ciência de que a intenção foi relativamente mortífera?
– Não havia intenção de matar.
– O senhor está tentando se desculpar? – o confessor perguntou incisivamente.
– Não, padre. A intenção era ferir. Eu me acuso de violar a essência do Quinto Mandamento em pensamento e em ação, e de pecar contra a caridade e a justiça. E de trazer desgraça e escândalo ao meu ofício.
– O senhor reconhece que quebrou a promessa de nunca recorrer à violência?
– Sim, padre, e lamento profundamente.
– E a única circunstância atenuante foi que o senhor simplesmente viu tudo vermelho e golpeou. O senhor costuma se permitir deixar de lado a razão desse modo com muita frequência?
E a inquisição prosseguiu com o diretor da abadia de joelhos e o prior conduzindo o julgamento de seu superior.
– Muito bem – o Padre Lehy disse enfim. – Agora, como penitência, prometa rezar...
Zerchi estava uma hora e meia atrasado para seu compromisso na capela, mas a sra. Grales ainda o esperava. Ela

estava ajoelhada num dos bancos perto do confessionário e parecia meio adormecida. Envergonhado até os ossos, o abade vinha esperando que ela não estivesse lá. Ele tinha sua própria penitência a cumprir antes de poder ouvi-la em confissão. O abade se ajoelhou próximo ao altar e passou vinte minutos até concluir as orações que o Padre Lehy lhe atribuíra como penitência para aquele dia, mas quando andou de volta até perto do confessionário a sra. Grales continuava lá. Ele chamou duas vezes antes que ela o ouvisse, e, quando se levantou, ela cambaleou um pouco. A mulher fez então uma pausa para sentir o rosto de Rachel, tateando suas pálpebras e seus lábios com dedos nodosos.

– Algum problema, minha filha? – ele indagou.

Ela levantou os olhos na direção das altas janelas. Os olhos dela percorreram o teto abobadado. – Sim, padre – ela sussurrou. – Sinto o Terrível por perto, sinto, sim. O Terrível está perto, muito perto de nós aqui. Preciso me confessar e ser perdoada, padre, e tem outra coisa também.

– Outra coisa, sra. Grales?

Ela se inclinou para sussurrar por trás da mão. – Preciso dar meu perdão a Ele também.

O padre recuou imperceptivelmente. – A quem? Não estou entendendo.

– Perdoar Ele que me fez do jeito que eu sou – ela choramingou. Mas então um sorriso veio se esboçando devagar. – Eu, eu nunca perdoei Ele por isso.

– Perdoar Deus? Mas como é que a senhora?... Ele é justo. Ele é Justiça. Ele é Amor. Como a senhora pode dizer?...

Os olhos dela suplicavam. – Será que uma velha tomateira não pode perdoar Ele só um pouco por causa da Justiça Dele? Antes de poder pedir o perdão Dele para mim?

Dom Zerchi engoliu em seco. Olhou rapidamente para a sombra bicéfala no chão. Era o indício de uma Justiça terrível, o formato dessa sombra. Ele não conseguia se convencer a reprová-la por ter escolhido a palavra "perdoar". No mundo simples em que ela vivia, era concebível perdoar a justiça tanto quanto perdoar a injustiça; era concebível que o Homem perdoasse Deus tanto quanto Deus perdoava o Homem. Que assim seja, então, e consinta no pedido dela, Senhor, pensou o abade, arrumando melhor a estola.

Ela se ajoelhou na direção do altar antes de entrar no confessionário e o padre notou que, quando se persignou, a mão dela tocou a testa de Rachel e a sua também. Ele afastou a pesada cortina, acomodou-se em sua metade do confessionário e murmurou através da treliça:

– O que você busca, minha filha?
– Bênção, padre, porque pequei...

Ela falava de modo entrecortado. Ele não podia vê-la através da treliça que cobria a janelinha do confessionário. Era só o murmúrio lamentoso e baixo de uma voz de Eva. O mesmo, sempre o mesmo, o eternamente imutável mesmo – e até mesmo uma mulher com duas cabeças não podia inventar um jeito novo de cortejar o mal, e só se mostrava capaz de reeditar de maneira impensada o mesmo pecado original. Ainda sentindo a vergonha de seu próprio comportamento diante da moça, dos policiais e de Cors, ele encontrava dificuldade em se concentrar. Parado como estava, suas mãos se sacudiam enquanto ele ouvia. O ritmo das palavras lhe chegava maçante e abafado através da treliça, como o ritmo de alguém martelando ao longe. Pregos atravessando a palma das mãos, perfurando o lenho. Como *alter Christus*, ele sentia o peso de cada fardo por um instante, antes de entregá-lo Àquele que suportou todos os fardos. Havia a questão do companheiro da sra. Grales. Eram coisas secretas e escuras, coisas a serem embrulhadas em jornal sujo e enterradas na calada da noite. Como ele só conseguia compreender uma pequena parte do que estava sendo dito, o horror parecia pior.

— Se a senhora está tentando falar que é culpada de um aborto — ele murmurou —, devo lhe dizer que a absolvição só o bispo pode dar, e que eu não posso...

Ele fez uma pausa. Houve um trovejar distante e o tênue rugido típico de mísseis que estavam sendo disparados a partir do setor militar.

— O Terrível! O Terrível! — choramingou a anciã.

O couro cabeludo do abade se arrepiou: um repentino calafrio de alarme irracional. — Rápido! Um ato de contrição! — ele disse. — Dez Ave-Marias, dez Padre-Nossos, como penitência. A senhora terá de repetir sua confissão, mas agora reze o Ato de Contrição.

Ele ouviu os murmúrios do outro lado da treliça. Rapidamente pronunciou em voz muito baixa os termos da absolvição: *Te absolvat Dominus Jesus Christus; ego autem eius auctoritate te absolvo ab omni vinculo... Denique, si absolvi potes, ex peccatis tuis ego te absolvo in Nomine Patris...*

Antes que terminasse, uma luz brilhou através da cortina grossa que vedava a porta do confessionário. Essa luz foi aumentando e ficando mais intensa até que a cabine ficou tão iluminada que parecia conter o próprio sol do meio-dia. A cortina começou a fumegar.

— Espere, *espere*! — ele sussurrou. — Espere até que passe.

— espere espere espere até que passe — ecoou uma voz suave e estranha do outro lado da treliça. Não era a voz da sra. Grales.

— Sra. Grales? Sra. Grales?

Ela respondeu a ele num murmúrio letárgico, com a voz empastada: — Nunca tive a intenção de... Nunca tive a intenção... nunca amei... Amor — e a voz desapareceu. Não era a mesma voz que tinha falado com ele há apenas um instante.

— Agora, depressa, *corra*!

Sem esperar para ver se ela lhe daria atenção, ele saiu depressa do confessionário e correu pela nave central da igreja em direção ao altar. O clarão tinha diminuído, mas ainda tostava a pele com o brilho do sol do meio-dia. *Quantos segundos nos restam?* A igreja estava cheia de fumaça.

Ele avançou santuário adentro, tropeçou no primeiro degrau, aproveitou para se ajoelhar e assim alcançou o altar. Com mãos desesperadas tirou o cibório de Cristo do tabernáculo, tornou a se ajoelhar perante a Presença, agarrou o Corpo de seu Deus e correu dali.

A construção desmoronou em cima dele.

Quando voltou a si, não havia nada além de poeira. Ele estava preso ao chão pela cintura. Estava deitado de bruços no chão de terra e tentou se mexer. Um braço estava livre, mas o outro tinha ficado preso sob o peso que o mantinha colado ao pó. A mão livre ainda segurava o cibório, mas ao cair ele o havia derrubado também, e a tampa tinha saído, espalhando muitas das pequenas Hóstias.

A explosão o havia levado para longe da igreja, foi o que depreendeu. Estava deitado na areia e enxergava os restos de uma roseira entre pedras que tinham caído e rolado. Uma rosa continuava presa ao seu galho, uma da espécie armênia cor salmão. Suas pétalas estavam chamuscadas.

Havia um grande estrondo de motores cobrindo o céu, e luzinhas azuis piscavam abundantemente em meio à poeira. No começo ele não sentiu dor. Tentou levantar o pescoço para dar uma espiada no beemot que estava instalado em cima dele, mas então as coisas começaram a doer. Seus olhos se embaçaram. Ele chorou em voz baixa. Não tornaria a olhar para trás. Cinco toneladas de rocha prendiam-no. Prendiam o que quer que houvesse restado dele da cintura para baixo.

Ele começou a recuperar as pequenas Hóstias. Mexeu o braço livre cautelosamente. Com cuidado pegou cada uma delas, livrando-as da areia. O vento ameaçava dispersar ao longe aqueles pequenos flocos de Cristo. *De todo modo, Senhor, eu tentei* – foi o que ele pensou. *Alguém necessita de* extrema-unção? Do viático? Eles terão de se arrastar até aqui, se quiserem. Mas será que sobrou alguém?

Ele não conseguia ouvir nenhuma voz em meio ao terrível trovejar dos motores.

Um fio de sangue continuava escorrendo até seus olhos. Ele o limpou com o antebraço para evitar macular as hóstias com dedos ensanguentados. Sangue errado, Senhor; o meu, não o Seu. *Dealba me.*

Conseguiu devolver ao recipiente a maior parte das Vítimas espalhadas, mas alguns poucos flocos fugitivos estavam além de seu alcance. Ele estendeu o braço tudo que pôde, mas desmaiou mais uma vez.

– *JesusMariaJosé! Socorro!*

Muito débil, ele ouviu uma resposta, distante e quase inaudível sob aquele céu ensurdecedor. Era a mesma voz suave e estranha que tinha ouvido no confessionário, e ela repetia as mesmas palavras que ele havia proferido:

– jesus maria josé socorro.

– *O quê?* – ele gritou.

Ele tornou a chamar várias vezes, mas não recebeu mais nenhuma resposta. O pó começara a cair. Ele tornou a fechar o cibório com sua tampa para não deixar que a poeira se infiltrasse entre as hóstias. Por algum tempo ficou imóvel, de olhos fechados.

O problema de ser padre é que, ao fim e ao cabo, você acaba tendo de seguir o conselho que deu aos outros. *A Natureza não nos impõe nada que não nos tenha preparado para suportar.* Foi isso o que arrumei por dizer à moça o que dissera o Estoico antes de contar a ela o que Deus falou, pensou o abade.

A dor era pouca, mas uma comichão feroz vinha da parte dele que estava presa sob os escombros. Ele tentou se coçar. Seus dedos encontraram apenas rochas e pedras. Ele agarrou-se a elas por um instante, estremeceu e afastou a mão. O prurido era de enlouquecer. Os nervos feridos disparavam mensagens ensandecidas para ser coçados. Ele se sentia totalmente desprovido de dignidade.

Bom, doutor Cors, o senhor diria então que a coceira não é um mal mais elementar do que a dor?

Ele riu um pouco dessa ideia. A risada fez com que perdesse a consciência por alguns momentos. Rastejou para fora das trevas a duras penas, acompanhado pelo som de alguém berrando. De repente, o sacerdote se deu conta de que quem berrava era ele mesmo. De repente, Zerchi sentiu muito medo. A comichão havia se transformado em agonia, mas os gritos tinham sido de puro terror, não de dor. Agora até respirar lhe causava agonia. Era uma agonia persistente, mas ele podia suportá-la. O pavor tinha nascido daquele último instante de negror absoluto. A escuridão parecia ameaçá-lo, desejá-lo, esperar ansiosamente por ele... Um enorme e negro apetite ávido de almas. A dor ele era capaz de aguentar, mas não aquelas Trevas Temíveis. Ou havia ali algo que não deveria haver; ou havia algo que ainda precisava ser feito. Assim que se rendesse ao negror, não haveria mais nada que ele pudesse fazer ou desfazer.

Envergonhado de seu temor, ele tentou rezar, mas as orações não pareciam mais preces de verdade; pareciam mais desculpas, não pedidos. Era como se a última prece já tivesse sido dita, como se o derradeiro cântico já houvesse sido entoado. Persistia seu medo. *Por quê?* Ele tentou argumentar com o sentimento. Você já viu pessoas morrendo, Jeth. Muitas pessoas. Parece fácil. Elas desfalecem, têm um pequeno espasmo e é só. Acabou. Essa Treva retinta, o fosso entre *aham* e *Asti*, o Estige mais negro, o abismo entre o Senhor e o Homem. Ouça, Jeth, você realmente acredita que existe Algo do outro lado, não é mesmo? Então, por que está tremendo tanto?

Um verso do *Dies Irae* veio à sua mente e o importunava:

Quid sum miser tunc dicturus?
Quem patronum rogaturus,
Cum vix justus sit securus?

– O que então eu, miserável, direi? A quem clamarei como advogado, quando nem mesmo o *justo* estiver seguro? *Vix securus?* Por que "nem mesmo estiver seguro"? Certamente, Ele não iria amaldiçoar o justo. Então, por que você está tremendo tanto?

Realmente, doutor Cors, o mal ao qual até mesmo o senhor deve ter se referido não é o sofrimento, mas o medo irracional do sofrimento. *Metus doloris.* Coloque junto com seu equivalente positivo o anseio pela segurança terrena, pelo Éden, e terá bem diante dos olhos a "origem do mal", doutor Cors. Minimizar o sofrimento e maximizar a segurança eram os propósitos naturais e adequados da sociedade de César. Mas, depois, tornaram-se os únicos propósitos, de algum modo, e a única base da lei... Uma verdadeira perversão. Inevitavelmente, portanto, ao buscá-los, encontramos somente seus opostos: o máximo sofrimento e uma segurança mínima.

O problema com o mundo sou *eu*. Tente isso consigo mesmo, meu caro Cors. Tu eu Adão Homem nós. Nenhum "mal terreno", exceto aquele que é introduzido no mundo pelo Homem – eu tu Adão nós – com uma pequena ajuda do pai das mentiras. Culpe qualquer coisa, culpe Deus inclusive, mas, ah, não culpe a *mim*. Doutor Cors? O único mal do mundo *agora*, doutor, é o fato de que não há mais mundo. O que foi que a dor forjou?

Mais uma vez, deu uma risadinha débil. Isso trouxe a nódoa de volta.

– Eu nós Adão, menos Cristo, Homem eu; Eu nós Adão, menos Cristo, Homem eu – ele disse em voz alta. – Sabe de uma coisa, Pat? Eles... juntos... prefeririam ser pregados nela, mas não sozinhos... Quando sangram... querem companhia.

Porque... porque assim é. Porque é assim mesmo que Satã quer o Homem cheio de Inferno. Quis dizer, é assim mesmo que Satã quer o Inferno cheio de Homem. Porque Adão... E no entanto Cristo... Mas eu ainda... Ouça, Pat...

Dessa vez, custou mais afastar a Treva retinta, mas ele tinha de deixar algumas coisas claras para Pat antes de ir por esse caminho até o fim. – Ouça, Pat, porque... Por que eu disse a ela que o bebê tinha de... É por isso que eu. Quer dizer. Quer dizer, Jesus nunca pediu a homem nenhum que fizesse qualquer coisa que ele mesmo, Jesus, não fizesse. Exatamente como eu fiz. Por que não consigo me desprender. Pat?

Zerchi piscou várias vezes. Pat tinha sumido. O mundo se congelou de novo e o negrume desaparecera. De algum modo ele tinha descoberto do que sentia medo. Havia algo que ele ainda tinha de realizar antes que as Trevas se fechassem sobre ele para sempre. *Querido Deus, permita-me viver o bastante para cumprir até o fim.* Ele tinha medo de morrer antes de ter recebido tanto sofrimento quanto aquele que fora infligido à criança que não podia compreendê-lo, à criança que ele tinha tentado salvar de mais sofrimentos – não, não *por* isso, mas apesar disso. Ele tinha ordenado à mãe, em nome de Cristo. Ele não errara. Mas agora tinha receio de deslizar para o abraço daquele escuro sem fim antes de ter suportado tanto quanto Deus pudesse ajudá-lo a suportar.

Quem patronum rogaturus,
Cum vix justus sit securus?

Que seja como tem de ser para a criança e para sua mãe, então. O que imponho, devo aceitar. *Fas est.*

Essa decisão pareceu diminuir a dor. Ele ficou imóvel por algum tempo e depois, com cuidado, olhou novamente para a pilha de rochas. *Mais* de cinco toneladas ali. Dezoito séculos. A explosão tinha arrombado as criptas, pois ele enxergava alguns ossos despontando por entre as pedras. Tateando com a mão livre, encontrou alguma coisa lisa, e finalmente conseguiu soltá-la. Deixou que caísse na areia, ao lado do cibório. O maxilar estava faltando, mas o crânio estava intacto, exceto por um buraco na testa provocado por uma lasca de madeira seca e meio podre que o atravessava. Parecia ser o que restava de uma flecha. Aquele crânio parecia muito antigo.

– Irmão – ele murmurou, pois ninguém além de um monge de sua Ordem teria sido enterrado naquelas criptas.

O que você fez por eles, Osso? Ensinou-lhes a ler e escrever? Ajudou-os a reconstruir, deu-lhes Cristo, ajudou a recuperar uma cultura? Você se lembrou de alertá-los de que nunca poderia ser o Éden? Claro que sim. Abençoado seja, Osso, pensou o abade e traçou uma cruz na testa do crânio com o polegar. Por todas as suas dores eles retribuíram com uma flechada entre os olhos. Porque aqui há mais do que cinco toneladas e dezoito séculos de pedras. Imagino que haja dois milhões de anos, desde o primeiro *Homo inspiratus*.

Mais uma vez ele ouviu a voz – a voz-eco que tinha respondido a suas palavras há alguns instantes. Dessa vez vinha como uma espécie de cantoria infantil: la la la, la-la-la...

Embora parecesse ser a mesma voz que ouvira no confessionário, sem dúvida não poderia ser a sra. Grales. Ela teria perdoado Deus e corrido para casa, se tivesse saído da capela a tempo – e, por favor, Deus, perdoe a inversão. Mas ele nem tinha certeza de que era uma inversão. Ouça, Velho Osso, você acha que eu devia ter contado isso para Cors?

Ouça, meu caro Cors, por que você não perdoa Deus por permitir a dor? Se Ele não a permitisse, a coragem humana, a bravura, a nobreza e o autossacrifício perderiam a sua razão de ser. Além disso, você não teria emprego, Cors.

Talvez seja isso nos esquecemos de mencionar, Osso. Bombas e acessos de raiva, quando o mundo se torna amargo porque o mundo de algum modo ficou a dever um Éden quase esquecido. A amargura era essencialmente contra Deus. Ouça, Homem, você tem de desistir da amargura – "perdoar Deus" como ela tinha dito – antes de qualquer outra coisa. Antes de amar.

Mas bombas e acessos de raiva. Eles não se esqueceram.

O abade cochilou um pouco. Foi um sono natural e não aquele horrendo nada das Trevas que se apoderava da mente. Veio uma chuva que limpou a poeira. Quando ele despertou, não estava sozinho. Ergueu a bochecha colada na lama e olhou com cara feia para eles. Três estavam instalados no monte de escombros e olhavam para ele com fúnebre solenidade. Zerchi se mexeu. Eles abriram as asas negras e crocitaram, nervosos. Ele atirou uma pedra na direção deles. Dois alçaram voo e ascenderam formando círculos, mas o terceiro continuou empoleirado ali mesmo, movimentando-se um pouco e observando-o com expressão grave. Ave escura e feia, mas não como aquela Outra Escuridão. Essa cobiçava apenas o corpo.

– O jantar ainda não está pronto para ser servido, irmão pássaro – ele disse, com ar irritado. – Você vai ter de esperar.

A ave não poderia esperar ter muitas refeições pela frente, reparou o abade, antes que ela mesma também servisse de repasto para outro predador. Suas penas estavam manchadas, evidenciando o efeito da explosão, e ela tinha um olho fechado. O bicho estava encharcado por causa da chuva, e o abade imaginou que a chuva em si vinha carregada de morte.

– La la la, la-la-la espera espera espera até morrer la...

A voz surgiu novamente. Zerchi tinha receado que ela pudesse ser um tipo de alucinação. Mas a ave também tinha ouvido a voz, pois ficava vigiando alguma coisa que não estava no campo de visão do padre. Finalmente, o abutre crocitou em tom de ameaça e saiu voando.

– Socorro! – ele gritou com voz fraca.

– socorro – repetiu a voz estranha.

E a mulher bicéfala apareceu, entrando em seu campo de visão, saindo de trás de uma pilha de pedras. Ela parou e olhou para Zerchi, no chão.

– Graças a Deus! Sra. Grales! Veja se consegue achar o Padre Lehy...

– graças a deus sra. grales veja se consegue...

Ele piscou para limpar um véu fino de sangue que lhe empanava a vista e olhou melhor para a imagem que tinha à frente.

– Rachel – ele disse em voz débil.

– rachel – respondeu a criatura.

Ela se ajoelhou diante dele e se acomodou sobre os calcanhares. Observava-o com olhos verdes frios e sorria de maneira inocente. Os olhos eram vivos, cheios de curiosidade e espanto, e talvez mais alguma coisa – mas, aparentemente, incapaz de perceber que ele sentia dor. Havia algo nos olhos dela que o impediu de perceber qualquer outra coisa durante vários segundos. Mas então ele reparou que a cabeça da sra. Grales dormia profundamente no outro ombro enquanto Rachel sorria. Parecia um sorriso jovem e tímido que esperava fazer um amigo. Ele tentou de novo.

– Ouça. Tem mais alguém vivo? Busque...

A resposta dela veio melodiosa e solene: – ouça tem mais alguém vivo... – Ela saboreava as palavras e as enunciava de modo distintivo. Sorria enquanto as dizia. Seus lábios as repetiam em silêncio depois que a voz já tinha acabado. Ele achou que fosse mais do que uma imitação reflexiva. Ela estava tentando comunicar alguma coisa. Com a repetição ela estava tentando transmitir uma ideia: *eu sou como você, de algum jeito.*

Mas ela tinha acabado de nascer.

E você é de algum jeito diferente, também, Zerchi notou isso com um traço de assombro. Ele se lembrava de que a sra. Grales tinha artrite nos dois joelhos, mas o corpo que lhe pertencia agora estava ajoelhado e sentado nos calcanhares, naquela postura tão flexível dos muito jovens. Além do mais, a pele enrugada da velha parecia agora menos enrugada do que antes, e até parecia brilhar um pouco, como se o velho tecido calejado tivesse sido rejuvenescido. De repente ele viu o braço dela.

– Você se machucou!
– você se machucou.

Zerchi apontou para o braço dela. Em vez de olhar para onde ele indicava, ela imitou o gesto dele, olhou para o dedo dele e estendeu o seu próprio dedo para tocá-lo, usando o braço ferido. Havia só um pouquinho de sangue, mas pelo menos uma dúzia de cortes e um deles parecia profundo. Ele puxou o dedo dela para aproximar o braço, de onde tirou cinco cacos de vidro. Ou ela enfiara o braço por uma janela quebrada ou, o que era mais provável, tinha sido atingida pelos estilhaços de alguma vidraça por causa da explosão. Somente quando retirou um fragmento de vidro com cerca de três centímetros foi que apareceu um fio de sangue. Quando removeu os outros, eles deixaram marquinhas azuis, sem sangramento. Aquele efeito fez com que se lembrasse de uma demonstração de hipnose que tinha visto há muito tempo, algo que tinha desprezado como um embuste. Ao olhar para o rosto dela novamente, agora, seu espanto aumentou. Ela ainda estava sorrindo para ele, como se a retirada dos cacos de vidro não a tivesse incomodado em nada.

Mais uma vez espiou o rosto da sra. Grales. Tinha se coberto de uma coloração cinzenta, com a máscara impessoal do coma. Os lábios não pareciam ter sangue. De algum modo, ele tinha certeza de que estava morrendo. Ele podia imaginá-la secando e acabando finalmente por cair como uma casca de ferida, ou um cordão umbilical. Quem então era Rachel? E o que era ela?

Ainda havia um pouco de umidade nas pedras lavadas pela chuva. Ele umedeceu a ponta de um dedo e acenou para que ela chegasse mais perto. O que quer que ela fosse, provavelmente tinha recebido radiação demais e não viveria muito tempo. Ele começou a traçar uma cruz na testa dela com a ponta do dedo úmido.

– *Nisi baptizata es et nisi baptizari nonquis, te baptizo...*
Ele não pôde ir além disso. Ela se inclinou para trás rapidamente, afastando-se dele. O sorriso dela se imobilizou e desapareceu. *Não!*, era o que seu semblante parecia gritar. Ela se distanciou do abade. Limpou a marca úmida de sua testa, fechou os olhos e deixou as mãos caírem inertes no colo. Uma expressão de passividade completa se espalhou por seu rosto. Com a cabeça inclinada dessa maneira, sua atitude parecia sugerir o recolhimento de alguém que estivesse rezando. Aos poucos, dessa passividade, voltou a surgir um sorriso, que aumentou. Quando ela abriu os olhos e os voltou para ele de novo, era com o mesmo afeto aberto de antes. Mas ela olhava em torno, como se buscasse alguma coisa.

Os olhos dela caíram no cibório, e, antes que ele pudesse impedi-la, ela o pegou. – *Não!* – ele tossiu, com voz rouca. E fez menção de tomá-lo. Ela era rápida demais para ele, e o esforço fez com que o abade desmaiasse outra vez. Quando recuperou a consciência e suspendeu a cabeça de novo, só era capaz de enxergar como se estivesse dentro de uma neblina. Ela ainda estava de joelhos diante de Zerchi. Finalmente, ele a enxergou segurando a taça de ouro na mão esquerda, e com a direita, entre o polegar e o indicador, erguia delicadamente uma só Hóstia. Ela a estava oferecendo a *ele*, ou será que ele só estaria imaginando isso, como tinha imaginado há alguns instantes que estava falando com Irmão Pat?

Ele esperou que a neblina se dissipasse. Desta vez, não iria se desfazer, não de todo. – *Domine non sum dignus...* – ele sussurrou – *sed tantum dic verbo...*

Ele recebeu o Corpo de Cristo da mão dela. Ela tornou a colocar a tampa do cibório no lugar e depositou o cálice num lugar mais protegido, debaixo de uma rocha que se destacava em meio aos escombros. Não fazia gestos convencionais, mas a reverência com que tinha manuseado o recipiente convencera-o de uma coisa: *ela sentia a Presença sob os véus*. Ela, que não era capaz de usar palavras, nem de compreendê-las, tinha feito aquilo por *instrução direta*, em resposta à tentativa dele de oferecer um batismo condicional.

Ele tentou focalizar melhor os olhos para enxergar o rosto daquele ser que, por meio de gestos e nada mais, lhe havia dito: eu não preciso de seu *primeiro* Sacramento, Homem, mas sou digna de lhe transmitir *este* Sacramento da Vida. Agora ele sabia o que ela era, e soluçou de leve quando, mais uma vez, não conseguiu forçar seus olhos a entrar em foco e ver aqueles olhos frios, verdes, despreocupados, de alguém que tinha nascido livre.

– *Magnificat anima mea Dominum* – ele murmurou. – Minha alma glorifica o Senhor, e meu espírito se alegra em Deus, meu Salvador, porque pôs os olhos na humildade de Sua serva...

Ele queria ensinar a ela essas palavras como seu ato derradeiro, pois tinha certeza de que ela partilhava algo com a Virgem que fora a primeira a enunciá-las.

– *Magnificat anima mea Dominum et exultavit spiritus meus in deo, salutari meo, quia respexit humiltatem...*

Ele perdeu o fôlego antes de concluir a oração. Sua visão se nublou. Não lhe era mais possível enxergar a silhueta dela. Mas frescas pontas de dedos lhe tocaram a testa, e ele a ouviu dizer uma palavra:

– Viva.

Então ela se foi. Ele era capaz de ouvir a voz dela na esteira de seus passos, conforme ia atravessando as novas ruínas.

– la la la, la-la-la...

A imagem daqueles olhos verdes e frios permaneceu com ele enquanto viveu. Ele não perguntou *por que* Deus escolhera fazer brotar uma criatura de inocência primal no ombro da sra. Grales, nem por que Deus lhe atribuiu os dons sobrenaturais do Éden, aqueles dons que o Homem vinha tentando obter de novo recorrendo à força bruta, querendo arrancá-los dos Céus desde que os perdera. Ele tinha enxergado a inocência primal naqueles olhos, assim como uma promessa da ressurreição. Um breve olhar tinha sido uma dádiva, e ele chorou de gratidão. Depois deitou o rosto na lama e aguardou.

Nada mais aconteceu, nunca mais. Nada que ele visse, sentisse ou ouvisse.

30

Eles cantavam enquanto suspendiam as crianças para que entrassem na nave. Cantavam velhas cantigas espaciais e ajudavam as crianças a subir a escada, uma de cada vez, até chegarem às mãos das irmãs. Cantavam com empolgação para dissipar o medo dos pequeninos. Quando o horizonte irrompeu, pararam de cantar. Tinham feito a última criança entrar na nave.

O horizonte se encheu de lampejos quando os monges subiram pela escadinha. Os horizontes se cobriram de um clarão vermelho. Do nada, surgiu uma massa escura de nuvens onde não havia nenhuma nuvem antes. Os monges, ainda nos degraus, desviavam os olhos dos lampejos. Quando a cintilação terminou, eles olharam para trás.

A face de Lúcifer se expandiu horrendamente em forma de cogumelo acima do banco de nuvens, erguendo-se lentamente como um titã que se levanta após anos de aprisionamento na Terra.

Alguém vociferou uma ordem. Os monges retomaram a subida pela escada. Logo todos eles estavam dentro da nave.

O último monge, assim que chegou a bordo, parou no umbral. Ficou imóvel na escotilha aberta e, então, tirou as sandálias. – *Sic transit mundus* – murmurou, virando-se para olhar os lampejos. Bateu a sola das sandálias uma contra a outra para tirar o pó que traziam. A incandescência agora se espalhava por um terço do céu. Coçando a barba, ele contemplou o oceano pela derradeira vez e então entrou e trancou a escotilha.

Houve um borrão, um clarão, um som agudo, fino como gemido ao longe, e a nave estelar se lançou aos céus.

As ondas arrebentavam na costa com monótona regularidade, trazendo destroços de madeira. Um hidroavião abandonado flutuava além das ondas. Após algum tempo, elas o apanharam e o trouxeram até a areia, junto com os destroços de madeira. O aparelho oscilou e quebrou uma asa. Havia camarões refestelando-se nas ondas, e os badejos que se alimentavam dos camarões, e o tubarão que se fartava dos badejos e os achava admiráveis, naquele mundo de brutalidade esportiva que é o mar.

O vento soprou através do oceano, arrastando uma nuvem de cinzas brancas muito finas. Elas caíram no mar e penetraram nas ondas. As ondas carregaram os camarões mortos até a orla, junto com os destroços de madeira. Depois trouxeram os badejos. O tubarão nadou rumo às águas mais profundas e se deixou arrastar pelas correntes frias e limpas. Ele sentiu muita fome naquela estação.

GLOSSÁRIO

ADVENTO: tempo litúrgico de preparação para o Natal; com duração de quatro semanas, tem início no primeiro dos quatro domingos que antecedem o dia 25 de dezembro.

ADVOGADO DO DIABO: nos processos de beatificação e canonização, havia as figuras do promotor da fé (*promotor fidei*) e do advogado do diabo (*advocatus diaboli*). O primeiro apresentava argumentos em favor da causa; o segundo, encarregado de apresentar alegações em contrário, devia analisar o processo de maneira isenta e desapaixonada, procurando lacunas nas provas. O ofício de advogado do diabo foi criado em 1587 e abolido pelo Papa João Paulo II em 1983.

ALBERTO MAGNO (1190-1280): pensador medieval, conhecido como *Doctor Universalis*, deu contribuições permanentes para a filosofia, a teologia e a história da ciência. Sua obra foi um dos principais instrumentos para a transmissão, na Europa ocidental, do saber aristotélico sobre o mundo natural. Canonizado em 1931, recebeu depois o título de Doutor da Igreja e padroeiro dos cultivadores das ciências naturais. Por muitos anos lecionou na Universidade de Paris, quando conheceu Tomás de Aquino, sobre quem exerceria grande influência. *Ver* Santo Tomás de Aquino.

ANGELUS: oração católica rezada três vezes ao dia (geralmente às 6h, às 12h e às 18h) em lembrança da anunciação do Anjo Gabriel à Virgem Maria de que ela conceberia Jesus Cristo. Também conhecido como toque das Ave-Marias.

ASSUNÇÃO, FESTA DA: comemorada no dia 15 de agosto, a festa celebra a ascensão da Virgem Maria ao Céu, em corpo e alma, ao fim de sua vida terrena.

BEEMOT: besta mítica descrita no Livro de Jó (40,15-24) como uma criação de Deus, um animal de imensa força que habitava os vales dos rios.

BREVIÁRIO: livro que reunia os hinos, textos e orações diários que integravam o Ofício Divino rezado pelos padres católicos, conforme o determinado pelas horas canônicas (originalmente, Matinas, Laudes, Prima, Terça, Sexta, Noa/Nona, Vésperas e Completas). O Ofício sofreu várias reformas ao longo do tempo, bem como a divisão das Horas; após o Concílio Vaticano II, no início da década de 1960, esse volume passou a ser chamado *Liturgia das Horas*. *Ver* Completas; Laudes; Matinas; Nona; Prima; Vésperas.

CALÍOPE: instrumento que produz sons diversos – característicos do carrossel – por meio da condução de vapor a cilindros, acionada por um teclado. Também chamado "órgão a vapor", ou "piano a vapor", seu nome é uma homenagem a uma das nove musas gregas.

CAMERALIS GESTOR: possível alusão ao presidente da Câmara Apostólica (*Camera Apostolica*), instituição vaticana encarregada de cuidar e administrar os bens e os direitos temporais da Santa Sé; o cargo é exercido pelo cardeal camerlengo e ganha notoriedade, sobretudo, durante a vacância da Sé apostólica.

CÂNTICO: termo usado para designar vários cantos, hinos e poesias bíblicas, mas que não sejam salmos. Os cânticos aparecem em profusão no Antigo Testamento (cânticos de Moisés, de Débora, de David, de Isaías etc.), mas também são encontrados no Novo Testamento, caso do *Benedictus*, do *Magnificat* e do *Nunc Dimittis*, apresentados no Evangelho de São Lucas.

CAPÍTULO: assembleia periódica dos membros de uma congregação a fim de discutir assuntos importantes que afetam a regra, a disciplina e os afazeres cotidianos da comunidade.

DIES IRAE: do latim, "Dia da Ira". Palavras iniciais do célebre hino geralmente entoado na missa dos mortos, ou Missa de Requiem, e que evoca o Juízo Final.

DOMINGO DE RAMOS: sexto domingo da Quaresma, quando se rememora a entrada de Jesus em Jerusalém. O Domingo de Ramos abre as celebrações da Semana Santa, auge do período quaresmal, durante a qual se realiza o Tríduo Pascal. *Ver* Quaresma.

DOMNE: vocativo do latim medieval correlato à palavra dominus (a forma original, especialmente empregada para designar Deus). A forma sincopada domnus (plural) ou domne (singular) era frequentemente usada como título honorífico, no caso senhor, mestre.

DULIA: termo teológico que designa a honra devida aos santos, enquanto *latria* (verdadeira adoração) se refere ao culto reservado apenas a Deus, e *hiperdulia* (acima do culto de honra, sem atingir a adoração) se refere à veneração prestada à Virgem Maria.

EPIKEIA: a interpretação liberal e indulgente da lei em casos não previstos pela legislação. Pressupõe a sinceridade em querer observar a regra, e interpreta a intenção presumida de incluir uma situação não prevista pelo legislador, não contradizendo a sua vontade. O termo de origem grega (*epieikes*) significa razoável, justo, moderado.

ESTIGE: segundo a mitologia grega, um dos rios do Tártaro pelos quais passavam as almas, na barca de Caronte, a fim de cruzar o Hades; suas águas separavam a Terra do Mundo Inferior.

ESTOICO, O: provável referência a Zenão de Cício (c.335 a.C.-264 a.C.), fundador do estoicismo, escola filosófica helenística que influenciou largamente o pensamento ocidental, notadamente a ética cristã. Na concepção estoica, o homem, parte integrante do cosmos, deve pautar sua vida nos princípios de harmonia e equilíbrio que ordenam o universo, sendo a imperturbabilidade, a dominação das paixões e a aceitação do destino as marcas fundamentais do homem sábio, o único apto a experimentar a verdadeira felicidade.

FESTA DOS CINCO TOLOS INOCENTES: provável alusão a duas festas diferentes, de caráter profano mas que se davam no espaço sagrado e litúrgico da igreja medieval, especialmente na França. Uma delas é a Festa dos Santos Inocentes (28 de dezembro), em que crianças se apoderavam da igreja por um dia, refestelavam-se em seu interior e até substituíam os prelados; a outra é a Festa dos Loucos, ou dos Tolos (1º de janeiro), em que os espaços sagrados da paróquia eram tomados pelo povo que neles realizava uma grande festa que, a despeito de sua subversão, era promovida pelo baixo clero (daí também o nome Festa dos Subdiáconos), cujos membros deixavam suas funções normais naquele dia para assumir papéis maiores na missa e nos ofícios. Ambas as festas eram marcadas pela quebra temporária da ordem social estabelecida, pela inversão de papéis, pela licenciosidade e pela bufonaria.

HOSPITALÁRIOS: ordem religiosa fundada no final século XI, em Jerusalém, para acolher, cuidar e proteger os peregrinos da Terra Santa. Porém, em razão das necessidades defensivas do reino cristão de Jerusalém, a então Ordem de São João se converteu em uma ordem militar a partir de meados do século XII, mas nunca perdeu sua característica assistencial. A congregação religiosa existe até hoje sob a denominação de Ordem Soberana e Militar Hospitalária de São João de Jerusalém, de Rodes e de Malta, ou simplesmente Ordem de Malta.

IGNORAMUS: do latim *ignoramus*, primeira pessoa do plural do presente indicativo de *ignorare* (ser ignorante, ignorar, desconhecer). Seu uso moderno se originou do advogado inculto Ignoramus, personagem que dá nome à peça escrita pelo dramaturgo inglês George Ruggle, em 1615.

IMPROPÉRIOS: significa reprovações; na liturgia católica, aplica-se às queixas de Jesus contra o seu povo, que se entoam durante a Adoração da Cruz na Sexta-Feira Santa. *Ver* Quaresma.

INTERDITO: trata-se de uma pena eclesiástica, um ato proibitivo (geral ou individual) aplicado a fiéis e a membros da Igreja que os pode impedir de participar de serviços litúrgicos, receber/ministrar sacramentos, usufruir os bens da Igreja ou acessar lugares sagrados.

LÂMPADA DE ARCO: dispositivo composto por duas hastes de carbono espaçadas que, quando ligado a uma fonte de energia, cria um arco elétrico (também chamado de arco voltaico) entre as hastes, produzindo um ponto luminoso intenso com a passagem da eletricidade.

LAUDES: segunda hora canônica da liturgia católica, rezada ao despontar da luz de um novo dia. *Ver* Breviário.

LECTIO DIVINA: expressão latina para leitura divina, ou leitura orante. Trata-se de uma forma aprofundada de se ler a Bíblia, inspirada em antigas práticas meditativas monásticas, e que envolve a leitura propriamente dita, meditação, oração e contemplação.

LEGADO: do latim, *legatos* (enviado, embaixador). Nomeado diretamente pelo papa, é o representante do pontífice perante o governo de um Estado e as dioceses da própria Igreja. Há diferentes tipos de legado, entre eles o núncio apostólico. *Ver* Núncio.

LITANIA OU LADAINHA: tradicional prece de aclamação ou de súplica estruturada na forma de curtas invocações a Deus, a Jesus Cristo, à Virgem e aos santos, em que se alternam respostas breves e repetidas aos rogos de quem dirige a oração.

MANDATO: nome dado à missa solene realizada na Quinta-Feira Santa, cuja liturgia compreende a cerimônia do Lava-Pés; o termo remete a mandamento (do Senhor), aludindo ao episódio em que, após ter lavado os pés dos discípulos, Jesus disse: "Se, pois, eu que sou o Senhor e Mestre vos lavei os pés, também vós deveis lavar os pés uns aos outros" (Jo 13,14). *Ver* Quaresma.

MATINAS: primeira hora do ofício divino católico, rezada antes do nascer do sol. *Ver* Breviário.

MESSÉR: abreviação de *messere*, antigo título honorífico da Itália medieval e renascentista, dispensado a juízes, jurisconsultos e muitas vezes estendido a outras pessoas letradas e ilustres. Vem do antigo provençal *mes sire*, que significa "meu senhor".

MISSA VOTIVA: missa oferecida em honra de um mistério da fé, da Virgem Maria, de um santo ou de todos os santos, e também em prol de um desejo ou do cumprimento de um voto. É celebrada com uma intenção devocional, para satisfazer a piedade dos fiéis, e não está prevista no calendário litúrgico regular.

MOTU PROPRIO: do latim, "por vontade ou iniciativa própria". Diz-se de documento pontifício expedido pelo papa em pessoa, com pleno conhecimento de causa, sem consulta ao Conselho de Cardeais ou a outras instâncias. É menos formal do que outros documentos papais, como o breve e a bula.

NONA OU NOA: hora canônica intermediária rezada entre a Sexta e as Vésperas, às três horas da tarde. *Ver* Breviário.

NOSTRUM UNIVERSAL: uma das designações, em inglês, para a "panaceia universal", o remédio que curaria todos os males que afligem o homem.

NÚNCIO: um prelado oficial da cúria romana, representante do Papa junto a um governo estrangeiro com o qual o Vaticano mantenha relações diplomáticas. Entre suas atribuições estão tratar dos assuntos concernentes à Sé Apostólica e zelar pelo bem-estar da Igreja naquele país. Corresponde ao grau diplomático de ministro plenipotenciário. *Ver* Legado.

OITAVA: refere-se tanto ao oitavo dia como ao período de uma semana que segue a uma festa litúrgica importante, prolongando a sua celebração.

OLLA ALLAY!: possível corruptela do latim *olla*, "pessoa conhecida", ou do espanhol *hola*, "olá". Também guarda semelhança com Alá (Allah), designação muçulmana de Deus. Assim, a expressão pode significar "Olá, meu Deus."

PARACLETO OU PARÁCLITO: quem defende, consola e intercede por outrem; uma das designações do Espírito Santo (Jo 14,16).

PECADO ATUAL: contrastante ao pecado original – uma culpa involuntária apagada por meio do Batismo –, o pecado atual é cometido voluntariamente pela pessoa com uso da razão, por meio de pensamentos, palavras, atos e omissões. Divide-se em pecado mortal e pecado venial.

PESCADOR, ANEL DO: símbolo oficial do papa, sucessor de São Pedro, que era um pescador. A joia é dada ao pontífice quando de sua coroação e destruída após sua morte, sendo outro anel confeccionado para aquele que o substituirá.

PIK-A-DON: expressão integrada ao vocabulário japonês em decorrência das bombas atômicas lançadas sobre as cidades de Hiroshima e Nagasaki no fim da Segunda Guerra Mundial (dias 6 de agosto e 9 de agosto de 1945, respectivamente). O termo PIKA significa luz brilhante, e DON, estrondo, o que representa o que foi visto e ouvido quando os artefatos foram detonados.

POSTULA-DOR: representante legitimamente constituído pelo autor de um pedido de beatificação ou canonização, defendendo a causa junto à autoridade eclesiástica; é responsável pelo requerimento, pela documentação e pelo acompanhamento do processo.

POSTULANTE: aquele que frequenta o postulado, uma das etapas na formação para a vida religiosa; corresponde ao período de preparação imediata e específica ao noviciado.

PRESIDIUM: comitê executivo que atua com autoridade quando outros órgãos políticos maiores estão em recesso, geralmente em países comunistas; na antiga União Soviética, o *presidium* era o órgão que exercia coletivamente a chefia de Estado, eleito pelo Soviete Supremo. A palavra, dicionarizada em inglês, é derivada do latim *praesideo*: controlar, proteger, guardar, presidir.

PRIMA: hora canônica hoje extinta, era rezada depois das Laudes, por volta das 6 horas da manhã. *Ver* Breviário.

PROTEUS VULGARIS: espécie de bactéria que ocorre no solo, na água contaminada, na carne crua, em matéria fecal e na poeira. Nos seres humanos, é responsável por infecções do trato urinário, mas também pode causar abcessos graves.

QUARESMA: período de quarenta dias que precede a Páscoa cristã (ressurreição de Cristo), e durante o qual as igrejas se dedicam à penitência e se preparam para essa celebração. A Quaresma tem início na Quarta-Feira de Cinzas e termina no anoitecer da Quinta-Feira Santa, quando se tem início o Tríduo Pascal: conjunto de três dias composto pela Quinta-Feira Santa (instituição da eucaristia e do sacerdócio), pela Sexta-Feira Santa (paixão e morte de Cristo) e pela Vigília Pascal, que ocorre na noite do Sábado Santo, ou Sábado de Aleluia, véspera do Domingo de Páscoa. *Ver* Domingo de Ramos; Impropérios; Mandato.

SACRÁRIO: também chamado tabernáculo, é uma pequena urna onde são guardadas as partículas consagradas e o Santíssimo Sacramento, quase sempre localizada numa capela ou altar lateral no interior das igrejas católicas. Junto ao sacrário há sempre um ponto de luz, geralmente uma lâmpada, com o qual se indica e se honra a presença de Cristo. *Ver* cibório.

SAGRADA CONGREGAÇÃO PARA A PROPAGAÇÃO DA FÉ (SACRA CONGREGATIO DE PROPAGANDA FIDEI): fundada em 1622 pelo Papa Gregório XV, tinha basicamente a tarefa de organizar a atividade missionária da Igreja, propagando a doutrina em áreas de pouca ou nenhuma tradição católica e defendendo a fé nos lugares alcançados pela heresia. Em 1988, foi renomeada como "Congregação para a Evangelização dos Povos".

SAMPETRIUS: provável alusão ao *sampietrino* (*sampietrini*, no plural), nome dado ao funcionário especialmente qualificado para trabalhar na manutenção, na decoração e na segurança da Basílica de São Pedro, em Roma.

SANTO AGOSTINHO (354-430): um dos mais influentes pensadores do Ocidente e considerado um dos Pais da Igreja latina. Educado como cristão, Agostinho abandonou sua criação e se dedicou ao estudo e ao ensino da retórica, aproximando-se também do neoplatonismo. Converteu-se ao cristianismo em 385 e foi ordenado bispo de Hipona em 395. Destacou-se sobretudo como filósofo e teólogo, escrevendo muitas cartas, tratados teológicos, exegeses bíblicas e diretrizes para a vida clerical. Entre suas obras mais importantes estão *A Cidade de Deus* e *Confissões*.

SANTO ESTEVÃO: considerado o primeiro mártir da Igreja, Estevão pertencia a uma das primeiras comunidades fundadas pelos apóstolos após a morte de Jesus, e se destacava pelo fervor com que pregava a palavra de Deus. Perseguido e preso, acabou sendo condenado ao apedrejamento. Durante o martírio, tal como seu mestre no Calvário, teria pedido ao Pai que perdoasse seus agressores (Atos dos Apóstolos 6-7).

SANTO TOMÁS DE AQUINO (1225-1274): filósofo e teólogo cristão, foi educado no mosteiro de Monte Cassino e na Universidade de Nápoles até ingressar na ordem dominicana. Enviado a Paris, estudou com Alberto Magno, mestre que influenciaria profundamente a sua obra. Considerado o maior teólogo da igreja católica e a expressão máxima da escolástica, Aquino estava convencido de que era possível reconciliar os escritos de Aristóteles com os princípios da teologia cristã. Entre suas obras mais importantes estão *Suma contra os gentios* e *Suma teológica*. Canonizado em 1323, Tomás de Aquino foi proclamado Doutor da Igreja (*Doctor Angelicus*) em 1567. *Ver* Alberto Margo.

SCRIPTORIUM: nos mosteiros medievais, recinto onde se copiavam e iluminavam livros manuscritos (códices).

SEDARIUS: provável alusão ao sediário (ou palafreneiro), cada um dos doze homens encarregados de sustentar a sede gestatória, trono papal portátil usado em certas ocasiões solenes nas cerimônias pontifícias (*sedarii*, no plural).

TE DEUM: *A Ti Deus*, hino de louvor em forma de salmo, rezado quase todos os dias no Ofício Divino e cantado em ocasiões solenes de júbilo público, como hino de agradecimento.

THON: corruptela de "don", título honorífico espanhol usado para certos cargos eclesiásticos e para membros da nobreza, sendo também estendido para professores e autoridades acadêmicas.

TORQUEMA-DA, TOMÁS DE (1420-1498): frade dominicano espanhol, foi confessor e conselheiro dos Reis Católicos, Fernando e Isabel, e, por indicação deles, foi nomeado inquisidor geral de Castela e Aragão. Rigoroso perseguidor de toda dissidência religiosa, Torquemada reorganizou o Inquisição espanhola e levou seu zelo ortodoxo até a crueldade na tentativa de erradicar não apenas crimes de heresia e apostasia, mas também feitiçaria, sodomia, usura e outros delitos. Milhares de pessoas teriam sido torturadas, sentenciadas e condenadas à fogueira enquanto ele esteve à frente do Tribunal.

VÉSPERAS: penúltima hora canônica da liturgia católica, rezada ao cair da tarde, após os religiosos terminarem suas tarefas diárias. *Ver* Breviário.

VÉU DE VERÔNICA: segundo a tradição, durante seu caminho para o Calvário Jesus teria enxugado seu rosto em um tecido branco oferecido por Verônica, deixando nele impressa a marca de suas feições. O episódio é relembrado na sexta estação da Via-Sacra, rezada, sobretudo, no período da Quaresma. O véu é considerado uma das mais veneradas relíquias da Igreja. *Ver* Quaresma.

VIÁTICO: termo de origem latina que significa "provisões de viagem". Na liturgia católica, designa o rito da última comunhão eucarística oferecida ao enfermo em perigo de morte, antes de sua "passagem para o Pai".

VULGATA: versão da Bíblia baseada na tradução de São Jerônimo, feita a partir de originais gregos, hebraicos e aramaicos, além de traduções latinas anteriores, para a língua mais comum (vulgus) falada no império romano ocidental. O texto, legitimado e revisado ao longo do tempo, é usado ainda hoje pela Igreja.

LISTA

de termos e expressões em latim
não traduzidos pelo autor

PARTE I – FIAT HOMO

Fiat Homo "Faça-se o homem". [Alusão à frase *fiat lux* (faça-se a luz), que, segundo a Bíblia, foi dita por Deus ao criar o mundo (Gn 1,3).]

Apage Satanas! "Afasta-te, Satanás!".

Ex opere operato "Por efeito da própria obra". [Expressão católica. Significa que o sacramento é canal da graça por efeito do próprio rito, e não por efeito das virtudes do ministro humano que aplica o rito.]

Et ne nos inducas in... "E não nos deixeis...". [Trecho da oração do Pai-Nosso, ensinada por Jesus Cristo aos seus discípulos, segundo o evangelho de São Mateus (6,9-13).]

Libellus Leibowitz "Pequeno livro de Leibowitz".

Repugnans tibi, ausus sum quaerere quidquid doctius mihi fide, certius spe, aut dulcius caritate visum esset. Quis itaque stultior me... "Afastando-me de Vós, ousei buscar algo que me parecia mais sábio do que a fé, mais certo do que a esperança e mais doce do que o amor. Quem é mais tolo do que eu...".

O inscrutabilis Scrutator animarum, cui patet omne cor, si me vocaveras, olim a te fugeram. Si autem nunc velis vocare me indignum...

"Ó, Examinador inescrutável, Examinador das almas, a quem todo coração se abre: antes, se tivésseis me chamado, eu teria fugido. Mas se quiserdes me chamar outra vez, embora eu seja indigno...".

Libera me, Domine, ab vitiis meis, ut solius tuae voluntatis mihi cupidus sim, et vocationis tuae conscius, si digneris me vocare...

"Livra-me, Senhor, de meus vícios, faça-me desejoso apenas de Tua vontade para comigo e conhecedor de Tua vocação, se me considerares digno de Teu chamado..."

In ipso facto "Pelo fato em si".

Mihi amicus "Um amigo para mim".

Machina analytica "Máquina analítica".

Beate Leibowitz, ora pro me! "Beato Leibowitz, orai por mim!".

Sancte Leibowitz, ora pro me! "São Leibowitz, orai por mim!".

Promotor Fidei "Promotor da Fé".

Angelus Domini nuntiavit Mariae "O Anjo do Senhor anunciou a Maria".
[Primeiro verso do *Angelus*.]

Benedicamus Domino "Bendigamos ao Senhor".

Magister meus "Meu mestre".

Mandatum novum do vobis: ut diligatis invicem...	"Um novo mandamento lhes dou: amem-se uns aos outros...". [Primeiras palavras da antífona cantada no início da cerimônia do Lava-Pés, realizada na Quinta-Feira Santa (João 13,34).]
Ecce Inquisitor Curiae. Ausculta et obsequere. Arkos, AOL, Abbas.	"Eis o Inquisidor da Cúria. Ouve-o e obedece-o. Arkos, OAL, Abade".
Advocatus diaboli	"Advogado do diabo".
Ecce quam bonum et quam jucundum...	"Vejam como é bom, como é agradável...". [Trecho do primeiro verso do Salmo 132. O Salmo continua "...viverem bem unidos os irmãos!"]
Miserere mei, Deus	"Tende piedade de mim, Deus".
Appropinquat agnis pastor et ovibus pascendis.	"O pastor se aproxima para alimentar as ovelhas".
Genua nunc flectantur omnia.	"Que todos os joelhos se dobrem agora".
Jussit olim Jesus Petrum pascere gregem Domini.	"Jesus ordenou a Pedro que apascentasse o rebanho do Senhor" (Jo 21,16).
Ecce Petrus Pontifex Maximus.	"Eis Pedro, o Sumo Pontífice".
Gaudeat igitur populus Christi et gratias agat Domino.	"Alegre-se, pois, o povo de Cristo e dê graças a Deus".
Nam docebimur a Spiritu sancto	"Porque então seremos ensinados pelo Espírito Santo".

Sancte pater, ab Sapientia summa petimus ut ille Beatus Leibowitz cujus miracula mirati sunt multi...	"Santo Padre, suplicamos à vossa suma sapiência em nome do Abençoado Leibowitz, cujos milagres muitos contemplaram...".
Gratissima Nobis causa, fili	"A questão é agradabilíssima para nós, filho."
Sub ducatu sancti Spiritus	"Guiado pelo Espírito Santo".
Miserere nobis!	"Tende piedade de nós"
Sancta Dei Genitrix, ora pro nobis. Sancta Virgo virginum, ora pro nobis.	"Santa Mãe de Deus, rogai por nós. Santa Virgem das virgens, rogai por nós". [Versos da Ladainha de Nossa Senhora.]
Omnes sancti Martyres, orate pro nobis.	"Todos os santos mártires, rogai por nós".
Veni, Creator Spiritus	"Vinde, Espírito Criador".
Surgat ergo Petrus ipse.	"Pois que o próprio Pedro se manifeste".
Licet adire	"Permissão para prosseguir".
Scala caelestis	"Escada celeste".
Mysticum Christi Corpus	"Corpo Místico de Cristo". [Expressão pela qual também é chamada a Igreja: uma instituição viva formada por muitos membros e cuja cabeça é Jesus Cristo.]
Noli molestare	*"Não molestar"*.

PARTE II – FIAT LUX

Fiat Lux

"Faça-se a luz". [Segundo a Bíblia, frase dita por Deus ao criar o mundo (Gn 1,3).]

Sub immunitate apostolica hoc suppositum est. Quisquis nuntium molestare audeat, ipso facto excommunicetur

"Este se encontra sob imunidade apostólica. Quem quer que ouse molestar o mensageiro será por isso mesmo excomungado".

Cui salutem dicit

"A quem saúda".

Papatiae Apocrisarius Texarkanae

"Núncio papal em Texarkana".

Accedite ad eum

"Aproxime-se dele".

Iterum oportet apponere tibi crucem ferendam, amice...

"Mais uma vez é preciso colocar sobre ti uma cruz para carregares, amigo...".

Quidam mihi calix nuper expletur, Paule. Precamini ergo Deum facere me fortiorem. Metuo ut hic pereat. Spero te et fratres saepius oraturos esse pro tremescente Marco Apolline. Valete in Christo, amici.

"Um certo cálice foi enchido para mim recentemente, ó Paulo. Rogueis, pois, a Deus para que me torne mais forte. Temo que ele possa ser destruído. Espero que você e os irmãos rezem incessantemente pelo temente Marcus Apollo. Despeço-me em Cristo, amigos". [A menção a um cálice amargo – símbolo de sofrimento –, que deve ser bebido, remete a uma passagem da vida de Jesus: pouco antes de sua prisão, ele reza dizendo que Deus afaste dele aquele cálice, mas que o aceita, caso seja essa a vontade do Pai (Mt 26,39.42).]

Texarkanae datum est Octava Ss Petri et Pauli, Anno Domini termillesimo...

"Emitido em Texarkana, na Oitava da Festa de São Pedro e São Paulo, ano de Nosso Senhor de três mil...". [A Festa de São Pedro e São Paulo é celebrada em 29 de junho.]

Vespero mundi expectando

"Esperando o ocaso do mundo".

De Vestigiis Antecessarum Civitatum

"Dos Vestígios das Cidades Precedentes".

Cave canem

"Cuidado com o cão".

Vexilla Regis

"Os Estandartes do Rei". [Referência ao hino *Vexilla Regis Prodeunt*, escrito no século 6 por Venâncio Fortunato, Bispo de Poitiers, e à alusão a esse hino feita por Dante Alighieri no Canto XXXIV de *A Divina Comédia*: *Vexilla regis inferni prodeunt* (Os estandartes do rei do inferno avançam).]

Sancta Maisie, interride pro me

Aqui o autor faz um trocadilho. Em vez de *intercede pro me/nobis* (intercedei por mim/nós), súplica comum nas orações católicas, o personagem pede a Santa Maisie que "inter-ria" por ele.

Stultus Maximus

"O Maior dos Tolos".

Haec commixtio

"Esta união". [Palavras da oração rezada durante o rito da comunhão, na missa: *Haec commixtio Córporis et Sánguinis Dómini nostri Iesu Christi fiat accipiéntibus nobis in vitam ætérnam* (Esta união do Corpo e Sangue de nosso Senhor Jesus Cristo, que vamos receber, nos sirva para a vida eterna).]

Memento, Domine, omnium famulorum tuorum

"Lembrai-vos, Senhor, de todos os vossos servos". [Trecho da oração eucarística rezada durante a missa.]

Salve Regina	"Salve Rainha". [Antífona católica em honra à Virgem Maria; é rezada no encerramento do terço e ao término da hora Completas.]
Tibi adsum	"Eis-me aqui para vós".
Lectio devina [sic: divina]	"Leitura divina".
In principio Deus	"No princípio, Deus".
Caelum et terram creavit	"Criou os céus e a terra".
Vacuus autem erat mundus	"No entanto, o mundo estava vazio".
Cum tenebris in superficie profundorum	"As trevas cobriam o abismo".
Ortus est Dei Spiritus supra aquas	"E o Espírito de Deus pairava sobre as águas".
Gratias Creatori Spiritui	"Demos graças ao Espírito Criador". [Esta frase não pertence ao texto bíblico.]
Dixitque Deus: FIAT LUX	"Deus disse: FAÇA-SE A LUZ".
Et lux ergo facta	"E a luz foi feita".
Lucem esse bonam Deus vidit	"Deus viu que a luz era boa".
Et secrevit lucem a tenebris	"E separou a luz das trevas".

Lucem appellavit 'diem' "Deus chamou à luz 'dia', e às trevas 'noite'".
et tenebras 'noctes'

Vespere occaso "Sobreveio a tarde".

Ortus est et primo die "E depois a manhã: foi o primeiro dia" [Capítulo 1, versículos de 1 a 5 do Gênesis, primeiro livro da Bíblia.]

Flectamus genua "Ajoelhemo-nos".

Levate "Levantai".

Sedete "Sentai-vos".

Id est "Isto é".

Et tu, Brute "Até tu, Brutus". [Frase atribuída a Júlio César antes de morrer, após ter reconhecido Brutos, seu filho adotivo, entre seus assassinos.]

Regnans in Excelsis "Reinando nas Alturas". [Palavras iniciais da bula papal assinada por Pio V em 1570, na qual excomunga formalmente a rainha Elisabeth I, da Inglaterra, declara-a herética e libera seus súditos de qualquer lealdade.]

Hic est enim calix "Este é o cálice do Meu Sangue".
Sanguinis Mei

Lege! "Lê!".

De Inanibus "Da Vacuidade".

Ad Lumina Christi "À luz de Cristo".

Nunc dimittis servum tuum, Domine... Quia viderunt oculi mei salutare

"Agora deixai o vosso servo ir em paz, Senhor... Porque os meus olhos viram a vossa salvação". [Versos do "Cântico de Simeão", citado no Evangelho de São Lucas (2,29-30).]

Ego te absolvo

"Eu te absolvo".

Cathartes aura regnans

"Abutre que reina nos ares".

PARTE III – FIAT VOLUNTAS TUA

Fiat voluntas tua

"Seja feita a vossa vontade" [frase da oração do Pai-Nosso, ensinada por Jesus Cristo aos seus discípulos, segundo o evangelho de São Mateus (6,9-13)].

Kyrie eleison / Christe eleison / Kyrie eleison, eleison imas!

"Senhor, tende piedade / Cristo, tende piedade / Senhor, tende piedade, piedade de nós!". [Expressões vocativas de origem grega, são rezadas ou cantadas a fim de pedir a misericórdia de Deus durante o ato penitencial, no início da missa.]

Hinc igitur effuge

"Então fuja daqui".

Ab hac planeta nativitatis aliquos filios Ecclesiae usque ad planetas solium alienorum iam abisse et nunquam redituros esse intelligimus

"Entendemos que alguns filhos da Igreja já deixaram este planeta, no qual nasceram, e partiram para planetas de sóis alienígenas, e que jamais regressarão".

Quo peregrinatur grex, pastor secum

"Para onde o rebanho viajar, o pastor o acompanhará".

Casu belli nunc remoto	"As circunstâncias da guerra estão agora distantes".
Luciferum ruisse mihi dicis?	"Você está me dizendo que Lúcifer caiu?"
Chris'tecum	"Que Cristo esteja contigo". [Trata-se de uma contração de *Christus tecum*.]
Cum spiri'tuo	"E com teu espírito". [Trata-se de uma contração da expressão *Et cum spiritu tuo*.]
Et tu, Luna, recedite in orbitas reversas	"E tu, Lua, retrocedas em órbita reversa".
Non habemus regem nisi caesarem	"Não temos rei, senão César". [Frase respondida a Pilatos durante o julgamento de Jesus (João 19,15).]
Grex peregrinus erit. Quam primum est factum suscipiendum vobis, jussu Sactae Sedis, Suscipite ergo operis partem ordini vestro propriam...	Haverá um rebanho estrangeiro. Por ordem da Santa Sé, a ação deverá ser executada por vós o mais cedo possível. Encarregai-vos, pois, de parte da obra, organizando-a segundo os termos apropriados...
Eminentissimo Domino Eric Cardinali Hoffstraff obsequitur Jethra Zerchius. A.O.L., Abbas. Ad has res disputandas iam coegi discessuros fratres ut hodie parati dimitti Roman prima aerisnave possint.	"Eminentíssimo Senhor Eric Cardeal Hoffstraff, a quem deve obediência Jethro Zerchi, OAL. Abade. Já reuni os irmãos que vão partir a fim de tratarmos da matéria em questão, de tal modo que estejam preparados para seguir a Roma na primeira aeronave".

Retrahe me, Satanus, et discede!	"Retira-te de mim, Satanás, e vá embora!".
Homo loquax nonnumquam sapiens	"O homem loquaz por vezes é sábio".
Discede, Seductor informis!	"Vá embora, Sedutor hediondo!".
Egrediamur tellure	"Partamos da Terra".
Audi me, Domine	"Escuta-me Senhor".
Negotium perambulans in tenebris	"A coisa que vagueia pelas trevas". [Alusão ao versículo 6 do Salmo 91.]
Reminiscentur et convertentur ad Dominum universi fines terrae. Et adorabunt in conspectu universae familiae gentium. Quoniam Domini est regnum; et ipse dominabitur...	"Todos os confins da Terra se lembrarão e se voltarão para o Senhor. Todas as famílias das nações se prostrarão diante Dele. Pois a realeza pertence ao Senhor, é ele quem governará...". [Sl 22 (21),28-29]
De essentia hominum	"Da natureza humana".
Annuntiabitur Domino generatio ventura	"Será declarada ao Senhor a cada geração futura". [Sl 22(21),32]
Hoc officium, Fili – tibine imponemus oneri?	"Essa incumbência, filho... Colocaremos tal fardo sobre teus ombros?".
Honorem accipiam	"Eu aceitarei a honra".

Crucis autem onus si audisti ut honorem, nihilo errasti auribus	"Se ouviste, entretanto, que o fardo da cruz é uma honra, teus ouvidos em nada erraram".
Mori Vult	"Desejo de Morrer" (lit. "Ele [ou ela] quer morrer").
Orbis Judicans Conscientia	"O Globo que Julga as Consciências".
Oculus Poetae Judicis	"O Olho do Poeta Julgador".
Non cogitamus, ergo nihil sumus	"Não pensamos, logo nada somos".
Evenit diabolus!	"O diabo se revela!".
Domine, mundorum omnium Factor, parsurus esto imprimis eis filiis aviantibus ad sideria caeli quorum victus dificilior [sic: difficilior]...	"Senhor, Criador de todos os mundos, resguarda especialmente estes Teus filhos que voarão rumo às estrelas do céu, cuja vida será muito difícil...".
Exsurge quare obdormis	"Levantai; por que dormis [Senhor?]". [Introito (Sl 44,24) que dá nome à missa da Sexagésima, celebrada no oitavo domingo que precede a Páscoa (cerca de 60 dias), penúltimo antes da Quaresma.]
Reminiscere	"Lembrai". [Palavra inicial do introito que dá nome à missa celebrada no quinto domingo que precede a Páscoa, segundo domingo da Quaresma (*Reminiscere miserationum tuarum, Domine*, Sl 25,6).]
Alter Christus	"Outro Cristo".

Te absolvat Dominus Jesus Christus; ego autem eius auctoritate te absolvo ab omni vinculo... Denique, si absolvi potes, ex peccatis tuis ego te absolvo in Nomine Patris...	"Que o Senhor Jesus Cristo te absolva; por minha vez, através de Sua autoridade, eu te liberto de todos os grilhões ... Por fim, se podes ser isentada, eu te absolvo de teus pecados em nome do Pai...".
Dealba me:	"Purifica-me".
Dies Irae	"Dia da Ira".
Fas est	"É lícito".
Homo inspiratus	"Homem inspirado (soprado por Deus)".
Nisi baptizata es et nisi baptizari nonquis, te baptizo...	"A não ser que [já] sejas batizada ou sejas algo que não possa ser batizado, eu te batizo...".
Domine, non sum dignus... sed tantum dic verbo...	"Senhor, eu não sou digno... mas dizei uma só palavra... [frases rezadas antes da eucaristia, ao término do rito da comunhão, na missa católica (extraídas de Mt 8,8).]
Magnificat anima mea Dominum et exultavit spiritus meus in deo, salutari meo, quia respexit humiltatem...	"Minha alma glorifica o Senhor e meu espírito se regozija em Deus, meu Salvador, pois ele olhou a humildade [de Sua serva...]". [Primeiros versos do Magnificat, o cântico de Maria, extraído de passagem do evangelho de São Lucas (1,46-55).]
Sic transit mundus	"Assim o mundo passa".

FONTES

ADMINISTRATIONEM PATRIMONII SEDIS APOSTOLICÆ; CONFERÊNCIA EPISCOPAL PORTUGUESA. Civitate Vaticana, 2002; Fátima, 1992. *Missa em latim*. Disponível em: <http://portadoceu.com.sapo.pt/ordolat.pdf>.

ALDAZÁBAL, José. *Dicionário elementar de liturgia*. Disponível em: <http://www.portal.ecclesia.pt/ecclesiaout/liturgia/liturgia_site/dicionario/index.asp>.

BÍBLIA SAGRADA.

CANTICLE FOR LEIBOWITZ: notes and annotations. Disponível em: <http://www.loyno.edu/~gerlich/315Canticle.html>.

CATHOLIC ANSWERS. *The original Catholic encyclopedia*. 2007. Disponível em: <http://oce.catholic.com/index>.

CATHOLICCULTURE.ORG. *Catholic dictionary*. Disponível em: <http://www.catholicculture.org/culture/library/dictionary/>.

CNBB – Conferência Nacional dos Bispos do Brasil. *Oração das horas*. São Paulo: Vozes, Paulinas, Paulus, Ave Maria, 2000.

DOTRO, Ricardo Pascual; HELDER, Gerardo García. *Dicionário de liturgia*. São Paulo: Loyola, 2006.

ENCICLOPEDIA CATÓLICA. Disponível em <http://ec.aciprensa.com>.

ENCICLOPÉDIA PASTORALIS. Disponível em: <http://www.pastoralis.com.br/pastoralis/html/modules/wordbook>.

FALBEL, Nachman. *Heresias medievais*. São Paulo: Perspectiva, 1976. (Coleção Khronos)

FERREIRA, António Gomes. *Dicionário de latim-português*. Lisboa: Porto, 1983.

GLOSBE – Dicionário latim-português on-line. http://pt.glosbe.com/la/pt/

HOUAISS, Antônio. *Dicionário Houaiss eletrônico da língua portuguesa.* Rio de Janeiro: Objetiva, 2009.

JAPIASSÚ, Hilton; MARCONDES, Danilo. *Dicionário básico de filosofia.* 3.ed. rev. amp. Rio de Janeiro: Jorge Zahar, 2001.

LAMAITRE, Nicole. *Dicionário cultural do cristianismo.* São Paulo: Loyola, 1999.

LOYN, H. R. (Org.). *Dicionário da Idade Média.* Rio de Janeiro: Zahar, 1990.

MAHONEY, Kevin D. *Latin dictionary & gramar resources - Latdict.* Disponível em: <http://www.latin-dictionary.net/>.

METZGER, Bruce M.; COOGAN, Michael D. *Dicionário da Bíblia, v. 1*: as pessoas e os lugares. Rio de Janeiro: Jorge Zahar, 2002.

MORONI, Gaetano. *Dizionario di erudizione storico-ecclesiastica da S. Pietro sino ai nostri giorni.* v. 7 Camera Apostolica. 1841. Disponível em: <http://booksnow1.scholarsportal.info/ebooks/oca5/8/dizionariodierud07morouoft/dizionariodierud07morouoft_djvu.txt>.

NORBERG, Dag. *Manual prático de latim medieval.* Tradução: José Pereira da Silva. Rio de Janeiro: CiFEFiL, 2007. (v. 2 – Textos escolhidos.) Disponível em: <http://www.filologia.org.br/soletras/12sup/suplemento2.pdf>.

PIANIGIANI, Ottorino. *Vocabolario etimologico della lingua italiana.* Disponível em: <http://www.etimo.it/>.

ROBERSON, William H. *Walter M. Miller, Jr.:* a reference guide to his fiction and his life. Jefferson, NC: McFarland, 2011.

SCHÜLER, Arnaldo. *Dicionário enciclopédico de teologia.* Canoas: Concórdia/ Ulbra, 2002.

SCIENCE FICTION RESEARCH ASSOCIATION. "Approaching – A Canticle for Leibowitz". *SFRA Review,* n. 242, p. 3-21, out. 1999. Disponível em: <http://scholarcommons.usf.edu/scifistud_pub/61>.

THE CATHOLIC ENCYCLOPEDIA. Disponível em: <http://www.newadvent.org/cathen>.

WALTER M. Miller's A Canticle for Leibowitz: Annotations. Disponível em: <https://bearspace.baylor.edu/Ralph_Wood/www/Lectures%20and%20Essays/17.pdf>.

Outros sites consultados

http://dictionary.reference.com/

http://1945neveragain.wordpress.com/pikadon/

http://latindictionary.wikidot.com

http://pt.wikipedia.org/

http://www.cameraviajante.com.br/blueprint.htm

http://www.catholicculture.org/culture/library/dictionary/index.cfm?id=33472

http://www.vatican.va

UM CÂNTICO PARA LEIBOWITZ

TÍTULO ORIGINAL:
A canticle for Leibowitz

COPIDESQUE:
Débora Dutra Vieira

REVISÃO:
Isabela Talarico
Gunnar Pezzotti David
Débora Dutra Vieira

ILUSTRAÇÃO:
Marjô Mizumoto

CAPA E PROJETO GRÁFICO:
Giovanna Cianelli

DIAGRAMAÇÃO:
Desenho Editorial

DIREÇÃO EXECUTIVA:
Betty Fromer

DIREÇÃO EDITORIAL:
Adriano Fromer Piazzi

DIREÇÃO DE CONTEÚDO:
Luciana Fracchetta

EDITORIAL:
Daniel Lameira
Andréa Bergamaschi
Débora Dutra Vieira
Luiza Araujo

COMUNICAÇÃO:
Nathália Bergocce

COMERCIAL:
Giovani das Graças
Lidiana Pessoa
Roberta Saraiva
Gustavo Mendonça
Pâmela Ferreira

FINANCEIRO:
Roberta Martins
Sandro Hannes

DADOS INTERNACIONAIS DE CATALOGAÇÃO NA PUBLICAÇÃO
(CIP) – VAGNER RODOLFO DA SILVA CRB 8/9410

M648c Miller Jr., Walter M.
Um cântico para Leibowitz / Walter M. Miller Jr. ;
traduzido por Maria Silvia Mourão Netto. - 2. ed. - São
Paulo, SP : Editora Aleph, 2020.
464 p. ; 14cm x 21cm.

Tradução de: A canticle for Leibowitz
ISBN: 978-65-86064-24-7

1. Literatura americana. 2. Ficção científica. 3. Romance. I.
Netto, Maria Silvia Mourão. II. Título.

2020-2163   CDD 813.0876
                                    CDU 821.111(73)-3

ÍNDICES PARA CATÁLOGO SISTEMÁTICO:
1. Literatura americana : ficção científica 813.0876
2. Literatura americana : ficção científica 821.111(73)-3

COPYRIGHT © WALTER M. MILLER
JR., 1959, RENEWED 1987
COPYRIGHT © EDITORA ALEPH, 2014

(EDIÇÃO EM LÍNGUA PORTUGUESA
PARA O BRASIL)

TODOS OS DIREITOS RESERVADOS.
PROIBIDA A REPRODUÇÃO, NO
TODO OU EM PARTE, ATRAVÉS DE
QUAISQUER MEIOS SEM A DEVIDA
AUTORIZAÇÃO.

PUBLICADO EM ACORDO COM
CASANOVAS & LYNCH LITERARY
AGENCY.

EDITORA ALEPH
Rua Tabapuã, 81, cj. 134
04533-010 – São Paulo – SP – Brasil
Tel.: [55 11] 3743-3202
www.editoraaleph.com.br

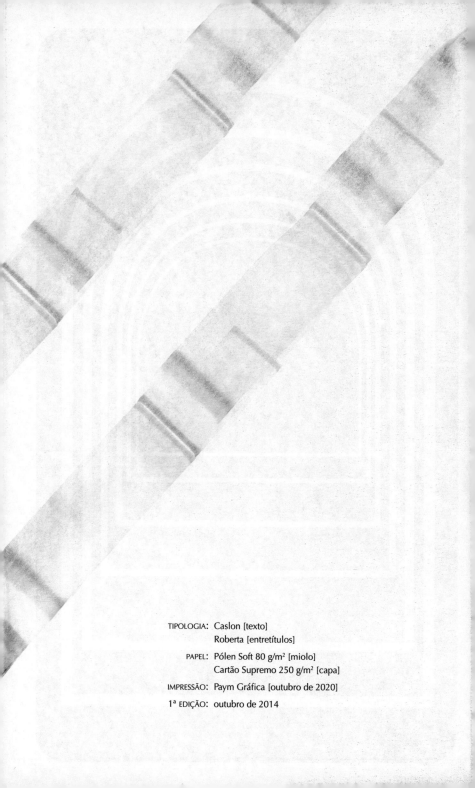

TIPOLOGIA:	Caslon [texto]
	Roberta [entretítulos]
PAPEL:	Pólen Soft 80 g/m² [miolo]
	Cartão Supremo 250 g/m² [capa]
IMPRESSÃO:	Paym Gráfica [outubro de 2020]
1ª EDIÇÃO:	outubro de 2014